KB023712

뜬금없이
사랑이

시작
되었다

띄엄띄엄 사랑이

그럼에도 불구하고 행복은 사랑할 때 찾아온다

Glück ist, wenn man
trotzdem liebt

페트라 휠스만 장편소설

시작
되었다

레드스톤

차례

수프 수난사

"변화는 좋은 거라고? 말도 안 돼." 나는 맥없이 즉석 수프를 저으면서 한숨을 푹 내쉬었다. "이런 걸 긍정적으로 받아들이는 사람은 아무도 없을 거야."

누르스름한 색의 수프를 내려다보고 있던 시선을 들어 쇼윈도 너머로 길 건너편을 바라보았다. 며칠 전까지 단골 미스터 리(Mr Lee) 베트남 식당이 있던 자리였다. '그런데 그 자리에 새 레스토랑이 들어서다니!' 나로서는 정말 어처구니없는 일이었다. 미스터 리 식당에 앉아 느긋하게 누들 수프를 먹는 낙이 사라지고, 내가 일하는 꽃가게 뒤편에 조그맣게 마련한 간이주방에서 간단히 점심을 때워야 하는 신세가 되었기 때문이다. 처음에 먹을 만했던 즉석 수프도 이젠 질리기 시작했다. 내게 이런 시련이 닥칠 줄은 꿈에도 몰랐다.

"그렇다고 변화가 꼭 나쁜 것만은 아니야, 이자벨레." 꽃집 주인 브리기테가 말했다. 내 고용주는 솜씨 좋게 카라꽃다발을 만드는 중이었다. 시선을 들지 않은 채 브리기테가 덧붙였다. "틸스(Thiels)라는 새 레스토랑에 한번 가보지그래. 누들 수프 대신 먹을 만한 게 분명 있을 거야."

"내가 원하는 건 틸스가 아니라 '미스터 리'란 말이에요! 게다가 밖에서만 봐도 쓸데없이 비싼 집 같던데요."

브리기테가 신음소리를 냈다. "이제 겨우 스물일곱 살인데, 습관의 동물이 되기에는 너무 젊은 거 같지 않아? 좀 즉흥적으로 행동해 봐."

그녀한테서 귀에 못이 박히게 들어온 말이었다. 브리기테는 습관을 부정적인 것으로 여기는 부류에 속했다. 하지만 습관은 이 막막하고 혼란스러운 세상에서 내게 안전하고 뭔가 확실한 느낌을 준다. 그냥 되어가는 대로 놔두는 것보다는 무슨 일이든 원래의 계획에 맞게 행하는 쪽이 내 적성에 맞는다. '습성이나 규칙적인 생활이 나이와 무슨 상관이람. 그리고 나도 마음만 먹으면 얼마든지 즉흥적으로 행동할 수 있다고. 정신 나간 짓을 한 적도 한두 번이 아니었으니까. 예를 들자면, 음……'

어쨌거나 습관은 내 삶에서 절대적으로 중요한 것이고, 나는 어떤 변화가 생기는 것을 원치 않는다. 브리기테의 꽃집에서 일하는 것을 예로 들면, 나는 꽃과 브리기테 그리고 이 가게를 좋아한다. 브리기테가 언젠가 은퇴를 하면, 내가 가게를 인수할 생각이다. 그러려고 벌써부터 돈을 열심히 모으고 있다. '슈마허 꽃집'이 내 성을 딴 '바그너 꽃집'으로 바뀔 날을 꿈꾸면서. 아무리 사소한 습관이라도 내게는 다 소중하다. 매일같이 내 집 주방 창가에 앉아 맞은편 가두판매점 주인 엠레가 팔 물건을 받는 모습을 지켜보며 마시는 모닝커피 한 잔. 내가 매회 열심히 챙겨보는 일일드라마 〈러브! 러브! 러브!〉. 점심시간이면 어김없이 찾던 베트남 식당 '미스터 리'. 무려 11년 동안 하루도 빠짐없이 나는 그곳에서 매번 누들 수프였던 '오늘의 수프'를 점심으로 먹었다. 안타깝지만 아마도 내가 그 식당을 찾는 유일한 손님이었기 때문에 미스터 리가 문을 닫아야 했을 것이다.

끈적거리는 밍밍한 즉석 수프를 억지로 한 숟가락 떴다. 윽, 이걸 어떻게 먹으라고! 틸스에 가서 먹는 게 이보다는 낫겠지. 남은 수프를 버리고 다시 쇼윈도로 가서 새 레스토랑 쪽을 건너다봤다. 야외 테이블은 항상 손님들로 꽉 차 있었다. 그걸로 봐서 그리 형편없는 식당은 아닌 것 같았다. 어쩌면 저곳에서 오늘의 수프를 먹을 수 있을지도 모른다. 이참에 테이블 데코를 우리 가게에 맡기라고 해볼까? 몇 달 전 길모퉁이에 꽃집이 하나 생긴 후부터 우리 가게는 고전을 면치 못하고 있다. 새 단골손님을 찾는다면 조금이나마 도움이 될 터였다.

나는 마음이 바뀌기 전에 선언을 했다. "알겠어요. 그럴게요. 틸스에 가보겠다고요."

브리기테가 꽃다발을 내려놓았다. "진심이야?"

"그럼요. 즉흥적인 결정이죠. 형편없는 식당이더라도 실컷 욕할 수 있는 대상이 생기니까 나쁘지 않아요. 그리고 혹시 테이블 데코를 해줄 사람이 필요하지 않은지 물어볼 거예요." 그러면서 엄지를 세워 나를 가리켰다.

"와, 기막힌 생각인데! 그럼 성공을 빌어. 점심도 맛있게 먹고!"

나는 간이주방에 놔둔 가방을 들고나와 길을 건넜다. 천천히 틸스의 야외석을 따라 걸으면서 식사 중인 손님들의 접시를 힐끔거렸다. 푸성귀투성이 음식과 스파게티, 핏빛이 선명한 고기 스테이크가 여기저기서 눈에 들어왔다. 나는 코를 찡그렸다. 역시 이 레스토랑에 대한 내 의구심이 어긋나지 않았다는 생각이 들었다. 입구 쪽에 점심 메뉴판이 세워져 있었다. 메뉴에 수프는 없었다. 굳이 안으로 들어갈 필요도 없을 것 같았다. 순간 방금 전에 브리기테 앞에서 즉흥적인 결정이니 뭐니 떠벌린 것이 생각났다. 더군다나 새 고객을 확보할 수 있을지도 모르는 일이다. 나는 결심을 하고 레스토랑 안으로 들어섰다. 어렵사리 들어가긴 했으나, 더 이상 걸음을 떼지 못하고 그 자리에 못 박힌 듯 서버렸다. 베트남 식당 때와는 실내가 완전히 다른 모습이었다. 벽은 모두 크림색으로 칠해 있었는데, 한쪽 벽면만 짙은 와인색이었다. 곳곳에 함부르크를 소재로 찍은 사진 액자들이 걸려 있었다. 리크머 리크머스 범선의 닻을 비롯하여 항구에 있는 옛 창고 건물의 문, '그로세 프라이하이트(Große Freiheit)'라고 적힌 도로표지판 등을 찍은 사진들이었다. 그다지 새것 같아 보이지 않는 테이블이 15개쯤 의자와 함께 놓여 있었다. 테이블과 의자 들은 서로 어울리지 않음에도 불구하고 전체적으로 조화로운 분위기를 자아냈다. 특히 내 눈을 사로잡은 것은 와인병으로 만들어 실내 중앙에 매달아 놓은 샹들리에였다. 레스토랑은 차가운 모던 스타일도 아니었고 어설프게 최신 유행을 따르지도 않았다. 묘하게 무질서하면서 아늑하고 동시에 세련된 인상이었다. 내가 인정하고 싶든 말든 일단 들어오면 마음이 편안해지는 공간인 것은 확실했다. 다만 테이블 데코는 소금통과 후추통만 덩그러니 놓여 있어서 신경을 써야 할 부분인 듯했다. '아직까지 테이블 데코를 해주는 사람이 없나 보네.'

"어서 오세요!" 예쁘게 생긴 웨이트리스가 다가와 상냥하게 미소를 지었다. "난 안네라고 해요. 틸스에 온 것을 진심으로 환영해요.

어느 자리에 앉으시겠어요? 이 안에서는 아무 데나 앉을 수 있지만, 밖은 자리가 하나도 없답니다."

"먼저 물어볼 게 있어서요. 여기 혹시……."

"여기 앞자리는 어때요?" 그녀는 내 말을 끊고 2인용 테이블을 가리켰다. "아니면 창가 자리도 좋지 않나요?" 그녀는 창가 자리로 앞장서 가더니 의자를 빼 주었다. "이 자리가 더 좋겠네요. 밖에 앉을 수는 없어도 여기서 밖을 내다볼 수는 있잖아요. 날씨가 정말 좋지 않나요? 난 여름이 좋아요."

엉겁결에 나는 그녀를 따라가 자리에 앉았다. "네, 고마워요. 그런데 사실은 여기 메뉴에 오늘의 수프가 있는지 알아보기만 하려고 온 거예요."

안네는 개의치 않고 수다스럽게 계속 떠들었다. "아뇨. 유감스럽게도 없어요. 저 앞 메뉴판을 보면 점심 메뉴가 나와 있답니다. 이번 주는 수프가 없어요. 오늘의 특선 메뉴는 하나같이 다 환상적인 맛이에요. 우선 마실 것 좀 갖다 줄까요?"

이런, 오늘의 수프가 없다니! 하지만 그렇게 쉽사리 물러설 내가 아니었다. 특별히 부탁을 하면 수프를 만들어 줄지도 모른다. 오픈한 지 얼마 안 되는 레스토랑이니까 고객의 편의를 위해 최선을 다하겠지. "네, 루바브* 에이드 한 잔 주세요."

안네는 내가 주문한 것을 메모지에 적고는 돌아가려고 했다.

"잠깐만요. 음…… 혹시 저녁 메뉴에 나오는 수프를 주문할 수는 없을까요?"

----

* 주로 서양에서 줄기를 이용해 디저트를 만들어 먹는 식용 대황.

그녀는 난처한 듯 이마에 주름을 모으며 말했다. "글쎄요…… 그럼 아스파라거스 요리는 어때요? 정말 자신 있게 추천할 수 있을 만큼 맛이 기가 막히죠. 비트 페스토*를 넣은 파스타도 아주 일품이에요. 맹세컨대 옌스가 만든 비트 페스토는 지금껏 먹은 것 중에 단연 최고일걸요! 아니면 소고기 필레** 그릴 구이를 넣은 샐러드를 한번 먹어볼래요? 이런 날씨에는 차가운 샐러드가 따뜻한 요리보다 더 나을 수도 있어요."

내가 지나치게 까탈을 부리고 있는 느낌이 들 정도로 그녀는 열성적으로 설명했다. 하지만 까다롭다고 해도 어쩔 수 없었다. '난 비트가 들어간 음식을 먹을 마음이 눈곱만큼도 없고, 아스파라거스는 질색인데다가 야외 테이블에서 본 그 혐오스러운 핏빛 소고기는 절대 입에도 대지 않을 테니까! 빌어먹을, 이럴 줄 알았어!' 이 식당은 수프가 아예 없고, 함부르크에서는 어디를 가나 먹을 만한 수프를 찾기가 힘들다. 어쩌면 점심에 베트남 누들 수프를 먹을 수 있는 날은 이제 두 번 다시 오지 않을지도 모른다. 그러면 점심시간이 무슨 의미가 있을까?! '아, 미스터 리! 왜 저를 버리고 떠나셨나요?'

"어느 메뉴든 나쁠 거 같지 않네요. 하지만…… 이 자리에 원래 베트남 식당이 있었는데, 언제나 오늘의 수프가 있었죠. 난 그곳에서 11년 동안 매일같이 점심으로 수프를 먹었어요. 하루도 빠짐없이 매 점심을요! 11년이나! 내 말은……." 나는 내 목소리가 얼마나 절망적으로 들리는지 알았기 때문에 잠시 말을 끊었다. "그 정도 수프는 금

....

* 보통 바질과 잣 등을 다져 올리브 오일을 넣고 걸쭉하게 만든 소스.
** 프랑스 조리 용어로 고기나 생선의 뼈 없는 조각을 말함.

12

방 뚝딱 만들 수 있을 것 같은데, 혹시 가능할까요?"

안네는 나를 바라보며 잠시 고민을 하다가 극도로 신경이 예민한 말을 다루듯 아주 부드럽게 말했다. "주방에 가서 물어보고 방법이 있는지 찾아볼게요. 그럼 우선 시원한 루바브 에이드부터 갖다 줄게요. 괜찮죠?"

그녀는 나를 정신질환자로 여기는 것 같았다. 나는 고개를 끄덕였다. "네, 고마워요."

안네가 물러가자, 나는 그녀가 경계 대상이 등장했다는 것을 주방에 확성기를 대고 암호로 전달하지 않을까 불안해졌다. "주방에 전달함. 7번 테이블에 3-5-9 상황 발생. 다시 알립니다. 7번 테이블에 3-5-9 상황 발생!" 대충 이런 식으로. 그러나 아무 일도 일어나지 않았다. 그녀는 흔들문을 밀고 주방이 있는 듯 보이는 곳으로 모습을 감췄다.

곧 안네가 환한 얼굴로 돌아왔다. "있잖아요! 루카스가 파르메산 칩을 넣은 비트 수프를 끓여주겠대요. 아니면 저녁 메뉴에 있는 생선 수프도 괜찮고요. 어느 게 더 좋겠어요?"

'아, 이런!' 상황이 점입가경으로 꼬여가고 있었다. "고맙지만, 난 비트를 못 먹어요. 생선도 마찬가지고요. 그냥 없었던 일로 하는 게 가장 좋겠어요. 그리고 난……."

"아니, 잠깐만요!" 내가 인터넷에 융통성이 전혀 없는 레스토랑이라는 평이라도 올릴까 봐 겁이 나는 것처럼 안네가 외쳤다. "내가 금방 루카스를 데려올 테니 지금 만들어 줄 수 있는 수프가 뭔지 직접 얘기를 해봐요. 알겠죠?" 대답할 틈도 주지 않고 그녀는 다시 주방으로 사라지더니 잠시 후 검은색 요리 가운을 입은 앳된 청년을 데리고 나타났다.

스무 살쯤 되어 보이는 그는 금발에 초록색이 강한 눈을 가진 곱상한 청년이었다. 하지만 표정을 보니 짜증스러워하는 기색이 역력했다.

"비트와 생선이 싫으면 아스파라거스 크림 수프를 만들어 줄 수 있는데요. 그럼 될까요?"

나도 점차 심기가 불편해지기 시작했다. "미안하지만 아스파라거스도 못 먹는데요."

"그러면 솔직히 말해서……."

"누들 수프는 안 되나요? 꼭 베트남식이 아니어도 괜찮은데."

아주 살짝일 뿐이었지만 그의 눈썹이 치켜 올라가는 것을 볼 수 있었다. "음…… 사장님을 불러 드리죠." 그는 흔들문을 열고 사라졌다.

'좋은 생각이네! 사장이 오면 그가 미스터 리를 쫓아낸 것과 요즘은 어디에서도 먹을 만한 수프를 찾아볼 수 없는 것에 대해 직접 얘기할 수 있을 거야. 그리고 기회를 봐서 테이블 데코를 맡길 사람이 혹시 필요한지 물어봐야지. 사장이라는 자는 보나마나 금목걸이를 목에 걸고 연보라색 셔츠 앞단추를 풀어헤친 스타일에, 단지 돈세탁을 위해 이 레스토랑을 하고 있는 건달이겠지.'

"그러니까 그쪽이 바로 수프녀인가요?"

나는 생각에 깊이 몰두한 나머지 루카스가 말한 사장이 주방에서 나오는 것을 미처 알아채지 못했다. 테이블 앞에 선 그를 올려다본 순간 흠칫 놀랐다. 한 서른 살쯤 되어 보이는 갈색머리 사내가 내 앞에 서 있었다. 그 남자는 연보라색 셔츠에 금목걸이를 한 스타일의 사람이 아니라 검은색 요리 가운과 블랙 청바지 차림의 셰프였다. 그는 내게 악수를 청하며 말했다. "안녕하세요, 옌스 틸이라고 합니다."

나는 얼떨떨하게 그의 손을 잡고 흔들었다. "이자벨레 바그너예요."

"이자벨레, 만나게 되어 반갑군요." 그는 신음소리를 내며 맞은편 의자에 털썩 주저앉았다. "사실 이런 이야기를 하고 있을 만큼 한가롭지가 않아요. 하지만 우리 서빙 매니저나 수셰프(sou-schef, 부주방장 – 옮긴이)가 그쪽을, 그러니까 그쪽 문제를 잘 처리하지 못하는 것이 그쪽 잘못은 아니지요. 듣기로는 수프를 원하신다고요?"

나는 고개를 끄덕였다. "맞아요."

그때 안네가 커다란 컵에 담긴 루바브 에이드를 내 앞에 내려놓았다. "여기요."

"고마워요." 나는 그녀가 갈 줄 알고 기다렸으나, 그녀는 자리를 뜨지 않고 우리 두 사람을 흥미로운 듯 지켜보았다.

옌스는 잠깐 이마를 찌푸렸지만, 아무 말도 하지 않고 다시 내게 시선을 향했다. "그래서 루카스가 친절하게도 세 가지 수프를 제안했는데, 마음에 드는 게 한 가지도 없다. 무엇보다 그쪽이 원하는 건 베트남 누들 수프다. 맞나요?"

그의 말투에는 내가 대단히 염치없는 요구라도 한 것 같은 뉘앙스가 담겨 있었다. "아니에요. 난 그냥 누들 수프가 되는지 물었을 뿐이에요. 그러면서 꼭 베트남식일 필요는 없다고 특별히 강조했고요. 이자리에 원래는 나무랄 데 없는 베트남 식당이 있었는데, 누들 수프가정말, 정말 맛있었거든요."

옌스 틸이 웃음을 터뜨렸다. "미스터 리! 그래요, 정말 나무랄 데없었죠. 그런데 한 번이라도 그곳 주방을 들여다본 적 있나요?"

"아뇨, 왜요?"

그가 손을 내저으며 대꾸했다. "아, 아무것도 아니에요."

나는 꼬치꼬치 캐물을까 잠시 고민하다가 미스터 리의 주방이 어떤 모습이었는지 모르는 편이 낫겠다는 판단을 내렸다. "어쨌든 난 건너편 꽃가게에서 일하는데, 늘 미스터 리 식당에서 오늘의 수프를 사 먹었어요. 그러니까 누들 수프 말이에요. 오늘의 수프는 항상 누들 수프였거든요."

"11년 동안이나!" 안네가 덧붙였다.

"그래요. 내 말이 이상하게 들릴지 모르겠지만, 그러다 보니 점심에는 늘 수프를 먹게 되었어요."

"아니, 충분히 이해해요." 옌스는 진지한 표정으로 말하고 있었으나, 그의 번뜩이는 갈색 눈동자는 나를 놀리는 듯했다. "그쪽 인생에서 가장 중요한 건 수프인가 보네요."

"맞아요." 나는 도전적으로 맞섰다. '저들이 나를 어떻게 생각하든 무슨 상관이야.' "그런데 내게 수프 하나 만들어 주는 게 뭐가 그리 어려운지 모르겠네요. 사람이 좀 융통성이 있어야지."

열 받은 옌스가 씩씩거리며 말했다. "아, 그래요?"

나는 아랑곳하지 않고 계속 퍼부었다. "예컨대 난 개인적으로 장미를 썩 좋아하지 않아요. 그래도 그쪽이 우리 가게로 와서 장미 꽃다발을 주문하면 기꺼이 만들어 줄 거예요. 알겠어요?"

"아뇨, 이 남잔 몰라요." 그를 대신해서 안네가 불쑥 대답했다. "옌스는 지금까지 살면서 어떤 여자한테도 장미는 물론이고 꽃이라고는 사 준 적이 없거든요. 부인한테도 마찬가지죠."

뭐? 유부남이었어? 남편한테 꽃 한 송이도 받아 보지 못한 그의 아

16

내가 참 불쌍하다는 생각이 들었다.

엔스는 안네의 참견을 무시하고 대신 내게 말했다. "물론 그쪽 말이 옳아요. 난 융통성이 있어야 해요. 가장 좋은 방법은 메뉴판을 아예 없애 버리고 각자 그때그때 입맛 당기는 대로 주문하는 거죠. 글루텐과 고기를 뺀 바이오 버거든, 락토프리 유기농 크렘 브륄레*든 아니면 누들 수프든 손님이 주문하는 대로 만들어 줘야 해요. 알겠습니다, 이자벨레 여왕님! 주문하신 누들 수프를 만들어 드리죠."

2초쯤 멍해 있다가 나는 품위 있게 말했다. "감사합니다. 대단히 친절하시군요."

엔스는 고개를 끄덕였다. "좋아요, 그쪽 역시 융통성이 있으니까 내가 아시아 상점에 가서 재료를 사고 수프를 끓이는 동안 다른 손님들을 위해 요리를 대신해 줄 사람을 구해다 줄 수 있겠죠? 물론 그 수프를 먹으려면 인내심을 갖고 한참을 기다려야 할 거예요. 정말 훌륭한 베트남 누들 수프가 완성되기까지 6시간은 족히 걸리거든요."

'이 남자의 불손함이란 감히 당할 자가 없을 정도로군!' "내가 계속 말했을 텐데요. 꼭 베트남 누들 수프일 필요는 없다고!"

"하지만 아스파라거스 크림 수프도 비트 수프도 생선 수프도 다 싫다면서요."

"그래요, 다 내가 안 먹는 것들이에요."

"왜 안 먹는 거죠?"

"나한텐 맛이 없으니까요."

....

* 차가운 크림 커스터드 위에 유리처럼 얇고 파삭한 캐러멜 토핑을 얹어내는 프랑스 디저트.

"그럼 물 한 접시는 어때요?"

"좋아요. 거기다 치킨스톡 한 조각과 누들을 조금 넣어주면 금상첨화겠네요."

옌스는 내가 방금 오사마 빈 라덴을 보고 멋진 남자라고 말하기라도 한 것 같은 표정이었다. "치킨스톡?! 치킨스톡과 미스터 리 누들 수프가 입맛에 딱 맞는 게 그쪽의 미각 수준이라면 조금도 놀랍지 않군. 그쪽이……."

"이것 보세요!" 그의 말을 싹둑 자르고 내가 말했다. "서비스 마인드와 고객 응대에 관한 강좌를 꼭 들으셔야겠어요. 아주 좋은 강좌를 알고 있는데 원하시면 추천해 드릴 수도 있어요. 난 손님이 장미를 좋아한다고 해서 이러쿵저러쿵하지 않아요. 손님은 언제나 옳으니까요." '뭐 반드시 그런 건 아니지만!' 나는 속으로 덧붙였다.

"왜 자꾸 장미를 들먹이는 거죠? 장미 그리고 수프, 장미 그리고 수프! 정상이 아니라니까!" 옌스가 투덜거렸다.

그때 안네가 큰 소리로 헛기침을 하며 끼어들었다. "제발, 진정하고 평화롭게 마무리해요. 알겠어요? 그리고 옌스! 지금 루카스가 저 안에서 혼자 동분서주하느라 잔뜩 열 받아 있을 거 같은데요." 그녀는 주방 쪽을 가리켰다.

나는 얼굴이 빨개지는 것을 느꼈다. 옌스도 무안한 표정이었다. 그는 크게 한숨을 내쉬고 손으로 머리를 쓸어 올렸다. "말을 함부로 해서 미안해요. 스트레스를 너무 많이 받다 보니 그쪽 탓도 아닌데 엉뚱한 사람에게 화풀이를 하고 말았네요."

"괜찮아요. 나도 강좌를 들으라니 어쩌니 떠들어대서 미안해요." 나는 기어들어 가는 목소리로 말했다.

"이러니까 좋잖아요." 안네는 만족스러워하며 우리 둘만 남겨 놓고 다시 일을 하러 갔다.

"치킨스톡 운운한 걸 더 미안해해야죠." 옌스가 말했다. 그는 두 손으로 테이블을 가볍게 치면서 벌떡 일어났다. "자, 이렇게 합시다. 오늘 점심은 아주 특별하게, 수프가 아니라 비트 페스토가 들어간 파스타를 먹어 보는 거예요. 틀림없이 맛있을 테니까 날 믿어 봐요."

나는 그를 미심쩍게 쳐다보았다. "내가 왜 그래야 하죠? 난 그쪽을 전혀 모르는데."

"그럼 모험을 해봐요. 난 서비스 마인드나 고객응대에 관한 한 그쪽만큼 조예가 깊지 못하지만, 요리는 끝내주게 잘하거든요. 그냥 날 믿어 봐요."

점심으로 꼭 수프를 먹어야 하니까 비트가 들어간 파스타는 사양한다고 막 대답하려는 순간, 내 마음속 어딘가에서 속삭이는 목소리가 들렸다. '단골손님을 확보하려면 이 남자와 사이가 틀어져서는 안 돼!'

"그러죠." 나는 결국 수락했다. "왠지 사람이 주는 먹이를 먹고 길들여지는 야생동물이 된 기분이 들기도 하지만."

"좋아요!" 옌스가 미소를 지으며 말했다. "특별주문을 받았으니 이러고 있을 시간이 없네요." 그는 나를 혼자 두고 주방으로 사라졌다.

10분도 채 안 되어 주문한 음식이 나왔다. 그런데 뜻밖에도 안네가 아니라 옌스가 직접 세숫대야만큼 커다란 파스타 접시를 테이블로 가져왔다. "자, 숙녀분께서 주문하신 식사가 나왔습니다." 그러면서 그는 접시를 테이블 위에 내려놓고는 기대에 찬 눈으로 나를 바라보았다.

'아, 이런! 파스타가 나오면 냅킨에 싸서 얼른 감추고 아주 맛있었다고 둘러댈 참이었는데, 어쩌지?' 나는 앞에 놓인 접시를 마지못해 내려다보았다. 언뜻 봐서는 그리 나쁘지 않았다. 비트는 들어 있는지도 모를 만큼 거의 눈에 띄지 않았으며, 신선하고 아삭해 보이는 작은 잎사귀만 조금 보일 뿐이었다. 체리토마토와 볶은 잣이 올려 있어 페스토가 더 돋보였다.

"파스타를 그렇게 계속 들여다보고만 있으면 식어 버릴 텐데." 옌스가 재촉했다.

나는 포크를 들고 국수 몇 가닥을 말아 올렸다. "정말 맛있어 보여요. 냄새도 좋고." 그건 거짓말이었다. 너무나 다양한 여러 가지 향이 훅 풍겨 와서 코가 마비될 지경이었다. 마늘, 파르메산 치즈, 올리브오일 그리고 결코 익숙해지지 않는 강렬한 비트 냄새. "레스토랑이 정말 예뻐요." 나는 파스타를 입으로 가져가는 대신 말했다.

옌스는 조바심 나는 눈빛으로 나를 쳐다보았다. "음…… 고마워요."

"천만에요. 사진들이 마음에 들어요. 특히 병으로 만든 샹들리에는 정말 탐나요. 그쪽이 직접 만든 건가요?

"아뇨. 내 친구 작품이죠."

"아, 네. 너무 멋져요."

내 앞에 놓인 접시를 향해 초조한 손짓을 하며 그가 말했다. "이제 좀 먹어 봐요."

'어림없는 소리!' "다만 이곳만의 분위기를 잘 살릴 만한 뭔가가 있으면 좋겠다는 생각이 문득 들었어요." 파스타가 감겨 있는 포크를 들어 테이블 중앙을 가리키며 내가 덧붙였다. "약간의 장식 말이에요. 촛대나 랜턴 아니면 작은 꽃 몇 송이 같은 거요."

"작은 꽃이요?" 옌스가 어이없다는 듯 물었다. "그쪽한테 못 말리게 엉뚱하다고 말하는 사람 없었어요?"

"아뇨. 아직까진 없었는데요." 거짓말이었다.

"그럴 리가 없을 텐데. 아무튼 내 짐작이 맞는다면, 그쪽 꽃집이 앞으로 우리 가게 테이블 데코를 맡아서 하고 싶다는 말 아닌가요?"

"엄밀히 말해 내 꽃집은 아니에요, 아직까지는요. 하지만 그쪽 짐작이 맞아요." 나는 포크를 접시 위에 내려놓았다. "그 일만큼은 내가 얼마나 잘하는지 알아주셨으면 좋겠어요. 다년간 결혼식과 장례식 화훼장식을 해온 경험이 있고, 또 우리 가게 손님들이 언제나……."

"그럴지는 몰라도 이곳이 결혼식장이나 장례식장처럼 보여서는 곤란해요." 옌스가 내 말을 가로막았다. "우리 식당 테이블에 유치하고 고리타분한 꽃장식 따위는 올리고 싶지 않아요. 괜히 냄새만 풍겨서 입맛을 떨어뜨릴 수 있으니까."

"내가 하는 꽃장식은 절대 유치하거나 고리타분하지 않아요! 예의상으로라도 어떤 장식인지 한번 볼 수 있지 않나요?"

"그럼 예의상으로라도 내 요리를 한번 먹어 볼 수 있지 않나요?" 그가 차갑게 응수했다.

"난 비트를 싫어한다고 아까 말했잖아요!"

"그럼 나는 꽃이 싫어요!"

내 머릿속에서 그 유명한 베토벤의 5번 운명 교향곡 첫 소절이 울려 퍼졌다. '다다다단! 다다다단! 꽃이 싫다고? 해도 해도 너무하잖아!' 나는 지갑에서 10유로짜리 지폐를 꺼내 테이블 위에 탁 내려놓왔다. "꽃을 싫어한다는 사람과 이야기를 해 봤자 무슨 소용이 있겠어요." 나는 벌떡 일어나 옌스 바로 앞에 버티고 섰다. 그는 나보다 한참 더 키가 컸다. "어떻게 꽃을 싫어할 수가 있죠?"

"어떻게 비트를 싫어할 수가 있죠?"

"내가 장담하는데, 유기농 비트가 아니었을 거예요." 내가 심술 맞게 내뱉었다. 그 말이 그를 화나게 하리라는 것을 충분히 예상하고 있었다. 역시나 그의 눈이 가늘어졌다. 나는 뭐라고 대꾸할 틈도 주지 않고 홱 돌아서서 수프와 사람과 꽃을 무시하는 그 레스토랑을 나와 버렸다. '우중충한 가게에서 시시한 비트 페스토나 팔면서 행복하게 살아 보라지. 앞으로 나를 다시 보게 되는 일은 맹세코 없을 테니!'

"꽤 오래 있다 왔네." 브리기테가 나를 보고 말했다. "괜찮았어?"

"내가 괜찮아 보여요?" 나는 가방을 작업대 밑에 던져 놓고 거친 동작으로 장미 가시를 자르기 시작했다.

" 수프가 없었나 보구나?"

"네, 없었어요. 그런데 옌스 틸이라는 시건방진 셰프가 나더러 수프 대신 비트 페스토가 들어간 파스타를 먹으라고 강요하지 뭐예요. 게다가 그의 가게 테이블 데코를 해 주겠다는 제안을 단박에 거절하더라고요. 글쎄, 꽃을 싫어하기 때문이라네요! 그 남잔 진짜 고집불통이었어요."

"유감이네. 새 단골손님이 생길 줄 알았는데."

나는 장미 가시를 다 잘라낸 장미를 테이블 위에 홱 던지고 다음 장미를 집어 들었다. "그런 자에게 매달릴 만큼 우리 상황이 나쁜 건 아니잖아요."

"물론 그렇진 않아." 브리기테가 얼른 수긍했다.

"어쨌든 사방에 그자의 레스토랑에 대해 악평을 늘어놓을 테니 두고 보라지. 인터넷은 물론이고 여기저기 죄다 악평으로 도배해 버릴 거야!" 내가 그러지 않으리라는 걸 나 스스로도 잘 알고 있었다. 하지만 신랄한 혹평을 한 가지씩 써내려가는 상상을 하는 것만으로도 괜히 통쾌한 기분이 들었다.

그리고 나서 오후 내내 일을 하느라 너무 바빴기 때문에 퇴근 무렵에는 옌스 틸과의 불쾌한 만남을 이미 까맣게 잊어버렸다.

저녁 7시경 브리기테는 하루 매상이 나와 있는 매출전표를 서랍에 넣으며 깊은 한숨을 내쉬었다. "자, 퇴근하자!" 우리는 같이 가게를 나왔다. 내가 자전거 자물쇠를 푸는 동안, 그녀가 물었다. "우리 집에 같이 가지 않을래?"

"미안해요. 오늘은 안 되겠는데요." 나는 서운해하며 대답했다. 브리기테 집에 가서 그녀의 남편 디터와 함께 셋이서 토마토빵을 먹고 싶긴 했지만 어쩔 수 없었다. 벌써 성인이 된 브리기테의 두 딸은 독립한 지 꽤 오래되었다. 나는 브리기테가 두 딸을 얼마나 보고 싶어하는지 잘 알고 있었다. "아까 엄마한테서 전화가 왔는데, 아빠의 철쭉나무가 좀 이상한가 봐요. 내가 가서 살펴봐야 할 거 같아요."

"알겠어. 그럼 철쭉한테 안부 전해 줘."

나는 브리기테에게 손을 흔들고 자전거에 올라탔다. 아직 해가 지지 않은 6월 저녁이어서, 날씨가 좋으면 늘 그렇듯 야외로 나온 사람들이 많았다. 브리기테의 가게는 내가 사는 곳, 요즘 함부르크에서 한창 뜨고 있는 빈터후데에 위치해 있다. 활기 넘치고 다채로운 이 구역에 최고급 디자이너숍과 카페, 레스토랑 등이 들어서면서 토박이 소상인들이 점차 밀려나고 임대료도 천정부지로 치솟았다. 내 단짝 친구 카티는 전부터 여러 차례 조심스럽게 이야기를 해왔다. 브리기테의 가게 '슈마허 꽃집'이 이젠 좀 고리타분해 보일 수도 있으며, 길모퉁이에 새로 생긴 꽃집이 요즘 스타일에 훨씬 더 맞는다고. 어쨌든 새 꽃집이 빈터후데 사람들 취향에 맞는가 보았다. 하지만 브리기테는 여전히 자신의 원칙을 고수했다. 그녀는 지나치게 요란 떠는 것을 싫어했고, 묵묵히 자기 자리를 지키는 것과 공정한 가격을 중시했다. 나는 그녀의 생각을 충분히 공감했고 우리 가게도 지금 모습 그대로이기를 원했다. 그래도 가끔은 카티의 말대로 우리가 변화에 적응하지 못하면 언젠가 도태될지도 모른다는 불안감에 사로잡힐 때도 있었다.

'그런 비관적인 생각은 그만해, 아자!' 나는 마음을 다잡았다. '그러기엔 날씨가 너무 좋잖아.' 자전거를 타고 가르는 바람에 머리카락이 휘날리고 원피스 자락이 펄럭였다. 피부에 와 닿는 햇살이 따스하게 느껴졌다. 나는 연한 녹음이 우거지고 수국과 철쭉꽃이 흐드러지게 피는 이 무렵의 계절을 좋아한다. 오늘처럼 아름다운 날에 부정적인 생각이나 하고 있을 수는 없지! 나는 올스도르프 묘지 옆길로 접어들어 잠시 걸어가기로 했다. 줄지어 늘어선 무덤을 따라 자전거를 끌며 걷다 보니 어느덧 햇빛이 가장 잘 드는 곳에 이르렀다.

"뭐라고 했더라? 아, 맞다! 끝은 창대하리라. 그러니까 창대하지 않으면 아직 끝이 아닌 거지. 그렇죠, 아빠?" 나는 그곳에 있는 아빠의 묘석에 대고 말하며 자전거를 세웠다.

"아, 미안해요. 이 자리에서 할 말은 아닌데 생각이 짧았네요."

사실 이런 일로 굳이 사과할 필요는 없었다. '아빠는 너그러운 사람이어서 내 말에 기분이 상하지는 않을 테니까.' 실제로 나는 아빠를 본 기억이 없지만, 엄마가 아빠에 대해 하나도 빠짐없이 이야기해 주어서 잘 알고 있었다. 내가 플로리스트가 되기 위한 교육을 받기 시작하자 엄마는 내게 아빠의 묘지 관리를 맡겼고 몇 년 전부터 매주 목요일 저녁이면 이곳에 들르게 되었다.

"아빠 철쭉에 문제가 생겼다면서요?" 나는 묘석 뒤에 있던 원예도구를 꺼내면서 중얼거렸다. "한번 볼게요." 내가 6년 전에 심어 놓은 철쭉나무를 살펴보았다. "아, 이런!" 잎사귀에 갈색 반점이 생기고 나뭇가지와 꽃봉오리가 바싹 말라 있는 것을 보고 깜짝 놀랐다. 진균 감염이 확실했다. 무슨 진균일까? 미국에서 참나무 급사병의 주범이었다는 그 공포의 진균은 아니어야 할 텐데! 그 진균은 철쭉에도 감염이 된다고 들었다. 최근 어느 잡지에서 그 진균이 북독일에도 출현했다는 기사를 보았는데…….

"안녕, 이자벨레!" 최악의 시나리오를 짜느라 여념이 없던 나는 등 뒤에서 들려온 누군가의 목소리에 정신이 번쩍 들었다. 뒤를 돌아다보니 이곳 묘역을 관리하고 있는 젊은 원예사 톰이 서 있었다. 그는 전부터 내게 이런저런 전문가로서의 조언을 해 주었다. 순간 그가 하늘이 내게 보내준 사람인 것 같았다.

"괜찮아요?" 그가 물었다.

"아니요! 여기 와서 좀 봐줄래요?"

톰은 끌고 가던 수레를 길 위에 세워 놓고 다가왔다.

나는 철쭉을 가리켰다. "이게 무슨 진균이죠? 설마 그 참나무 역병균은 아니겠죠?"

"아, 그럴 리가요." 톰은 철쭉을 더 자세히 관찰하기 위해 몸을 숙였다. "그냥 들이나 숲에서 흔히 볼 수 있는 곰팡이일 뿐이에요."

"그걸 어떻게 확신할 수 있어요? 일단 표본을 채취해서 실험실에 보내고, 또 잘 모르겠지만 전염병관리본부 같은 곳에 알려야 하는 거 아닐까요? 그리고……."

"그렇게 확신하는 이유는 간단해요. 참나무 역병균은 이곳에서 찾아볼 수 없기 때문이지요. 내 말을 믿어요. 그 진균이 우리 묘역에 퍼져 있다면 내가 모를 리 없잖아요." 톰은 귀 뒤에 꽂아 두었던 담배를 빼서 입에 물고 불을 붙였다. 그 모습을 보고 있자니 보안관이 자신의 마을에는 범죄자가 없노라고 큰소리치는 옛날 서부영화의 한 장면이 떠올랐다. "감염된 자리를 모두 잘라내고 살균제를 뿌리면 곧 괜찮아질 거예요."

그의 말을 들으니 그제야 안심이 되었다. 이 나무를 파내야 한다면 마음이 찢어지듯 아팠을 것이다. 처음에 심었을 때 너무나 작은 나무였고, 또 엄마한테 들은 바로는 아빠가 철쭉 종류를 유난히 좋아했기 때문이다. "다행이에요!" 나는 톰에게 환한 미소를 지었다.

그는 담배를 한 모금 깊이 들이마시면서 나를 유심히 살펴보았다. "내일 내가 그 일을 대신해 줄 수도 있을 텐데."

"정말요?"

"물론이죠. 그건 그렇고 헤어스타일이 참 잘 어울리네요."

"아!" 나는 이마로 흘러내린 머리를 쑥스럽게 쓸어 올렸다. "머리를 새로 한 건 아니지만, 어쨌든 고마워요."

"음, 있잖아요……." 그가 잠시 뜸을 들였다. "나하고 식사 안 할래요?"

'묘지에서 여자에게 데이트 신청을 하다니 웃어야 돼, 울어야 돼?'
하기야 우리가 이곳에서만 얼굴을 보던 사이였으니 데이트 신청할
장소도 달리 없었을 것이다. 톰은 사실 꽤 호감형의 잘생긴 얼굴인
데다 배려심도 많았다. 더구나 식물에 대해 아는 것도 많았다. 거절
할 이유가 없었다. "네, 좋아요." 나는 데이트 신청을 받아들였다.

"잘됐네요." 그는 담배를 땅바닥에 짓이겨 끈 다음 꽁초를 수레 속
으로 던졌다. "그럼 내가 전화할게요. 그리고 내일 당장 철쭉 관리에
들어갈 겁니다."

"고마워요, 톰. 정말 친절하시네요."

서로 전화번호를 교환하고 나자, 그는 수레를 끌고 어디론가 가 버
렸다.

나는 잡초를 좀 더 뽑고 식물에 물을 주었다. 아빠 무덤뿐만 아니
라 이웃해 있는 발터 프리츠쉬너의 무덤도 손질을 해주었다. 발터 프
리츠쉬너라는 사람의 묘석을 보면 이름 밑에 "영원히 사랑하고 잊
지 않으리라"는 말이 덧붙여 있었다. 하지만 그의 무덤은 언제나 쓸
쓸하고 황폐해 보였다. 나는 묘석에 새겨진 말에 강한 의구심을 품은
채 무덤을 돌보는 일밖에 달리 할 게 없었다.

나는 집 앞에 자전거를 대고 다락방까지 다섯 층을 기어 올라갔다.
발레리나 플랫슈즈를 휙 벗어 던지고 창문을 활짝 열어젖힌 다음, 간
이주방에서 아이스티를 만들었다. 이 집은 거의 지붕 경사각으로만
되어 있는 공간이어서 집 안의 모든 게 작았다. 그래도 나는 이 집이
좋았다. 이 집은 나만의 안식처다. 발을 떼어놓을 때마다 낡은 마루

청이 삐걱거렸지만. 방마다 각각 다른 색이 칠해져 있고, 주방 창문과 발코니에서 내다보면 거리 풍경을 마음껏 감상할 수 있었다.

노트북을 가져와 거실 소파에 편안하게 자리를 잡고 앉았다. 인터넷으로 TV 다시보기에서 아빠 묘지에 가느라 놓친 일일드라마 〈러브! 러브! 러브!〉 오늘 분을 검색했다. 드라마가 시작되자마자 나는 서로 좋아하면서도 쉽게 가까워지지 못하는 라라와 파스칼 이야기에 완전히 몰입하고 말았다. 578회부터 두 사람은 자신의 마음을 분명하게 밝히지 못한 채 서로의 주위를 맴돌기 시작했다. 나는 어떻게 사람이 저리도 미련할 수 있는지 문득문득 궁금해졌다. 운명적이고 유일하게 진실한 사랑은 처음 만나는 순간에 바로 알 텐데. 우리 부모님이 그랬던 것처럼. 두 사람은 80년대 함부르크의 한 디스코텍에서 처음 만났다. 엄마는 그때 네나(Nena) 밴드의 곡 〈Nur geträumt(꿈만 꾸었지)〉에 맞춰 춤을 추다가 무대 가장자리에 서 있던 한 남자와 부딪쳤다. 그 남자가 그녀를 붙잡았고, 두 사람은 서로의 눈을 바라보았다. 그리고…… 심장이 쿵! 운명적인 사랑이 시작되었던 것이다! 첫 순간부터 두 사람은 그것이 운명적인 사랑임을 알았고 모든 것이 분명했다.

나는 안타깝게도 지난 27년간 세 번의 실연과 수많은 데이트를 거쳐 오면서 '심장이 쿵!' 하는 순간을 한 번도 만나지 못했다. 아까 묘지에서 톰을 만났을 때도 역시나 그런 일은 일어나지 않았다. 한편으로 생각하면, 로맨틱도 좋지만 때로는 약간의 실용주의를 견지하는 것도 필요할 것 같았다. '톰은 호감이 가는 남자니까 한번 기회를 주는 것도 나쁘지 않겠지.'

선반 위 아빠 사진 옆에 놓여 있는 유리병에 눈길이 머물렀다. 그 유리병은 카티가 내 생일날 색색의 메모지 한 무더기와 함께 선물해 준 캔디병이었다. 선물을 건네면서 그녀는 이렇게 말했다. "이제부터 행복한 순간이 있을 때마다 메모지에 적어서 유리병에 넣어봐. 1년 후에 네가 적은 것들을 읽어보면, 인생이 그렇게 엉망인 건 아니라는 걸 알게 될 거야."

그 무렵 나는 사귀고 있던 남자친구와 결별한 직후여서 상당히 우울한 시기를 보내고 있었다. 그때부터 행복한 순간을 메모지에 적어서 유리병에 넣기 시작했고, 10월에 있는 스물아홉 번째 내 생일에 그 병을 개봉할 생각이다. 노란색 메모지를 꺼내 오늘의 행복한 순간을 적었다. "아빠의 철쭉이 진균에 감염됐지만, 참나무 역병균은 아니었음. 불행 중 다행!" 또 파란색 메모지에도 적었다. "톰이 내게 데이트 신청을 함. 묘지에서! 적절하지 않은 타이밍이었지만, 그가 데이트 신청을 해서 기뻤음." 메모지를 넣고 유리병 뚜껑을 닫아서 다시 선반 위에 올려놓았다.

Love 3

　화요일 오후. 나는 가게에서 어마어마하게 큰 꽃다발을 만드느라 정신이 없었다. 단골손님인 홍케묄러 박사가 그의 병원 사무장 니켈 여사에게 30년 근속 기념으로 선물하려고 주문한 꽃다발이었다. 안과의사인 그는 플레이보이 기질이 다분해 보이면서도 품위 있고 점잖은 신사였다. 언제나 흠잡을 데 없는 차림새였고(스리피스 슈트에 행커치프까지 꽂은 차림일 때도 종종 있었다), 숱 많은 백발은 깔끔하게 옆으로 빗겨 있었다. 나는 그를 몰래 '아도니스 꽃'이라고 불렀다. 그가 브리기테와 내게 끊임없는 찬사를 퍼부어 대는 바람에 그를 볼 때마다 늘 기분이 좋았다. 원래 화요일은 내가 쉬는 날이었으나, 이번 주는 브리기테와 쉬는 날을 바꾸었다. 브리기테가 가게에 안 나왔다는 말을 듣고 홍케묄러 박사는 대단히 실망한 눈치였다.

　"여기 있습니다." 나는 그에게 완성된 꽃다발을 내밀었다.

　"정말 근사하네요, 바그너 양!" 그가 탄성을 질렀다. "진정한 대가의 작품이에요! 틀림없이 니켈 여사가 기뻐할 겁니다." 그는 가게를 나섰다.

문에 달린 종이 딸랑거리는 소리를 내며 손님이 왔다는 것을 알렸다. 고개를 들어 보니 머리부터 발끝까지 근무복 차림인 카티가 가게 안으로 들어오고 있었다. 그녀는 독일철도청 소속 승무원으로 일하고 있어서 '더 이상 가슴 철렁할 일이 없다'는 말을 입버릇처럼 했다. 그래도 유니폼은 그녀에게 너무 잘 어울려서 앙증맞은 모자를 쓰고 귀여운 빨간 스카프를 목에 두른 모습을 볼 때마다 마음이 무장해제되는 느낌이었다. "카티!" 나는 얼싸안으며 반갑게 맞았다. "일하러 가는 길이야? 아님 일하고 오는 길이야?"

"퇴근하는 길." 그녀는 모자를 벗어 카운터 위에 획 던졌다. "75분 간 기차가 연착됐는데, 웬일로 컴플레인을 세 번밖에 안 들었어. 운이 좋은 날이었지."

"다행이네." 나는 웃으면서 말했다. "커피 줄까?"

"물론이지. 카페인을 채워 줘야 해. 지금 너무 피곤하거든! 근데 먼저 너한테 할 말이 있어. 아주 중요한 이야기야." 금발 머리가 살짝 헝클어져 있고 눈 밑이 그늘져 있음에도 불구하고 그녀는 주위가 온통 환해질 만큼 밝은 얼굴로 말했다.

"뭔데?" 나는 무슨 이야긴지 이미 짐작이 갔지만 시치미를 떼고 물었다.

"데니스랑 나 이사해!" 그녀가 흥분해서 외쳤다.

'뭐? 둘이 결혼한다는 말일 줄 알았는데!' "이사를 한다고? 어디로?"

"데니스의 이모님 집을 우리가 살 거야. 거저라고 할 만큼 헐값에. 이모님이 양로원으로 들어가신데. 굉장한 소식이지. 이자?"

"그 집이 어디에 있는데?" 뱃속에 불길한 느낌이 스멀스멀 퍼졌다. 데니스의 가족은 대부분 함부르크에 살고 있지 않았다.

"불렌쿨렌이야." 카티가 빠르게 대답했다.

"어디?"

"피네베르크* 지역에 있어. 엘름스호른 근처."

기가 차서 나는 호흡을 가다듬었다. "엘름스호른?! 피네베르크?! 너희 미쳤어?"

카티의 환한 미소가 사그라졌다. "집이 얼마나 예쁜데, 이자. 중앙역에서 기차로 엘름스호른까지 30분밖에 안 걸려."

"그래, 그럼 너네 불렌쿨렌까지는 또 얼마나 걸리는데? 거기까지 가는 대중교통이 있기나 한 거야? 도로는 있고?" 나는 공황발작과도 비슷한 증세가 시작되는 느낌이 들었다.

"당연히 도로는 있지. 정말이야, 이자!"

"너희가 그곳으로 이사 가면 우린 두 번 다시 못 만날 거야! 그렇게 훌쩍 떠나 버리면 난 어쩌라고! 이사 갈 거라는 말은 지금까지 한마디도 없어서 마음의 준비도 안 되어 있는데. 함부르크에서 살 수는 없는 거야?"

카티가 한숨을 푹 내쉬었다. "함부르크에서는 집을 구할 수 있는 형편이 못 되니까. 불렌쿨렌은 그리 멀지 않아. 이사를 가더라도 당연히 우린 계속 정기적으로 만날 거고."

"말이 쉽지 그렇게 안 될걸." 나는 물러서지 않았다. "너희가 일단 그 마을에 살게 되면 그곳을 나오는 일이 없어질 테니까. 넌 시골 여

....

* 독일 북부 함부르크 근교의 행정 구역. 원예 지대로 유명함.

자들 사이에서, 그리고 데니스는 자율소방관들 사이에서 눈 감짝할 사이에 적응하고 나면 나를 까맣게 잊어버리겠지."

그녀는 어이없다는 듯 몇 초간 나를 응시하더니 한바탕 웃음을 터뜨렸다. "아가씨, 오버 좀 하지 마세요. 하늘에 대고 맹세할게. 시골 여자들하고 절대 안 만나겠다고. 그리고 너를 잊어버리는 일도 절대 없을 거야."

우리는 곧 있을 공증절차와 리모델링에 대해 수다를 떨면서 카티가 가져온 주거 전문잡지를 보고 있었다. 그때 문에 달린 종이 울리면서 10대 소녀 하나가 가게 안으로 들어왔다. 마르고 키 큰 소녀는 긴 갈색 머리에 검은색 치마와 오버사이즈의 검정 스웨터를 입고 투박한 닥터마틴 워커를 신고 있었다.

"안녕!" 내가 먼저 인사를 건넸다. "뭘 도와줄까?" 어쩌면 메탈밴드 콘서트에 가서 무대에 던질 흑장미 백 송이를 사러 왔을지도 모르지.

"아니요, 괜찮아요. 그냥 좀 둘러보려고요." 소녀는 짙은 보라색으로 입술을 칠하고 눈 주위를 아이라이너로 두껍게 그린 모습이었다.

"알겠어. 뭐 필요한 게 있으면 언제든 부르고."

소녀는 고개를 끄덕이며 눈을 찌르는 앞머리를 옆으로 넘겼다. 그러고 나서 데코용품들이 전시되어 있는 쪽으로 느릿느릿 걸어갔다. 그곳엔 꽃병과 촛대, 예쁜 냅킨 등이 놓여 있었고, 특히 하이라이트로 화가 마리오 쿤첸도르프의 아름다운 조각 작품 몇 점이 전시되어 있었다. 그 화가와 친분이 있는 브리기테는 작품을 가게에 전시해 놓았으나, 유감스럽게도 지난 2년 동안 한 작품도 팔지 못했다. 소녀는 그의 작품에 유난히 관심이 있는 듯 보였다. 그래도 미적 감각이 있고 예술이 뭔지 좀 아는가 보네.

아직 어려 보이는 고스*걸을 눈으로 좇고 있다가 카티에게 톰에 대한 이야기를 미처 하지 못한 것이 생각났다. "있잖아, 데이트 신청을 받았어!"

"어머, 잘됐네." 카티는 제 일인 양 좋아했다. "누군데?"

"묘지에서 알게 된 사람인데, 톰이라고 해. 거기서 원예사로 일하고 있고, 배려심이 많은 데다 꽤 괜찮은 남자야."

카티는 잠시 아무 말 없이 나를 쳐다보더니 갑자기 웃음을 터뜨렸다. "묘지에서 눈이 맞았다고? 넌 정말 못 말린다니까! 데이트가 언제데?"

"2주 후 목요일."

"와우, 너하고 안 어울리게 정말 즉흥적이네."

"나하고 안 어울린다고? 나도 얼마든지······." 순간 나는 할 말을 잊고 멈칫했다. 데코용품 코너에서 내가 목격한 장면이 나를 얼어붙게 만들었던 것이다. 나는 검은 옷차림의 어린 아가씨가 마리오 쿤첸도르프의 조각품 Love 3을 슬쩍 자기 책가방 안에 집어넣는 것을 보고 말았다. 소녀는 출입구 쪽으로 유유히 걸어가면서 말했다. "유감이지만 마음에 드는 게 없네요. 안녕히 계세요."

나는 너무 당황해서 잠시 꼼짝도 할 수 없었다. 소녀가 문까지 걸어갔을 즈음에야 비로소 정신이 들었다. "거기 서, 고스걸! 네가 지금 무슨 짓을 한 건지 알아?" 소녀가 도망치기 전에 쏜살같이 뛰어가서

....

* 1980년대에 유행한 록음악의 한 형태인 고스 음악 애호가(검은 옷을 입고 흰색과 검은색으로 화장을 함).

문을 막아섰다. "네가 쿤첸도르프의 조각품을 훔쳤잖아!" 나는 꾸짖으면서 소녀의 가방에 손을 댔다.

소녀는 몸을 홱 뿌리쳤다. "당신한텐 내 가방을 뒤질 권한이 없어요. 그렇게 할 수 있는 건 경찰뿐이에요!"

"참 나, 그러니까 그건……. 내 말은……." 나는 분해서 어쩔 줄을 모를 때면 늘 말문이 막혔다. "그래, 경찰." 간신히 다시 말문이 트였다. "경찰에 신고하겠어. 지금 당장!"

전화기 쪽으로 발걸음을 막 떼려는 순간, 고스걸이 외쳤다. "안 돼! 경찰은 안 돼요!" 그러더니 소녀는 눈물을 펑펑 쏟았다. "제발 경찰은 안 돼요!" 얼굴을 두 손에 파묻고 큰 소리로 흐느끼기 시작했다. "우리 부모님이 나를 가만두지 않을 텐데, 그럼 난……." 애처롭게 콧물을 훌쩍이며 말을 이었다. "기숙학교, 아니면…… 요르단으로 가야 해요!"

"뭐라고?" 황당했다. "요르단? 왜 하필 그곳이지?"

소녀는 더 큰 소리로 통곡하기 시작했다.

카티는 안됐다는 듯 혀를 찼다. "쯧쯧, 불쌍해서 봐줄 수가 없네."

"나를 골탕 먹이려고 그러는 거야!" 내가 말했다.

"아니에요, 진짜 맹세해요!" 소녀의 두 눈에 깊은 절망이 담겨 있었다. 얼굴은 눈물범벅이고 검은색 아이라이너와 마스카라가 잔뜩 번져서 그 모습이 판다 가면을 쓰고 등장하는 가수 크로(Cro)를 연상시켰다. 나는 한숨을 내쉬고는 뒤편에서 티슈를 가지고 왔다. "여기, 코 좀 풀어."

5분쯤 열심히 코를 닦고 나더니 소녀는 후회막심한 얼굴로 말했다. "미안해요. 정말 진심이에요."

"네네, 그러시겠죠." 내가 말했다. "처음부터 그러려고 했던 게 아니라고 또 변명을 늘어놓지그래. 훔치는 건 나쁜 짓이야. 정말 나쁜 짓이라고! 요즘 소상인들이 얼마나 살아남기가 힘든지 알기나 해?" 뭐라고 대꾸할 틈도 주지 않고 나는 계속 퍼부었다. "뭔가를 갖고 싶으면 값을 치러야지. 그런 식으로 해야만 사회가 제대로 돌아가는 거야!"

"그러는 너도 탐폰 한 팩을 몰래 훔친 적이 있잖아. 기억 안 나, 이자?" 카티가 끼어들었다.

"너도 참!" 나는 발끈했다. "그땐 내가 열세 살이었고, 완전히 다른 상황이었어. 그리고 지금 이 일과는 전혀 무관한 이야기야."

"미안!"

"이름이 뭐지?" 내가 소녀에게 물었다.

"메를레."

"성은?"

소녀는 잠시 주저하더니 기어들어 가는 목소리로 말했다. "틸."

틸?! 그 재수 없는 비트 성애자와 같은 성이라고? 우연이겠지. 희귀한 성도 아니니까. 하지만 꽃을 싫어한다는 그 남자가 이 소녀의 아빠라면, 놀라우리만치 동안이거나 아니면 아주 어린 나이에 아빠가 됐거나 둘 중 하나였다. "부모님한테 전화를 해야겠어."

"하지만 부모님은 여기 없어요." 메를레가 코를 훌쩍거렸다. "고고학자라서 지금 요르단에서 발굴 작업을 하고 계시거든요. 정말이에요!"

아하, 그럼 그 재수탱이의 딸은 아니군. "부모님이 언제 오시는데?"

"2년 후에요."

"뭐?!" 카티가 언성을 높였다. "부모님이 너를 혼자 남겨 두고 가 버리셨다고?"

메를레는 시선을 떨군 채 고개를 끄덕였다. "네. 부모님한테는 일이 나보다 더 중요하거든요."

"하지만 지금 어딘가에서 살고 있을 거 아냐." 내가 말했다. "부모님이 그렇게 오랫동안 너 혼자 지내게 내버려 두지는 않았을 텐데."

메를레는 손으로 눈물을 훔쳤다. "지금 오빠 집에서 살고 있어요. 이복오빠데요, 너무 바빠서 얼굴 보기도 힘들어요. 여기서 있었던 일을 알면 오빠는 나를 당장 기숙학교에 보낼 거예요!" 메를레는 잔뜩 겁먹은 눈으로 나를 바라보았다.

"아니면 요르단으로 보내거나." 카티가 추론했다.

메를레는 고개를 끄덕였다.

'아, 이 소녀의 신세도 참 처량하네. 요르단이 대체 어디 있는 나라야? 중동 위험지역 한가운데 있는 나라 아닌가?' 사정이 딱하긴 했지만, 소녀가 물건을 훔친 것은 변함없는 사실이므로 그냥 넘어갈 수는 없었다. "사고를 치기 전에 먼저 생각을 했어야지. 일단 오빠 이름하고 전화번호 말해 봐."

메를레는 책가방을 뒤져 휴대폰을 꺼냈다. "오빠 이름은 옌스라고 해요." 약간 떨리는 목소리였다.

나도 모르게 신음소리가 새어 나왔다. 옌스 틸! 역시 그랬군. "맞은편 레스토랑 주인 맞지?"

메를레가 고개를 끄덕이고 애원하듯 말했다. "앞으로 두 번 다시 이런 짓 하지 않겠다고 하늘에 대고 맹세하면, 한 번만 눈감아 줄 수 없어요?"

사실 소녀를 그냥 보내 주는 쪽으로 마음이 기울었으나, 한편으로는 옌스 틸에게 제대로 한 방 먹일 기회를 놓치고 싶지 않은 마음도 있었다. 여동생을 소홀히 하면서 요르단으로 쫓아 버리겠다고 협박이나 하는 것은 그에게 딱 어울리는 행동이었다. "네 오빠와 대화해 보는 수밖에 다른 도리가 없네. 지금 바로 가서 만나는 게 좋겠어."

나는 카티를 보내고 문에 걸린 팻말을 '10분 후에 돌아오겠습니다'라는 글이 보이게 돌려놓았다. 메를레에게 말했다. "자, 가자."

우리는 틸스 식당 안으로 들어섰다. 시간을 보니 오후 4시 30분이었다. 점심과 저녁 장사 중간인 시간이어서 레스토랑 안은 완전히 텅 비어 있었다.

"옌스는 틀림없이 주방에 있을 거예요." 메를레의 말이 끝나자마자 기다렸다는 듯 흔들문이 열리고 그가 나왔다. 여동생을 보더니 그는 깜짝 놀라 걸음을 멈췄다. "꼴이 그게 뭐야?" 그의 시선이 내게로 향했다. " 수프녀!" 얼떨결에 그의 입에서 튀어나온 말이었다.

"내 이름은 이자벨레인데요." 나는 최대한 품위 있게 말했다.

"이자벨레 바그너, 나도 알아요. 그런데 어쩌다 두 사람이 같이 오게 되었는지 물어봐도 될까요?"

"그쪽 여동생이 물건을 훔치다가 나한테 딱 걸렸거든요. 내가 일하는 꽃가게에서요."

"물건을 훔쳐요? 꽃가게에서?!" 그의 얼굴을 보니 믿을 수가 없다는 표정이었다. "네가 훔친 게 뭔데?" 그가 메를레에게 물었다.

메를레는 가방을 열고 조각품을 꺼내 옌스에게 건넸다. 그의 눈을 쳐다볼 엄두도 못 내고 잔뜩 움츠린 모습이었다.

그는 Love 3을 손에 들고 이리저리 살펴보았다. "이걸로 뭘 하려고 했던 거야?"

"이봐요!" 어처구니가 없었다. "뭐 하려고 물건을 훔친 건지가 지금 중요한 게 아니잖아요!"

"그렇군요. 미안해요. 메를레, 도대체 왜 훔친 거야?" 그가 엄한 목소리로 메를레에게 물었다. "아, 젠장! 내 말은, 왜 훔쳤냐고."

메를레의 턱이 떨리기 시작했다. "나도 모르겠어. 그냥 조각품이 예뻤어. 이 조각품 커플을 보니 엄마 아빠 생각이 나서. 난 늘 혼자였고, 오빠 나와 같이 있어 줄 시간이 전혀 없잖아. 난 오빠에게 짐만 될 뿐이야!" 메를레는 애절하게 눈물을 쏟으며 불쌍하게 서 있었다.

나는 옌스가 동생을 안아 주며 너무 무심해서 미안하다고 사과할 줄 알았다. 하지만 그는 화난 얼굴로 메를레를 쳐다보기만 했다. "메를레, 또 그 타령이니?"

'세상에! 끔찍한 냉혈한 같으니라고!' "참견하고 싶진 않지만……." 나는 참다못해 입을 열었지만 곧바로 옌스에게 저지당하고 말았다.

"그럼 하지 말아요." 그가 날카롭게 말했다.

"좋아요, 갑자기 참견하고 싶어지네요! 그쪽 동생이 물건을 훔친 건 관심 좀 가져 달라는 외침일 뿐이에요. 그쪽 부모님은 딸보다 발굴인지 뭔지가 더 중요해서 멀리 떠나 버렸고, 무정한 오빠는 레스토랑에만 신경을 쓰면서 요르단으로 쫓아 버리겠다고 협박하고 있잖아요!"

그가 짓궂은 웃음을 지었다. "맞아요. 그리고 동생은 부엌바닥에서 잠을 자야 하죠. 가끔씩 내 심기가 불편한 날은 렌즈콩과 완두콩을 막 섞어 놓고 동생에게 전부 다시 종류별로 나누라고 시킨답니다. 또 무도회에 같이 갈 수도 없고요." 몇 걸음 다가와 내 앞에 선 그의 두 눈에서 파란 불꽃이 튀는 것 같았다. "그 불쌍하고 순진한 여동생에 대한 이야기를 들려줄게요. 아이는 무슨 일이 있어도 나와 함께 살고 싶어 했어요. 기숙학교엔 절대 안 가겠다면서. 그때 난 동생에게 분명히 말했어요. 내가 레스토랑을 개업해서 돌봐줄 시간이 없기 때문에 안 된다고 말이죠. 하지만 메를레는 워낙 똑똑하고 야무지며 자립심이 강한 아이라서 결국 설득당하고 말았어요. 그런데 여기로 이사 오자마자 동생은 고스룩인지 뭔지 괴상망측한 옷을 걸치고 다니더니 이젠 도둑질까지 한다네요!" 옌스는 손가락으로 메를레를 가리켰다. "내 여동생은 조작의 대가예요. 아, 참고로 내 동생은 필요에 따라 언제든 흐느껴 울 수 있어요. 적어도 하루에 세 번은 그렇게 한답니다! 처음엔 나도 깜빡 속아 넘어갔지만, 이젠 정말 진절머리가 나요."

메를레는 그가 이야기를 하는 동안 울음을 그치고 내가 하듯 가만히 그 자리에 서 있었다. 잠시 동안 침묵이 흘렀다.

옌스는 두 손을 허리에 얹고 어두운 표정으로 주방 쪽을 응시하고 있었다. 이윽고 그는 숨을 크게 내쉬더니 양손을 얼굴에 대고 비볐다. "미안해요." 그가 내게 말했다. "그쪽에게 막말을 하려고 했던 건 아닌데." 그러고 나서 여동생한테 가서 가녀린 어깨에 두 손을 올렸다. "메를레, 진짜 훔친 거야? 네가 그런 짓을 할 수 있으리라고는 상상도 못 했는데."

"정말 미안해, 옌스." 메를레가 나지막하게 말했다. 화장이 번져 엉망이 된 소녀의 얼굴이 갑자기 애처로운 어린아이 같아 보였다. "내가 범하지 못할 모든 것을 걸고 엄숙히 맹세할게. 다시는 이런 짓 하지 않겠다고."

"네가 범하지 못할 게 있기나 하고? 이 꼬마 사기꾼아." 그는 한숨을 내쉬며 동생을 끌어안았다.

메를레는 그에게 꼭 안겨 그의 가슴에 얼굴을 파묻었다. 나는 저 아이에게 범하지 못할 존재가 적어도 한 가지 내지 한 사람은 있을지도 모르겠다는 생각이 들었다.

그때 내가 방금 전 옌스 틸에게 한 말들은 잘못이라는 생각이 분명해졌다. 그래도 그의 면전에서 사실을 인정하는 건 죽었다 깨어나도 못할 것 같았다. 나는 헛기침을 하며 말을 꺼냈다. "그럼 우리 가게에서 물건을 훔친 건 어떻게 할까요? 사실 경찰에 신고를 하는 게 맞는데 말이죠."

메를레와 옌스는 눈이 휘둥그레졌다. "물론 그렇겠지요. 하지만……." 옌스는 잠시 말을 멈추었다. "동생이 다시는 그러지 않겠다고 맹세했잖아요."

"다시는 안 그럴게요." 메를레는 세차게 고개를 흔들며 말했다. "제발 경찰에 신고하지 말아요, 네?"

그 순간 나는 처음부터 메를레를 신고할 마음이 전혀 없었고 어차피 내가 그러지도 못했으리라는 것을 깨달았다. 없었던 일로 하자고 말을 하려는 순간, 한 가지 아이디어가 퍼뜩 떠올랐다. 조금은 비열한 아이디어일 수도 있었다. '하지만 뭐 도둑질도 비열한 짓 아닌가?' "음, 있잖아요, 옌스……. 테이블 데코 말인데요. 한번 생각해봤어요?" 그의 눈을 똑바로 쳐다보며 내가 물었다.

그는 어리둥절한 듯 이마를 찌푸리더니 뒤늦게야 내 말을 이해하고 어이없다는 표정을 지었다. "설마 진심은 아니겠죠."

"천만에요. 농담일 리가 있나요. 정말 좋은 제안을 하는 건데요."

옌스는 웃으면서 말했다. "내가 거절할 수 없는 제안 아닌가요?"

"이봐요, 그냥 생각난 김에 꽃 이야기를 꺼낸 것뿐이에요. 난 협박을 일삼는 마피아가 아니라고요." 말은 그렇게 했지만, 사실은 내가 마피아라도 된 것 같은 기분이 들던 참이었다.

"아, 그래요? 그런데 왜 난 협박을 당하는 느낌이 들까요?"

"이자벨레가 만드는 꽃다발은 정말 근사해." 나와 옌스 사이에 벌어지고 있는 신경전을 이해할 리 없는 메를레가 끼어들었다. "언니 가게에 들어갔을 때 봤어. 언니는 정말 멋져, 옌스. 일을 하면서 술을 마시더라니까. 얼마 전에는 묘지에서 데이트 신청을 받았대. 열세 살 때 탐폰을 훔친 적도 있고."

옌스의 눈썹이 위로 치켜 올라갔다. "이런, 정말 믿기지 않는군!"

나는 얼굴이 후끈 달아오르는 것을 느꼈다. "일하면서 술을 마신 건 예외였어요. 축하할 일이 있어서 한잔한 것뿐이니까요. 그리고 탐폰 사건은 실수로 빚어진 일이었어요. 그 당시 내가 좋아하던 남자아이가 하필 그 순간에 들어와서 탐폰을 살 엄두가 나지 않았어요. 일단 얼른 내 가방에 집어넣고 나중에 계산하려고 했는데, 그만 잊어버린 거예요."

"그렇게 자세히 알고 싶은 마음은 전혀 없었는데요." 옌스가 말했다.

"그럼 테이블 데코는 나한테 맡기기로 하는 거죠?"

그는 잠시 망설이더니 드디어 내 제안을 받아들였다. "꽃에 들어가는 비용이 일주일에 50유로를 넘으면 안 돼요."

"알겠어요." 나는 그에게 손을 내밀었다.

"너무 복잡하지 않게!" 그가 내 손을 잡으며 덧붙였다. "장미도 안 되고, 냄새가 너무 강한 것도 안 돼요!"

"당연하죠."

"그럼 경찰은 어떻게 되는 거예요?" 메를레가 물었다. "신고를 할 건가요, 말 건가요?"

"물론 안 하는 거지!" 옌스가 대신 대답했다.

메를레가 가만히 나를 쳐다보며 말했다. "옌스, 우리가 조각품을 사는 게 어때? 배상하는 뜻으로."

조각품은 그냥 돌려주면 된다고 내가 말을 하려는 순간, 옌스가 지갑을 꺼내 50유로짜리 지폐를 내밀었다. "이 정도면 그 물건값으로 충분할 거 같은데."

정확히 뭔지는 잘 모르겠지만, 그에게는 내 비위를 자꾸 건드리는 뭔가가 있었다. "이건 물건이 아니라, 재능 있는 조각가 마리오 쿤첸도르프의 러브 시리즈 중에서도 특히 유려한 터치로 완성된 Love 3이라는 작품이에요. 굳이 판다면 250유로는 받아야죠."

옌스의 얼굴 표정이 일그러졌다. "뭐라고요?"

"250유로요." 겉으로는 태연한 척했지만, 내 심장 박동이 점점 빨라졌다. '이러다 내가 마리오의 작품을 처음으로 팔게 되는 건 아니겠지?'

"이런 고물이?"

"고물이 아니라 예술작품이라니까요."

"말도 안 돼." 그는 메를레를 보고 말했다. "대신 네가 이 레스토랑에서 일해서 그 돈을 갚아야 할 거야, 아가씨. 아무리 열심히 완두콩을 집어내도 250유로는 못 벌 텐데!" 그는 지갑에서 50유로짜리 지폐를 두 장 더 꺼내서 내게 내밀었다. "나머진 카운터 금고에서 가져와야 해요."

"이 정도면 됐어요. 어쨌든 그쪽은 이제 단골손님이 되었으니까 조각품을 특별가격에 드릴게요." 돈을 받아들고 나는 너무 좋아서 펄쩍펄쩍 뛰고 싶은 것을 억지로 참느라 힘들었다. '정말 운 좋은 날이네! 새 단골손님도 생기고, Love 3을 이렇게 비싼 가격에 팔다니! 새빨간 메모지에 적어 유리병에 넣을 행복의 순간이 두 가지나 되네!'

옌스는 의심스러운 눈초리로 나를 쳐다보았다. 그러더니 내게 몸을 숙이고 나지막한 목소리로 말했다. "방금 전 10분 사이에 그쪽에게 두 번이나 된통 당한 것 같은 불길한 느낌이 드는데."

"앞으로는 그쪽 여동생에게 더 많이 신경 쓰라는 교훈을 얻은 셈 치면 되죠." 나도 작은 소리로 말했다.

"내가 그쪽을 과소평가했네요, 이자벨레 바그너. 못 말리게 엉뚱한 것 같은데, 알고 보면 아주 수완이 좋은 사람이군요."

잠시 동안 우리는 말없이 서로의 눈을 바라보았다. "칭찬으로 들을게요." 침묵을 깨고 내가 말했다.

옌스가 정색을 했다. "칭찬이 아니었는데. 하여튼 이제 모든 일이 깔끔하게 정리가 된 거죠? 아님 내 주머니에서 더 많은 돈을 뜯어가고 싶은가요?"

"아니요, 오늘은 이 정도로 충분해요." 내가 상냥하게 대꾸했다. "그럼 내일 오전에 들를게요. 한 10시쯤? 그때 가게에 계시나요?"

"옌스는 늘 가게에 있어요." 메를레가 대답했다. "다시 한번 사과할게요, 이자벨레."

"이제 그만해도 돼." 나는 메를레에게 미소를 지었다. 옌스에게 작별인사로 손을 흔들어 보인 다음, 기분 좋게 레스토랑을 나왔다.

이웃의 도리

가게 앞 정차구역으로 내 시선이 쏠렸다. 택시 한 대가 차량 유도 기둥을 살짝 스치며 타이어 마찰음과 함께 멈춰 섰기 때문이다. 잠시 후 택시기사가 내렸다. 키가 크고 건장한 몸집에 상파울리*의 기사 티셔츠와 가죽조끼 그리고 구멍 난 청바지를 걸친 장발의 로커 스타일이었다.

"크누트!" 브리기테와 내가 동시에 외쳤다.

크누트가 가게 안으로 들어서며 반갑게 인사했다. "안녕! 다들 잘 지내셨나?"

"그럼요!" 나는 후다닥 달려가 그를 얼싸안았다.

늘 그랬듯이 그는 내 어깨를 툭 치며 전형적인 함부르크 억양으로 말했다. "이런, 이런! 도대체 얼마 만이지?"

크누트와 나는 8년 전에 처음 만나 지금까지 친한 친구처럼 지냈

....

* 함부르크에서 사창가가 밀집된 지역.

다. 그 당시 나는 플로리스트 직업교육을 마치자마자 상파울리의 으슥한 골목에 방을 얻어 이사를 했다. 열아홉 살 시절에는 그런 곳에서 사는 게 왠지 멋있어 보였다. 하지만 얼마 못 가 그곳이 내겐 너무 위험한 동네라는 것을 깨닫게 되었다. 불안한 마음으로 하루하루를 지내던 어느 날, 크누트가 내 방문을 두드렸다. 그는 이웃이라고 자신을 소개하고는 우유를 좀 빌려줄 수 있느냐고 물었다. 그날부터 별용건도 없으면서 툭하면 찾아와 나를 귀찮게 했다. 처음에는 그런 그가 수상쩍어 보였고 내게 뭘 원하는 건지 알 수가 없었다. 그러다가 나중에서야 그것이 나를 살피려는 그의 속 깊은 배려였음을 알게 되었다. 몇 달 후 나는 상파울리를 벗어나 빈터후데로 옮겨왔지만 우정은 계속 이어왔다.

"커피 한잔할래요, 크누트?" 브리기테가 물었다.

"커피는 사양하지 않겠습니다. 교대 시간까지 아직 한참 더 택시를 몰아야 해서요."

브리기테가 뒤편으로 가서 커피를 가져오는 동안, 크누트와 나는 작업대를 사이에 두고 마주 앉았다. 내가 장례식에 보낼 화환을 만드는 동안 그는 나를 지켜보았다.

"뭐 새로운 소식은 없나?" 그가 궁금해했다. "사귀는 남자친구는 있고?"

"사귀는 사람은 없어요. 2주 후에 데이트가 있기는 하지만." 화환을 리본으로 묶으면서 내가 말했다.

"그래? 어떤 녀석인데?"

"아주 괜찮은 사람이에요. 묘지에서 원예사로 일하고 있어서 식물에 대해서도 잘 알아요. 근데 왠지……." 나는 어깨를 으쓱했다. "심장이 쿵! 하지 않아요. 아직까지는요. 무슨 말인지 알죠?"

크누트는 호탕한 웃음을 터뜨렸다. "그놈의 심장이 쿵! 넌 너무 까다로워, 이자! 그 불쌍한 녀석에게 기회를 좀 줘 봐." 크누트는 다른 사람들의 삶, 특히 내 삶에 참견하기를 좋아했다. 짐작건대 그가 택시를 모는 것도 바로 그 때문일 것이다. 택시를 몰고 다니면서 승객들에게 부탁받지도 않은 조언을 해 주고 때로는 그 대가로 돈을 받을 수도 있었으니까.

"기회를 주고 있잖아요. 아니면 내가 그 남자를 만나지도 않겠죠."

브리기테가 크누트에게 커피잔을 건넸다. "미안해요, 나도 같이 얘기를 나누고 싶지만 볼일이 좀 있어서요. 다음에 또 봐요, 크누트."

브리기테가 자리를 뜨자, 그는 다시 내게 말했다. "이자, 내가 오늘 여기 온 건…… 부탁이 하나 있어서야." 그는 멋쩍은 듯 자기 가죽조끼를 만지작거렸다.

"뭔데요? 어서 말을 해봐요." 나는 채근했다. 그렇게 머뭇거리는 건 전혀 그답지 않은 행동이었다.

그가 헛기침을 하며 말을 꺼냈다. "근사한 꽃다발 좀 만들어 줄 수 있어? 장미가 들어간 뭐 그런 거? 물론 나를 위한 건 아니고, 저기…… 여자한테 줄 건데."

"어머나, 세상에! 혹시 사랑에 빠진 거예요?"

쉰 살을 훌쩍 넘긴 터프한 로커 스타일의 남자 얼굴이 빨개지는 모습을 보는 건 흔치 않은 일이다. "아니야, 사랑에 빠지다니." 그가 손사래를 쳤다. 하지만 그의 얼굴에 미소가 번지고 검은 두 눈이 반짝이는 것을 보니 수상했다. "뭐, 그런 거 같기도 하고. 아주 조금."

"정말 잘 됐어요! 나도 기뻐요! 사귄 지는 얼마나 됐고요? 그런데 대체 누구예요?"

크누트는 당황스러운 듯 또 헛기침을 했다. "엄밀히 말하면 사귀는 건 아니야. 그냥 오래전부터 알고 지내던 사이였는데, 얼마 전부터 내가 특별한 감정을 느끼게 된 거지. 이름은 이리나라고 하고 한스 알버스 플라츠*에서 일해."

방금 전까지 우리 위를 둥실둥실 떠다니고 있던 분홍빛 구름이 싹 걷히는 기분이었다. 할 말을 잃고 그를 쳐다보았다. "뭐라고요? 크누트, 어떻게 그럴 수가! 한스 알버스 플라츠? 비극으로 끝날 수밖에 없는 사랑이에요. 내 말은 언젠가 그녀의 포주가……."

"나 참, 또 무슨 생각을 하는 거야?" 크누트가 어이없어했다. "그녀는 키츠하펜 주인이라고."

"아, 그렇군요. 미안해요." 키츠하펜은 상당히 초라하고 지저분하지만 요즘 무척 잘나가는 술집이었다. "그럼 꽃을 주면서 사랑한다고 고백하게요?"

크누트의 눈이 휘둥그레졌다. "아니, 천만에! 난 그렇게 저돌적으로 밀어붙이고 싶지 않아. 아주 천천히 부드럽게! 우린 랑데부조차도 하지 않았는데."

그는 매번 랑데부라고 말했다. 요즘은 랑데부가 아니라 데이트라고 한다며 내가 수천 번도 더 설명해 줬건만 그는 아랑곳하지 않았다. "그녀는 벌써 오래전에 남편과 헤어졌지만, 아직 이혼은 하지 않은 상태야. 그놈하곤 앞으로 절대 엮이고 싶지 않다고 치를 떨더군. 그녀의 전남편은 진짜 개자식이거든." 크누트는 경멸 어린 어조로

....

* 상파울리의 사창가로 유명한 거리.

덧붙였다. "그 자식은 클럽 문지기로 일하고 있으면서 불법거래도 하고 있나 보더군. 내 말이 무슨 뜻인지 알 거야."

"네, 짐작은 가요." 나는 크누트가 함부르크 유흥가의 어두운 이면들을 어떻게 그토록 잘 알고 있는지 예전부터 궁금했다. 하지만 그가 과거에 대해서는 늘 함구해서 알아낼 수가 없었다. "상황이 아주 복잡해 보이는데요."

"나도 알아. 하지만 어쩌겠어? 아무튼 오늘이 그녀의 생일이고 해서 그냥 작은 관심을 표현하려고……." 말끝을 흐리며 그는 코를 긁었다.

"아, 크누트! 정말 멋져요. 그런데 장미는 약간 촌스러우니까 그 대신……." 나는 가게 안에 있는 꽃들을 휙 둘러보았다. "아이리스, 불두화 그리고 라일락을 섞으면 어때요? 아주 예쁠 거 같은데."

그의 얼굴에 물음표가 내려앉았다. "음…… 그냥 알아서 해 줘."

나는 화병에 꽂혀 있는 꽃으로 특별히 정성스럽게 꽃다발을 만들었다. "어때요?" 완성된 꽃다발을 내밀며 물었다. "그녀가 마음에 들어 할까요?"

그의 얼굴이 환하게 밝아졌다. "이런, 솜씨가 정말 끝내주네!"

"나도 알아요." 나는 싱긋 웃으며 꽃다발을 포장했다.

"이자, 있잖아…… 이리나가 내게 기회를 줄까?"

크누트가 내 앞에서 이렇게 자신감 없는 모습을 보이다니! 마음이 짠했다. 나는 그에게 포장한 꽃다발을 건네고 그의 어깨에 두 손을 올렸다. "크누트, 당신은 내가 아는 사람들 중에 가장 친절하고 매력적인 사람이에요. 그런 당신에게 반하지 않는다면 그녀가 이상한 거죠. 알겠어요?"

근심이 그의 얼굴에서 사라졌다. "좋아, 용기를 내보지." 그는 내 어깨를 두드리며 말했다. "다음에 또 만납시다, 아가씨! 꽃다발 고마워!"

"고맙긴요. 아, 크누트? 자책하지 않기! 알죠?" 나는 그를 보고 씩 웃었다. 그가 내게 수천 번도 넘게 해 온 말이었기 때문이다.

크누트는 웃었다. "그럼, 알고말고." 그는 타이어 마찰음과 함께 그곳을 떠났다.

토요일 오후. 하루 종일 집안일을 하느라 완전히 지쳤지만 급하게 빵으로 허기를 채우고 외출 준비를 했다. 카티와 데니스가 새집으로 이사 가게 되어 한턱낸다고 했기 때문이다. 나는 거울에 비친 모습을 불만스럽게 바라보았다. 기분이 좋은 날에는 내 외모에 만족스러운 편이었다. 그럴 땐 내 머리가 캐러멜색을 띤 금발인 데다, 눈은 깊은 푸른색에 몸매는 더할 나위 없이 섹시해 보였다. 그런 날이면 내 얼굴에 여기저기 흩뿌려진 주근깨까지도 마음에 들었다. 반대로 심기가 사나운 날에는 그 많은 주근깨가 끔찍하게 싫었다. 오늘은 유감스럽게도 기분이 안 좋은 날이었다. 나는 거울에 비친 내 모습을 보고 심술궂게 얼굴을 찡그린 다음 약속장소인 키츠*로 나섰다.

카티와 데니스는 하인 퀼러쉬 광장에 있는 단골술집 앞 테이블에 자리를 잡고 앉아 있었다. 그곳은 이렇게 무더운 6월 저녁에 앉아 있기엔 너무 괴로운 장소였다. 카티와 데니스 외에도 넬리, 보그단과 그의 여자친구 크리스틴이 합석해 있었다. 크리스틴을 제외하고 우리는 아주 오랜 친구들이었다.

....

* 함부르크 상파울리 지역 레퍼반(Reeperbahn)에 위치한 유흥가.

그곳에서 두세 시간쯤 술을 마시다가 우리는 장소를 바꾸기로 하고 키츠에 있는 우리 단골 술집 가운데 하나인 하젠샤우켈로 자리를 옮겼다. 보그단은 우리에게 아스트라 맥주를 한 잔씩 돌린 다음 테킬라를 계속 가져왔다. "한 잔만 더 같이 마시고 정말 끝이야." 친구들과 잔을 부딪치면서 내가 말했다. "내가 독한 술을 마시면 꼴불견이 된다는 거 알잖아."

"빼지 마, 이자." 보그단이 말했다. "카티와 데니스가 우리랑 이런 시간을 보낼 수 있는 기회가 얼마나 더 있을지 누가 알겠어? 처음엔 이 둘이 그 마을에 적응하느라 코빼기도 안 보일 텐데."

"맞아, 나도 그게 걱정이야." 나는 한숨을 내쉬었다. "자, 그럼, 건배!"

"아냐, 아냐!" 그새 꽤 거나하게 취한 카티가 소리를 질렀다. "우린 언제나 함께할 거야! 언제나 그리고 영원히!"

어느덧 새벽 2시가 되었을 무렵 넬리가 외쳤다. "춤추고 싶어! 애들아, 크베어로 가자!"

"싫어, 거긴…… 다 술 취한 사람들뿐일 텐데……." 카티가 웅얼거리듯 말했다.

"그럼 너한텐 더 잘된 거잖아. 유유상종 아니겠어?" 데니스가 카티의 허리에 팔을 두르며 말했다.

"크베어에선 보나 마나 또 80년대 음악을 틀어댈 거야." 크리스틴이 투덜거렸다. "난 80년대 음악이 싫어!"

"뭐라고? 어떻게 싫어할 수가 있지?" 나는 아연실색했다. "80년대 음악이 얼마나 대단했는데! 예를 들어 네나(Nena) 말이야. 난 네나의 열렬한 팬……." 나는 말을 하다 말고 멈칫했다. 바로 그때 분홍색 반짝이 티셔츠를 입은 한 무리의 소녀들이 지나가면서 소파 구석에 누워 있는 한 10대 소녀가 시야에 들어왔기 때문이다. 그곳에 구겨져 뻗어 있는 바짝 마른 소녀는 검은색 핫팬츠와 검은색 상의 차림이었다. "아, 정말 어이가 없네!"

"뭔데?" 카티가 내 시선을 좇다가 눈을 가늘게 떴다. "아, 정말 제정신이 아닌가 보네. 잠깐…… 저번에 그 도둑 소녀 아니야?"

나는 고개를 끄덕였다. 두 눈이 감겨 있는 메를레는 죽은 사람처럼 꼼짝도 하지 않았다. 그녀의 오른손에는 맥주병이 들려 있었는데, 병이 옆으로 기울어져 있었다. 메를레와 같은 소파에 앉아 있는 사내들은 그녀에게 조금도 신경 쓰지 않는 것 같았다. 사실 내가 그 소녀를 책임질 필요는 전혀 없었다. 게다가 미성년인 여동생이 새벽 2시가 넘은 시각에 잔뜩 취해서 키츠의 한 술집에 뻗어 있어도 옌스 틸은 아랑곳하지 않는데, 내가 관심을 가질 이유는 없었다. '그렇지만…….' "저 아이가 괜찮은지 한번 살펴보고 올게."

나는 소파 구석으로 가서 메를레 옆에 있는 젊은 남자에게 말을 걸었다. "그 아이 괜찮아요?" 내가 메를레를 가리키며 물었다.

그는 무관심한 듯 어깨를 으쓱했다. "모르겠는데요. 우린 이 여자애하고 아무 관계도 없어요. 우리가 한 시간 전에 이곳에 왔는데요. 얘는 이미 그 전부터 여기 앉아 있었거든요."

"그럼 이 아이와 같이 온 일행은 어디 갔어요?"

"내가 어떻게 알겠어요?"

오, 이런! 예감이 안 좋았다. "얘!" 나는 그녀의 어깨를 잡고 흔들며 소리쳤다. "메를레!"

메를레가 화들짝 놀라는 바람에 손에 들고 있던 맥주병이 미끄러져 떨어졌다. 그녀는 빨갛게 충혈된 눈으로 나를 쳐다보았다. 그녀의 눈빛이 너무 흐리멍덩해서 뭐가 보이기는 할까 싶었다. "뭐야?" 메를레가 불분명하게 말했다. "꽃가게 그…… 언니?"

"그래, 맞아."

그녀는 옆을 보며 물었다. "이 사람은 누군데?"

"몰라. 너 혼자서 여기 온 거야?"

"아니, 내 친구들이랑. 어디 갔지?" 그녀는 주위를 두리번거리고 나더니 배에 손을 갖다 대며 괴로운 듯 말했다. "토할 거 같아."

"이리 와, 시원한 바람 좀 쐬게 밖으로 나가자." 메를레는 내가 부축을 해줘서 간신히 몸을 일으키는가 싶더니 소파 위로 다시 고꾸라졌다. 다행히 보그단이 도와줘서 메를레를 밖으로 데리고 나와 벤치에 앉혔다.

잠시 후 넬리가 물 한 컵을 가져와 메를레의 손에 쥐여 주었다. "자, 한 모금 마셔 봐."

메를레는 그 말을 순순히 따랐다. 그러고는 내 어깨에 머리를 기대고 끙끙거리기 시작했다. "속이 너무 안 좋아. 어떡해……."

나는 한 팔로 그녀를 감싸 안고 넬리를 쳐다보았다. "이 아이 혼자 집에 가게 놔둘 수는 없을 거 같은데."

"도대체 누군데 그래? 아는 사이야?" 넬리가 물었다.

"이 아이 오빠가 우리 꽃가게 맞은편 레스토랑 주인이야. 음, 그러니까 이웃인 셈이지. 크누트에게 전화해 봐야겠어. 이 아이를 집에 데려다줄 수 있을지도 몰라."

"집엔 안 가." 메를레가 칭얼거렸다. "옌스가 이 꼴을 보면 가만있지 않을 거야, 저얼대! 그니깐 언니 집에 가면 안 돼?"

"아니, 그건 안 돼. 오빠가 잔뜩 걱정하고 있을 거야." 나는 휴대폰을 꺼내 크누트에게 전화를 걸었다. 신호음이 두 번도 채 울리기 전에 그가 전화를 받았다. "안녕, 이자! 무슨 일이야?"

"여보세요, 크누트, 여기 위급한 상황이 발생했어요. 한 친구가 지금 몸이 안 좋아서요. 정말 상태가 많이 안 좋아요. 우린 하젠샤우켈 앞에 있어요. 와 줄 수 있어요? 아니면 지금은 곤란……."

"10분 안에 도착해!"

우리가 크누트를 기다리는 동안 카티와 데니스, 크리스틴도 밖으로 나와 옆에 같이 있어 주었다.

메를레는 벤치에 누워 더 징징거리기 시작했다. "머리가 빙빙 돌고, 속이 울렁거려 주욱겠어."

보그단이 메를레를 향해 큰 소리로 또박또박 말했다. "한 발을 땅에 딛고 있어야 해!"

넬리는 유심히 메를레를 살펴보다가 이렇게 말했다. "크누트가 여기 오기 전에 얘가 토한다에 5유로 건다."

"그 반대에 5유로 걸게!" 크리스틴이 외쳤다.

"나도 토한다에 5유로 걸지." 데니스는 벌써 자신의 지갑을 꺼내 들었다.

"야, 정말 구역질 난다!" 카티가 주정을 부렸다. "난 그들 편에 서고 싶지 않다고!"

"자기야, 우리 내일 이야기하자." 데니스가 딱딱하게 말했다.

그 순간 크누트가 우리 코앞에 택시를 갖다 대는 바람에 모두 소스라치게 놀랐다. 택시를 대다가 웅덩이에 고인 수상한 액체(맥주와 걸레 빤 물이 섞인 것으로 짐작되는)가 튀었다.

웅덩이에 가장 가까이 서 있던 크리스틴이 옆으로 펄쩍 뛰었다. "이런, 크누트! 매번 나한테 왜 그래요?"

"안녕, 수다쟁이 아가씨들!" 크누트는 미소 띤 얼굴로 인사를 하고는 우리 일행을 쭉 훑어보았다. 그러다 그의 시선이 메를레에게 가 멈추었다. "그러니까 여기가 위급한 상황이란 말이지." 그는 메를레 앞에 몸을 구부려 앉았다. "어이, 어린 아가씨?" 그녀의 뺨을 가볍게 두드리며 말했다. "오늘 일진이 좀 사나운 날이었나 봐?"

메를레는 눈을 뜨더니 크누트를 물끄러미 쳐다보았다. "네, 별로였어요."

"술을 많이 마셨네?"

메를레가 고개를 끄덕였다.

"마리화나는?"

이번에는 고개를 저었다.

"그밖에 무슨 약 같은 거 했나?"

메를레는 다시 한번 고개를 설레설레 저었다.

"토는 했고?"

"안 했어요."

"아직까진 안 했어요." 넬리가 거들었다.

크누트는 한숨을 쉬며 말했다. "알겠어. 자, 꼬마 아가씨! 내가 집에 데려다줄 테니 걱정 말고. 내 말 알아듣겠지?" 그는 메를레의 어깨를 부축하면서 일어설 수 있게 도와주었다. 하지만 그녀가 중심을 잡지 못하고 비틀거리자, 그는 메를레를 번쩍 어깨에 둘러메고 택시 뒷좌석에 실었다.

나는 카티와 포옹을 하고 다른 친구들에게 손을 흔들어 인사를 했다. "재미있게 놀아. 나 대신 네나(Nena) 노래 실컷 듣고." 내가 메를레 옆자리에 올라타자마자, 크누트는 요란한 소리와 함께 차를 출발시켰다. "어디로 모셔다드리면 될까요, 아가씨?" 그가 메를레에게 물었다.

메를레는 자기 집 주소를 우물우물 대고 나서 힘없이 머리를 뒤로 기댔다.

나는 속으로 신음소리를 냈다. "우리 집 근처 모퉁이예요."

"음, 알아." 크누트가 대답했다. 그는 담배에 불을 붙이느라 신호등이 빨간불이었는데 못 보고 지나쳤다. 원래부터 그의 운전은 늘 아슬아슬해서 새삼스러울 것도 없었지만. 그는 함부르크에서, 아니 어쩌면 전 세계에서 가장 형편없는 운전자일지도 모른다.

"세상에, 크누트, 신호등이 빨간불이었는데!"

"아, 무슨 소리! 체리그린이었겠지." 그는 도로를 질주하면서 조수석 앞쪽 글로브박스를 뒤져 비닐봉지를 내게 건넸다. "여기. 만일을 대비해서."

"앞이나 봐요!" 나는 소리를 지르고 메를레의 손에 비닐봉지를 쥐여 주려 했다. 그녀는 어느새 잠들어 있었다.

"다행이네." 그는 백미러로 메를레를 살피면서 물었다. "근데 대체 누구야?"

"이 아이 오빠가 미스터 리 식당을 인수했는데요." 나는 옌스와 메를레를 어떻게 알게 되었는지 자세히 이야기를 해주었다. 크누트의 과격한 운전 덕분에 눈 깜짝할 사이에 우리는 틸 남매의 집 앞에 도착했다. 크누트가 다시 메를레를 어깨 위에 둘러멨다. 내가 출입문 벨을 누르자, 바로 인터폰 스피커에서 옌스의 목소리가 울려 나왔다.

"네?"

"안녕하세요, 저 이자벨레인데요. 꽃집에 그 이자벨레 바그너요. 저기, 메를레도 같이 왔어요. 문 좀 열어주시겠어요?"

'삐-' 소리와 함께 문이 열렸다. 우리는 계단을 오르기 시작했다.

"몇 층이지?" 크누트가 신음소리를 냈다.

"3층" 죽은 사람처럼 크누트의 어깨 위에 축 늘어져 있던 메를레가 중얼거렸다. "토할 거 같아요."

"지금은 안 돼!" 크누트가 경고하면서 더 빠른 속도로 계단을 올라갔다.

옌스는 문을 열고 밖에 나와 우리를 기다리고 있었다. 그의 눈길이 메를레의 엉덩이에서 크누트의 얼굴로, 그리고 다시 내게로 빠르게 옮겨갔다. 그의 얼굴은 걱정과 안도의 표정이었다가 이해할 수 없다는 표정으로 금세 바뀌었다.

"안녕하시오!" 크누트가 반갑게 인사했다. "여기 술 취한 10대 소녀 배달 왔는데요."

옌스는 기가 찬 듯 고개를 절레절레 흔들었다. "고맙지만, 저는……. 메를레! 제기랄, 어디 갔었어? 얼마나 걱정했는지 알아?"

대답 대신 메를레는 크누트의 등을 주먹으로 때리며 소리쳤다. "내려줘요, 빨리!"

크누트는 어깨에 둘러메고 있던 메를레를 내려놓았다. 그녀는 복도를 따라 비틀거리며 걷다가 서랍장에 부딪치는가 하면 옷걸이 스탠드에 걸려 넘어지기도 하면서 어떤 문 뒤로 사라졌다. 짐작건대(그리고 바라건대) 그 문 뒤가 화장실인 듯싶었다. 곧 그곳에서 요란하게 토하는 소리가 들려왔다.

"그래도 집에 올 때까지 억지로 참았나 보네." 크누트가 기특하다는 듯 말했다. "그 점을 보고 배워야 할 자들이 많지."

메를레를 눈으로 좇고 있던 옌스는 다시 우리 쪽으로 몸을 돌렸다. "도대체 뭐가 어떻게 된 건지 누가 설명 좀 해 주시겠어요?"

크누트는 갑자기 꿀 먹은 벙어리처럼 아무 말도 하지 않았다. 하는 수 없이 내가 자초지종을 설명했다. 옌스는 몇 초쯤 지나서야 내 이야기를 이해한 것 같았다. 그는 어이없는 표정으로 물었다. "혼자서? 친구랑 영화를 보러 가서 늦어도 11시까진 집에 올 거라고 했는데……." 그는 할 말을 잃은 듯했다.

잠시 침묵이 흘렀지만 입맛 떨어지는 메를레의 웩웩 소리에 여지없이 깨지고 말았다.

"즉흥적으로 계획을 바꾼 거겠지, 안 그래요?" 크누트가 입을 열었다. 옌스를 보고 있던 그의 시선이 내게로 향하더니 다시 옌스에게로 옮겨갔다. 이윽고 그가 만족스러운 미소를 지으며 손뼉을 쳤다. "자, 자 여러분! 너무 심각하게 생각하지 맙시다. 그리고 난 이제 그만 가봐야겠네."

옌스는 바지 주머니에서 지갑을 꺼내며 말했다. "도와주셔서 정말 고맙습니다. 얼마를 드리면 될까요?"

크누트는 거절의 표시로 두 손을 들어 올렸다. "됐어요, 됐어! 돈은 무슨! 그런 소리 말고, 깍듯하게 존대하는 것도 집어치워요. 그리고 나한테가 아니라 이자한테 고마워해야지." 그는 나를 보고 말했다. "집에 혼자 갈 수 있겠지? 모퉁이만 돌면 바로니까." 크누트는 뒤돌아서서 기분 좋게 인사를 하고 계단을 내려갔다.

나는 엉거주춤 선 채 옌스를 쳐다보았다.

"메를레를 친절하게 보살펴 줘서 고마워요." 그가 말했다.

나는 말없이 고개만 끄덕였다. 내가 왜 문지방에 딱 달라붙은 것처럼 계속 서 있는 건가 스스로 궁금해하면서. 아마도 내가 메를레를 챙겨서 데려왔기 때문일 터. 나는 그녀가 무사히 잠자리에 드는지 확인하고 싶을 뿐이다. 이웃 된 도리로 거기까지는 해야 하는 것 아닌가. 그러고 나면 나도 집에 가서 조용히 휴식을 취하며 내 일에만 신경을 쓸 것이다.

엔스도 내가 무슨 말을 하거나 뭔가를 해 주기를 기대하는 듯 보였지만, 나는 꼼짝도 하지 않았다. "음……. 무슨 말을 해야 할지 잘 모르겠는데." 그가 잠시 뜸을 들였다. "안으로 들어올래요?"

나는 한마디도 하지 않고 집 안으로 들어갔다. "메를레가 어떤지 한번 보고 오죠." 나는 가방을 서랍장 위에 올려놓고 그를 따라 화장실로 갔다. 메를레는 변기 앞에 웅크리고 앉아 있었다. 괴로운 듯 울기만 했다. 엔스는 여동생 옆에 쪼그리고 앉아 그녀의 등을 쓰다듬어 주었다. "무슨 짓을 하고 다니는 거야?" 그가 소곤거렸다.

나는 창문을 열고 수건을 찬물로 적셨다. 이상하네. 안네 말에 의하면 엔스가 유부남이라고 했는데. 하지만 성인 여자가 욕실을 같이 쓰는 흔적이 전혀 없었다. 칫솔 두 개와 면도 도구, 10대 전용 화장품 몇 가지만 놓여 있을 뿐이었다. 어쨌든 그의 부인은 멀리 출장이라도 가서 부재중인 것 같았다. 내가 젖은 수건을 건네주자, 메를레는 수건에 얼굴을 파묻었다.

"아직 속이 울렁거려?" 엔스가 메를레에게 물었다.

"이제 토하지는 않을 것 같아."

"그럼 일어나 봐." 엔스와 나는 메를레를 부축해서 세면대 앞으로 데려갔다. 옌스가 동생을 잡아 주는 동안 나는 메를레가 양치질하는 것을 도와주었다. 여전히 그녀는 두 다리로 버티고 서 있기가 힘들어 보였다.

우리가 메를레를 방으로 데려가자마자, 그녀는 젖은 포댓자루처럼 침대 위로 널브러졌다. "아직도 사방이 빙빙 돌아." 그녀가 불분명하게 중얼거렸다. "빙글 빙글 빙글……."

"고정점을 하나 찾아봐. 그런 다음 눈을 감지 말고 그 점에 집중하는 거야." 내가 그녀에게 방법을 일러 주었다.

방 안을 이리저리 헤매던 메를레의 시선이 옌스에게 고정되었다. "화나지 않았어?"

"폭발하기 직전이야! 하지만 지금은 늦었으니 내일 이야기해."

"잘못했어." 메를레가 중얼거렸다. "진짜 미안해."

"그 말은 하도 많이 들어서 정말 신물이 나. 우선 잠부터 좀 자."

불을 끄고 나온 옌스는 아늑하게 꾸며진 주방으로 가서 커다란 나무식탁에 놓인 의자에 털썩 주저앉았다. "휴……." 긴 한숨을 내쉬며 그가 두 손으로 얼굴을 감쌌다. "저 아이를 데리고 하겐벡 동물원에 가서 기린에게 먹이 주던 일이 엊그제 같은데, 술에 취해서 저렇게 인사불성이라니. 아직 어린아이에 불과한데!"

나는 잠시 망설였다. 메를레는 잠자리에 들었고, 나는 내 의무를 다했으니 여기서 더 뭉그적거릴 이유가 없었다. 그럼에도 불구하고 나는 그와 마주 보고 앉았다. "메를레가 몇 살이죠?"

"열여섯 살. 10학년이에요."

"한창 힘든 시기네요. 그 나이엔 자기도 모르게 엉뚱한 짓을 저지르게 되는 것 같아요."

그는 벌떡 일어나더니 암담한 표정으로 나를 쳐다보았다. "훔치는 것과 인사불성이 되도록 술을 마시는 건 10대의 엉뚱한 짓보다 훨씬 도를 넘는 행동 아닌가요? 더구나 늘 얌전하고 착해서 그런 짓은 절대 하지 않는 아이였어요."

"네, 하지만……." 나는 적당한 말을 찾다가 조심스럽게 말을 이었다. "모든 상황이 메를레한테도 쉽지는 않을 거예요. 부모님도 옆에 안 계시고, 오빠도 레스토랑 때문에 너무 바쁘잖아요. 버림받은 느낌이 들겠죠."

그가 벌컥 화를 내며 퍼부어 댔다. "그쪽이 뭘 안다고 그런 말을 하죠? 하루에 14시간을 정신없이 일하고 나서 10대 아이까지 돌봐야 하는 게 어떤지 알기나 해요?"

오래전에 이미 잊은 줄 알았던 일들이 내 앞에 다시 떠올랐다. 방과후학교를 파하고 돌아와 청소와 빨래를 하고 저녁 식사 준비를 하던 내 어린 시절. 늦은 저녁 나 혼자 소파에 앉아 텔레비전을 볼 때면 강도라도 들까 무서워서 문과 창문을 꼭꼭 걸어 잠갔다. 엄마는 양로원에서 교대근무를 하느라 고단하고 지쳤는데도 애써 잠을 쫓으며 하루가 어땠는지 풀어놓는 내 이야기에 귀 기울여 주었다. "그럼요, 그쪽이 생각하는 것보다 훨씬 더 잘 알아요." 나는 나지막한 소리로 말했다.

옌스는 나를 유심히 바라보았다. 내가 계속 이야기하기를 기다리는 눈치였으나, 나는 그에게 내가 살아온 이야기를 시시콜콜 털어놓을 마음이 조금도 없었다. "어쨌거나 난 이제 슬슬 가 봐야겠네요." 나는 일어서서 의자를 식탁 아래로 밀어 넣으며 말했다. "있잖아요, 난 그쪽 가족 일에 끼어들고 싶지 않아요. 다만 한 가지 말해 주고 싶은 게 있는데요. 내 생각에 메를레가 오늘 술을 취하도록 마셨다는 게 문제가 아닌 것 같아요. 문제는 친구들이 메를레를 그런 상태로 그냥 놔두고 가 버렸다는 거예요. 메를레가 누구랑 다니는지 눈여겨볼 필요가 있어요." 나는 서랍장 위에 올려둔 가방을 집어 들었다. 뒤를 돌아다보니 옌스가 뒤에 서 있었다.

"오늘 메를레를 돌봐 줘서 정말 고마웠어요." 그가 진심으로 말했다. "그쪽한테도 그리고 크누트라는 분한테도 톡톡히 신세를 졌네요. 내가 신세를 갚을 방법이 있으면 뭐든 말해 줘요."

나는 그를 올려다보았다. 순간 선명한 갈색인 줄 알았던 그의 눈동자가 얼핏 녹색에 가까워 보였다. 어떤 색이라고 단정 지을 수 없는 묘한 색깔이네! "신세를 갚다니요. 누구든 그렇게 했을 거예요. 그게 이웃 된 도리잖아요. 이만 갈게요. 수요일에 봐요."

"저기요!" 내가 계단을 막 내려가려는데 그가 나를 불러 세웠다. "집까지 바래다줄까요?"

"아뇨, 그럴 필요 없어요. 모퉁이만 돌면 바로 집인데요."

나는 그와 다시 한번 눈빛을 나누고 돌아섰다.

집에 들어서자마자 나는 냉장고에서 물을 병째 꺼내 들고 소파에 주저앉았다. 시계를 보니 3시 30분이었다. 탁자 위에 두 다리를 올리고 머리를 뒤로 기댔다. 밖에서 들려오는 소음이 내 귀를 파고들었다. 드문드문 들리는 차 소리와 구급차 사이렌 소리, 남자와 여자가 크게 웃어 대는 소리, 내 머리 위 지붕 들보에서 삐걱거리는 소리, 물병 안에서 탄산 기포가 올라오는 소리……. 하지만 내가 귀 기울인 건 내 숨소리뿐이었다. 내 생각은 메를레와 옌스 쪽으로 자꾸 기울어졌다. 내일 그 남매에게 아무 일도 없을지, 그가 여동생에게 얼마나 심하게 잔소리를 퍼부어 댈지 생각했다. 생각을 다른 데로 돌리려 애썼다. 나한텐 엄마도 있고, 브리기테와 크누트 그리고 친구들도 있지 않은가! 그들만으로도 나는 충분해. 메를레와 옌스가 나랑 무슨 상관이 있다고. 나는 나의 삶을, 그들은 그들의 삶을 사는 거야.

나는 일요일 오전을 여느 때와 다름없이 보냈다. 침대에서 아침 식사를 하며 TV 다시보기로 주중에 놓친 드라마 〈러브! 러브! 러브!〉를 연속 시청하면서. 그러고 나서 엄마 집에 가기 위해 샤워를 하고 외출 준비를 했다. 엄마 집에 가는 것은 엄마가 교대근무를 하지 않는 일요일이면 내가 늘 하는 고정 일과였다. 자전거를 타고 한산한 함부르크 시내를 지나 브람펠트로 향했다. 그곳에 방 두 개짜리 다세대주택에 사는 엄마가 있었다.

엄마는 아직도 기회가 될 때마다 아빠 이야기를 많이 했다. 아빠를 만난 기억이 없다는 걸 생각할 때마다 늘 가슴 한쪽이 아련하게 시려 왔지만, 그래도 나는 아빠에 관한 이야기를 좋아했다. 아빠는 너무나 멋지고 좋은 사람이었다.

"카티와 데니스가 시골로 이사 간대요. 데니스 이모의 집을 거의 공짜로 얻다시피 했대요. 그 친구들 없이 앞으로 어떻게 해야 할지 모르겠어요."

"하지만 그 애들한테는 잘된 일이네."

"네, 나도 알아요. 그래도 걔들이 멀리 가 버린다고 생각하면 견딜 수가 없어요."

"결혼도 할 거래?"

"아니요." 나는 초코쿠키를 한 개 집어 들었다. "아직 시간이 많잖아요."

"네 아빠와 난 시간 여유고 뭐고 없었는데." 엄마는 미소를 지었다.

"엄마 아빠는 처음 만나는 순간부터 모든 게 확실했잖아요." 엄마는 아주 특별한 프러포즈를 받았다고 수차례 내게 이야기했다. 아무것도 모르고 퇴근 후 집으로 왔더니 로맨틱한 나의 아빠가 거실 바닥에 거대한 촛불 하트를 만들어 놓았더란다. 아빠는 이루 말할 수 없이 근사한 사랑 고백을 하고 나서 엄마 앞에 무릎 꿇고 청혼을 했다. 나무 마룻바닥에 떨어진 촛농을 없애는 게 보통 일이 아니었지만, 그럴 만한 가치가 있었다고 했다.

우리는 발코니에 앉아 평화롭게 이런저런 잡담을 나누며 오후 시간을 보냈다. 저녁에 자전거를 타고 돌아오면서 엄마에게 톰과 곧 있을 데이트 이야기를 하지 않은 것이 생각났다. '뭐, 할 수 없지.' 엄마는 어차피 톰이 괜찮은 남자인지 꼬치꼬치 따져 물으면서 쓸데없이 아까운 시간을 낭비해서는 안 된다고 잔소리만 늘어놓을 게 뻔했다.

스토커

뜻밖에도 메를레가 우리 가게로 찾아온 건 월요일 오후였다. 그 아이는 역시나 올 블랙 옷차림에 눈 주위를 아이라이너로 두껍게 그린 모습이었다. 가게 안으로 들어설지 말지 결정을 못 한 듯 메를레는 몇 초쯤 출입구 앞에 서 있었다. 이윽고 문을 열고 가게 안으로 들어와 쭈뼛거리며 다가왔다. "안녕!" 하고 인사를 건네면서도 내 눈을 쳐다보지 못했다.

"안녕, 메를레." 나는 인사를 하고 메를레와 브리기테를 서로에게 소개시켜 주었다. 메를레는 말없이 그곳에 서서 자기 발끝만 내려보고 있었다. "내가 뭐 도와줄 일이라도 있니?" 내가 물었다.

그녀는 헛기침을 하더니 눈을 들어 나를 쳐다보았다. "아니, 난…… 그냥 언니한테 고맙다는 말 하려고 온 거야. 토요일에 언니가 나를 돌봐 주고 집에 데려다준 거 말이야. 정말 고마웠어."

브리기테는 호기심에 찬 시선으로 우리를 주시했다. 무슨 영문인지 궁금해하는 눈치였다.

"고맙긴 뭘." 내가 말했다. "별일도 아닌데."

"정말 창피해 죽겠어!" 메를레가 내뱉었다. "아무 기억도 나지 않고 어젠 종일 토해 댔어. 그런 데다 옌스까지 3시간 넘게 잔소리를 퍼부었지. 오빠는 이러나저러나 늘 잔소리를 해대지만. 그때 말고는 술 취한 일이 한 번도 없었어. 정말이야! 그 날이 처음이자 마지막이었다니까. 맹세컨대 앞으론 두 번 다시 술을 입에도 안 댈 거야!"

브리기테는 크게 웃음을 터뜨렸다 "그래, 우리 딸도 여러 번 그런 말을 했지."

"난 진심으로 하는 말이에요." 메를레는 심각한 어조로 말했다. "옌스에 대고 맹세할게. 나 언니한테 뭔가 보답을 하고 싶은데. 감사의 뜻으로 말이야. 혹시 캐러멜 사탕 좋아해?"

"응, 물론이지." 나는 메를레가 책가방에서 유리병에 든 사탕을 꺼내는 걸 지켜보았다.

그녀는 내 손에 사탕을 쥐여 주며 말했다. "내가 직접 만든 거야. 오늘 아침에."

"오늘 아침? 학교도 빠지고?"

"천만에." 그녀가 얼른 대꾸했다. "아침에 자유시간이 있었거든. 학교는 좀 늦게 간 거뿐이야."

나는 유리병에서 모양이 괴상하고 찐득찐득한 캐러멜을 꺼내 난감한 표정으로 쳐다 보았다.

"모양은 좀 그래도 맛은 끝내줘. 한번 먹어 봐." 왠지 메를레의 오빠가 연상되었다.

나는 캐러멜을 입 안에 넣고 이리저리 굴리며 맛을 보았다. '흠, 정말 보기보다 맛있네!' 달콤하고 부드러운 것이 입 안에서 살살 녹았

67

다. "맛이 훌륭해! 고마워."

메를레가 뿌듯한 듯 환하게 웃었다. "음, 그치?" 그녀는 제멋대로인 10대 소녀라기보다 어린아이에 더 가까워 보였다. 나는 브리기테에게 사탕병을 내밀며 한 개 먹어 보라고 권했다. 브리기테는 캐러멜을 한 개 입에 넣자마자 찬사를 늘어놓았다. "와, 정말 맛있네!"

잠시 메를레는 머뭇거리며 무슨 말인가 더 하고 싶은 것 같았다. 하지만 곧 생각이 바뀐 듯 말했다. "이제 그만 가 봐야겠어. 고마웠어, 이자벨레 언니!" 문 앞에서 그녀는 몸을 돌려 우리에게 손을 흔들었다. "다음에 또 만나!"

"기분 좋은 소녀네." 메를레의 모습이 보이지 않자 브리기테가 말했다.

"기분 좋은 소녀요? 잘 모르셔서 그래요." 물론 메를레가 캐러멜을 선물하려고 가게에 들른 건 귀엽고 예의 바른 행동이었다. 그래도 그 아이를 보고 기분 좋은 소녀라고 할 수는 없을 것 같았다. 그 아이 오빠를 보고 기분 좋은 사람이라는 말이 안 나오듯이. 어쨌든 메를레는 내게 고마움을 표시했고, 그것으로 우리는 더 이상 만날 일은 없었다.

하지만 내 예상은 완전히 빗나갔다. 그때부터 자꾸 그 아이와 마주치는 일이 많아졌던 것이다. 처음에는 순전히 우연일 거라고 믿었다. 예를 들어 내가 매주 화요일 저녁에 1시간씩 다니는 알스터 수영장에서 마주친 것도 그땐 우연인 줄 알았다. 멍하니 생각에 잠겨 있던 나는 갑자기 물속에서 메를레가 불쑥 튀어나와 얼마나 놀랐는지 기절할 뻔했다. 더구나 화장을 하지 않은 모습이어서 알아보기가 힘들었다. 메를레의 눈은 아이라이너로 그리지 않으니 오히려 더 커 보였고, 젖은 머리카락은 머리에 찰싹 달라붙어 있었는데 헝클어진 한 가닥이 이마를 가로질러 나와 있었다. "어머, 이자벨레!" 그녀가 호들갑스럽게 외쳤다. "언니도 여기 다녀?"

"어, 그래. 안녕, 메를레."

"난 여기 수영하러 자주 오는데."

"음, 나도."

"우리 나란히 수영할까? 그럼 이야기도 좀 나눌 수 있고 덜 지루할 거야."

내가 못 견디게 싫은 것이 한 가지 있다면, 바로 수영을 하면서 잡담을 나누는 것이었다. 내 숨소리와 철썩거리는 물소리 외에는 아무것도 듣고 싶지 않을뿐더러 오로지 나 자신과 수영 영법에만 집중하고 싶은 것이다. 하지만 여긴 자유국가이므로 내가 메를레에게 옆에서 수영하지 말라거나 잡담하지 말라고 막을 수는 없는 노릇이었다. 결국 메를레는 35분 동안 쉬지 않고 내 옆에서 수영을 하며 재잘거렸다. 학교와 선생님 이야기를 비롯해서 새로운 스파게티 레시피, 얼마 전부터 목덜미에 장미 문신을 하고 다니는 친구 이야기 등등 끝이 없었다. 심지어는 샤워를 하면서도 내 옆에서 계속 신나게 떠들어 댔다. 한 사람씩 들어가는 탈의실에서는 나 혼자 있을 수 있어 다행이다 싶었는데, 밖에서는 어느새 메를레가 기다리고 있었다. "난 자전거를 타고 왔는데, 언니는?"

"나도." 한숨이 절로 나왔다.

"그럼 같이 자전거를 타고 가면 되겠네. 옌스 말로는 언니도 우리 집 근처에 산다던데."

우리는 자전거 자물쇠를 풀고 함부르크의 저녁거리를 함께 달렸다.

"언니하고 같이 수영을 해서 정말 좋았어. 이제 자주 이렇게 할 수 있을 거야." 드디어 자기 집이 시야에 들어오자 메를레가 속도를 늦추며 말했다. "잘 가, 언니. 다음에 봐."

"잘 가, 언젠가 또 보겠지." '오 마이 갓! 앞으로 화요일마다 알스터 수영장에서 쉴 새 없이 조잘대는 메를레와 마주치게 된다면, 수영하는 날을 다른 요일로 바꾸는 게 낫지 않을까? 그렇게 되면 내 주간 계획이 다 엉망이 되고 말 텐데! 그건 안 돼! 매주 화요일 저녁에 수영을 하러 다닌 지 4년이나 되었는데, 메를레 틸이라는 아이 때문에 우왕좌왕할 수는 없지!'

다음 날 저녁에는 슈퍼마켓 과자 코너에서 또 메를레를 만났다. 그곳에서 나는 쇼코쿠스*상자를 손에 들고 살까 말까 망설이고 있었다. 문제는 내가 아무리 단단히 마음을 먹어도 하나만 먹게 되지 않는다는 것이다. 하지만 오늘처럼 스트레스를 많이 받은 날 저녁엔 쇼코쿠스를 한 입 베어 물면 기분이 싹 풀릴 것 같았다. 오늘 아침에 내가 테이블 데코를 하러 갔을 때 옌스는 메를레를 도와줘서 고맙다고 다시 한번 정중하게 인사를 하더니 금세 장식하는 꽃을 두고 이러쿵저러쿵 잔소리를 해댔다. 그런가 하면 장례식장에서 관을 장식할 때 화환이 자꾸 떨어져 나가서 얼마나 애를 먹었는지 모른다.

"안녕, 이자벨레!" 바로 옆에서 메를레의 목소리를 듣고 나는 움찔했다. "언니도 뭐 사러 왔어?" 그러면서 그녀는 내 카트 안에 뭐가 들었는지 슬쩍 훔쳐보았다. 내 손에 들려 있는 쇼코쿠스를 발견하자 또 떠들어 대기 시작했다. "그거 알아? 쇼코쿠스를 집에서도 직접 만들

....

* 영어로 초코키스라는 뜻. 얇은 초콜릿 코팅 안에 생크림이 가득 든 디저트.

70

어 먹을 수 있는데, 아주 쉬워. 그냥 계란흰자를 빳빳한 거품이 나게 쳐서……."

"고맙지만 직접 만드는 건 그만두는 편이 낫겠어." 나는 그렇게 말하고 쇼코쿠스를 원래 있던 자리에 도로 갖다 놓았다. 나중에 집에서 〈러브! 러브! 러브!〉를 시청하면서 쇼코쿠스를 사오지 않은 것에 얼마나 짜증이 났는지 모른다.

이틀 뒤에는 감자튀김을 사려고 서 있는데 메를레가 노점 안으로 쑥 들어왔다. 그때부터 나는 정말 우연이었을까 슬슬 의심스러워지기 시작했다. 그러다 월요일 저녁 내가 카티와 넬리를 만나 칵테일을 마시고 있는데 술집 앞을 어슬렁거리고 있는 메를레를 발견했다. 그 순간, 세상이 이렇게까지 좁을 리 없다는 확신이 들었다.

"안녕, 이자벨레!" 메를레는 짐짓 놀라는 척하며 반가워했다. "여기서 또 만났네?"

"음, 그래. 또 만났네."

"어? 그 술 취한 도둑 소녀잖아?" 카티가 외쳤다.

"저 애가 날 스토킹하는 거 같아." 내가 속삭였다. 더 자세한 설명을 덧붙이기도 전에 메를레가 우리 테이블 앞에 와 있었다.

넬리가 메를레를 보고 활짝 웃었다. "정신이 말짱해졌나 봐?"

"무슨 말이에요?" 메를레는 어리둥절한 표정이었다.

"얼마 전에 나도 같이 있었어. 하젠샤우켈에서."

메를레의 얼굴이 빨개졌다. "아, 그렇군요." 짧게 헛기침을 하고 나서 메를레가 나를 보고 물었다. "여기서 뭐 하고 있었어?"

"보시다시피 칵테일을 마시고 있었지." 나는 차츰 어디를 가든 졸졸 쫓아다니는 강아지처럼 그녀가 성가셨다. '강아지는 절대 사양이라고!' 나는 노골적으로 시계를 보며 다그쳤다. "집에 가야 하지 않아, 메를레? 숙제도 하고 잠도 자야지. 내일 학교 가는 날이잖아."

"괜찮아. 숙제는 벌써 다 했어. 그리고 옌스는 어차피 11시 반이 돼서야 집에 오는데 뭐."

"옌스가 누군데?" 넬리가 궁금해했다.

"우리 오빠예요. 오빠 집에서 둘이 살아요. 오빠는 여기서 모퉁이만 돌면 바로 나오는 틸스 레스토랑 주인이죠. 꼭 한 번 가서 먹어봐요. 오빠 요리솜씨가 끝내주거든요." 그녀는 자랑스러운 목소리로 말했다. "옌스는 TV에 나오는 스타 셰프의 레스토랑에서도 일한 적이 있어요. 하지만 그 스타 셰프는 형편없는 개자식이었어요. 요리쇼에 나올 때만 그럴싸해 보였지, 자기 가게에서는 끊임없이 잔소리를 퍼붓고 옌스의 여자친구와 이상한 짓을 하는 놈이었죠. 그래서 오빠는 그 레스토랑을 때려치우고 나왔어요. 근데 그 셰프가 누군지는 말해줄 수 없어요." 메를레가 그 말을 덧붙이니 우리는 그 셰프가 과연 누굴까 더 궁금해졌다.

그러니까 옌스의 전 여자친구가 스타 셰프와 바람이 났다는 거지? 그런 파렴치한 짓을 저지르다니. 왠지 안됐다는 생각이 들었다. 하지만 그는 그새 결혼을 했으니까 자신의 행복을 찾은 셈이었다. 그건 그렇고…… 그 스타 셰프가 누군지 꼭 알아야겠어. 어떻게든 알아낼 거야!

나보다 훨씬 더 호기심이 많은 넬리는 곧장 휴대폰을 꺼내 들었다. 휴대폰으로 정보를 검색해 보려는 것이다.

"공영 방송이야, 아니면 민영?" 카티가 캐물었다.

메를레는 알쏭달쏭한 미소를 지었다. "몰라요."

"다시 본론으로 돌아가서," 내가 단호하게 말했다. "11시 반이 돼서야 옌스가 집에 온다고 해서 너도 그때까지 집에 안 들어가도 된다는 건 아니잖아."

그녀는 아랫입술을 깨물었다. "알겠어. 안 그래도 가려던 참이었어." 메를레는 손을 흔들며 인사를 하고 자리를 떴다.

"어머, 귀여워라. 이자가 엄마 같네." 넬리는 싱긋 웃었다.

"그만 좀 해!" 나는 넬리를 나무랐다. "하젠샤우켈에서 내가 도와주고 나서부터 저 아이가 계속 나를 따라다닌단 말이야."

카티는 메를레의 뒷모습을 눈으로 좇았다. "부모는 외국에 있고 오빠는 하루 종일 일만 하고…… 외로운 느낌이 들 수밖에."

"나도 안됐다는 생각이 들긴 하지만, 저 아이는 내게 뭘 원하는 걸까? 또래 친구가 없나?"

"그냥 네가 좋아서 그러는 것뿐이야. 그런데 넌 왜 그렇게 저 아이를 밀어내는 거지?"

나는 칵테일을 한 모금 들이켰다. "아, 나도 모르겠어. 내 삶 속에 들어와 있는 사람들이 안 그래도 많은데, 감당하기 힘든 10대 소녀에게 내줄 자리가 있어야 말이지."

넬리는 우리에게 휴대폰을 내밀었다. 디스플레이에 옌스의 사진이 떠 있었다. 그의 레스토랑 홈페이지에서 발견한 사진인 것 같았다. "그러니까 여기 이 남자가 여자친구한테 배신당하고 이 시나리오에서 아빠 역을 맡은 셰프란 말이야?"

"아빠가 아니고 오빠야." 내가 바로잡았다.

카티는 디스플레이에 뜬 사진을 힐끗 보면서 말했다. "와우! 내가 여자친구였다면 절대 배신하지 않았을 텐데!"

"정말 흥미진진한데? 너하고 엮여 있는 이 이야기 말이야." 넬리가 뜬금없이 내뱉었다.

"나하고 뭐가 엮여 있다는 거야? 말도 안 돼!" 나는 발끈했다.

넬리는 웃으면서 말했다. "알겠어. 하지만 부탁인데 무슨 수를 써서라도 그 스타 셰프가 누군지 꼭 알아내. 정 안 되면 그 여자애를 때려서라도 알아내야 해. 안 그러면 내가 돌아 버릴 거 같네!"

"최선을 다해 볼게. 자, 이제 제발 다른 이야기 좀 할 수 없을까?"

이튿날 저녁 나는 수영장에서 메를레가 언제 불쑥 나타날지 몰라 잔뜩 경계하고 있었지만 웬일인지 보이지 않았다. 뭔가 더 재미있는 일이 있거나 누군가 다른 사람을 따라다니기로 했을지도 모르지.

집에 돌아와 옷장 앞에서 목요일에 톰과 데이트하러 갈 때 무엇을 입어야 할지 고민하기 시작했다. 나지막한 목소리가 '관둬, 괜한 짓이야!'라고 소리치고 있었음에도 어느새 검은색 레이스 브래지어가 내 손에 들려 있었다. 첫 데이트에서 톰에게 이 브래지어를 보여줄 생각은 추호도 없었다. 다만 이것을 하고 있으면 내가 섹시하게 느껴지는 것뿐이었다. 내가 좋은 인상을 심어 주고 싶은 건데 누가 뭐라겠어? 이런저런 혼자 생각에 빠져 있던 나는 벨 소리에 퍼뜩 정신이 들었다. 나는 인터폰 수화기를 들었다. "누구세요?"

"메를레야." 인터폰을 통해 들려오는 목소리가 귀에 거슬렸다. "나 올라가도 돼?"

역시 메를레였다. 올 사람이 또 누가 있다고. 무엇보다 이상한 것은 그녀가 갑자기 찾아왔는데도 전혀 놀랍지 않다는 것이었다. 아무 말 없이 나는 버튼을 눌렀고, 몇 초 후에는 메를레가 내 앞에 서 있었다. 울어서 두 눈이 빨개진 것 같았지만, 그녀는 아무 일도 없는 척하고 싶은 모양이었다. "안녕, 이자벨레." 메를레는 내게 밀폐용기를 건네며 말했다. "쇼코쿠스를 만들었는데, 언니한테 조금 나눠 주고 싶어서." 어쨌든 이번만큼은 언니도 여기 있었냐는 식의 말을 들을 수 없었다.

"어머, 친절도 해라. 고마워." 나는 밀폐용기를 받았다.

당연한 듯 메를레는 현관에 서 있는 나를 지나쳐 거실로 들어가 소파에 앉았다.

나는 눈썹을 치켜 올리며 따져 물었다. "그런데 내가 여기 사는지 어떻게 알았는지 설명 좀 해줄래?"

"자세히는 몰랐어. 수영장에서 같이 집으로 오던 날 언니가 말했잖아. 다음 도로에서 왼쪽으로 꺾으면 언니 집이라고. 그래서 이 길에 있을 거라고 추측한 거야. 언니 성이 바그너라는 걸 알고 있으니까 이 건물 저 건물 돌아다니며 인터폰 벨에 붙은 이름을 살펴봤어."

잠시 나는 할 말을 잃었다. 나는 메를레 옆에 앉아 밀폐용기를 테이블 위에 내려놓았다. "메를레, 무슨 일 있었어?"

그녀는 자신의 손톱을 물어뜯었다. "옌스와 한바탕했어."

나는 속으로 신음소리를 냈다. "처음 있는 일도 아닌데 뭘. 이번엔 왜 싸웠어?"

"옌스가 오늘 아침에 우리 담임선생님과 전화통화를 했나 봐. 그런데 내가…… 학교를 자주 빼먹는다는 걸 오빠가 알게 된 거야."

그럼 그렇지. 그녀가 늘 시간이 너무 많은 것과 학교나 숙제에 대한 질문에 매번 얼렁뚱땅 넘어가는 것에 대한 의문이 풀렸다. "그럼 내가 어떻게 해주면 될까?"

메를레는 울어서 빨개진 눈으로 쳐다보았다. "난 언니가 내 편일 거고 이해해 줄 거라고 생각했어. 언니도 내 나이였을 때가 있었으니까."

'나 참, 꽤 당돌하네.' "네 나이였을 때 나는 이미 직업교육을 받았어. 그땐 직업학교를 빠지고 말고 할 처지가 아니었지."

책가방 안에서 부르르 진동음이 울리는 데도 메를레는 모르는 척했다.

"전화 받지그래?"

"안 받는 게 나아. 분명 옌스가 나를 가만두지 않으려고 전화한 걸 테니까."

슬슬 내 마음속에 의심이 싹트기 시작했다. "벌써 옌스와 한바탕했다며?"

"아니야, 아직 제대로 한 건 아니고. 우리 선생님 전화를 받고 나서 옌스가 당장 레스토랑으로 오라고 했어. 하지만…… 자신이 없어서."

"세상에, 메를레. 정말 믿을 수가 없어!" 나는 벌떡 일어나 소리를 질렀다. "너 지금 제정신이야?" 잠시 숨을 고른 후 나는 조금 더 부드러운 어조로 말했다. "어서 오빠한테 전화해."

"싫어." 메를레가 고집을 부렸다.

"그럼 내가 할게." 내가 전화기를 집어 드는 순간, 메를레가 외쳤다. "알았어, 알았다고! 내가 하면 될 거 아냐." 아슬아슬한 순간에 그녀가 고집을 꺾어줘서 다행이었다. 내가 옌스의 전화번호를 몰랐기 때문에 먼저 인터넷으로 전화번호부터 검색해야 하는 번거로운 상황까지 갔더라면 내 연기가 덜 드라마틱해 보였을 것이다.

메를레는 휴대폰을 꺼내 번호를 눌렀다. "여보세요, 옌스, 나……."

내게도 똑똑히 들리는 고함소리에 더 이상 말을 할 수가 없었다. 마구 퍼붓는 옌스의 잔소리가 끝나고 나서야 메를레는 말을 이었다. "아니야, 지금 이자벨레 집에 있어. 오빠가 여기로 와주면 안 돼?" 그녀는 집 주소를 가르쳐 주고 나서 전화를 끊어 버렸다. 다시 휴대폰이 울리기 시작했으나 받지 않았다.

할 말을 잃고 나는 그녀를 뚫어지게 쳐다보았다. "미쳤어? 그러면 상황이 더 나빠지기만 할 뿐이야! 그리고 어째서 나를 끌어들이는 건데? 메를레, 이유가 뭐야? 왜 하필 나냐고?"

"나도 몰라!" 그녀가 절망적으로 외쳤다. "난 단지 언니가 좋아서 그냥 언니가 내 친구였으면 좋겠다고 생각했는데!"

그런 말을 듣고도 마음이 움직이지 않는다면 심장이 돌처럼 굳어 버린 거겠지. 하지만 내 심장은 돌이 아니라서 나는 그 말을 듣자마자 뜨거운 여름날에 얼음 녹듯 마음이 무장해제되어 버렸다. 옌스는 메를레가 조작의 대가라고 했지만, 속임수에 불과한 것 같지는 않았다. 그녀가 입 밖에 낸 말은 모두 진심 같았고 너무나 절망적이어서 그녀 옆에 앉아 가녀린 어깨를 안아 줄 수밖에 없었다. 내가 지난주 내내 그녀를 얼마나 귀찮아하고 껄끄럽게 대했는지 생각하며 끔찍한 기분이 들었다. "아, 메를레! 난 네 친구야. 알겠니?"

5분도 채 안 되어 벨이 울렸다. 메를레가 놀라서 몸을 움찔했다. 괜찮다고 메를레를 다독인 다음 옌스에게 문을 열어 주었다. 그는 아무 말 없이 나를 지나쳐 씩씩거리며 거실로 돌진했다. 어째서 이 집 사람들한테는 굳이 들어오라는 말을 할 필요가 없는 걸까? 다들 거실이 어딘지는 또 어떻게 그리 잘 아는 걸까? 한숨을 내쉬며 나는 문을 닫고 옌스를 뒤쫓았다.

"넌 도대체 언제까지 이럴 건데?" 그가 메를레를 야단치기 시작했다. "이제 말썽은 부릴 만큼 부렸다고 생각하지 않아?"

메를레는 애처로운 눈빛으로 그를 올려다보며 기어들어 가는 목소리로 말했다. "미안해, 옌스."

그 말에 그는 완전히 자제력을 잃은 것 같았다. "그놈의 미안하다는 소리 좀 집어치워! 정말 지긋지긋해서 못 들어주겠으니까! 넌 조금도 미안하지 않잖아. 내가 미안하지, 그것도 엄청! 이런 일이 벌어지도록 내버려둔 내가 미안하다고!"

메를레가 뭐라고 대꾸를 하려고 했지만, 옌스가 다시 퍼부어 댔다. "아니! 아무 말도 듣고 싶지 않아. 네 말은 이제 한마디도 믿을 수 없으니까! 넌 나하고 살면 네가 하고 싶은 대로 다 할 수 있다고 생각했기 때문에 내게 오려고 했던 거야! 메를레, 이젠 정말 넌더리가 나!"

이런 상황의 증인이 되는 것이 나로서는 불편했기 때문에 주방으로 조용히 피하는 게 상책일 것 같았다. 문 쪽으로 슬슬 뒷걸음질치고 있는데, 대뜸 옌스가 날카롭게 물었다. "어쩌다 또 메를레가 여기 와 있는 거죠?!"

메를레 앞에서 '스토커'라는 말을 입에 올리기가 쉽지 않았다. 어쨌거나 우린 방금 공식적으로 친구 사이가 되지 않았는가? '절친'까지는 아니더라도 친구 사이인 건 맞았다. 나는 적당히 둘러댈 말이 없을까 궁리를 해보았지만, 그의 엄한 시선을 대하니 쉽게 떠오르지 않았다. "우린 하젠샤우켈에서 만난 이후로 길에서 어쩌다 마주칠 때가 많았어요. 메를레와는 우연히 마주친 거예요."

옌스가 이마를 찌푸렸다. "그게 무슨 말이에요? 혹시 메를레가 그쪽을 뒤쫓아 왔어요?"

"음, 아니요, 그렇게 말할 수는 없을 것 같아요. 그리고 지금 그게 중요한 것도 아니잖아요."

옌스는 큰 소리로 숨을 내쉬었다. "어쨌든 알겠어요." 다시 메를레를 향해 말했다. "네 담임선생님이 오늘 내게 그러셨다. 네가 나하고 살기 시작한 이후로 20일이나 결석을 했다던데. 20일이나 학교를 빠지다니! 메를레, 대체 무슨 생각으로 그런 거니? 너한테 생각이라는 게 있기나 한지 모르겠지만!"

메를레는 고집스럽게 턱을 앞으로 내밀었다. "학교수업에 조금도 흥미가 없는데 어쩌라고! 실생활에서는 아무 쓸모도 없는 것들이잖아. 왜 그런 걸 배우느라 아까운 시간을 낭비해야 하는데?"

"아, 그래? 그럼 20일이나 학교를 빠지고 무슨 쓸모 있는 일을 했는지 말해 보시지."

"친구들하고 돌아다녔지."

"어느 친구들?" 옌스가 캐물었다. "파울라나 조피는 아닐 테고. 학교를 빠질 리 없는 친구들이니까."

메를레는 손사래를 치며 말했다. "아니야, 걔들은 이제 나랑 상관없는 아이들이야. 하루 종일 남자애들이나 매니큐어에 대해서만 떠들어 대서 지겨워. 학교 밖에서 새로 사귄 친구들이 있다고 내가 말했잖아."

옌스의 반응은 부정적이었다. "그러니까 술에 취해 몸도 가누지 못하는 너를 술집에 내팽개치고 가 버린 녀석들 말이지? 걔들은 친구가 아니야, 메를레. 전에도 내가 말했잖아."

메를레의 얼굴이 어두워졌다. "응, 나도 알아. 그래서 지난주에는 만나지도 않고 멀리했어. 하지만 파울라와 조피도 더 이상 친구는 아니야."

메를레가 왜 그렇게 내 주위를 맴돌았는지 그제야 이해가 되었다.

잠시 침묵이 흘렀다. 저마다 자기 생각에 골몰해서 말이 없는 것 같았다. 이윽고 메를레가 떨리는 목소리로 입을 열었다. "이제 어떻게 할 거야, 옌스? 나를 보내 버리려고?"

그는 메를레를 한참 바라보았다. 두근거리는 그녀의 심장 소리가 내 귀에 들리는 것만 같았다. "기숙학교에 보내는 게 유일한 해결책인 것 같은데." 그가 드디어 입을 뗐다. "네가 나하고 같이 살면서 이런 식으로 계속 말썽을 부린다면 곧 청소년청이 우릴 가만두지 않을 테니까. 그런 꼴은 절대 당하고 싶지 않거든!"

옌스와 메를레는 말없이 서로의 눈을 바라보았다. 눈물이 그녀의 뺨을 타고 흘러내렸다. 심장이 찢어질 것 같은 모습으로 메를레가 무슨 말인가 하려고 했지만 한마디도 입 밖에 내지 못했다. 참다못해 그녀는 벌떡 일어나 현관 쪽으로 달려갔다.

"욕실은 왼쪽이야!" 내가 그녀에게 외치는 순간, 이미 욕실로 들어가 문을 쾅 닫고 잠그는 소리가 들렸다.

옌스와 나만 남겨졌다. 그는 미동도 없이 허공을 응시하더니 서 있을 기력조차 없는지 소파에 털썩 주저앉았다. "젠장! 난 이런 일에 워낙 젬병이라…… 저 애와 이야기를 좀 해보려고 해도 저렇게 울기부터 하니 할 수가 있어야지!"

나는 그의 옆에 약간 떨어져 앉았다. "좀 심하기는 했어요." 나는 조심스럽게 말을 꺼냈다. "나도 울기부터 한다고요."

옌스는 나를 유심히 쳐다보았다.

"너무 이른 나이에 책임을 져야 하는 게 어떤 건지 나도 잘 알아요." 나는 말을 이었다. "우리 엄마는 나를 혼자 키우면서 쉴 새 없이 일을 해야 했어요. 그래서 나도 혼자일 때가 많았기 때문에 메를레의 마음을 이해할 수 있어요. 그리고 그쪽 입장도 충분히 이해하고요."

욕실에서 메를레가 요란하게 코를 풀어 대는 소리가 밖에까지 들렸다. "메를레를 정말 기숙학교로 보내고 싶어요?"

옌스는 고개를 저었다. "아뇨, 그러고 싶진 않아요. 그래 보이지 않을지 몰라도, 난 저 아이가 아무리 말썽을 피워도 동생을 좋아해요. 아주 많이. 하지만 상황이 이러니 다른 방법이 없을 거 같아요."

"그럼 그쪽 부인은 어때요?" 문득 생각이 나서 그에게 물었다. "그쪽을 조금 더 도와줄 수 있지 않나요?"

"누구 부인이요?"

"그쪽 부인 말이에요. 얼마 전 레스토랑에서 안네가 그랬어요. 옌스는 부인한테도 꽃을 선물한 적이 없다고⋯⋯."

"이혼했어요." 그가 간단하게 내 말을 끊었다.

'아, 그랬구나! 참, 이 남잔 벌써 별의별 일을 다 겪었네! 나이 서른에 이미 이혼을 하고 스타 셰프와 눈이 맞은 전 여자친구한테 배신당하고.'

메를레가 다시 거실로 돌아왔다. 울어서 눈이 아직 빨갰지만, 표정은 뭔가 단단히 결심한 듯 보였다. "내 말 들어 봐, 옌스. 난 오빠를 사랑해. 그래서 정말로 오빠 곁에 있고 싶어. 이제 절대로 말썽 안 부릴게. 진심이야."

옌스는 잠시 아무 말도 하지 않고 다시 한번 고민을 해보는 것 같았다. 마침내 그가 입을 열었다. "내가 정한 규칙을 받아들인다는 조건 하에서만 다시 생각해 봐."

메를레는 열심히 고개를 끄덕였다. "응, 그럴게."

"일단 들어 보고 말해. 첫째, 네가 한 번만 더 학교를 빠지면 매일 아침 내가 직접 너를 교실까지 바래다줄 거야. 그러면 얼마나 네가 난처해질지는 두고 보면 알 테고."

메를레의 얼굴이 고통스럽게 일그러졌지만, 아무 말도 하지 않았다.

"둘째, 방과 후에는 매일 레스토랑으로 와야 해. 거기서 밥도 먹고 숙제와 시험공부를 하는 거야. 마지막으로 셋째, 너의 절도사건으로 진 빚을 내 옆에서 일을 도우며 갚아 나가는 거야. 일주일에 사흘, 저녁 시간에. 이 세 가지가 내 조건이야. 받아들이겠니?"

메를레는 자신과의 싸움을 벌이는 것처럼 한참 고민을 하더니 고개를 끄덕였다. "응, 받아들일게."

"좋아. 맹세컨대 이번이 마지막 기회야."

"알겠어. 그럼…… 우리 다시 사이좋게 지내는 거지?"

옌스는 한숨을 내쉬며 소파에서 일어나 메를레를 끌어안았다. "그래, 다시 사이좋게 지내야지."

내 얼굴에 흐뭇한 미소가 번지는 것을 알아차리고 나는 얼른 무덤덤한 표정을 지었다. 내 감정이 이 일에 너무 많이 몰입되었다는 느낌이 들었다.

옌스는 메를레의 머리카락을 쓸어 올렸다. "자, 이제 그만 가자. 불쌍한 이자벨레를 더 이상 괴롭히지 말고."

메를레는 그의 품에서 벗어나 나를 와락 껴안았다. "고마워, 이자벨레!"

기습적인 포옹에 나는 당황했다. "뭐가 고마워?"

"전부 다."

옌스가 현관문을 열며 말했다. "이자벨레가 보는 앞에서 이런 소동이 벌어져서 미안하네요."

"미안하긴요. 아주 즐거운 시간이었는데요."

그가 멋쩍은 미소를 지었다. "그쪽이 즐거운 시간을 보내는 데 우리가 한몫했다니 다행이네요. 잘 있어요, 이자벨레."

나도 미소로 화답하며 인사했다. "잘 가요. 메를레도 잘 가!"

두 사람이 계단을 내려가자 나는 현관문을 걸어 잠갔다. 갑자기 집 안이 너무 조용한 느낌이었다. 나는 소파에 앉았다. 메를레가 나를 위해 만들었다는 쇼코쿠스가 든 밀폐용기가 눈에 들어왔다. 쇼코쿠스를 한 개 꺼내 한 입 베어 물었다. 음, 정말 맛있네. 한 개를 순식간에 먹어 치우고 나서 두 개째 쇼코쿠스를 꺼내 들었다. 옌스와 메를레가 다시 화해를 하고, 또 메를레는 기숙학교에 가지 않고 오빠와 함께 살 수 있게 되어서 나도 기뻤다. 나도 모르게 메모지를 꺼내 행복했던 순간을 적기 시작했다. 바로 그때 어떤 사실을 문득 깨닫고 하마터면 쇼코쿠스가 목에 걸릴 뻔했다. '세상에! 내가 두 사람을 좋아하다니! 어떻게 그런 일이?'

혼란의 연속

　다음 날 아침은 옌스의 가게에 테이블 데코를 하러 가기로 예정되어 있었다. 그런데 어제 내가 그와 메를레를 좋아한다는 것을 깨닫고 나니 갑자기 혼란스러워져서 왠지 망설여졌다. 새로운 사람이 내 마음 한편을 차지하는 건 흔치 않은 일이었다. 그런데 왜 하필 옌스와 메를레가 내 마음속으로 들어온 건지 이해가 되지 않았다.

　옌스는 테이블 위에 노트북을 올려놓고 앉아 있었는데, 밤을 꼬박 지새운 것 같았다. 갈색 머리는 부스스하게 헝클어져 있고, 수염이 까칠하게 자라나 있었다. 그의 눈은 평소보다 색이 더 어두워 보여서, 초록색과 갈색 사이를 오가는 색의 뉘앙스가 그때그때 달라지는 그의 기분을 나타내는 게 아닐까 궁금해졌다. '이 남자는 기분이 나쁠수록 눈 색깔이 더 어두워지는 걸까? 그럴지도 모르지.' "안녕, 옌스! 잠을 하나도 못 잔 얼굴이네요?"

　"네, 어제 집에 와서 또 한참을 메를레와 이야기를 나누고, 그다음엔 잠이 안 와서 날이 밝을 때까지 깨어 있었어요."

나는 테이블 위에 놓인 꽃병들을 모아 카운터 뒤로 가서 시든 꽃을 버렸다.

그는 팔짱을 낀 채 와인셀러에 기대서서 나를 지켜보았다. "아무리 생각해 봐도 메를레를 하루 종일 레스토랑에 가둬 둘 수는 없을 것 같아요." 그가 수염이 자라 까칠해진 턱을 소리 나게 문질렀다. "나도 집에서 더 많은 시간을 보내고 싶지만, TV 카메라에 얼굴을 내밀기만 하는 셰프가 아니라 실제로 일을 하면서 레스토랑을 꾸려 나가야 하는 입장이라 도저히 시간이 나질 않네요."

'그의 여자친구와 눈이 맞았다는 그 스타 셰프를 말하는 건가? 지금은 영 타이밍이 안 좋긴 하지만, 그 셰프가 누군지 기필코 알아내야겠어!' "하지만 TV 카메라에 얼굴을 내미는 것도 일이죠." 나는 짐짓 강조해서 말했다. "예를 들면 그 라퍼라는 셰프 말이에요. 단언컨대 그 사람도 집에 있을 시간이 전혀 없을걸요. 그 사람 레스토랑에서 일한 적 있지 않나요?" 속으로 나는 그처럼 교묘한 취조수법에 찬사를 보냈다. '범죄수사관이 될 걸 그랬나 봐!'

"그런 적 없는데요?" 그는 어리둥절한 표정이었다.

'좋아, 그럼 라퍼는 아니군.' "아, 그래요? 라퍼가 아니고 슈벡이었는데 내가 헷갈렸나 보네. 슈벡 맞죠? 그러니까 내 말은 그 사람 레스토랑에서 주방장으로 일한 적 있죠? 아니, 부주방장이었나?" 아주 좋았어! 이런 식으로 물어보면 내가 취조하고 있다는 걸 눈치채지 못할 거야.

"아니요, 그런 적 없는데. 왜요?"

이런! 나는 그의 시선을 피했다. 조금 부끄러워졌다. 옌스는 메를레와의 문제에 대해 심각하게 이야기하는데, 나는 그의 여자친구까지 뺏은 비열한 셰프가 누군지 알아내려고 이렇게 안달이라니. 나는 서둘러 거베라를 꽃병에 꽂기 시작했고, 우리가 나누는 대화의 본 주제에 다시 집중했다. "함부르크에는 메를레 친척이 한 사람도 없나요?"

"없어요, 다들 다른 곳에 살지요."

우리 엄마와 나도 그랬다. 우리도 함부르크에 친척이 없어서 그 당시 무엇이든 둘이서 감당해야 했다. "메를레가 저녁에 외롭다면 가끔 우리 집에 와 있어도 될 텐데요." 감정적으로 갑자기 튀어나온 것이 분명한 목소리가 그렇게 말하고 있었다. '어? 내가 왜 이런 말을 한 거지?'

그의 멍한 표정으로 보아 옌스 역시 그 이유가 궁금한 눈치였다. "진심이에요? 그쪽에게 그런 부담까지 지우는 건 너무 몰염치한 거 아닐까요? 우린 서로 잘 아는 사이도 아니고, 또……."

"보다시피 난 이미 빼도 박도 못하게 걸려든 처지인걸요." 나는 목소리를 낮춰 말했다.

잠시 정적이 흐르는가 싶더니 그가 외쳤다. "정말 고마워요, 이자벨레! 메를레도 그쪽을 많이 좋아하니까 틀림없이 기뻐할 거예요."

'오, 이런! 어쩌자고 나는 자꾸 스스로 무덤을 파는 걸까?' "그렇다고 아무 때나 막 우리 집에 들이닥치면 곤란해요."

"당연히 그건 안 되죠." 옌스가 급하게 말을 받았다.

"일주일에 한 번, 저녁 시간으로 미리 요일을 정했으면 좋겠는데, 시간이 비는 요일이 별로 없어서 쉽지 않겠네요." 나는 꽃의 색 조합이 마음에 들지 않아서 거베라 꽃을 몇 송이 바꿔 꽂았다. "월요일엔 장을 봐야 하고, 화요일은 수영 가는 날이에요. 수요일엔 빨래를 하고, 목요일은 묘지에 가는 날, 금요일은 스포츠 수업이 있고, 토요일엔 집을 청소하고 친구들을 만나죠. 일요일엔 항상 엄마를 보러 가고 손톱 손질을 한 다음 일찍 잠자리에 들어요. 왜냐면 월요일에 또 도매시장에 가야 하니까요. 그러니까 어느 요일이 좋을지……. 음, 나도 모르겠어요. 그렇다고 내 일상을 뒤죽박죽 만들 수도 없고." 나는 고개를 들고 옌스를 올려다보았다. 그는 믿을 수 없다는 듯, 그러면서도 재미있다는 듯 나를 쳐다보고 있었다.

"그러게요, 정말 일주일이 꽉 차 있네요."

"오늘이요." 나는 결단을 내리고 말했다. "수요일에 오라고 하면 되겠네요."

안도의 미소가 그의 얼굴에 번졌다. "고마워요, 우리에게 이런 호의를 베풀어 주다니! 그리고 이건 메를레가 안정을 되찾을 때까지 임시방편일 뿐이에요. 에이, 까짓것! 보답으로 그쪽에게 평생 우리 레스토랑에서 공짜로 식사할 수 있는 특권을 제공할게요. 오늘 점심부터 당장 와요. 특별히 수프도 만들어 줄 테니."

"설마 비트 수프는 아니겠죠?"

"그쪽이 원하는 대로 만들어 줄게요." 내가 막 뭐라고 대꾸를 하려는데, 그가 먼저 못을 박았다. "단, 베트남 누들 수프는 빼고."

나 참! "좋아요, 그럼 오늘 점심으로 주문할 건…… 감자 수프요."

옌스는 얼굴을 찌푸리다가 얼른 평정을 되찾았다. "그래요, 감자 수프를 끓여 주죠. 게살과 생크림 그리고 허브를 넣어서 풍미를 더할 수도 있고, 어쩌면……."

"아니요." 내가 단호하게 말했다. "게살은 절대 안 돼요. 난 그 동물이 싫어요. 내가 원하는 건 비엔나소시지를 넣고 옛날식으로 끓인 감자 수프예요. 우리 엄마가 예전에 만들어 준 것처럼요."

"비엔나소시지를 넣고?" 옌스가 아연실색했다.

"네, 근데 깡통에 든 얇은 소시지여야 해요. 다른 소시지는 좋아하지 않거든요."

그가 신음소리를 냈다. "세상에! 그쪽처럼 까다로운 사람을 위해 어떻게 요리를 하라는 건지?!"

"솜씨를 발휘해 봐요!" 그렇게 대답하고 나는 다시 꽃에 열중했다. 방금 여기서 무슨 일이 일어난 건지 여전히 의아해하면서. '나는 진정 메를레와 옌스가 내 삶 안으로 들어오도록 허락한 것인가? 그것도 내가 먼저 나서서?' 아무리 생각해도 이상한 일이었다.

점심때 다시 옌스의 가게로 가니 안네가 나를 반갑게 맞아 주었다. "안녕, 이자벨레. 우리 가게 점심메뉴에서 골라보는 건 어때요? 아스파라거스와 딸기를 곁들인 파스타는 정말 자신 있게 추천할 수 있는데."

"음, 맛있을 것 같네요. 그런데 옌스가 감자 수프를 만들어 주겠다고 약속했거든요. 그냥 감자 수프로 할게요."

안네는 깜짝 놀란 눈으로 나를 쳐다보았다. "알겠어요. 그럼 주방에 가서 그렇게 말할게요."

10분 후 그녀는 커다란 수프접시를 내려놓으며 말했다. "이런 말은 사실 서빙을 하는 입장에서 참 난처하긴 한데……." 그녀의 표정이 당황스러워 보였다. "옌스가 이렇게 전하라고 하네요. 그쪽 식습관이나 이 수프를 두고 언쟁을 벌일 시간이 없으니까 그냥 잠자코 먹으라고요."

불신에 가득 찬 눈초리로 나는 수프를 내려다보았다. 이게 무슨 감자 수프야! 접시에 담긴 것이 뭔지 도대체 정체를 알 수가 없었다. 색이 훨씬 더 노란 수프 위에는 한껏 기교를 부린 흰색 얼룩무늬가 장식되어 있었다. 흰색 얼룩무늬 위에 잘게 다진 허브가 뿌려져 있고, 이건…… 게살이잖아! 나는 코를 찡그렸다. "옌스는 내가 게를 싫어한다는 걸 잘 알고 있을 텐데요!"

안네는 고개를 끄덕였다. "하지만 그의 요리는 정말 최고예요, 이자벨레. 한번 먹어 봐요, 네?" 그녀는 나를 격려하는 미소를 지어 보이고 바삐 가 버렸다.

나의 시선은 다시 접시로 향했다. 좋아, 좀 그럴싸해 보이긴 하네. 냄새도 그리 나쁘지 않고. 솔직히 정말 맛있는 냄새가 났다. 보이는 것처럼 수프가 부드러운 느낌일까? 나는 숟가락 끝에 수프를 살짝 묻혀 조심스럽게 입으로 가져갔다. '오 마이 갓!' 수프는 보이는 것처럼 너무나 부드러운 느낌이었다. 맛도 기가 막혔다. 어딘지 모르게 이국적이면서도 친숙한 맛이었다. 그 맛에서 내가 여태 한 번도 접해 보지 못한 아로마가 느껴졌다. 이번에는 수프를 더 많이 떠서 맛을 보았다. 그것도 게살을 두 조각이나 숟가락에 올려서. 내가 그토록 싫어하던 게살이 맛있는 수프와 어우러져 입 안에서 살살 녹는 것 같았다. 나는 두 눈을 지그시 감고 맛을 음미하면서 무슨 양념이나 허브가 들어가서 이렇게 완벽한 조화를 이루는 것인지 알아내려고 했다. 하지만 도무지 알 수가 없었다. '한 번만 더 먹어 보자…….' 그러다 문득 정신을 차리고 보니 수프접시가 깨끗이 비워져 있었다. 망할! 항의의 뜻으로 조금이라도 남겼어야 하는데. 나 자신에게 짜증을 내며 숟가락을 옆에 내려놓았다.

"다 먹어 치워서 화나요?"

그 소리에 나는 화들짝 놀랐다. 어느새 옌스가 내 옆으로 와서 재미있다는 듯 나를 내려다보고 있었다. "네, 다 먹었어요." 나는 새침하게 말했다. "하지만 분명하게 말해 두는데, 단지 강력하게 항의한다는 뜻으로 다 먹어 치운 거예요!"

"알겠어요." 그가 태연스럽게 대꾸했다. "그쪽의 강력한 항의를 받아들이죠. 어쨌든 맛이 있었다니 다행이네요."

와! 자만심이 대단한 남자군! 그는 여주인 무릎 위에 몸을 말고 앉아 여주인이 자신을 쓰다듬어 줄 거라는 것을 잘 알고 있는 수컷 고양이 같아 보였다. "맛이 있었다고는……." 나는 발끈하려다가 그만두었다. 수프접시를 깨끗이 비워놓고 부인을 해봤자 소용이 없을 것 같았다. "뭐, 먹을 만한 맛이었어요."

옌스는 웃으면서 말했다. "그랬겠죠."

"앞으로도 계속 내가 주문한 것과 완전히 다른 것을 내놓을 건가요?" 나는 날카로운 어조로 물었다.

"뭐가 완전히 다르다는 거죠? 그쪽이 주문한 감자 수프를 준 건데."

"내가 원한 감자 수프는 이런 식이 아니었어요!"

"하지만 이런 식이 더 맛있는데요."

"그러니까 내가 무엇을 먹을지 그리고 내 입에 뭐가 맞을지 그쪽이 마음대로 정하겠다는 말인가요?"

그는 어깨를 으쓱했다. "그렇게 생각하고 싶으면 그러시든가. 하지만 그쪽이 아는 바가 전혀 없어서 나 같은 전문가에게 맡기는 편이 나은 일들도 있다는 것을 인정해야 할걸요. 내가 그쪽의 테이블 데코에 대해 이러니저러니 말하면 안 되는 것처럼요. 그쪽의 전문분야와 내 전문분야…… 누가 한 말이더라?"

빌어먹을! 내가 한 말을 가지고 나를 공격하다니! "이제부터 반짝이를 뿌린 분홍색 장미만 테이블에 꽂을 테니 두고 봐요!" 나는 이를 꽉 깨물고 내뱉었다.

"그럼 난 이제부터 비트를 넣은 요리만 줄 테니 두고 보시죠."

우리는 몇 초간 아무 말 없이 서로의 눈을 바라보았다. 그러다가 문득 이 상황이 너무 황당하다는 생각이 들어 더 이상 진지한 태도를 유지할 수가 없었다. 나는 킥킥거리기 시작했다. "오케이, 이번 라운드는 그쪽이 이겼다고 인정할 수밖에 없네요."

옌스는 활짝 미소를 지었다. "고맙군요. 잘 가요, 이자벨레. 내일 점심때 또 올 거죠?"

"음, 그럴 거 같아요."

"그리고 오늘 저녁 메를레를 봐주기로 한 거 잊지 않았죠?"

"네, 그럼요."

메를레를 봐주는 '베이비시터 서비스'는 처음부터 영 찜찜하게 시작되었다. 내일이 톰과 데이트하기로 한 날이어서 묘지에 가는 것을 수요일인 오늘로 앞당겨야 했다. 그러다 보니 주말이 돼서야 빨래를 할 수 있게 되었다. 그 정도의 불편함은 그래도 감수할 수 있지만, 메를레를 묘지에 데리고 가야 하는, 훨씬 더 안 좋은 상황이 벌어지게 되었다. 지금껏 아빠 묘에 누군가를 데려간 일은 한 번도 없었다. 그 때는 아빠와 단둘이서만 보내는, 그리고 내가 휴식할 수 있는 나만의 시간이었다. 내 생각을 정리하고 아빠와 공유할 수 있는 그 시간을 누군가와 함께하고 싶지는 않았다. 특히 내가 아빠와 대화하는 것을 보면 놀려 댈 게 분명한 천방지축 10대 소녀라면 더더욱 그랬다. 물론 메를레 앞에서 아빠와 대화를 하겠다는 건 아니지만, 나도 모르게 그럴 수 있기에 신경이 쓰일 수밖에 없었다.

저녁 7시 정각에 메를레는 가게에 들어섰다. "안녕, 이자벨레. 내가 듣기로는 언니가 나의 새 베이비시터라던데. 나도 TV 보게 할 거야? 아니면 나랑 같이 보드게임 할래?"

그녀는 이 모든 상황이 싫은 건지 아니면 그냥 오빠처럼 비꼬는 것뿐일까. 판단하기가 힘들었다. "아니. 우린 묘지에 갈 거야."

메를레가 흠칫 놀라는 듯했다. "거긴 왜?"

"거기서 할 일이 있거든." 자세한 설명은 해주지 않았다.

그녀는 내가 방금 막 완성한 장례용 화환을 가리키며 물었다. "저거 갖다 주려고? 시체 안치소에?"

"시체 안치소는 무슨! 장례식장이지. 그리고 화환은 내일 아침에 갖다 줄 거야." 나는 화환을 치우고 간이주방에서 가방을 가지고 나왔다. "자, 갈까?"

"난 여기 처음이야." 30분 뒤 묘지를 가로질러 천천히 걸으면서 메를레가 말했다. "와, 이렇게 아름다운 곳일 줄은 몰랐어."

"그래, 올스도르프 묘지는 사람들이 산책하고 조깅하는 공원이기도 해서 더 좋아. 뭔가 위안이 되는 것 같지 않니?"

메를레는 고개를 끄덕였다. "근데 여기서 할 일이라는 게 대체 뭐야?"

잠시 망설였다. 아빠에 대한 이야기를 하는 건 좋지만, 아빠가 이 세상에 없다는 말을 꺼내기가 쉽지 않았다. "음, 뭐냐면 우리 아빠 무덤을 돌보는 일이야."

메를레는 그 자리에 우뚝 멈춰 서더니 나를 꼭 끌어안았다. "오, 세상에! 아빠가 돌아가셨어?" 그녀의 얼굴은 금방이라도 울음을 터뜨릴 것 같아 염려스러울 정도로 비통해졌다. "무슨 말을 해야 할지…… 정말 유감이야!"

"음, 고마워! 하지만 하도 오래된 일이라서 괜찮아. 내가 태어난 지 6개월밖에 안 되었을 때 아빠가 자동차 사고로 돌아가셨거든." 아빠 무덤이 있는 곳으로 메를레를 데려갔다. "여기야." 나는 평소에 늘 하던 대로 "안녕, 아빠"라는 말을 입 밖에 내지 않으려고 각별히 조심했다.

그렇게 소심한 나를 대신해서 메를레가 아빠에게 이야기하기 시작했다. "안녕하세요, 바그너 아저씨! 전 메를레 틸이라고 해요. 아저씨 딸의 친구죠. 정말 근사한 무덤을 가지고 계시네요."

나는 미심쩍은 눈으로 그녀를 쳐다보았다. 하지만 그녀의 태도는 진지하다 못해 엄숙하기까지 했다. "저긴 프리츠쉬너 씨의 무덤인데 돌보는 사람이 아무도 없어." 나는 이웃해 있는 무덤을 가리키며 말했다. "해보고 싶으면 그의 무덤을 손질해 줘도 돼." 나는 메를레에게 잡초와 시든 꽃을 어떻게 뽑는지 보여 준 다음 아빠 무덤을 손질했다. 한동안 우리는 말없이 일에만 집중했고, 메를레가 옆에 있어 불편했던 마음도 어느덧 사라졌다.

"프리츠쉬너 씨의 무덤을 돌보는 사람이 왜 아무도 없는 걸까?" 메를레가 갑자기 궁금해했다.

"그의 친척들이 다 멀리 살거나 묘지관리사를 쓸 처지가 안 돼서겠지."

메를레는 내 대답이 만족스럽지 않은 것 같았다. "아니면……." 의미심장하게 잠시 뜸을 들이더니 자기 생각을 말했다. "진짜 재수 없는 사람이어서 다들 그를 못 견디게 싫어했든가."

나는 멈칫하고 고개를 들었다. 나도 프리츠쉬너 씨가 과연 어떤 사람이었을까 문득문득 궁금했으니까. "혹시 정치가가 아니었을까?"

"아니면 수학선생님?" 메를레의 추측이었다.

우리는 하던 일을 계속했다. 하지만 어느새 내 생각은 프리츠쉬너 씨의 과거로 향해 있었다.

"언니의 아빠는 뭐 하는 분이었어?" 잠시 후 메를레가 물었다.

"아빤 어쨌거나 정치가는 아니었어." 나는 씩 웃으면서 나무에 물을 주었다. "원예조경사였지."

"그래서 언니도 플로리스트가 된 거야?"

"응, 그런 이유도 있었어. 아빠와 뭔가 공통점이 있다는 게 좋았으니까."

"어쨌든 언니 아빠는 필시 재수 없는 사람이 아니었을 거야." 메를레가 확신에 찬 어조로 말했다.

"물론이지. 아빤 가정적이고 너무나 로맨틱한 사람이었어. 엄마와 나를 언제나 애지중지했지. 엄마와 나는 아빠에게 가장 소중한 존재였으니까." 나는 가져온 꽃을 무덤 위에 놓여 있는 화병에 꽂기 시작했다.

메를레가 미소를 지었다. "더없이 좋은 아빠였겠는걸."

"맞아, 그랬어." 나는 또다시 가슴 한편이 시려 오는 것을 느꼈다. 헛기침을 하고 일어나 무릎에 묻은 흙을 털어 냈다. "자, 이제 프리츠쉬너 씨에게 물만 주면 돼."

메를레를 데리고 집에 돌아와서 지금이라도 빨래를 할까 잠깐 고민을 했다. 그러면 내 일상생활을 계획대로 유지하는 데 도움이 될 것 같았다. 결국 빨래는 포기하고 메를레를 쫓아 주방으로 갔다. 그녀는 내 주방을 벌써 자기 집처럼 여기는지 싱크대를 뒤져 먹을 것을 찾고 있었다. "빵하고 토마토밖에 없네. 배고파서 쓰러지기 일보직전인데!" 그러고는 간단한 식재료와 주방용품을 넣어 두는 선반을 살피기 시작했다. "아, 이게 뭐야! 스파게티, 양파 그리고 반쯤 말라 버린 통마늘." 그녀는 내게 못마땅한 시선을 던졌다. "몇 가지 양념과 허브도 있으니까…… 이걸로 뭐든 만들어 보면 되겠네. 언니는 저기서 TV나 보든가. 그동안 내가 스파게티를 만들 테니."

다른 누군가가 내 주방 안을 휘젓고 다니는 건 왠지 탐탁지 않았다. 나는 어정쩡하게 버티고 서서 그녀가 냄비에 물 받는 모습을 지켜보았다.

"언니가 옌스보다 더 지독하네!" 신경이 쓰이는 듯 투덜대면서 냄비를 불에 올렸다. "내가 오늘 그 신성한 주방에 발을 들여놓았을 때 오빠의 표정이 어땠는지 봤어야 하는데. 난 그냥 육수를 조금 넣으려고 했던 것뿐인데 얼마나 난리를 치는지. 그러면서 나더러 어떻게 보조를 하라는 거야?" 그녀는 계속 불평을 해댔다. "무슨 일이 있어도 접시 나르는 일은 안 할 거야. 안네하고는 되도록이면 부딪히고 싶지 않거든. 다른 웨이트리스들은 괜찮은데, 안네는 나랑 안 맞아. 하필이면 그 여자가 매일같이 가게에 나올 게 뭐람!"

"그래도 상냥한 것 같던데." 토마토를 씻는 걸 지켜보며 내가 이의를 제기했다.

"칫!" 메를레가 어림없다는 듯 말했다. "내 생각을 묻는다면, 이혼한 건 전적으로 그 여자 탓이야."

"이혼이라니?"

메를레는 나를 향해 돌아서서 의아한 표정을 지었다. "옌스와 이혼한 거 말이야."

나는 깜짝 놀라 눈이 휘둥그레졌다. "옌스와 안네…… 그러니까 옌스와 안네가 부부였다고?" 나는 생각을 정리하려고 애썼다. "그럼 옌스가 자기 부인한테 꽃을 준 적이 한 번도 없다고 그녀가 말했을 때 그 부인이 그녀 자신이었던 거야?"

"그렇겠지." 그새 양파를 잘게 다지느라 바쁜 메를레가 대꾸했다. "내가 아는 한, 오빠는 결혼을 한 번밖에 안 했으니까."

옌스와 안네가 부부였다니. 왠지 믿어지지가 않았다. 그 두 사람에게서 이혼한 부부 같은 기색을 전혀 느끼지 못했다. 게다가 아직 서로에게 감정이 남아 있을 텐데. 여전히 미련이 남아 있는 사람과 매일 같은 공간에서 일하는 건 결코 쉽지 않은 일이다. "두 사람은 나한테 결혼했던 사이라는 걸 말해 주지 않았어." 나는 괜히 화가 치미는 것을 느꼈다.

"안네는 아마 결혼했던 것도 벌써 잊어버렸을 거야." 메를레는 다진 양파를 팬에 넣으면서 말했다. 순식간에 '치-' 소리와 함께 김이 올라오기 시작했다. "그 여잔 버얼써 재혼했으니까."

'아하! 그럼 헤어진 걸 아쉬워하는 쪽은 옌스겠군. 정말 불쌍한 남자네. 스타 셰프한테 여자친구를 뺏긴 것도 모자라 이젠 사랑하지만 다가갈 수 없는 전처(前妻)를 매일 보면서 힘들어해야 하다니! 드라마 〈러브! 러브! 러브!〉에 나오는 라라처럼.' 그녀에겐 파스칼과 같이 일을 해야 하는 것이 지옥과도 같았다. 왜냐면 그녀는 그를 너무나 사랑했는데, 그 바보는 웬 멍청한 여자와 이미 약혼한 상태였기 때문이다. 나는 메를레가 토마토를 잘게 써는 모습을 좀 더 지켜보았다.

"이제 감시 좀 그만해! 내가 알아서 다 할 테니까."

그녀가 내 집 주방에서 나를 쫓아내는 것이 별로 마음에 안 들기는 했지만, 결국 그녀를 혼자 주방에 두고 나왔다. 나는 내일 톰과의 데이트에 입고 갈 옷을 다시 한번 점검해 보았다. 잔잔한 나비 패턴이 프린트된 진청색 원피스를 입고 진청색 하이힐과 빨간색 발레리나 슈즈를 한 짝씩 신은 채 거울을 보고 있는데, 메를레가 문틈으로 머리를 쏙 들이밀었다. "스파게티 다 됐는데. 와우! 정말 예쁘다!"

"고마워!" 나는 오른발과 왼발을 번갈아 가리키며 물었다. "어느 쪽이 더 잘 어울려?"

"흠…… 발레리나 슈즈는 귀엽고 하이힐은 섹시해. 어떤 자리에 신고 갈 건데?"

"내일 저녁에 데이트가 있어."

"그럼 하이힐이지. 묘지에서 일하는 그 남자 만나는 거야?"

나는 고개를 끄덕였다. "맞아, 톰. 묘지에서 원예사로 일하고 있어. 얼른 옷 갈아입고 저녁 먹자."

주방으로 가자, 메를레가 맛있는 토마토소스 스파게티를 한 접시 가득 담아놓고 나를 기다리고 있었다. 맛있어 보인다고 찬사를 막 늘어놓으려는 순간 내 눈길이 스파게티에서 싱크대와 레인지로 옮겨 갔다. 주방은 내가 자리를 비운 몇 분 사이에 허리케인이 휩쓸고 지나간 것도 모자라 무슨 유혈이 낭자한 영화라도 찍은 듯한 형상이었다. 사방에 냄비와 칼, 도마, 다 쓴 양념통, 채소 찌꺼기 등이 널려 있고, 레인지 위와 벽은 빨간색 소스가 여기저기 튀어서 엉망이었다. 내 머릿속은 모든 감각과 인상(印象)을 분류하고 적절한 반응을 결정하느라 과부하가 걸릴 정도였다. "에……." 나는 말을 더듬었다.

"어서 앉아." 내가 얼마나 충격을 받았는지 전혀 눈치채지 못한 듯 메를레가 재촉했다.

여전히 할 말을 잊은 채 나는 맞은편 의자에 털썩 주저앉았다.

"식기 전에 빨리 먹어봐."

아무 생각 없이 나는 포크를 들고 스파게티를 말아 입 안으로 밀어넣었다. '기가 막히네!' 예상을 훨씬 뛰어넘는 맛이었다. 내 몸에서 머리가 아니라 배가 지휘를 맡아 나만의 공간인 주방을 마구 어질러놓은 것보다 맛있는 음식에 더 우위를 두기로 결정한 것 같았다. "완전 맛있는데!" 나는 스파게티를 한가득 입에 넣으면서 말했다.

메를레의 얼굴이 환해졌다. "고마워. 신선한 바질하고 파르메산 치즈가 들어갔더라면 훨씬 더 맛이 좋았을 텐데……. 그래도 뭐 이 정도면 괜찮네, 그렇지?"

"음!"

한동안 포크가 접시에 부딪히는 소리만 들릴 뿐 서로 말이 없었다. 만족스럽게 스파게티를 우물우물 씹으면서 나는 오늘 두 번이나 틸 남매한테 음식으로 설복당했다는 생각을 했다. '이토록 쉽게 조종당하는 것에 자존심이 상해야 마땅할지도 모르겠지만…… 그 정도로 맛있는데 어쩌겠어?!'

스파게티를 깨끗이 먹어 치우고 우리는 소파에 비스듬히 드러누웠다. 메를레가 〈러브! 러브! 러브!〉를 보기 싫다고 해서 우리는 범죄드라마 〈타트오르트〉(Tatort 범행장소라는 뜻의 독일어 ─ 옮긴이) 재방송을 보았다. 메를레가 집에 갈 채비를 했다. "잘 있어, 이자벨레. 정말 즐거운 시간이었어."

"응, 나도 즐거웠어." 내가 진심으로 그렇게 말했다는 것에 스스로도 놀랐다. 메를레가 내 사적인 영역을 침범하고 묘지에서 나를 방해했으며, 내 집을 엉망으로 만들어 놓았음에도 불구하고 그녀와 함께하는 시간이 너무나 좋았다. 메를레가 가고 나서 나는 그 사실을 초록색 메모지에 적어 유리병에 넣었다. 그다음에 주방으로 가서 어질러진 것을 치우기 시작했다.

운수 나쁜 날

다음 날 아침 나는 가게에 들어서면서 작업대 앞에 앉아 있는 브리기테에게 인사를 건넸다. "안녕, 브리기테! 커피부터 좀 마셔야겠어요. 같이 한잔할래요?"

"음." 종이 몇 장을 응시하고 있던 그녀는 시선을 들지 않은 채 대답만 했다.

나는 커피 두 잔을 가지고 와서 그녀에게 한 잔을 내밀었다. "뭘 보고 있어요?"

아무 대답도 없이 그녀는 커피잔을 받아 작업대 위에 내려놓았다. 나는 옆에 있는 의자에 앉으며 브리기테가 들여다보고 있는 종이를 흘깃 쳐다보았다. "청구서예요?"

그녀가 고개를 들어 나를 바라보았다. 갑자기 그녀가 몇 년은 더 늙어 버린 듯했다. 그녀의 얼굴은 잿빛으로 생기가 없었고 두 눈엔 절망만 가득했다. "엊저녁에 우리 화물 밴이 퍼져 버려서 정비소로 견인해 갔어. 그런데 조금 전에 정비기술자한테 전화가 왔는데, 밴을

폐차시키는 게 낫겠대. 중고차를 새로 사려면 최소 5천 유로는 있어야 할 텐데."

나는 그녀가 이야기를 계속하길 기다렸지만, 그녀는 김이 모락모락 올라오는 커피잔만 응시하고 있었다. "그랬군요. 정말 짜증나지만 어쩌겠어요. 밴이 없으면 우린 아무것도 못 하는데……."

"이자, 5천 유로가 있어야 말이지!" 그녀가 소리를 질렀다.

나는 심장이 멈추는 것 같았다. "네? 그 정도는…… 내 말은, 그래요, 적은 돈은 아니죠. 하지만 그렇게 많은 돈도 아니잖아요."

"난 5천 유로가 없어." 브리기테가 숨을 크게 들이마시며 말했다. "난 무일푼이라고. 오히려 마이너스지. 지금 같아선 이자 월급도 못 줄 형편이야."

목구멍이 조여드는 느낌이었다. 돌을 가득 실은 화물트럭 한 대가 배와 심장을 누르고 있는 것만 같았다. 나는 브리기테가 방금 한 말을 이해하려고 애를 썼지만 소용이 없었다. "그러니까 우리가 파산 상태라는 말이에요?" 내 목소리가 끔찍할 정도로 날카롭게 울렸다.

브리기테는 손으로 눈가를 문지르며 말했다. "우리가 얼마나 많은 손님과 주문을 이웃 가게에 빼앗겼는지 이자도 잘 알잖아. 게다가 올해는 여기저기 돈 들어가는 일이 얼마나 많았는지. 틈이 벌어진 쇼윈도, 고장 난 에어컨, 계속 안전장치 퓨즈가 나가서 가게 전체를 다시 손봐야 했던 전기설비 등등."

나는 더 이상 가만히 앉아 있을 수가 없어서 벌떡 일어나 그녀에게서 몇 걸음 물러났다. 심장이 벌렁거리고 속이 안 좋아서 아무 생각도 할 수가 없었다.

"화물 밴까지 속을 썩여서 계속 수리해야 했고, 줄줄이 돈 쓸 일만 생겼지. 내게 있지도 않은 돈 말이야. 우리 수입으로는 어림도 없어."

"그러니까 그 말은 우리가 파산상태라는 거예요, 아니에요?"

"나도 모르겠어!" 브리기테도 벌떡 몸을 일으켰다.

"그걸 어떻게 모를 수가 있어요?" 내가 언성을 높였다.

"난 완전히 판단력을 상실했어! 그 모든 사실을 받아들이고 싶지 않았던 거야. 나로선 어떻게 할 수가 없었어. 나 스스로 얼마나 많이 자책했는지 모를 거야!"

순간 브리기테가 사장인데 내가 지금 그녀를 나무랄 처지가 아니라는 생각이 들었다. 더구나 파산 직전인 가게도 그녀 것이 아닌가! 힘든 사람은 내가 아니라 그녀일 텐데! 그리고 내겐 그녀를 비난할 자격이 없다. 어쨌거나 상황이 이렇게 된 데에는 내 책임도 있으니 말이다. 나는 가게의 형편이 좋지 않은 것을 눈치채지 못했고, 모든 경고신호를 무시했다. "미안해요." 내가 입을 열었다. "괜히 소리를 질러서 정말 미안해요. 그냥 모든 게 너무 혼란스러워서……." 나는 마음이 울컥해서 더 이상 말을 할 수가 없었다.

"알아." 브리기테가 가까이 다가와 나를 끌어안으며 말했다. "알고 말고." 우리는 서로 부둥켜안고 울기 시작했다. 나는 브리기테를 위로하는 동시에 내 마음속 혼란을 억누르려고 애썼다.

"이제 그만!" 잠시 후 브리기테는 코를 훌쩍이며 나에게서 떨어졌다. "운다고 해결될 일이 아니잖아."

"그런데 이제 어떻게 해요?"

그녀는 고개를 저었다. "나도 아무 생각이 없어."

멍하니 우리는 서로를 바라보기만 했다. 곧 그녀가 내 뺨을 쓰다듬으며 헛기침을 했다. "뾰족한 수가 없으니 다시 일이나 해야지. 디터

차를 타고 화환을 묘지로 배달해 주면 될 거야. 디터의 파사트 차는 문밖에 세워 뒀어."

아무 일 없었던 것처럼 하루 일과를 시작할 기분이 영 나지 않았다. 하지만 브리기테 말이 옳았다. 배달을 다음으로 미룰 수는 없는 노릇이었다. 다행히도 내 손은 해야 할 일이 뭔지 잘 알고 있었다. 내 머리는 최악의 시나리오를 하나씩 그리느라 다른 일에 신경 쓸 여력이 없었기 때문이다. 이 가게와 브리기테는 내 보금자리와도 같은 존재이며 내 삶의 일부이자 내 몸의 일부다. 내 미래를 온전히 이 가게에 걸었는데, 정말로 가게 문을 닫아야 한다면 난 어떻게 해야 하나?

너무 충격이 커서 나는 저녁에 톰과 데이트하기로 한 것을 까맣게 잊어버리고 말았다. 퇴근 후 집에 와서 욕실 문에 걸려 있는 원피스를 보고 그제야 생각이 났다. 오늘 같은 날 차려입고 나가 잡담을 나누며 상대에게 잘 보이려고 애쓸 기분이 아니어서 마음 같아서는 데이트를 취소하고 싶었다. 그러나 톰이 8시에 데리러 온다고 했으니 취소하기에는 너무 늦었다. 30분밖에 안 남았네! 나는 서둘러 원피스를 입고 화장을 한 다음 머리를 느슨하게 틀어 올렸다. 8시 정각에 벨이 울렸다. 나는 크게 심호흡을 하고 아래로 내려갔다.

톰이 작업복 외에 다른 옷을 입고 있는 모습을 보는 건 처음이었다. 그는 청바지와 티셔츠 차림이었는데, 근육질로 잘 다져진 그의 팔뚝을 보는 순간 깜짝 놀랐다. 지금까지 왜 그걸 몰랐을까? 톰이 좀 건장한 체격인 줄은 알았지만, 헐크 같은 몸일 줄은 상상도 못 했다. 뭐, 평소에 늘 품이 넓은 긴소매 셔츠를 입고 있었으니 모르는 게 당연할 수도 있었다.

우리는 어색하게 서로를 마주 보고 섰다. 그도 나처럼 포옹을 해야 할지 아니면 악수를 해야 할지 모르는 눈치였다. 이윽고 내가 결심을 하고 포옹을 하려는 찰나, 그는 내 뺨에 입을 맞추려고 했다. 우리는 어찌할 바를 모르다가 멋쩍게 웃음을 터뜨렸다. '뭐, 이 정도면 시작은 나쁘지 않네.' "갈까요?" 내가 물었다.

"그러죠. 여기서 별로 멀지 않아요. 틸스라는 레스토랑에 자리를 예약해 놨거든요. 새로 오픈한 곳이고 상당히 괜찮다고 하던데요."

"오, 이런!" 나는 당황했다. 오늘 점심에도 그곳에 갔는데! 사실 배가 전혀 고프지 않았음에도 불구하고 브리기테가 뭘 좀 먹고 오라고 등을 떠밀어서 할 수 없이 갔다. 나는 샐러드를 주문했는데, 옌스가 아스파라거스와 딸기를 넣은 파스타를 내왔다. '하필 아스파라거스라니!' 한 5분쯤 포크로 파스타를 여기저기 찔러 보다가 망설이며 한 입 먹어 보았다. 이번에도 눈이 번쩍 뜨일 만큼 맛이 기가 막혔다. 그렇다고 해도 하루에 두 번 그곳에 가고 싶은 마음은 없었다.

톰이 불안한 얼굴로 나를 쳐다보았다. "그 레스토랑 알아요? 별론가요?"

"아니요, 아주 괜찮은 곳이죠." 나는 잠시 머뭇거리다가 덧붙였다. "그런데 내가 원하는 건 절대 먹을 수 없는 곳이에요."

"뭐라고요?" 톰이 웃었다. "차림표를 보면 먹을 만한 게 있을 거예요."

"문제는 차림표가 아니라……." 나는 설명을 하려다 그만두었다. 옌스와의 일을 이야기하기가 너무 복잡했다. "그 레스토랑에 테이블 데코를 해주고 있어요. 그러니까 우리 가게 손님인 셈이죠. 그곳에 가면 나도 모르게 일 생각을 하게 될 텐데, 지금은 그러고 싶은 마음이 없어요. 어디 다른 곳으로 가면 안 될까요?"

톰은 난처한 표정을 지었다. "하지만 그곳에 예약을 했는데요. 그리고 그 레스토랑에 가서 꼭 한번 먹어 보고 싶고요."

나 참! 여자가 어떤 레스토랑에 가고 싶지 않다고 하면, 진정한 신사는 무슨 수를 써서라도 여자 마음에 드는 곳을 찾아낼 텐데. 홍케뮐러 박사님이라면 분명 그렇게 할 것이다. 하지만 톰은 홍케뮐러 박사가 아니고, 오늘 유난히 내 기분이 안 좋은 게 그의 탓도 아니었다. 결국 내가 양보를 했다. "좋아요, 거기로 가죠."

"있잖아요, 레스토랑 주인과 잘 아는 사이면 식사를 공짜로 할 수 있지 않을까요? 아니면 더 싸게 먹을 수 있거나."

'이 남잔 뭐야? '절약이 미덕'이라고 외치는 타입인가?' 앞으로 평생 옌스의 레스토랑에서 공짜로 식사하기로 거래를 하긴 했지만, 나는 점심때만 그렇게 할 뿐, 저녁까지 얻어먹을 생각은 전혀 없었다. "아니요, 그럴 리가요." 내 말투는 의도했던 것보다 더 싸늘했다.

틸스에 들어서니 처음 보는 웨이트리스가 우리를 맞았다. 그녀는 우리에게 환한 미소를 지어 보이며 하도 반갑게 인사를 해서 저녁 내내 우리가 오기만을 기다리고 있었나 싶을 정도였다. 귀여운 웨이트리스가 우리를 테이블로 안내하고 메뉴판을 건네주었다.

"와, 여기 상당히 비싸네요, 안 그래요?" 톰은 메뉴판을 슬쩍 훑어보고 나서 말했다.

"그렇게 비싼 건 아니에요. 여긴 감자튀김 파는 노점이 아니잖아요." 나도 모르게 또 날이 선 어투가 튀어나왔다. 내가 메뉴판에서 수프를 고르고 있는데, 귀에 익은 목소리가 들렸다.

"안녕, 이자벨레. 하루 한 번 우리 가게에서 식사하는 걸로는 성에 안 차나 봐요?" 안네였다. 옌스의 전처. 오늘 점심때부터 그녀가 평소보다 훨씬 더 예뻐 보이는 건 왜일까?

"네, 톰이 뜻밖에도 여기다 예약을 해놓아서요. 아, 이쪽은 톰이에요. 톰, 이쪽은 안네이고……." 하마터면 '옌스의 전처예요'라는 말이 튀어나올 뻔했으나 입술을 꽉 다물고 참았다.

"홀매니저이자 소믈리에랍니다." 안네가 나를 대신해서 내 말을 마무리했다. "뭘 드릴까요?"

톰은 스테이크(피가 뚝뚝 떨어질 것 같은 레어로!)와 맥주를 시켰다.

"난 구운 닭꼬치를 곁들인 라임리소토로 할게요. 정확히 그것으로 주세요. 다른 건 안 돼요." 나는 강조를 하며 간절한 눈빛으로 그녀를 바라보았다. "내가 주문한 대로 안 해주면 심장이 부서질 거예요."

안네는 웃었다. "그렇게 전할게요. 마실 건 필요 없나요?"

"흠, 모르겠네요. 레드와인으로 할까요?"

그녀가 얼굴을 찡그렸다. "그쪽이 리소토에 라인가우 산 리슬링*을 마시지 않는다면 그쪽 심장이 부서질걸요."

"아, 그럼 그걸로 할게요." 나는 메뉴판을 닫았다.

안네가 가 버리자 톰과 나 사이에 불편한 정적이 감돌았다. 그때 정적을 깨고 그가 테이블 위에 올려놓은 휴대폰이 드르륵 울렸다. 그는 디스플레이에 뜬 메시지를 확인하더니 씩 웃으면서 답장을 보냈다.

그가 휴대폰을 내려놓았을 때 내가 말했다. "철쭉을 잘 돌봐 줘서 정말 고마웠어요."

"고맙긴요."

. . . .

* 리슬링 포도로 만드는 독일의 대표적인 백포도주.

106

이제 무슨 이야기를 해야 하나? "음, 철쭉을 좋아해요?"

"모르겠어요. 뭐, 그럴 수도 있고."

또 침묵이 흘렀다.

그때 다행히 안네가 마실 것을 가져왔다. 자신을 킴이라고 소개한 웨이트리스가 우리에게 접시 두 개를 서빙했다. "주방에서 보내는 서비스예요."

"오, 이런!" 나는 입맛 당기게 장식된 전채요리와 유리그릇을 바라보면서 말했다. "고맙다고 인사 전해 주세요."

킴은 어리둥절한 표정으로 나를 보며 말했다. "아, 네. 전해 드릴게요." 그녀는 우리 앞에 놓인 접시를 가리키며 설명을 덧붙였다. "저희가 직접 구운 흑빵에 청어 샐러드를 올린 것과 함부르크식 장어 수프, 고기와 채소로 소를 넣은 만두예요."

나는 속으로 '윽!' 소리를 냈다. '호의가 고맙긴 한데, 하필 이런 메뉴여야 했나?'

"이건 공짜겠죠?" 톰이 물었다. "내 말은 우리가 주문한 게 아니니까 나중에 계산서에 포함되는 건 아니냐는 거죠."

킴은 내가 감탄할 수밖에 없는 상냥한 미소를 지었다. "그럼요. 말씀드렸지만, 주방에서 보내는 서비스인걸요. 그럼 맛있게 드세요."

또다시 둘만 남겨졌다. 하지만 지금은 할 일이 있어서 그나마 다행이었다. 톰은 샐러드가 높이 얹어진 흑빵을 한입에 쑤셔 넣었다. 그동안 나는 숟가락을 들고 장어 수프를 맛보기로 했다.

나는 숟가락 끝을 수프에 살짝 담갔다가 입으로 가져갔다. 흠, 약간 짭짤하고 시큼하면서 비릿한 맛이 났지만 불쾌하지는 않았다. 이번에는 수프를 조금 더 많이 떠서 생선의 향과 약간의 양념 맛을 음미해 보았다. 그리고…….

"맛이 없어요?" 톰은 흥미진진한 듯 나를 지켜보았다. 그의 접시가 벌써 빈 것을 보니 후딱 먹어 치우는 스타일인 것 같았다.

"아직 모르겠어요. 맛을 보고 있는 중이에요."

"어떻게 그토록 오랫동안 맛을 볼 수가 있죠? 그런 속도로 먹다가는 내일 아침까지 여기 앉아 있겠는데."

나는 그 말에 아랑곳하지 않고 다시 수프를 맛보려고 했다. 그런데 그때 톰이 손을 뻗어 수프가 담긴 유리그릇을 낚아채 갔다. "맛이 없으면 내가 먹어도 괜찮겠지요?" 그는 뻔뻔한 미소를 지으며 먹기 시작했다.

어이가 없어서 나는 그를 빤히 쳐다보았다. "그건…… 그쪽이…….." 극도로 화가 나면 늘 그렇듯이 나는 말을 더듬었다. "내 허락도 없이 그렇게 멋대로 내 수프를 먹어 치우다니요!" 드디어 말문이 트였다.

그의 미소는 서서히 당황한 표정으로 바뀌었다. "그러면 왜 안 되죠? 맛이 없어서 그렇게 깨작거리고 있었던 거 아닌가요?"

"맛이 있는지 없는지는 내가 결정해요!" 나는 그에게 언성을 높였다. "내가 결정할 때까지 백 년이 걸린다고 해도 말이에요!"

그만하라는 듯 그가 두 손을 들어 올렸다. "오케이, 알겠어요. 미안해요, 진심으로."

'스물하나, 스물둘, 스물셋…….' 나는 마음을 가라앉히기 위해 마음속으로 수를 셌다. "됐어요." 이윽고 내가 말했다. "여기요, 나머지도 드실래요?" 나는 내 접시를 그에게 밀어주었다. 사실은 만두와 청어 샐러드도 맛을 보려던 참이었다. 하지만 이젠 그럴 마음이 싹 사라져 버렸다. 톰이 또 나를 뚫어져라 지켜볼 텐데 말도 안 되지!

"그러죠, 고마워요." 그가 내 접시를 가져가서 만두를 집어삼키는 순간 또다시 그의 휴대폰 진동음이 들렸다.

그가 메시지를 확인하고 답장을 보내느라 바쁜 동안 나는 와인을 들이키며 그를 지켜보았다. 세상에, 저 팔뚝 좀 봐! 이 남잔 틀림없이 피트니스센터에서 살다시피 할 거야. 더 자세히 보니 그의 머리가 상체에 비해 기형적으로 작은 것 같았다.

마침내 톰이 휴대폰을 다시 내려놓고 나를 쳐다보았다. "운동해요?"

"네, 수영도 다니고 하체 운동 수업도 받으러 다녀요."

"피트니스센터는 안 다녀요?"

"안 다니는데요."

"그게 얼마나 중요한데요." 그는 얕잡아보는 시선으로 내 상체를 훑어보았다. "근력운동을 하지 않으면 완전히 약골이 되거든요. 그러면 젖은 포댓자루마냥 축 처져서 기운을 못 써요. 신체 긴장도가 0이 되는 거죠. 정말 섹시하지 않지요. 뭐, 그쪽은 아직 그런대로 괜찮은 편이네요." 그가 내 가슴에 눈길을 주며 말했다. "하지만 서른 살쯤 되면 조심해야 할 거예요."

나는 와인 잔을 들었다. 마음 같아서는 드라마틱한 제스처로 그의 얼굴에 와인을 확 쏟아 버리고 싶었다. 하지만 그러기엔 맛있는 와인이 너무 아까운 생각이 들어 그냥 다 마셔버렸다. "피트니스센터에 꾸준히 다니나 보죠?"

"그럼요, 시간이 되면 일주일에 네 번은 가죠."

안네가 접시를 치우기 위해 우리 테이블로 왔다. "와인 한 잔 더 할래요, 이자벨레?"

"아 네, 한 잔 더 마셔야겠어요."

그녀는 다시 휴대폰을 들여다보고 있는 톰을 보고 웃음을 지으면서 말했다. "금방 대령하죠."

나는 시계를 보았다. 오, 이런! 8시 45분밖에 안 됐다니! 그래도 혼자보다는 둘이 낫다는 말도 있지 않은가! "어쩌다 묘지 원예사가 될 생각을 했나요?" 내가 톰에게 물었다.

"음, 모르겠어요. 그냥 된 거예요."

"그래요? 나는 왜 플로리스트가 됐냐면⋯⋯."

"내 사진 볼래요?" 그가 내 말을 잘라 버렸다.

이 남잔 내게 전혀 관심도 없으면서 어째서 데이트 신청을 한 걸까? "그러죠." 나는 체념한 듯 대꾸했다.

톰은 자기 휴대폰을 내게 내밀었다. "여긴 친구들하고 나예요." 갈색으로 그을린 피부를 당당히 드러낸 네 남자가 그 미련한 보디빌더 포즈를 취한 채 해변에 서 있는 사진이었다. "여기 또 있어요." 거의 똑같은 사진이었지만 이번에는 구성이 달랐다. "이 사진은 우리 넷이 체조 수업을 가서 찍은 거예요."

"음."

나는 메인요리가 담긴 접시를 가져와서 내려놓는 안네를 보자 구세주라도 만난 기분이었다. 그때까지 톰이 내게 근육 덩치들이 포즈를 취하고 있는 사진을 연달아 보여 주고 있었다. 대화 주제를 바꿔보려고 세 번이나 시도를 해보았지만 허사였다. 결국 나는 포기를 하고 그냥 말없이 포토쇼를 지켜보고 있었다. 그래도 메인요리를 보니 많이 위로가 되었다. 내가 주문한 그대로 리소토가 나온 데다 맛도

라임향처럼 신선해서 기가 막혔다. 리소토는 크림처럼 혀에서 녹아 버릴 만큼 부드러웠다. 닭꼬치도 겉은 바삭하고 안은 놀랍도록 촉촉하고 부드러워서 더할 나위 없이 맛이 좋았다.

"있잖아요, 이자벨레! 내 실수를 만회하고 싶어요." 그러더니 톰은 자기가 먹던 스테이크의 남은 조각을 집어서 내가 말릴 틈도 없이 내 접시 위에 올려놓았다. 나는 피가 뚝뚝 떨어지는 그의 고기가 내 신성한 리소토를 더럽히는 모습을 아연실색하며 지켜보았다. "아까 내가 그쪽 것을 먹어 버렸으니까 이번엔 그쪽이 내 것을 먹을 차례예요."

나는 포크를 내려놓고 내 접시를 멀찍이 밀어 버렸다. "하지만 내가 언제 달라고 했어요? 내 접시가 온통 피로 물들었잖아요!"

톰은 완전히 얼이 빠져서 나를 쳐다보았다. "난 그저 호의를 베풀려고 했을 뿐인데."

나는 숨을 가다듬고 내가 어리석게 굴었는지 아니면 당연히 흥분할 만했는지 자문해 보았다. 음식에 관해서는 내가 너무 까다로웠다는 걸 인정했다. "아, 어쩌겠어요. 이게 내 생애 마지막 리소토도 아닌데요, 뭐!" '절대 아니지. 이제부터 옌스 가게에 와서 리소토를 매일같이 먹을 거니까.'

"더 안 먹을 거면 내가 먹어도⋯⋯."

나는 말없이 톰에게 내 접시를 넘겨주었다. 그는 자신이 덜어 주었던 스테이크 조각과 피로 물든 내 리소토를 맛나게 먹기 시작했다. 나는 그동안 와인을 다 비웠다.

이윽고 톰이 깨끗이 먹어 치우고 나자, 마치 기다렸다는 듯 안네가 나타나 접시를 치웠다. "디저트 드릴까요?"

내가 막 "세상에, 아니요!!!"라고 외치려는데 톰이 앞질러 말했다.

"디저트 좋지요! 안 그래요, 이자벨레?"

"솔직히 오늘은 너무 피곤하네요. 그리고 내일 아침에 일찍 나가야 해서요."

그때 안네가 끼어들었다. "메를레가 오늘 주방에서 보조를 하고 있는데요. 퐁당 쇼콜라*가 유별나게 맛있으니까 꼭 먹어 봐야 한다고 이자벨레에게 전해 달라 했어요."

"메를레가 만들었나요?"

안네는 웃으면서 말했다. "아니요, 옌스가 설거지만 시키고 있는데요. 하지만 이자벨레가 먹을 디저트 접시 장식은 메를레에게 맡긴다고 했어요."

'저런! 우리가 디저트를 주문하지 않으면 메를레는 오늘 내내 설거지만 하게 생겼군.' "할 수 없네요." 나는 결국 항복하고 말았다. "그럼 난 퐁당 쇼콜라로 할게요." 퐁당 쇼콜라는 오늘 같은 날 먹기에 제격인 디저트일 것 같았다.

주문을 하고 난 후 나는 화장실로 가서 카티에게 전화를 걸었다. 그녀에게 가게에서 있었던 일을 비롯해서 톰과의 끔찍한 데이트에 이르기까지 오늘의 불운에 대해 푸념을 늘어놓았다. 잠깐 카티에게서 위로를 받고 나서 다시 톰이 앉아 있는 테이블로 돌아가는 수밖에 없었다. 다행히 얼마 지나지 않아 메를레가 다가오는 것이 보였다. 그녀는 지나치게 큰 검은색 조리 가운과 앞치마를 걸치고 양손에 접시를 하나씩 올린 채 조심스럽게 균형을 잡으며 걸어왔다. 접시 하나는 톰 앞에, 두 번째 접시는 내 앞에 내려놓았다. "여기 있습니다. 루

....

* 초콜릿 소스가 흘러나오는 케이크로, 프랑스의 대표적인 디저트.

112

바브 졸임을 곁들인 퐁당 쇼콜라예요."

"고마워! 그렇게 입으니까 멋지네."

그녀는 오른손 엄지를 핥다가 멋쩍게 앞치마를 쓰다듬었다. "이건 옌스 가운이야. 나를 거의 노예 취급한다니까! 하루 종일 설거지만 하래. 그 대신 언니가 먹을 디저트 접시 장식을 내가 해도 된다고 했어. 뭐, 사실 옌스가 거의 다 하긴 했지만 초콜릿 소스 데코는 내가 한 거야."

나는 접시를 내려다보고 터져 나오려는 웃음을 꾹 참아야 했다. 접시 위에는 슈가 파우더를 뿌리고 베리 몇 개를 올려 장식한 초콜릿 케이크가 놓여 있었다. 그리고 그 옆에는 루바브 졸임이 담긴 유리그릇이 놓여 있었는데, 졸임 위에 창살 모양의 초콜릿 장식이 꽂혀 있었다. 여기까지는 틀림없이 옌스의 솜씨인 것 같았다. 그런데 접시 가장자리에 초콜릿 소스로 큼지막하게 그려 놓은 꽃장식이 그의 작품을 망쳐 놓았다. 게다가 메를레가 접시를 나르다가 엄지손가락으로 건드린 듯, 꽃장식의 한쪽 귀퉁이가 뭉개져 있었다. "와우! 정말 근사한데!" 내가 찬사를 보냈다.

메를레의 뺨이 붉게 물들었다. "그치? 나도 그렇게 생각해. 근데 옌스가 뭐랬는지 알아? '접시 가장자리는 손님 거야!'라면서 막 난리를 치지 뭐야." 그녀는 심술 맞은 목소리로 그의 말을 흉내 냈다. "그리고 안네와 킴은 이 상태론 서빙 못 하겠다고 버티잖아. 그래서 할 수 없이 내가 직접 가지고 왔지."

"수고 많았어! 메를레, 정말 감동했어!"

"그럼 맛있게 먹어. 근데 조심해. 한번 맛들이면 헤어날 수 없을 테니까."

"운동을 더 많이 하면 되지." 톰이 불쑥 말했다.

메를레는 못마땅한 눈초리로 그를 쳐다보았다.

나는 스푼을 집어 보란 듯이 케이크를 크게 한 조각 잘랐다. 그 순간 케이크 안에 들어있던 초콜릿이 접시 위로 흘러내렸다. "초콜릿이 막 녹아내리네!" 내가 신기한 듯 외쳤다.

메를레가 웃음을 터뜨렸다. "당연하지. 그래서 이름이 퐁당*이잖아."

나는 스푼으로 케이크를 떠서 입 안에 넣었다. "오 마이 갓! 환상적으로 맛있어! 이제 다른 건 절대 안 먹을 거야! 절대!"

"내가 말했잖아. 자, 이제 난 그만 가 봐야겠네. 집에 갈 시간이 다 돼서."

"음, 집에 잘 가! 멋진 장식 다시 한번 고마워."

나는 그 디저트에 완전히 빠져들었다. 내 생애 처음으로 음식, 그중에서도 특히 초콜릿이 행복을 가져다준다고 주장하는 사람들이 왜 그리 많은지 이해가 되었다. 이 퐁당 쇼콜라는 그야말로 행복 그자체였다! 나는 실수로 초콜릿 케이크를 오븐에서 너무 일찍 꺼내는 바람에 이 훌륭한 디저트를 처음으로 만들어 낸 누군가에게 고마움을 전하고 싶었다.

"맛 좀 보면 안 될까요?" 톰이 내 접시를 넘보며 물었다. 그가 자기 스푼을 들고 내 케이크로 팔을 뻗으려는 순간, 나는 냉정하게 딱 잘라 말했다. "어림없는 소리 말아요!"

그는 깜짝 놀라 흠칫했다. "알았어요, 미안해요."

....

* 퐁당(fondant)이란 프랑스어로 '녹아내리다'라는 뜻.

나는 아무 말도 하지 않고 계속 먹기만 했다. 케이크를 깨끗이 먹어 치우고 나서는 만족스럽게 한숨을 쉬며 뒤로 몸을 기댔다. 어느새 우리 테이블 말고 아직 손님이 있는 테이블은 한 곳밖에 없었다. 톰이 다시 휴대폰에 머리를 박고 있는 동안, 나는 내 접시 위에 남아있는 초콜릿 소스에 손가락으로 꽃 한 송이를 그려 넣었다. 하찮은 것일 수도 있지만, 주방에 고맙다는 인사를 간단하게나마 보내고 싶었다. 어쨌거나 엔스도 오늘 내게 서비스로 인사를 보내왔으니까. 안네는 접시를 치우다가 내 그림을 보고 미소를 지었다. "정말 맛있었나 보네요? 이걸 보면 주방 남자들이 좋아하겠어요. 마지막으로 한 잔 더 할래요?"

"아니요, 계산서 좀 갖다 주세요." 내가 재빨리 말했다. "더치페이 할 거죠?"

"무슨 말씀을! 내가 초대를 한 건데요." 톰은 자신의 바지 주머니를 더듬었다. "어, 어?" 그는 청바지에 달려 있는 주머니를 모조리 뒤지기 시작했다. 그러더니 털썩 주저앉아 두 손으로 머리를 감쌌다. "이럴 수가! 지갑을 깜빡했나 봐요."

그야말로 그와 함께 보낸 시간 중 최고의 압권이었다. 데이트 자리에 돈을 깜빡하고 가져오지 않는 사람이 세상에 있을까? 나는 가방에서 지갑을 꺼내 계산을 했다. 그런 다음 우리는 자리에서 일어나 출입구 쪽으로 향했다. 밖으로 나가면서 나는 안네를 보고 말했다. "안녕! 고마워요, 정말 맛있었어요!" 밖으로 나온 톰과 나는 문 앞에 서서 어색하게 서로를 쳐다보았다.

"음, 그럼…… 전화하든가 해요." 그가 말했다.

"네, 아니면 묘지에서 또 마주칠 수도 있겠죠."

"맞아요. 그럼 나는 이쪽으로 갈게요." 그는 다행히 내가 가야 하는 방향과 반대쪽을 가리켰다. "잘 가요, 이자벨레." 그는 포옹을 하는 둥 마는 둥 하고 잽싸게 발걸음을 옮겼다.

"다행이야." 나는 그의 뒷모습을 바라보면서 중얼거렸다. '드디어 이 끔찍한 데이트가 끝났네. 고작 이런 데이트나 하려고 이번 주 계획을 뒤집어엎다니!' 아무리 생각해도 너무 억울했다.

집에 와서 나는 발레리나 슈즈를 벗어던지고 휴대폰을 찾기 위해 가방을 뒤졌다. 카티에게 얼른 문자메시지부터 보낼 생각이었다. 가방에 든 것들을 식탁 위에 전부 쏟고 나서야 휴대폰을 틸스 레스토랑 화장실에 놓고 나온 것이 생각났다. 나는 레스토랑 화장실에 밤새도록 내 휴대폰이 놓여 있을 생각을 하니 마음이 놓이지 않았다. 하는 수 없이 다시 틸스에 가보려고 집을 나섰다.

가게 안은 조명이 일부만 켜져 있고 옌스 말고는 아무도 보이지 않았다. 그는 카운터 뒤에 서서 계산기 모니터를 두드리고 있었다. 나를 보자 그가 씩 웃었다. "이자벨레, 오늘만 세 번째네요. 이건 좀 심하다는 생각 안 들어요?"

"그래요. 하지만 내 휴대폰을 화장실에 두고 간 것 같아서요."

"혹시 이건가요?" 옌스가 계산기 옆에 있는 휴대폰을 들어 보였다.

"네, 맞아요." 나는 안도의 숨을 내쉬고 휴대폰을 건네받았다. "고마워요!"

"뭐가요? 내가 중고로 재깍 팔아넘기지 않아서요?" 그는 모니터를 계속 두드리면서 말했다. "젠장! 이놈의 기계가 또 말썽이네!" 그러면서 영수증 출력기를 몇 차례 때렸다.

나는 웃음이 터져 나오려는 것을 꾹 참았다. "나도 경험해 봐서 아는데요, 기계를 때린다고 고쳐지지는 않더라고요."

"하지만 이 고물은 맞아도 싸요!" 그는 출력기를 다시 한번 세게 내리쳤다. 그러자 출력기가 화들짝 비명을 지르듯 날카로운 소리를 내더니 끝도 없이 긴 영수증을 뱉어 냈다. "되잖아요!" 옌스가 만족스러운 미소를 지으며 말했다.

옌스는 카운터 밑에서 와인 한 병을 꺼냈다. "같이 한잔할래요? 술이 필요한 것 같은 얼굴인데."

나는 잠시 망설였다. 시간도 너무 늦었고, 같이 와인을 마시면서 잡담을 나눌 정도로 가까운 사이도 아니었기 때문이다. '그렇긴 하지만…… 굳이 마다할 이유도 없지 않나?' "오늘 벌써 여러 잔 마시긴 했는데, 한 잔쯤은 더 할 수 있을 거 같아요."

그는 와인을 두 잔 따라 창가 쪽 테이블로 가져갔다.

"무덤지기와의 데이트는 괜한 시간 낭비였던 것 같은데요?"

"사실은 이 데이트가 무의미하며 그가 내 이상형이 아니라는 것을 처음부터 알고 있었어요. 그럼에도 불구하고 내가 그를 만난 건 단지 나중에라도 가슴 설레는 순간이 오지 않을까 생각했기 때문이에요. 하지만 그건 착각이었어요. 내가 가장 견디기 힘든 게 뭔지 알아요?"

"글쎄요, 말해 봐요." 그가 침착하게 말했다.

"내가 지금까지 그런 착각을 하면서 살아왔다는 거예요! 하지만 이젠 끝이에요! 단지 솔로를 탈출하고 싶다는 이유만으로 아무 남자나 만나는 일은 절대 없을 테니까. 내 이상형은 내게 완벽하고 '심장이 쿵!' 하게 만드는 남자예요. 일생일대의 진정한 사랑을 원하는 거죠. 나는 이 세상 어딘가에 그런 남자가 있다는 걸 알고 있어요. 다음 데이트는 꼭 그런 남자, 그러니까 나의 이상형과 할 거라고요!" 숨을 헐떡이며 나는 말을 멈추었다.

옌스가 웃었다. "이런! 유치한 바이올린 멜로디가 배경음악으로 깔리는 것처럼 들리네요."

"무슨 말이에요?"

"이자벨레가 무슨 디즈니 영화에서나 나올 법한 말을 한다는 뜻이에요. 그 일생일대의 진정한 사랑이라는 게 정말 있다고 믿는 거에요?"

"그럼요! 옌스는 안 믿어요?"

"내 삶이 디즈니 영화라면 혹시 믿을지도 모르죠. 하지만 현실은 디즈니 영화와 완전히 달라요. 이제 그런 꿈을 꿀 나이도 아니고. 그리고 사랑은 록발라드나 향초처럼 낭만적이기만 한 건 아니에요. 때로는, 사랑이 데스메탈이나 돼지우리 같을 때도 비일비재하죠. 그런 난관도 두 사람이 잘 극복해야 비로소 진정한 사랑이 되는 거예요. 첫눈에 반하고 말고는 진정한 사랑과 아무 상관도 없어요."

"왠지 씁쓸하게 들리네요." 안네와 이혼한 일이나 스타 셰프와 바람난 여자친구 일이 그에게 큰 충격이었던 것 같았다. "어쨌든 돼지우리에서 내 여생을 보내고 싶진 않아요."

"원하는 대로 되는 게 있는 줄 알아요? 사랑은 우리가 원하는 대로 되지 않아요. 삶도 마찬가지고."

생각에 잠긴 나는 내 와인 잔을 들여다보았다. "삶은 우리가 원하는 대로 될 때가 더 많을 것 같은데요." 나도 모르게 브리기테와 꽃가게 생각이 났다. 또다시 불안감이 나를 괴롭혔다. 앞으로 어떻게 해야 할지 난감한 그 끔찍한 기분. 문득 내 고민을 옌스에게 털어놓고 싶은 생각이 들었다. 그도 가게를 운영하고 있으니 그라면 내 입장을 이해해 줄 수 있을 것 같았다. "브리기테한테 오늘 들었는데, 가게가 재정적으로 힘든 상황이라네요. 상당히 안 좋은 것 같아요. 어쩌면 파산할지도 몰라요." 내가 고개를 들자 그와 시선이 마주쳤다. 그의 눈길에 공감과 이해가 담겨 있었다. "소상인들이 설 자리를 잃고 있어요." 그가 음울하게 말했다. "그런 현실과 맞서 싸워야 하는 사람들이 많아요. 요식업계도 마찬가지죠."

"이 가게도 문제가 있나요?"

"아니요, 레스토랑을 해서 떼돈을 벌지는 못하지만 먹고살 만큼은 돼요. 세금 내고 직원들 월급 주고 비수기를 대비해 조금 저축하는 정도죠. 앞으로 어떻게 할 건가요? 무슨 대책이라도 있나요?"

나는 어깨를 으쓱했다. "모르겠어요. 브리기테가 가게 문을 닫을까 봐 걱정돼 죽겠어요. 언젠가 내가 그 가게를 인수할 계획이거든요. 그것이 내가 늘 원하던 전부였어요. 내 계획대로 안 될 수도 있다는 생각은 꿈에도 못 했어요." 나는 눈물이 나려는 것을 억지로 참으며 크게 심호흡을 했다.

"이봐요." 옌스는 내 눈을 똑바로 쳐다보았다. "가게 문을 닫아야 하는 상황인지 아닌지 아직 모르잖아요. 나 참! 그쪽이 이렇게 비관론자인 줄은 전혀 몰랐네요."

"비관론자는 절대 아니에요. 그냥 걱정이 되는 것뿐이죠."

"그럼 걱정하지 말아요."

나도 모르게 웃음이 나왔다. "그래도 큰 도움이 됐어요. 조언서라도 한번 써 보지 그래요? 책 제목은 『걱정 되세요? 그럼 걱정하지 말아요!』로 하는 게 어때요?"

"제목만 봐도 어떤 내용인지 알 거 같은데요." 그가 씩 웃었다.

여전히 걱정은 되었지만, 그래도 마음이 좀 가벼워졌다. 왠지 옌스의 말이 맞다는 생각도 들었다. 겁이 나서 몸을 덜덜 떠느니 꽃가게 문 닫는 것을 막기 위해 내가 할 만한 일을 하는 게 나을 듯싶었다. 그럼 당장 그 일부터 시작해야지!

"지금 몇 시예요?"

그는 자기 손목시계를 들여다보았다. "12시 반이요."

"이제 그만 가 봐야겠네요. 자기 전에 해치워야 할 일이 아직 많아서요." 나는 일어서서 어깨에 가방을 멨다. "지금 집에 갈 거면 같이 나갈까요?"

"아니요, 난 조금 더 있다 가야 해요. 장부 정리 때문에." 그가 덧붙였다.

나는 한 손으로 입을 막으며 당황했다. "어머, 내가 괜히 일을 못하게 방해했네요."

"그래요, 한 시간 내내!" 그는 비난에 찬 표정을 지었으나, 그의 눈은 다른 말을 하고 있었다.

오늘은 불운이 겹치는 날이었지만, 그럼에도 불구하고 행복했던 순간을 몇 가지 적어 유리병에 넣었다. 〈퐁당 쇼콜라를 먹었는데, 꿈 같은 맛이었다! 메를레의 디저트 접시 데코, 정말 귀여웠다! 그리고 옌스와 와인을 마셨다. 그에게 사랑은 데스메탈이고 돼지우리란다. 모르는 게 병이지.☺〉

나는 메모지를 유리병에 넣은 후 인터넷을 켜고 당장 해야겠다고 마음먹은 그 일을 시작했다.

키츠의 여왕

이튿날 아침 브리기테의 얼굴을 보니 밤을 꼬박 새운 것 같았다. 그녀는 화분에 물을 주다가 물뿌리개를 내려놓고 말했다. "이자, 어떻게 가게를 살려야 할지 정말 모르겠어. 꼭 이쑤시개 하나 달랑 들고 거인 괴물과 맞서 싸워야 하는 기분이야."

"브리기테!" 나는 그녀에게 다가가 그녀의 어깨 위에 팔을 둘렀다. "나도 있잖아요. 우린 반드시 이 고비를 넘길 수 있을 거예요!"

브리기테가 힘없는 미소를 지었다.

"하지만 우리 둘만의 힘으로는 불가능해요. 이런 일을 잘 아는 누군가의 도움을 받아야 돼요." 나는 가방을 열고 출력지 몇 장을 꺼냈다. "그래서 어젯밤에 적당한 채무상담사가 있는지 검색해 봤어요. 한번 쭉 살펴보고 괜찮은 상담사에게 전화해 보기로 해요."

그녀는 A4 용지를 뚫어져라 쳐다보았다. 하지만 그녀가 내 말을 알아들었는지는 의문이었다.

"오케이?" 내가 조금 더 큰 소리로 물었다.

"오케이."

"좋아요. 그리고 화물 밴 말인데요. 중고차를 구입하는 데 필요한 돈은 내가 빌려줄게요."

"아니야!" 브리기테는 고개를 저었다. "더 이상은 빚을 지고 싶지 않아."

"하지만 다른 방법이 없잖아요. 그리고 언젠가 내가 이 가게를 인수할 거니까 내 미래에 투자하는 셈 치면 되죠."

희미한 미소가 그녀의 얼굴에 떠올랐다. "나도 언젠가 꼭 그렇게 됐으면 좋겠어. 알겠어, 그렇게 하자. 대신 이자가 빌려준 돈은 최대한 빨리 갚을 거야. 약속할게."

"그건 너무 신경 쓰지 말아요. 그리고 어젯밤에 우리 가게 매상을 다시 끌어올릴 수 있는 방법도 몇 가지 작성해 봤어요." 나는 걱정스럽게 브리기테의 기색을 살폈다. 그녀는 얼굴이 백지장처럼 창백하고 무거운 짐이라도 올려놓은 듯 어깨가 축 늘어져 있었다. 이런 상태로는 중요한 일을 의논해봤자 별 도움이 안 될 것 같았다. "있잖아요, 오늘과 내일은 좀 쉬는 게 좋겠어요. 가게 일은 나 혼자서도 얼마든지 할 수 있으니까 걱정 말고요." 나도 모르게 '어차피 손님도 별로 없는데 뭐.'라는 말이 튀어나올 뻔했다. "오랜만에 디터와 근사한 시간 보내고 자신을 위해 뭔가 멋진 일을 해봐요. 그리고 월요일부터 기운을 내서 다시 시작하는 거예요." 내가 무슨 동기부여 코치라도 된 기분이었다.

브리기테는 내게 등 떠밀려 가방을 챙겨 나왔다. 그녀는 나를 꼭 끌어안고 내 뺨에 입을 맞췄다. "고마워, 이자! 지금 같은 상황에서 혼자 두고 가려니 마음이 편하지 않아."

채무상담사에 관한 자료가 작업대 위에 그대로 놓여 있었다. 그녀가 깜빡 잊어 버려서 놓고 간 것이 아니라는 느낌이 들었다. 나는 자료를 다시 내 가방에 집어넣었다.

또 다른 방안이 없을까 궁리하다 보니 어느덧 퇴근 시간이 되었다. 집에 와서 토요일 저녁 키츠에서 친구들과 만나기로 약속을 정한 뒤, 이어서 크누트와 만날 약속도 잡았다. 나는 크누트가 이리나와 어떻게 되어 가는지 알고 싶었다.

다음 날 저녁 크누트와 나는 커피를 테이크아웃 해서 공항으로 향했다. 크누트가 찾아낸 명당자리로 가기 위해서였다. 활주로 쪽 펜스 뒤에 있는 자리에서는 비행기가 머리 위로 너무 가까이 날아서 손만 뻗으면 비행기가 잡힐 것 같은 착각이 들 정도였다. 우리는 그의 낡은 택시 보닛 위에 앉아 커피를 마셨다.

"자, 얘기 좀 해봐." 크누트가 궁금해했다. "무슨 새로운 소식 없나?"

"잠깐!" 내가 활주로를 가리키며 말했다. "저기 한 대 와요."

멀리서 비행기 한 대가 우리를 향해 돌진해 오는 모습이 보였다.

"A320 기종이네!" 크누트는 비행기 동력장치에서 나는 굉음 때문에 소리를 질렀다. 그는 나처럼 비행기에 대해선 별로 아는 바가 없어서 어느 비행기나 A320 아니면 보잉747이라고 했다.

비행기에 깔려 죽겠다는 생각이 들 만큼 가까이 다가온 비행기가 앞코를 들면서 서서히 이륙했다.

"출발시각 19시 37분, 도착지 호놀룰루!" 비행기가 우리 머리 위를 지나가는 순간 내가 외쳤다. 우리 둘 다 함부르크에는 국제선 비행기가 없다는 것을 잘 알고 있었지만, 호놀룰루로 가는 상상만 해도 가슴이 설렜다. 우리는 비행기가 하늘로 점점 높이 올라가서 차츰 멀어져 가는 모습을 지켜보았다. 나는 아직까지 비행기를 타본 적이 없어서 꼭 한번 타고 싶었다.

"지금 저 비행기를 타고 있으면 얼마나 좋을까!" 나는 의기소침해서 말했다.

크누트가 걱정스럽게 나를 쳐다보았다. "무슨 일 있어?"

"그냥 이곳을 벗어날 수 있다면 좋을 것 같아서요. 가게 형편이 좋지 않거든요." 나는 크누트에게 내 심정을 털어놓았다.

그는 이해심 가득한 눈길로 나를 바라보았다. "큰일이네." 내 이야기를 다 듣고 나서 그가 말했다. "하지만 곧 괜찮아지겠지. 그렇게 걱정해 봤자 힘들기만 하지 별수 없잖아."

조금도 그럴 기분이 아니었지만 나는 미소를 짓지 않을 수 없었다. "남자들이 하는 조언은 어떻게 다 똑같은지! 옌스도 어제 내게 걱정 좀 그만하라고 조언했거든요. 웃기지 않아요?"

크누트가 귀를 쫑긋 세웠다. "옌스? 얼마 전 술에 취해서 우리가 집에 데려다준 그 소녀의 오빠 말이야? 그가 조언을 했다고? 어째서?"

나는 당황해서 이마로 내려온 머리를 쓸어 올렸다. "어쩌다 보니 우린…… 그러니까 그와 메를레 그리고 나, 우리 셋은 친구가 된 거 같아요."

그의 얼굴에 짓궂은 미소가 번졌다. "아하, 그렇군! 좀 뜻밖인데?"

"네, 나도 그렇게 생각해요. 그건 그렇고 이리나하고는 어떻게 되었어요?" 나는 궁금해서 입이 근질근질했던 본론으로 접어들었다.

그는 그새 비어 버린 일회용 컵을 응시했다. "아, 나도 모르겠어. 어떨 땐 그녀가 나를 좋아하는 것 같고, 또 어떨 땐 헛다리를 짚고 있는 것 같고."

"내가 그녀를 슬쩍 떠보면 어떨까요? 이따가 친구들과 하인 퀼리쉬 플라츠에서 만나기로 했거든요. 우리 둘이 서두르면 먼저 키츠하펜에 들러 한잔하고 갈 시간이 될 거예요. 나도 이리나를 꼭 한번 보고 싶어요."

"흠, 그거 괜찮은 생각인데? 누군가 제3자 입장에서 살펴보는 것도 나쁘지 않겠군."

"기꺼이 그 누군가가 되어 줄게요. 아, 잠깐만 기다려요. 19시 48분 출발 마다가스카르행 비행기가 이륙하는 장면까지 보고 가게요."

키츠하펜은 아직까지 비교적 한산했다. 스탠드바에 혼자 앉아 술을 마시고 있는 몇몇 손님들과 여름에 키츠에서 흔히 볼 수 있는 총각파티 일행을 제외하고는 아무도 없었다. 크누트는 긴장했는지 입고 있는 티셔츠와 가죽조끼를 계속 잡아당기고 있었다. 우리가 스탠드바 쪽으로 다가갈 때 그는 그 뒤에서 맥주를 따르고 있는 한 여자를 가리키며 속삭였다. "이리나야."

나는 크누트를 속 태우는 여자가 어떻게 생겼을까 여러 번 생각을 해봤다. 하지만 실제 모습은 내가 상상했던 것과 많이 달라서 숨이 멎는다든가 "우와!" 하고 탄성을 지를 만큼 매혹적이지는 않았다. 나는 사실 이리나가 여자 크누트 같은 모습으로, 당당한 체격에 로커 의상을 입고 문신을 했으리라 예상했다. 그런데 나를 마주하고 있는 여자는 금발 머리에 커다란 푸른색 눈을 가졌으며 키가 아담하고 연약해 보였다. 40대 중반쯤 되어 보이는 그녀는 스키니진과 '키츠쾨니긴(Kiezkönigin 키츠의 여왕이라는 뜻 – 옮긴이)'이라는 글자가 박힌 새빨간 티셔츠를 입고 있었다. 실제로도 그녀의 자세나 동작에서 어떤 기품 같은 것이 느껴져서 나는 하마터면 무릎을 구부리고 절을 할 뻔했다. 그녀는 크누트를 보고 환한 미소를 지었다. "안녕, 크누트! 반가워요! 평소보다 이른 시간에 오셨네요." 나는 그녀의 이름으로 추측건데 그녀의 발음에 러시아식 억양이 섞여 있을 거라고 예상했다. 그러나 'R' 발음을 강하게 굴리는 것 빼고는 전혀 러시아식 억양을 느낄 수 없었다.

"안녕, 이리나! 이자벨레하고 어디 좀 다녀오는 길에 목이 말라서요."

이리나의 시선이 내게로 향했다. "오, 당신이 이자벨레군요, 꽃집 아가씨? 크누트한테 이야기 많이 들었어요. 내게 보내준 꽃다발 정말 예뻤어요." 그녀는 내게 손을 내밀어 악수를 청했다. "전 세계적으로 유명한 내 커피를 마시려고 온 거 맞죠?"

크누트가 열심히 고개를 끄덕였다.

"지금은 맥주가 더 당기는데요." 내가 말했다.

이리나는 세차게 고개를 흔들었다. "안 돼요, 안 돼. 누구나 내 커피를 사랑해요. 당신도 지금은 커피를 마셔요." 그녀가 아주 상냥하면서도 단호하게 말을 해서 감히 거역할 수가 없었다.

이리나가 구식 필터커피머신으로 내린 커피를 따르는 동안 크누트와 나는 스탠드바 의자에 자리를 잡고 앉았다. 우리의 시선이 마주쳤을 때 나는 인정한다는 듯 엄지를 척 들어 올렸고, 크누트는 씩 웃었다.

이리나는 김이 모락모락 올라오는 커피를 두 잔 내려놓으며 말했다. "설탕과 연유를 넣어야 맛이 더 좋아요." 그러면서 내 커피잔에 각설탕 두 조각을 넣고 연유를 넉넉하게 부어 주었다.

나는 커피에 설탕을 넣어 마시는 걸 싫어했다. 하지만 이 가게에서는 손님이 원하는 게 뭔지 오직 이리나만이 결정할 수 있다는 의심이 강하게 들었다. 그녀는 틀림없이 옌스하고 뜻이 잘 통할 것 같았다. "감사합니다!"라고 말하고 나는 커피를 한 모금 마셨다. '오 마이 갓!' 나는 맛을 감지하는 혀의 미뢰들이 일제히 '우리를 죽일 작정이냐?!'라고 외치며 봉기하는 것만 같은 느낌이 들었다. 내가 지금까지 살아오면서 마셔 본 것 중에 단연 최악의 커피였기 때문이다. 짐작건대 몇 시간 동안 뜨거운 플레이트 위에서 푹 졸여지다시피 한 것 같았다. 그래서 설탕과 연유를 넣었음에도 불구하고 커피가 너무 진했다. 내가 식사예절을 잘 배웠으니 망정이지 안 그랬으면 커피잔에 도로 뱉고도 남았을 정도였다.

"왜 그래요?" 기대에 찬 눈빛으로 나를 지켜보고 있던 이리나가 물었다. "맛이 없어요?" 이번에도 아주 살짝 협박하는 것처럼 들리는 어조였다.

마지못해 나는 커피 죽을 꿀꺽 삼키고 말했다. "아니요, 아주 맛있어요. 그냥 좀 뜨거워서요. 그리고 굉장히 진해요."

"그럴 거예요. 하지만 우리의 크누트가 운전하다가 졸지 않으려면 진한 커피를 마셔야죠."

크누트는 감격에 겨워 넋이 나간 표정으로 그녀를 바라보았다. 그런 크누트를 보고도 그의 감정을 알아차리지 못한다면 이리나는 구제 불능으로 멍청한 여자일 수밖에 없다. 하지만 내가 보기에 이리나는 절대 멍청한 여자가 아니므로 결론은 한 가지밖에 없었다. 그녀는 크누트가 자기를 사랑하고 있다는 것을 알고 있었다. 그런데 그녀는 그를 어떻게 생각하고 있을까? 그건 나도 뭐라고 확신할 수가 없었다.

크누트와 이리나는 내가 모르는 하인츠라는 사람에 대해 잡담을 나눴다. 듣자니 함부르거 베르크에 있는 그의 술집이 문을 닫아야 하는 처지인 것 같았다. 그동안 나는 두 사람을 지켜보면서 이리나의 보디랭귀지와 눈빛을 보고 크누트에 대한 그녀의 감정을 파악하고 사 애썼다. 그녀는 그에게 신체접촉을 많이 하는 편이었고, 그의 말에 아주 관심 있게 귀 기울였다. 그런가 하면 살짝 의심이 갈 만큼 너무 오래 그의 눈을 쳐다보았고, 전혀 웃기지 않는 그의 농담에도 웃음을 터뜨렸다. 하지만 그녀도 그를 좋아한다는 쪽으로 결론을 내리려고 할 때마다 그녀는 크누트를 외면하거나 남자를 경멸하는 발언을 해서 내 심장을 얼어붙게 만들었다. 하인츠라는 남자가 부인과 불화가 잦다는 크누트의 말에 이리나가 맞섰다. "그 남자가 아니라 그 부인이 불쌍해요. 단언컨대 그녀는 두 번 다시 결혼 같은 건 하지 않을 거예요. 하인츠의 부인과 나는 교훈을 얻은 셈이죠." 나는 그녀의 태도에 갈피를 잡을 수가 없어서 그녀의 마음을 모르겠다는 크누트의 말이 충분히 이해가 갔다.

이리나는 그에게 커피를 더 따라주고 내 잔을 힐끔 보았다. "전혀 안 줄어드네요."

"조금 더 식혀서 마시려고요."

그녀는 러시아어처럼 들리는 말을 내뱉더니 이렇게 말했다. "얼마나 더 식어야 한다는 거예요? 그 정도면 삶은 계란도 차갑게 식힐 수 있을 텐데."

한 모금 더 마시려면 엄청난 극기가 필요했지만, 나는 그렇게 했다. 키츠의 여왕한테 시비를 걸고 싶지는 않았기 때문이다.

이리나는 커피포트를 플레이트 위에 올려놓고 다시 우리 자리로 왔다. "어쨌든 하인츠는 자업자득이에요. 어려움에 처했을 땐 그 앞에서 눈을 감아 버리면 안 돼요. 마음을 단단히 먹고 맞서야죠!"

"제가 일하는 가게도 어려움에 처해 있어요." 내가 말했다.

그녀는 안됐다는 듯이 혀를 찼다. "그러면 정말 죽을 맛이죠. 나도 알아요."

깜짝 놀라 나는 그녀를 쳐다보았다. "설마 이 가게도?"

"오, 아니요. 이젠 괜찮아요. 키츠하펜은 다시 잘 되고 있지만, 처음에 내가 인수할 땐 거의 파산상태였죠. 그럼 지금까지 고민을 해서 얻은 게 뭐죠?"

"가게 매상을 늘릴 수 있는 방법을 작성했어요. 채무상담사를 고용하기로 결정했고요. 그러니까 우리 사장님하고 저하고 같이 결정한 거죠." 나는 브리기테가 이 모든 일과 아무 연관이 없는 듯한 인상을 주고 싶지 않아서 재빨리 덧붙였다.

"아주 좋아요. 나도 그렇게 했죠. 마음에 두고 있는 채무상담사가 있어요?"

나는 가방을 뒤져 인터넷 검색 자료를 꺼냈다. 코에 주름을 잡으며 이리나는 자료를 한 장씩 훑어보았다. "안 돼요, 전부 형편없는 자들이에요."

크누트는 커피를 한 모금 들이켰다. "여기 이 채무상담사들 다 잘 알아요?" 크누트가 이리나를 보고 물었다.

"아니요, 몰라요."

"그런데 그들이 형편없다는 걸 어떻게 알아요? 단지 추측만으로 무조건 다 형편없는 자들이라고 싸잡아 말할 수는 없잖아요."

"네, 그리고 어디를 봐도 다 신뢰할 수 있으며 신중하게 일을 처리한다고 특별히 내세우고 있죠." 내가 거들었다.

이리나는 손사래를 치며 말했다. "나 참, 그런 것을 강조할 필요가 있는 사람은 뭔가 수상한 구석이 있는 거예요. 이쪽 분야에 사기꾼이 얼마나 많은데요! 그런 자들은 해주는 일도 없으면서 당신 주머니에서 돈을 빼내 갈 거예요. 결국 전보다 더 안 좋은 상황에 처하게 되는 거죠! 기다려 봐요." 그녀는 스탠드바 옆에 있는 문 뒤로 사라졌다가 잠시 후 명함 한 장을 들고 왔다. "여기요. 내가 그 당시 의뢰했던 법률사무소예요. 믿을 만한 개인회생 전문 변호사들이죠."

"개인회생이요?" 내가 깜짝 놀라 물었다.

"네, 그래요."

나는 내 손에 들려 있는 명함을 들여다보았다. '랑에 & 프리드리히, 개인회생 및 채무상담 전문변호사'라고 회색 바탕에 검은색으로 적힌 글씨가 눈에 들어왔다. 어쩐지 좀 우울해 보이는 명함이었다. "좋은 곳 알려 줘서 고마워요, 이리나."

"천만에요. 랑에 변호사에게 연락해 봐요. 정말 유능한 변호사예요." 그녀는 경고하듯 검지를 세우고 덧붙였다. "항상 명심해요. 노력하는 것도 중요하지만, 괜한 일에 집착하지 않도록 조심해야 해요."

그때 크누트가 자리에서 벌떡 일어나며 말했다. "자, 난 그만 가 봐야겠는데."

이리나의 얼굴에 실망의 그림자가 드리워졌다. "갑자기 왜 이렇게 서두는 거예요? 조금만 더 있다 가요."

크누트는 시계도 차고 있지 않으면서 팔목을 들여다보았다. "아니요, 시간이 다 돼서요."

"하지만……." 그녀는 스탠드바 테이블 위에 길게 파인 홈을 검지로 문지르며 뜸을 들였다. "나중에 교대하고 나서 다시 들를 거죠?"

"그럼요."

이리나는 미소를 지어 보이고 나서 나를 향해 말했다. "오늘 만나서 반가웠어요, 이자벨레."

"네, 저도요."

이리나와 나는 악수를 나누었다. 그런데 그녀가 내 손을 어찌나 꽉 잡는지 너무 아파서 비명을 지를 뻔했다. "시간 날 때 가끔 들러요. 언제나 환영이니까. 그리고 다음번엔 잊지 말고 커피 꼭 마셔야 해요."

헉! 그냥 잠자코 있다가는 나중에 큰 낭패를 볼 것 같았다. 단지 그녀에게 진실을 말할 용기가 없어서 앞으로 평생 그 커피 죽을 울며 겨자 먹기로 마시고 싶지는 않았다. "음, 근데 솔직히 말해서 그 커피요…… 끔찍했어요."

그녀는 이마를 찌푸리며 실눈을 떴다. 그녀가 내 따귀를 때리지나 않을까 문득 겁이 났다. 하지만 그녀는 호탕하게 웃음을 터뜨렸다. "마음에 드는 아가씨네! 가끔 사람들이 나를 무서워하는데, 난 그 이유를 모르겠다니까. 하지만 당신은 안 그러네요. 그래서 좋아요."

크누트와 나는 레퍼반*을 따라 느릿느릿 걸었다. 전철 출구에서 주

....

* 함부르크에서 사창가와 유흥가로 유명한 거리.

말을 즐기려는 무리가 쏟아져 나왔다. 악마의상을 입은 신부나 발레 치마를 걸친 신랑이 콘돔이나 술 같은 물건을 사라고 우리를 쫓아왔다. 그런가 하면 스트립쇼를 하는 클럽 앞에는 호객꾼들이 진을 치고 있다가 여자 없이 키츠 주변을 어슬렁거리는 남자를 볼 때마다 즐기다 가라고 유혹하기도 했다.

"그녀를 어떻게 생각해?" 크누트가 물었다.

"아주 매력적이에요! 크누트랑 잘 어울리는 한 쌍이 될 거 같아요."

어느새 우리는 질버작슈트라세에 도착했다. 나는 친구들과 만나기로 한 하인 퀼리쉬 플라츠로 가려면 그 도로로 접어들어야 했다. 우리는 우르르 몰려 지나가는 사람들에게 길을 비켜주기 위해 한 성인용품점의 쇼윈도에 몸을 바짝 붙이고 서 있었다.

"우리가 그렇게 될 수 있다고 생각해? 그녀의 말을 빌리자면, 노력할 만한 가치가 있을까? 혹시 내가 괜한 일에 집착하고 있는 건 아닐까?"

나는 잠시 짬을 두었다가 대답했다. "뭐라고 단정 짓기가 힘들어요. 그녀가 크누트를 좋아하는 건 확실한데, 남자를 경멸하는 그녀의 말투를 생각하면 또 헷갈리고……. 어쩌면 그녀 스스로 아직은 그 사실을 인정하고 싶지 않을 수도 있어요. 아니면 지나치게 신중한 사람일지도 모르죠."

크누트는 턱을 문질렀다. "그럴 만한 이유가 있겠지. 그녀의 남편이 진짜 개자식이라는 거 내가 말했던가?"

나는 고개를 끄덕였다. "네, 말했어요. 그런데 그거 알아요? 내 직감이 크누트에게 포기해선 안 된다고 말하라네요. 그러니까 내가 해

줄 수 있는 조언은 이거예요. 계속 노력하라!"

크누트는 마음이 한결 가벼워진 것처럼 보였다. 아마도 그가 듣고 싶어 하던 말을 내가 그에게 해줬기 때문일 것이다.

친구들과 약속한 장소에 도착해 보니 벌써 모두 와 있었다. 그들은 바깥 자리에 둘러앉아 맥주나 와인, 칵테일 등을 마시면서 시끌벅적하게 잡담을 나누고 있었다.

"안녕, 이자!" 카티가 꽤 먼 거리에서 이미 나를 알아보고 반갑게 외쳤다. "이리 와, 여기 네 자리 맡아 놨어." 그녀가 자기 옆에 놓여 있는 빈 의자를 두드렸다. 내가 톰과의 끔찍한 데이트 사건과 파산 위기에 몰린 꽃가게의 상황에 대해 자세히 얘기를 하고 나자, 대화는 점차 다른 주제로 바뀌었다. 넬리는 회사에서 팀장으로 승진하려면 꼭 필요하기 때문에 추가교육을 받기로 결심했다는 소식을 우리에게 전했다. "회사는 내게 승진할 기회조차 주어지지 않는 것이, 내가 외국인이라거나 가임 연령의 여성이어서가 절대 아니라고 단언하니까 내 전문능력이 부족한 탓이겠지. 내가 추가교육을 우수한 성적으로 마쳤는데도 내게 지원할 기회가 여전히 주어지지 않는다면, 그놈들을 가만두지 않을 거야!"

카티와 데니스는 불렌쿨렌에 있는 집에 대해 이야기했다. 카티는 맥주잔 받침에다 리모델링이 끝나고 나서 집이 어떤 모습일지 대충 단면도를 그려서 보여 주었다. 나는 아직도 두 사람이 멀리 이사를 간다는 생각에 익숙해지지 않았지만, 슬슬 고개 들기 시작하는 불안감을 억누르기 위해 최선을 다했다.

우리는 단골 술집에서 서너 잔씩 더 마신 다음 춤추러 가기 위해 장소를 옮겼다. 넬리와 카티, 크리스틴 그리고 나 이렇게 넷이서 댄스플로워로 나가 네나의 〈Irgendwie, irgendwo, irgendwann(왠지, 어디선가, 언젠가)〉이라는 곡에 맞춰 한바탕 신나게 몸을 흔들었다. 곡이 끝나자 갑자기 카티가 물었다. "참, 고스걸은 어떻게 지내고 있어?"

나는 목이 말라 진토닉을 몇 모금 마시고 난 다음, 짐짓 아무렇지 않게 대답했다. "아주 잘 지내. 메를레는 알고 보니 그렇게 나쁜 애가 아니더라고. 이제 우린 친구가 됐어."

"친구?!" 넬리가 아연실색했다. "어쩌다 그렇게 됐어?"

나는 메를레와 옌스가 어떻게 내 삶에 끼어들게 됐는지 대충 이야기를 해줬다. "정말 괜찮은 남매야. 너희들도 좋아하게 될걸."

카티가 싱긋 미소를 지었다. "그래? 옌스라면 그 잘생긴 남자 말이지? 스타 셰프와 바람난 여자친구한테 배신당했다는."

나는 고개를 끄덕였다.

"근데 그 셰프가 누군지는 알아냈어?" 넬리가 궁금해했다.

"아니."

"에잇! 그럼 그 옌스라는 남자…… 솔로야?"

나는 슬슬 짜증이 나기 시작했다. "응, 내가 알기론 그래."

"그러니까 잘생기고 정말 괜찮은 솔로구나." 크리스틴이 정리를 했다. "그래서? 너랑 뭐가 있는 거야?"

"아니! 왜 나랑 뭐가 있어야 하는데?"

"잘생기고 정말 괜찮은 솔로잖아." 카티는 내가 말귀를 못 알아듣는 사람인 것 마냥 또박또박 천천히 같은 말을 되풀이했다.

"그게 어쨌다는 거야? 솔로에 잘생기기만 하면 무조건 그 남자와 사랑에 빠져야 하는 거니?"

"그리고 정말 괜찮고." 넬리가 덧붙였다.

"그래, 정말 괜찮고. 하지만 우리 사이엔 아무 감정도 없어. 불꽃이 튀지도 않고 가슴이 두근거리지도 않아. 전혀 아무렇지 않다고." 나는 손가락을 꼽으며 말했다. "그는 이혼남이고 조금도 낭만적이지 않으며 빈정대기 선수인 데다 시간이 전혀 없어. 내가 싫어하는 조건을 다 갖춘 남자지. 난 이제부터 어정쩡한 남자와는 만나지 않기로 결심했어. 일생일대의 진정한 사랑을 기다릴 거니까."

넬리와 카티는 시선을 교환했다. "네 생각이 그렇다면 할 수 없지." 이윽고 카티가 입을 열었다. "그건 그렇고 낭만적이라는 말이 나와서 하는 말인데…… 이렇게 하면 정말 낭만적일 거 같지 않아? 데니스와 내가 우리 정원에다……."

이번에는 나와 넬리가 시선을 교환했다. 우리가 눈을 위아래로 굴리며 씩 웃자 크리스틴이 킥킥댔다. 별로 이야기하고 싶지 않은 주제가 있을 때 카티가 '집' 이야기를 꺼내면 금방 다른 주제로 넘어갈 수 있다는 것을 알아 두면 앞으로 편할 것이다.

월요일 아침 가게에 들어서서 브리기테를 보는 순간, 나는 들고 있던 빵 봉지를 떨어뜨릴 뻔했다. "와우! 딴사람인 줄 알았어요!"

새치가 희끗희끗했던 그녀의 갈색 머리가 마호가니 색으로 바뀌어 있었다. 그뿐만 아니라 아이섀도와 볼터치 그리고 립스틱으로 색조화장을 하고 지금껏 한 번도 본 적 없는 화사한 원피스를 입고 있었다.

어색한 듯 그녀가 머리를 쓸어 올렸다. "이자가 충고한 대로 나 자신에게 멋진 일을 해봤는데."

"멋진데요! 디터가 놀라서 눈이 튀어나오지는 않았어요?"

"글쎄!" 그녀가 거베라 한 송이를 손에 들고 줄기를 2센티미터쯤 너무 힘을 줘서 자르는 바람에 잘려나간 줄기 끄트머리가 포물선을 그리며 공중으로 날아갔다. "디터는 내 머리에서 무화과나무가 자란다 해도 알아채지 못할걸."

"에이, 설마요." 가위를 들고 그녀 일을 도와가며 말했다. "브리기테의 모습이 이렇게 180도 달라졌는데 디터가 알아차리지 못 했을라고요."

그녀는 이번에도 있는 힘을 다해 거베라 줄기를 잘랐다. "어떻게 알아차릴 수 있겠어? 디터는 그 한심한 낱말퀴즈를 들여다보느라 고개도 들지 않는데."

우리는 잠시 아무 말도 하지 않고 계속 줄기를 잘랐다. "혹시 디터하고 무슨 문제라도 있어요?" 나는 그럴 리가 없다고 생각하면서도 그냥 물어보았다. "언제 봐도 잘 어울리고 행복한 것 같아서 무슨 문제가 있으리라고는 상상조차 할 수 없지만……."

"이자벨레, 그만 좀 해!" 그녀가 거칠게 내 말을 가로막았다. "우리 부부 사이가 나빠진 지 벌써 몇 년이 지났는데, 어떻게 아직도 눈치를 못 채고 그런 말을 할 수가 있어?"

"난 몰랐어요." 나는 기어들어 가는 목소리로 말했다. "예전처럼 같이 보내는 시간이 많지 않다는 건 알아요. 하지만 같이 있는 모습을 보면……."

"그러면?" 그녀가 또 내 말을 가로막았다. "디터는 낱말퀴즈를 풀고 있거나 축구를 보고, 나는 집안일을 하거나 책을 읽고 있겠지. 그러다 밤이 되면 10시쯤 침대로 가서 서로에게 등을 돌리고 누워 잠을 청하지. 잠시 후 디터의 코 고는 소리가 요란하게 내 귀를 파고들어. 그게 우리 부부의 행복한 모습이야."

나는 아무 말도 할 수가 없었다. 그녀에게는 별 도움도 안 되는 죄책감이 들었기 때문이다. 두 사람 사이의 분위기가 이상하다는 걸 왜 알아차리지 못했을까? "미안해요."

"오, 이런!" 브리기테는 들고 있던 꽃을 내려놓았다. "내가 미안해. 가게 문제로 이자가 힘들어하는 것도 미안한데, 이제는 우리 부부 문제를 엄한 사람한테 털어놓고……. 이자에게 이런 얘기 아예 꺼내지도 말았어야 하는데."

"천만에요!" 나는 단호하게 외쳤다. "어떤 일이든 다 털어놓아도 돼요. 디터하고 그 문제에 대해 이야기를 좀 나눠 봤어요? 이런 문제는 부부가 같이 대화하고 해결책을 찾아봐야죠. 두 사람의 결혼생활에 조금 더…… 활기랄까, 뭐 그런 걸 불어넣을 필요가 있어요." 활기라는 말을 할 때 나도 모르게 괴상망측한 섹스 장면이 눈앞에 그려졌다. 야한 가터벨트를 한 브리기테와 가죽끈 팬티를 입은 디터의 모습은 상상조차 할 수 없었다.

"나도 해볼 만큼은 해봤어. 하지만 디터는 너무 나태해져서 그를 소파에서 끌어낼 수 있는 건 이 세상에 아무것도 없을 정도야. 이 얘기는 이제 그만하자." 그녀는 애원하는 눈빛으로 나를 바라보았다.

잠시 망설이다가 내가 말했다. "알겠어요. 그런데 지금부터 할 이야기도 전혀 유쾌하지 않아요. 무슨 이야기인지 알죠? 채무상담이요."

브리기테는 내가 썩은 달걀을 먹으라고 주기라도 한 것처럼 얼굴을 찌푸렸다. "내 삶이 악몽으로 바뀌어 버렸어."

"알아요. 하지만 아무리 악몽이라 해도 언젠가 깨어나니까 다행이죠. 그러고 나면 악몽은 지나가 버리잖아요." 나는 이리나가 준 명함을 가져와 브리기테에게 건넸다. "랑에 & 프리드리히 법률사무소 명함이에요. 여기 랑에라는 변호사가 아주 유능하대요. 내가 전화해서 약속을 잡을까요?"

그녀는 내게 명함을 돌려주며 말했다. "글쎄, 만나 봤자 도움이 안될 텐데."

나는 법률사무소에 전화를 걸어 랑에 변호사를 바꿔 달라고 했다. 그의 목소리는 기분 좋은 저음이었고, 말투도 아주 점잖게 들렸다. 나는 그가 홍케뮐러 박사처럼 기품 있는 60대 중년남성일 거라고 생각했다. 우리는 목요일 저녁 8시에 만나기로 약속을 잡았다. 덕분에 이번 주도 묘지에 가는 시간을 옮겨야 해서, 내 주간 스케줄이 또 뒤죽박죽으로 엉킬 것 같았다. 내 일상생활이 이런 식으로 엉망이 되는 건 정말 짜증스러웠다. 랑에 씨는 우리더러 그때까지 수입 및 지출 명세서와 대차대조표, 채권자들의 청구내역 등 모든 서류를 준비해 달라고 부탁했다.

'채권자'라는 말을 들으니 어쩔 수 없이 파산에 대한 걱정이 다시 밀려왔지만, 랑에 씨야말로 브리기테 가게에 딱 맞는 변호사라는 느낌이 들었다. 이젠 브리기테를 조심스럽게 다독여 3일 안에 필요한 모든 서류를 준비하도록 만드는 일만 남았다.

심장이 쿵!

목요일이 될 때까지 나는 랑에 변호사와 만나기로 한 것 때문에 내내 긴장한 상태였다. 목요일이 무슨 뇌우가 몰려오듯 멈추지 않고 우리를 향해 다가오는 느낌이었다. 벌써부터 천둥이 우르릉대고 번개가 번쩍거리는 것만 같았다. 일에 집중하기가 힘들었다. 브리기테도 불안하고 초조해 보이기는 마찬가지였다. 그녀는 두꺼운 서류철 세개와 영수증이 가득 든 신발 상자 하나를 가게에 가지고 왔다. "집에 더 많이 있어." 한숨을 쉬며 그녀가 말했다.

수요일 저녁에는 메를레가 가게로 찾아와 같이 퇴근했다. 집에서 나는 조용히 빨래를 했고, 그동안 메를레는 맛있는 채소 그라탱을 준비했다. 그녀가 자신의 작품에 너무 뿌듯해하는 바람에 요리를 하면서 주방을 정신없이 어질러 놓은 것을 얘기할 수가 없었다.

"옌스는 레스토랑에서 여전히 설거지만 시켜." 저녁을 먹으면서 그녀가 이야기했다. "하지만 루카스는 내가 재료 준비하는 것을 도와주면 더 좋겠다고 하던데. 곧 있으면 옌스를 보조할 요리사가 한 명 올 거고, 8월 1일부턴 직업훈련생이 한 명 온다고 하지만, 지금은 둘이서만 주방 일을 해야 하니까."

"재료 준비하는 것을 도와줄 마음은 있는 거야?"

"그럼, 두말하면 잔소리지!" 그녀는 두 눈을 반짝이며 말했다. "그런데 옌스는 말도 못 꺼내게 해. 내가 그렇게 미덥지 않은가 봐."

나는 그라탱을 포크로 떠서 입으로 가져갔다. "알다가도 모르겠어. 이렇게 요리를 잘하는데."

"그건 그렇고 옌스에게 어울리는 여자가 없을까 찾고 있는 중이야." 그녀가 뜬금없이 말했다.

"옌스에게 어울리는 여자?!" 나는 숨이 턱 막히는 기분이었다. "뭐, 그럼 행운을 빌어."

"왜 그런 식으로 말하는 거야?"

"그런 식? 내가 어떻게 말했는데?"

"전혀 가망 없다는 식으로. 옌스한테 여자친구가 생기면 안 되는 이유라도 있어?"

"중요한 건 여자친구가 생기고 말고가 아니야. 여동생이 오빠의 여자친구를 구하러 다니는 것보다 자신이 직접 구하는 게 낫다는 거지. 더군다나 그는 여자를 사귈 마음이 전혀 없다고 내게 말했거든."

메를레가 펄쩍 뛰었다. "왜 여자를 사귀고 싶지 않대?"

나는 옌스가 진정한 사랑을 더 이상 믿지 않는다는 것을 어떤 식으로 메를레에게 설명해 주면 좋을까 고민하다가 그 이야기는 하지 않기로 마음먹었다. "여자를 사귈 시간이 없으니까 그렇지. 오빠 계속 일만 하잖아. 네가 여자로서 얼굴 볼 일이 별로 없는 남자를 구한다고 하면 옌스가 딱일걸. 그런데 여자들은 대부분 얼굴 볼 일이 아주 많은 남자를 구하거든."

"흠." 메를레는 브로콜리를 포크로 찔러 댔다. "하지만 옌스가 시간이 아예 없는 건 아니야. 오후 2시 반부터 5시까지, 그리고 밤 11시 반부터 아침 10시까지 시간이 있어. 그러니까 합하면…… 13시간이네. 하루의 반이 넘는 셈이야. 그 이상은 어차피 여자들이 옌스한테 질려서 같이 있기 싫어할 텐데 뭐."

"그래, 하지만 옌스가 시간이 있을 땐 여자들은 대부분 일을 하거나 잠을 자는 시간이라는 걸 알아야지." 내가 조심스럽게 말했다.

메를레는 한동안 내 말을 머릿속으로 정리해 보고 있는 듯했다. 마침내 그녀는 어깨를 으쓱하며 말했다. "뭐, 할 수 없지. 그래도 난 포기하지 않을 거야. 여자친구가 생기면 옌스가 훨씬 다정해질 거 같거든."

그 이야기는 그쯤에서 끝내고 우리는 다른 주제로 대화를 이어갔다. 메를레가 집에 갈 때까지 나는 그녀의 '오빠 짝짓기' 프로젝트를 까맣게 잊고 있었다.

목요일 정각 7시에 브리기테와 나는 가게 문을 닫았다. 우리는 랑에 변호사를 기다리는 동안 극도로 긴장해 있었다. 드디어 8시가 조금 넘어 가게 문을 두드리는 소리가 들렸을 때 우리는 의자에 앉아 있다가 화들짝 일어났다. 문을 열어 주기 위해 서둘러 앞쪽으로 가는데 유리문 밖에 서 있는 그의 모습이 눈에 들어왔다. 발이 땅에 붙어 버린 듯 나는 우뚝 멈춰서 그를 응시했다. 그는 홍케뮐러 박사와 전혀 다른 모습이었다. 세상에 이런 일이! 그는 내가 예상했던 것보다 훨씬 젊어서 서른 살쯤 되어 보였다. 그의 머리는 밝은 갈색이었고,

얼굴에 아주 다정한 미소를 머금고 있었다. 내가 여전히 그 자리에 얼어붙은 듯 서 있는 것을 불현듯 깨달았다. 후다닥 다가가 문을 열어 주었다.

"안녕하세요." 그는 내게 손을 내밀었다. "저는 알렉산더 랑에라고 합니다."

나는 그의 손을 잡고 흔들었다. 기분 좋게 따뜻하고 뽀송뽀송한 느낌이 드는 손이었다. "이자벨레 바그너라고 해요. 제가 전화를 드렸어요. 들어오세요."

브리기테도 다가와 랑에 변호사와 인사를 나눈 뒤 가게 뒤편에 있는 간이주방으로 그를 안내했다. "저쪽에 모두 준비해 놨어요. 필요한 서류도 다 모아 놨고요."

"아주 잘하셨습니다. 제 의뢰인들이 다 두 분처럼 성의 있게 준비를 해주시면 얼마나 좋을까요?" 정말 듣기 좋은 목소리였다. 직접 들으니 전화로 들었던 것처럼 나이든 목소리가 아니었다.

나는 두 사람을 따라가면서 랑에 씨의 뒷모습을 뚫어지게 쳐다보았다. 아무리 봐도 내가 상상했던 파산 전문 변호사의 모습이 아니었다. 괜히 속은 것 같은 기분이 들기도 했다. 그는 저녁인데도 바깥 기온이 25도쯤 되는 날씨에 정장을 입고 있어서 불편할 것 같았지만, 첫인상이 생각했던 것만큼 그렇게 점잖거나 딱딱해 보이지는 않았다. '이 남잔 어쩌자고 이렇게 잘생긴 거야?'

랑에 변호사와 브리기테는 서류 더미가 높이 쌓여 있는 테이블로 가서 앉았다.

"커피 드릴까요?" 나는 그를 쳐다보면서 물었다. 세상에, 저 파란 눈 좀 봐! 숨이 멎을 정도로 짙은 푸른색이었다. '채무 상담하는 사람

142

이 저토록 파란 눈을 가지고 있다니 말도 안 돼!' "아니면 차를 드시 겠어요? 페퍼민트차도 있고, 홍차, 로즈힙차, 요기차, 루이보스 캐러 멜, 초코칠리 그리고 맛은 좀 별로인 감초차도 있어요." 내가 왜 이렇 게 주절주절 지껄여 대고 있는지 스스로도 이해가 되지 않았다. "저 는 개인적으로 요기차를 좋아하지만 호불호가 갈리더라고요. 사실 홍차처럼 끓이기 쉬운 차도 없을 거예요. 주의할 점은 홍차를 물에 넣고 너무 오래 우리지 말아야 한다는 것밖에 없어요. 그러면 쓴맛 이 나거든요." 내면의 소리가 내게 외쳤다. '젠장! 제발 그 입 좀 다물 어!' "아니면 물이 더 좋으세요?"

브리기테는 내게 그만하라고 눈치를 줘야 하나 진지하게 고민하 고 있는 눈초리였다. 하지만 알렉산더 랑에는 여전히 다정한 미소를 지으며 내 말에 장단을 맞췄다. "맞아요, 너무 오래 우린 홍차는 저도 좋아하지 않습니다. 저는 개인적으로 요기차가 아주 맛있는 것 같고, 반면에 페퍼민트차는 싫어합니다. 초코칠리도 맛이 궁금하기는 한 데, 지금은 물이 제일 좋겠네요. 커피나 차를 마시기엔 오늘 날씨가 너무 더운 것 같아서요."

바로 그때 내가 그토록 오랜 시간 기다려 왔던 그 순간, 단 하나의 아주 특별한 순간이 찾아왔다. 나는 알렉산더 랑에의 파란 눈을 보면 서 내 입가에 미소가 번지고 가슴이 두근거리는 것을 느꼈다. 심장이 '쿵!' 하는 소리가 너무나 확실하고 또렷하게 들렸다. 그 마법의 순간 에 알렉산더 랑에가 바로 내가 늘 꿈꾸던 그 남자라고 내 마음속 소 리가 분명하게 들려왔다. 나는 꿈을 꾸듯 그를 바라보며 미소 짓고 있다가 그가 뭔가를 기다리고 있는 느낌을 문득 받았다. '오, 이런! 그가 방금 뭐라고 했지? 맞아! 너무 덥다고 했잖아!' "그럼 벗으셔도 돼요." 내 입에서 그 말이 튀어나오는 순간 나도 놀라 움찔했다. "제 말은…… 그러니까 재킷을 벗으시라고요."

브리기테는 당황해서 좌불안석이었지만, 그는 웃으면서 말했다. "네, 알겠습니다. 좋은 생각인데요." 그가 재킷을 벗었다. 다행스럽게도 그는 짧은 소매 와이셔츠를 입고 가슴주머니에 볼펜을 꽂은 모습이 아니라 세련된 긴소매 와이셔츠를 입고 있었다. 내 이상형은 셔츠를 고르는 안목도 정말 훌륭했다. 나는 벌써부터 괜히 뿌듯해지는 것을 느꼈다.

나는 그에게서 눈을 떼고 컵 3개와 물병을 가지고 왔다. 물을 따를 때 내 손이 덜덜 떨리지 않는 게 신기했다. 내가 두 사람과 합석을 하자('랑에 씨'가 이때부터 내게 왠지 너무 거리를 두는 느낌이었다), 그가 본격적으로 이야기하기 시작했으나 집중하기가 힘들었다. 나는 그저 그의 목소리에 담긴 울림에만 귀 기울였을 뿐, 그의 말을 제대로 듣고 있지 않았다. 내 눈길이 그의 두 손을 더듬었다. 결혼반지가 없었다. '좋았어!' 그는 섬섬옥수라는 말이 떠오를 만큼 손질이 잘 되고 섬세한 손을 가지고 있었다. 막노동꾼처럼 우악스러워 보이고 불에 덴 상처나 반창고 때문에 볼품없는 옌스의 손과는 딴판이었다.

"……가게의 재정 상태를 파악하고……." 멀리서 말하고 있는 것처럼 그의 목소리가 아득하게 들렸다.

'이런, 내가 지금 뭐하는 거야? 브리기테의 가게와 그녀의 미래 그리고 내 미래가 달려 있는데, 나는 알렉스(그를 그냥 알렉스라고 불러도 되겠지?)만 넋을 잃고 바라보고 있다니!'

"……채무자들과 접촉을 해서 합의를 보는 방향으로……." 그는 여전히 기분 좋은 저음으로 설명하고 있었다.

더 이상 미소를 짓지 않고 진지한 얼굴로 열중해 있는 그의 모습이 어딘가 의연하고 지적으로 보였다.

"……지불능력 문제는 꾸준한 위기관리로 컨트롤할 수 있어야 파산을 피할 수 있고……."

파산! 그 말을 듣는 순간 나는 꿈에서 깨어나 다시 현실로 돌아왔다. 좋아, 깊게 심호흡하고 정신 차려서 대화에 집중하는 거야.

"……조기발견 테스트라는 걸 해 보면 큰 도움이 됩니다." 알렉스는 서류가방에서 노트북을 꺼내더니 브리기테와 내가 모니터화면을 볼 수 있는 방향으로 돌렸다. "이 문항들에 대한 평가를 토대로 가게가 어느 정도로 심각한 위기에 처해 있는지 알아볼 수 있습니다."

나는 초록색과 노란색 그리고 빨간색 영역으로 나누어져 있고 '예', '아니요' 그리고 '모르겠다'로 답하도록 되어 있는 문항들을 쭉 한 번 훑어보았다.

"문항 2는 자신 있게 '예'라고 답할 수 있어요. 가게를 찾는 손님들은 우리에게 만족스러워하니까요." 내가 나서서 말했다. "적어도 아직까지 우리 가게를 찾아오는 손님들은 그렇다는 말이에요. 새로운 고객을 충분히 확보하고 있느냐는 문항 5는 '아니요'라고 답해야겠네요." 나는 밑으로 계속 스크롤 하면서 말을 이었다. "아, 문항 6은 당신의 직원들이 충분히 의욕적이라고 생각하십니까? 이것도 자신 있게 답할 수 있어요. '예, 그렇습니다!'라고. 그리고 문항 7, 당신의 직원들은 충분히 유능합니까? 네, 물론이죠! 이런 식으로 하면 되나요?"

"아주 좋습니다." 그가 나를 보고 미소를 짓자, 내 심장 박동이 다시 빨라지기 시작했다. "예라고 답하는 문항이 많을수록 더 유리하거든요."

하지만 노란색 영역에 있는 다음 문항들은 답하기가 쉽지 않았고, 빨간색 영역으로 넘어가서는 '모르겠다'에 클릭할 수밖에 없는 문항들뿐이었다. 브리기테가 회계일을 혼자 도맡아 하고 있어서 내가 자세한 사정을 모르는 탓도 있었지만, 질문 자체를 이해하지 못해서 그런 것도 있었다. 난감한 얼굴로 나는 브리기테를 보면서 말했다. "자산율, 현금유동성, 연매출과 연수익······ 뭐가 뭔지 모르겠어요."

"이 위기에서 벗어나려면 자신의 약점부터 알아내서 보완을 해야 합니다. 이제 약점 한 가지는 찾은 셈이네요."

알렉스 말이 하나부터 열까지 다 옳았다. "회계일은 슈마허 사장님께서 알아서 다 하셨어요. 하지만 변호사님 말씀이 옳아요. 저도 회계 쪽 일을 잘 알고 있어야 해요. 언젠가 이 가게를 제가 인수할 생각이니까요."

그가 나를 깜짝 놀란 눈으로 쳐다보았다. "그렇다면 더더욱 잘 알아야겠네요."

그때까지 미동도 없이 모니터 화면을 응시하고 있던 브리기테가 대화에 끼어들었다. "저는 자산율이니 현금유동성이니 그런 게 뭔지 알고 있어요. 그리고 한 가지 더 말해 둘 것은 이 가게가 제 소유라는 거예요. 30년 전에 유산으로 물려받았죠."

알렉스 랑에는 자기 앞에 놓여 있는 메모지에 뭔가를 적었다. "아주 잘됐네요. 덕분에 일이 훨씬 수월해지겠어요. 이 위치에 이 정도 규모의 부동산이라면 시세가 최소 30만 유로는 나갈 겁니다."

'얼마라고?! 내가 생각했던 것보다 훨씬 비싸잖아.' 브리기테의 가게를 사려면 앞으로 27만 유로를 더 모아야 했다. '10년 안에 그 돈을 모을 수 있을까?' 자신이 없었다.

"조기발견 테스트 문항에 바로바로 답할 필요는 없습니다. 시간 여유를 갖고 충분히 생각한 다음 답하셔도 되니까요."

"한 가지는 지금 당장 말씀드릴 수 있는데요." 브리기테가 말했다. 그녀의 코 주위가 유난히 창백해 보였다. "'아니요'로 답해야 할 문항이 너무 많다는 거예요."

알렉스는 노트북을 닫고 출력해 온 문항지를 우리에게 한 장씩 건네주었다. "이런 노력을 하는 것만으로도 위기를 반은 넘은 셈입니다. 다음 주까지 준비하신 서류를 다 살펴보겠습니다. 그러고 나서 같이 이야기를 해보기로 하지요."

"그다음엔 어떻게 진행이 되나요?" 나는 매력적인 그의 파란 눈을 마주치려고 애쓰면서 물었다.

"진행 과정에 대해서는 처음에 상세하게 설명을 드렸는데요." 그가 미소를 지으며 대답했다.

젠장! 하필이면 내가 그에게 넋이 빠져 있을 때라서 제대로 못 들은 것 같았다. "아 참, 그러셨죠."

"대충 요약하면 같이 개선방안을 모색해 보고, 채권자들과 접촉해서 합의를 이끌어 낸다는 것이었습니다. 가게 매출이 다시 흑자로 돌아설 수 있게 만들어야 합니다." 그는 노트북을 서류가방에 도로 집어넣으면서 설명했다. "네, 그럼 저는 이만……."

그는 이제 그만 가려는 것 같았다. '왜 벌써 가려는 거야?' "물 한 잔 더 드릴까요?" 내가 그의 말을 얼른 가로막았다.

"고맙습니다만……."

"가게를 좀 둘러보시겠어요? 제가 구경시켜 드릴게요." 나는 브리기테의 따가운 시선을 느꼈지만 개의치 않았다.

"네, 좋은 생각이네요."

20분 가까이 나는 그를 붙들고 가게 구석구석을 돌아다니며 낱낱이 설명을 해주었다. 장담하건대, 창고와 화장실, 간이주방, 코딱지만 한 사무실, 계산대, 작업대, 발코니용과 실내용 화분 그리고 각양각색의 꽃을 그처럼 일일이 구경하고 다니며 설명을 들은 사람은 아무도 없을 것이다. 알렉스는 내가 쉴 새 없이 지껄여 대는 소리를 참을성 있게 가만히 듣고 있었다. 옌스였다면 20초도 못 참고 자기를 지금 놀리는 거냐며 그만 좀 지껄이라고 핀잔을 주었을 것이다. 하지만 알렉스는 관심을 보이면서 이런저런 질문도 하고 예쁜 꽃을 보면 감탄해 마지않았다. 그는 정말 완벽했다! 어느 한구석 모자람 없이 완벽한 남자라는 것 말고는 달리 표현할 길이 없었다. 내가 그에게 장식품 코너를 다 보여 주었을 때였다.

"정말 아름다운 조각품이네요." 그가 'Love 2'를 가리키며 감탄했다.

나는 내 귀를 의심했다. "진심이세요?"

"네, 물론이죠. 누구 작품인가요?"

"마리오 쿤첸도르프라는 조각가요. 아주 재능 있는 분인데, 브리기테, 그러니까 슈마허 사장님의 친구세요."

알렉스는 'Love 2'를 손에 들고 이리저리 살폈다. 그리고 오목하게 파인 부분을 손가락으로 부드럽게 쓰다듬으며 말했다. "정말 아름다워요."

좋아, 그가 이렇게 마음에 들어 한다면야 뭐……. "가격은 250유로예요. 금사세공으로 작업한 것치고는 너무 싸게 파는 거죠."

"장사수완이 좋으신데요. 마음에 들어요." 그가 웃으면서 'Love 2' 를 선반에 도로 내려놓았다. "생각해 보겠습니다."

"실례해요, 랑에 씨?" 우리 뒤에 브리기테가 서 있었다. "들고 가시기 편하게 서류와 파일을 한 상자에 담아 놨어요."

그 말은 그만 가라는 거나 다름없었다. '이런 무례가 어디 있담!'

"감사합니다." 알렉스가 말했다. "그럼 이만 가 보겠습니다. 가게를 상세하게 구경시켜 주셔서 감사드려요, 바그너 양. 아주 유익하고 흥미로운 시간이었습니다."

'어쩜 이리도 매혹적인 파란 눈을 가졌을까? 여자친구가 있으려나? 이런 남자가 솔로일 리는 없겠지? 어떻게 하면 그가 눈치채지 못하게 솔로인지 아닌지 알아낼 수 있을까?' 나는 얼른 붉은 장미 한 송이를 가져와서 그의 손에 쥐여 주었다. "여기요, 여자친구에게 선물하시라고요." 이럴 땐 머리가 얼마나 잘 돌아가는지 놀라울 따름이었다. 나 자신이 대견해서 스스로 어깨를 두드려 주고 싶은 심정이었다.

"오, 이러지 않으셔도 되는데. 여자친구는 없지만, 제 비서한테 주면 틀림없이 좋아할 거예요."

여자친구가 없단다. 야호! 너무 기뻐서 춤이라도 덩실덩실 추고 싶었지만 억지로 참았다. 나는 간신히 마음을 가라앉히고 가만히 서서 무심한 표정을 지으며 말했다. "비서한테는 빨간 장미를 선물하면 안 돼요. 좀 이상해 보일 수 있거든요. 비서에게 무슨 신호를 보내려는 게 아니라면 말이에요."

"세상에, 그럴 리가요!"

나는 그에게 준 장미를 도로 가져가고 대신 해바라기 한 송이를 내밀었다. "이 꽃은 '직장동료로서 당신을 높이 평가하고 좋아한다'는 뜻이에요."

"완벽해요. 고맙습니다." 그는 브리기테한테 인사를 했다. "다음 주 목요일에 만나기로 할까요? 같은 시각에 또 여기서 만나는 건 어떻습니까?"

브리기테는 고개를 끄덕였다. "네, 그렇게 하죠. 그때까지 저희도 나름대로 전략을 구상해 볼게요."

"좋습니다. 제 비서가 내일 아침에 수임료약정서와 수임계약서를 보내드릴 겁니다." 그러고 나서 그는 내게로 손을 내밀었다. "잘 있어요, 바그너 양."

마음 같아서는 그에게 와락 안기고 싶었다. "안녕히 가세요. 그리고 집에 가시면 꽃을 물에 담그는 것 잊지 마세요. 참고로 물이 너무 차면 안 돼요. 그 반대라고 생각하는 사람들이 많은데, 꽃은 미지근한 물을 가장 좋아해요. 또 2, 3일에 한 번씩 물을 새로 갈아 주는 것이 좋아요. 안 그러면 꽃이 어떻겠나 생각해 보세요. 변호사님도 썩고 냄새나는 물속에 계속 있고 싶지는……." 나는 브리기테가 크게 헛기침하는 소리를 듣고 말을 중간에 끊었다. "에, 말씀드렸다시피 3일에 한 번씩 물을 갈아 주세요."

"네, 그렇게 하겠습니다." 그는 해바라기를 상자 위에 올리고 출입문 쪽으로 갔다. "다음 주에 뵐게요."

한숨을 내쉬며 나는 방금 그가 열고 나간 문을 응시했다. '알렉산더 랑에. 이름까지 얼마나 멋진가!' 그렇게 넋을 놓고 있다가 그가 무엇 때문에 여기에 왔는지 다시금 생각났다. 짧게 헛기침을 하고 나는 브리기테를 향해 말했다. "정말 유능한 변호사 같지 않아요?"

그녀는 눈썹을 치켜 올렸다. "그래, 아주 유능해 보여. 반대로 아가씬 오늘 저녁 과하다 싶을 만큼 이상하게 행동하던데."

"그냥 긴장해서 그랬을 거예요."

"글쎄, 그가 이자를 긴장하게 만든 건 아니고?"

그 물음에는 적당한 대답이 떠오르지 않았다. 굳이 부인을 하고 싶지는 않았으나, 지금은 계속 그 이야기를 하고 싶은 마음도 없었다. 브리기테와 나는 그보다 훨씬 더 시급하게 의논해야 할 일이 있었기 때문이다. 다행히 그녀도 같은 생각인 듯 이렇게 말했다. "그럼 문항지를 같이 한 번 살펴보는 게 어때? 차 한잔 마시면서 할까?" 그녀의 얼굴에 살짝 짓궂은 미소가 번졌다. "초코칠리도 있고 감초차, 요기차, 페퍼민트차, 또……."

"그만 해요." 나는 웃음이 나왔다. "난 진지하게 물어본 거였어요."

"알아. 하지만 내가 보기엔 지나치게 진지했지."

두 시간 후 나는 머리가 지끈지끈 아팠고 지금까지 살아오면서 가장 큰 좌절감을 맛보았다. 우리는 대부분의 문항에 '아니요'라고 답해야 했다. 테스트 결과에 의하면, 우리 가게는 극도로 심각한 위기에 처해 있어 조치를 취하고 외부 도움을 받는 것이 시급한 상태였다. 우리는 충분히 혁신적이지 못했고, 손님이 우리에게 무엇을 기대하는가에 크게 신경 쓰지 않았으며, 경쟁업체가 새로 들어서면서 시장 상황이 달라졌는데도 제대로 대응하지 못했다. 태만함의 대가를 지금 톡톡히 치르고 있는 셈이었다. 브리기테는 컴퓨터를 끄고 힘없이 의자에 몸을 뒤로 기댔다. "성가신 일은 늘 회피하거나 뒤로 미루었지. 내가 가게를 망친 셈이야."

"지금은 그렇게 멜로드라마처럼 감상에 빠질 때가 아니에요. 우린 해낼 수 있어요, 브리기테. 결코 쉽진 않겠지만, 변화의 바람이 불게 하려면 몇 가지 기본적인 것부터 바꿔야 해요. 그러면 우리 고객을 되찾게 될 거예요." 나는 일어나서 냉장고 안에 술 종류가 없나 찾아보았다. 다행스럽게도 화이트와인 한 병을 찾아냈다. "어때요? 한잔할까요?"

그녀는 고민하듯 와인 병을 쳐다보았다. "미안해, 이자. 오늘은 너무 힘들어서 못 마시겠어. 지금은 집에 가서 빨리 눕고 싶은 생각뿐이야."

"알겠어요, 이해해요. 어서 퇴근하세요." 내가 씩씩하게 말했다. "얼른 여기만 좀 치우고 나도 퇴근할게요."

그녀는 아무 말 없이 나를 꼭 껴안았다. 그리고는 출력한 문항지를 가방에 집어넣고 가게를 나섰다.

잠시 동안 나는 미동도 없이 그 자리에 선 채 테이블 위를 멍하니 응시하고 있었다. 물이 목까지 차오르면 얼마나 끔찍한 기분일까? 하지만 아무리 상황이 나빠 보인다 해도, 어쨌든 우리는 오늘 드디어 문제에 대한 상담을 받았고, 알렉스 랑에와의 약속이 내게 희망을 주었다. 나는 그를 믿었고 그가 우리를 도와줄 거라 확신했다. 그뿐만 아니라 난 그에게 완전히 반했다! "나 참, 이자벨레." 큰 소리로 나 자신에게 말했다. "정상적인 사람이라면 이와 같은 상황에서 그런 생각이나 하고 있지는 않아."

망설이며 와인 병을 쳐다보았다. 와인을 마시고 싶긴 했지만, 혼자 마실 생각은 없었다. 나는 얼른 사용한 컵들을 치우고 나서 알렉스가 가져온 서류 더미를 정리했다. 그런 다음 와인 병을 들고 옌스의 가게로 향했다.

벌써 11시 반이나 되었건만 레스토랑 안은 불이 환하게 밝혀져 있었다. 창문을 통해 의자를 테이블 위로 올리고 있는 중인 옌스의 모습이 보였다. 내가 창문을 두드리자, 그는 나를 알아보고 검지로 출입문을 가리켰다. 잠시 후 그와 마주 보고 서서 내가 와인병을 높이 들며 말했다. "정말 좋은 와인을 가져왔는데, 한잔 어때요?"

옌스는 아주 잠깐 주저하는 기색이었다. 그의 눈길이 내게서 와인병으로, 그리고 다시 내게로 향했다. "이렇게 귀한 와인을 거절하는 건 말이 안 되지만, 솔직히 오늘은 이 가게에 넌더리가 나서 더 있고 싶은 마음이 조금도 없네요."

"아, 그렇군요. 뭐, 괜찮아요." 말은 그렇게 했지만 실망감을 감추지 못하는 나 자신이 의아했다. "다음에 마시면 되죠. 그럼 갈게요. 굿나잇!" 내가 억지로 밝은 미소를 지어 보이며 돌아서려는 순간, 옌스가 내 팔을 잡았다.

"잠깐만요. 거절하는 게 아니라 그냥 여기 있기 싫다는 말이었어요. 우리 집에서 와인을 마시는 게 어때요?"

나는 환한 미소가 번지는 것을 느꼈다. "좋아요! 그러면 되겠네요." 이상하리만치 격하게 반응하는 내 모습에 스스로 또 한 번 흠칫했다. 지금 이 순간 내게 말동무가 되어 줄 누군가가 그만큼 절실했던가 보다.

"오늘 스트레스를 많이 받았나 보죠?" 그의 집으로 가는 길에 내가 물었다.

"지옥이 따로 없었어요. 오늘따라 가게에 손님이 밀려드는데, 루카스는 아프다고 안 나왔죠. 혼자서는 도저히 감당할 수가 없었어요."

"보조요리사는 언제 오는데요?"

"몇 주는 더 있어야 해요."

"그럼 메를레가 하면 어때요?"

그는 웃었다. "메를레는 놀라울 정도로 의욕이 넘치죠. 하지만 그 아이는 내 일손을 덜어주기는커녕 오히려 나를 더 번거롭게 만들어요. 메를레가 감자를 깎는 모습만 봐도 내 등에 식은땀이 흐르거든요."

"그럼 메를레를 제대로 가르쳐 봐요."

"뭐하러요? 걔가 내 훈련생도 아닌데."

"지금 같은 상황에서는 누구든 도와줄 사람이 필요하니까요, 안 그래요? 내 생각에 메를레는 옌스에게 상당한 도움이 될 거 같은데요."

"그 말에는 동의할 수 없군요."

세상에, 고집도 세지!

옌스의 집 안은 메를레의 방문을 통해 커다랗게 코 고는 소리가 드르렁 드르렁 들려오는 것만 빼면 조용하고 어두웠다. "와우!" 나는 터져 나오는 웃음을 참지 못하고 킥킥거렸다. "저렇게 코를 심하게 골 줄은 몰랐네요."

"원래 뭐든 요란한 아이잖아요." 그가 싱긋 웃었다. 그가 주방에 불을 켜는 순간, 메를레가 휩쓸고 지나간 흔적이 우리 앞에 적나라하게 펼쳐져 있었다. 싱크대 위에 여기저기 채소조각이 흩어져 있고 도마와 칼 그리고 드레싱이 잔뜩 묻은 머멀레이드 병 등이 널려 있는 것으로 봐서 샐러드를 만든 것 같았다. 가스레인지 위에는 사용하고 내팽개친 프라이팬이 있고, 사방에 기름 얼룩이 튀어 있었다.

옌스는 한숨을 푹 쉬었다. "이자벨레 양, 이래서 내가 메를레에게 설거지만 시킨답니다."

내 눈길이 식탁 위로 향했다. 거기에 구운 닭가슴살을 곁들인 샐러드가 접시 한가득 놓여 있었기 때문이다. 군침 도는 샐러드 옆에는 바게트 빵이 담겨 있는 바구니와 앙증맞은 드레싱 포트가 놓여 있었다. 그리고 접시 옆에 쪽지가 있어서 보았더니 "오빠, 맛있게 먹어. 그리고 잘 자!"라고 적혀 있었다. 자기 이름 밑에 메를레가 그려 놓은 스마일과 조그만 꽃이 보였다. "아이, 귀여워!"

옌스는 쪽지를 읽고 미소를 지었다. "그래요, 메를레는 어딘지 모르게 상대방이 오래 화를 낼 수 없게 만드는 재주가 있죠. 배고파요? 그럼 보고만 있지 말고 어서 먹어요."

"메를레가 오빠를 위해 만든 건데요."

"알아요. 하지만 오늘은 어떤 음식도 더 이상 보고 싶지 않아요. 그러니까 맘껏 들어요. 그동안 난 빨리 샤워 좀 하고 옷을 갈아입고 올게요." 그는 발코니 문을 열었다. "발코니로 나가서 앉고 싶으면 그래도 돼요. 필요한 게 있으면 뭐든 가져가고 편안하게 있어요. 금방 올게요."

나는 와인 잔이 있으면 좋겠다는 생각이 들어 싱크대 장과 서랍을 샅샅이 뒤져 잔과 오프너를 찾아냈다. 밖으로 나가 작은 테이블 위에 놓여 있는 시트로넬라 캔들에 불을 붙이고 한쪽 소파에 편안히 자리를 잡고 앉았다. 발코니가 도로 쪽으로 나 있어서 건너편에 있는 키 큰 보리수나무와 근사한 유겐트스틸*의 건물들이 시야에 들어왔다. 나는 두 눈을 감고 내 얼굴을 살살 간질이는 가벼운 미풍을 느껴 보

....

* Jugendstil : 유겐트(Jugend)라는 잡지에서 명칭을 따온 예술 양식으로, 아르누보, 즉 신
  예술의 독일식 표현.

았다. 어디선가 성큼 다가온 무더운 여름의 냄새가 나는 것만 같았다. 그렇게 앉아 있으니 오늘 하루의 스트레스와 긴장이 조금씩 풀리는 기분이었다. 그 자리에서 잠들지 않기 위해 나는 드문드문 별이 떠 있는 밤하늘을 올려다보았다. 별을 많이 볼 수 없다는 것이 함부르크의 유일한 단점이라는 생각이 들었다. 별똥별 하나에 소원이 한 가지씩 이루어진다는 것을 생각하면, 함부르크 사람들에게는 불공평한 일이었다. 함부르크에서 별똥별을 볼 수 있는 기회가 시골보다 훨씬 적다는 건, 함부르크 사람들이 빌 수 있는 소원이 거의 남아 있지 않다는 뜻이지 않을까. 메를레가 만든 샐러드를 입에 넣으면서 나는 별똥별을 보며 소원을 빌 준비가 제대로 안 되어 있다는 생각이 들었다. 무슨 소원을 빌까? 카티는 일단 불렌쿨렌으로 이사하고 나면 그런 생각은 아예 할 필요가 없을 것이다. 너무 자주 별똥별을 봐서 언제든지 아무 소원이나 막 읊어 대도 될 테니까. 날씨가 좋아지게 해 달라든가, 오랫동안 기다려 온 프러포즈를 받게 해 달라든가, 강아지가 앉는 법을 배우게 해 달라는 식으로 말이다. 하지만 나는 여름 한철에 평균 한두 개의 별똥별만 볼 수 있기 때문에 어떤 소원을 빌지 신중하게 고민해 봐야 한다.

"캔들에 불을 붙일 줄 알았어요." 생각에 잠겨 있던 나는 옌스의 말에 퍼뜩 정신이 들었다. 그가 발코니로 나와 내게로 왔다. 샤워를 해서 그의 머리칼이 아직 젖어 있었다. 여기저기 찢어진 청바지와 'Wer sich nicht wehrt, endet am Herd'('저항하지 않는 자는 불 위에서 종말을 맞으리라'는 뜻 – 옮긴이)라는 글이 새겨진 티셔츠 차림으로 그는 내 맞은편 소파에 털썩 주저앉았다. "여자들은 초를 왜 그렇게 좋아하는 거죠?"

나는 그의 티셔츠를 보고 터져 나오려는 웃음을 억지로 참느라 힘들었다.

그는 내 시선을 알아차리고 티셔츠를 내려다보면서 말했다. "글씨가 너무 너저분하죠? 우리 어머니가 내게 선물한 거예요. 여기 새겨진 문구가 너무 웃긴다면서."

"나도 그래요." 나는 더 이상 웃음을 참으려고 애쓰지 않았다.

"네, 나도 왠지 그런 것 같아요. 샐러드 맛있어요?"

"그냥 맛있는 정도가 아니에요." 나는 그에게 접시를 건넸다.

그는 포크로 샐러드를 한가득 집어 먹어 보더니 얼굴을 살짝 찡그렸다. "고기가 너무 퍽퍽하고, 메를레는 항상 드레싱에 식초를 너무 많이 넣어요."

"난 맛있는데요." 나는 그에게서 접시를 도로 빼앗았다.

"뭐, 먹을 만하네요." 그는 와인을 따서 잔에 따랐다. "이렇게 좋은 와인을 어디서 구했지?" 그는 와인 잔에 코를 대고 냄새를 맡더니 한 모금 마셨다. "음, 향긋하게 톡 쏘는 맛이 재미있는 서머와인이군. 첫맛은 마라쿠야 열매 향과 로즈마리 그리고 블루베리 향이 진하게 감도네요."

킥킥거리며 나는 그의 말을 흉내 냈다. "하지만 끝맛은 강한 부케 향이 입 안에서 퍼지는데, 라벤더와 감초 그리고…… 음……."

"벨라도나가 어우러진 향이죠." 옌스가 내 말을 마무리했다.

"맞아요!" 나는 아쉬운 듯 외쳤다. "어째서 나는 그 생각을 못 했을까요? 비록 알디(Aldi)에서 2유로 주고 사 온 와인이긴 하지만!"

"그럼 싼 게 비지떡이라는 말이 역시 맞나 보네요." 그가 웃으면서 말했다.

나는 와인을 한 모금 마시고 다시 밤하늘을 올려다보았다. "별똥별을 보면 무슨 소원을 빌 거예요?"

"뭐라고요?" 그가 어리둥절한 표정으로 물었다.

"좀 전에 내가 별똥별을 보면 무슨 소원을 빌까 생각하고 있었거든요. 도시에서는 별똥별을 볼 수 있는 기회가 별로 없으니까 미리 준비를 해 둬야죠."

옌스가 웃었다. "복잡하게 감상적이면서 동시에 지극히 실용적으로 생각할 줄 아는 능력을 타고난 것 같네요. 볼 때마다 정말 신기해요."

"고마워요." 그의 말이 칭찬인지 모욕인지 확실치 않았음에도 불구하고 나는 그렇게 말했다. "그건 그렇고, 무슨 소원을 빌 거예요?"

"아무것도 빌지 않을 건데요."

"왜 안 빌어요?"

"왜 빌어야 하죠?"

나는 몸을 똑바로 고쳐 앉으며 어이없는 표정으로 그를 쳐다보았다. "나 참, 별똥별을 보면 소원을 빌어도 되니까 빌어야죠."

"난 언제든지 소원을 빌 수 있는데요?"

"네, 하지만 별똥별을 보고 소원을 빌어야 이루어지잖아요!" 나는 답답해서 소리를 질렀다. '소원을 빌지 않겠다니 도대체 무슨 말도 안 되는 소리를 하는 거야?'

"그 말을 정말 믿는 건 아니겠죠?"

나는 2초쯤 망설이다가 대답했다. "증거나 장기적 연구가 부족해서 뭐라고 단정할 수는 없지만, 시도조차 하지 않는 건 좀 아깝지 않나요?"

"속눈썹은 어때요?" 옌스가 흥미로운 듯 물었다. "속눈썹 빠진 것을 보면 그때도 소원을 비나요?"

나는 고개를 끄덕였다. "그래요. 하지만 그 소원이 과연 이루어질까 나도 좀 미심쩍어요. 반면에 별똥별은 우주적 관점에서 볼 때 훨씬 더 많은 에너지를 가지고 있잖아요."

"단순히 하늘에서 별똥별이 떨어지는 것뿐인데 어떤 원리로 소원이 이루어지는 거죠? 도대체 무슨 관계가 있는지 정말 모르겠네요."

"당신은 늘 논리만 따지죠. 하지만 이 세상엔 논리적으로 설명할 수 없는 것들이 얼마나 많은데요. 그리고 특히 지금은 소원을 빌 수 있는 기회가 내게 꼭 필요하거든요."

"아 참, 오늘 그 츠베가트*와 만나기로 했죠!" 갑자기 생각난 듯 옌스가 외쳤다. "깜빡 잊고 있었네, 미안해요."

너무 급작스럽게 화제가 바뀐 탓에 혼란스러운 나머지 나는 머리를 흔들었다. "괜찮아요."

"어떻게 됐어요?"

"음, 그러니까……." 방금 전까지 별똥별이니 소원이니 우주적 관점이니 상상의 나래를 펴고 있다가 갑자기 일상의 현실로 되돌아오니 잠시 멍해졌다. 파산 위기에 처한 가게, 그리고 알렉스. "사실 한 번 만난 것으로 이렇다 할 결과를 기대하긴 힘들죠. 먼저 변호사가 모든 서류를 검토해 봐야 하고, 그다음에 같이 전략을 구상해 보기로 했어요." 나는 테이블 상판에 나무가 조금 갈라진 부분을 손가락으

....

* 페터 츠베가트(Peter Zwegat) : 독일의 리얼리티 TV 프로그램 "빚더미에서 벗어납시다 (Raus aus den Schulden)"에서 채무해결사로 나오는 인물.

로 문질렀다. "그리고 오늘 엄청난 일이 있었어요."

"무슨 일인데요?"

"내가 사랑에 빠졌어요."

옌스는 믿을 수 없다는 표정으로 나를 응시했다. "뭐라고요?"

"내가 사랑에 빠졌다고요!" 나는 또박또박 다시 말했다.

그는 와인을 한 모금 마시고 잠시 아무 말도 하지 않았다. "어제까지만 해도 안 그랬는데 오늘 느닷없이 사랑에 빠졌단 말이에요?" 그가 마침내 입을 열었다. "와우, 참 순식간이네요."

"그래요."

"그 남자가 누군데요? 설마 그 츠베가트는 아니겠지!"

당황해서 나는 이마로 내려온 머리를 쓸어 올렸다.

"맞아요. 좀 생뚱맞다는 거 나도 알아요. 하지만 크누트 말처럼 사랑은 아무도 못 말리는 거예요. 참고로 그 변호사는 이름이 알렉산더 랑에이고 츠베가트하고는 닮은 구석이 눈곱만큼도 없어요."

옌스는 눈을 가늘게 뜨고 나를 살폈다. "전혀 사랑에 빠진 사람 같아 보이지 않는데요."

"사랑에 빠진 지 얼마 안 되니까 그렇죠."

"아하, 방금 사랑에 빠진 사람의 감정은 절대 알아차릴 수 없는 거군요."

'내 말을 안 믿는 건가?' "방금 사랑에 빠졌을 때 내가 어떤 식으로 행동하는지 당신이 어떻게 알아요? 나는 완전히 사랑에 빠졌어요. 알렉스는 정말이지……."

"알렉스? 벌써 서로 애칭으로 부르는 사이예요?"

"아니에요. 하지만 내 꿈의 남자를 '랑에 씨'라고 부르는 건 어딘가 좀 이상한 것 같아서요. 그에게 느낀 그런 감정은 한 번도 경험해 보지 못한 것이었어요. 그 감정은 내가 늘 바라 왔던 바로 그것이었어요. 우리 부모님이 그랬던 것처럼 나는 그를 보는 순간 바로 알았어요. '이 남자야!' 첫눈에 반한 거죠."

"그렇군요." 옌스가 말했으나, 그의 얼굴은 여전히 미심쩍은 표정이었다. "진심으로 축하해 줘야 할 일이네요. 하지만 아직 궁금한 게두 가지 있는데요. 첫째, 당신의 그 이상형이 이미 임자 있는 몸이면 어쩌죠? 그리고 둘째, 당신이 그의 이상형과 거리가 멀다면 어쩔 거예요?"

나는 옌스의 눈을 쳐다보며 대답했다. "그가 솔로라는 걸 이미 알아냈어요. 그리고 정확히 알 수는 없겠지만, 내가 그의 이상형일 거라는 확신이 있어요. 난 그저 그가 그 사실을 깨닫도록 만들기만 하면 돼요."

옌스의 눈썹이 치켜 올라가는 것을 보고 나는 그가 말도 안 되는 소리를 함부로 지껄여 댈 거라고 확신했다. 하지만 마지막 순간에 생각이 바뀐 듯, 그는 테이블 너머로 내게 손을 내밀었다. "알겠어요. 진심으로 축하하고, 행운을 빌어요."

"고마워요." 나는 그의 손을 잡고 흔들었다. 그는 알렉스보다 훨씬더 거친 느낌이 드는 손으로 내 손을 꽉 쥐었다. 옌스가 훨씬 거친 유형의 사람인 건 확실했다. 물론 가끔씩 그가 한없이 부드러워질 때도 있긴 하지만. 예를 들면 지금처럼 환하게 미소 지을 때 말이다. 문득 내가 그의 손을 너무 오래 흔들고 있다는 생각이 들었다. 얼른 그의 손을 놓았다. "하지만 지금은 알렉스 일에 신경 쓸 때가 아닌 것 같아요. 먼저 파산 문제부터 해결하고 나서요. 가게도 그렇고, 브리기테도 그렇고, 정말 걱정이에요. 브리기테는 지금……." 나는 말을 하다 말고 멈칫했다. "아, 별똥별을 보고 빌 소원이 이미 두 가지 있네요. 이제 별똥별만 떨어지면 되겠는데." 나는 하늘을 올려다보다가 가장 밝게 빛나는 별에 시선을 고정시켰다. "저기 좀 희한하게 반짝거리는 밝은 별 보여요? 우리 둘이 저 별을 계속 뚫어지게 쳐다보면 떨어지지 않을까요?"

엔스는 내 시선이 향해 있는 곳을 쳐다보았다. "음, 확실히 떨어뜨릴 수는 있겠네요. 하지만 소원은 빌어 봤자 어차피 이루어지지 않겠어요. 저건 별이 아니라 인공위성이니까요."

"인공위성이요? 하지만 저건 내가 가장 좋아하는 별인데."

"뭐, 이제부턴 당신이 가장 좋아하는 인공위성이 되는 거죠."

나는 동경 어린 눈빛으로 하늘에 떠 있는 그 밝은 점을 쳐다보았다. "저 위에서 바라보는 지구의 모습이 어떨까 궁금해요. 정말 장관일 거예요. 난 비행기도 아직 타보지 못했는데, 엔스는요?"

"비행기는 몰라도 저런 건 아직 못 타 봤는데요." 엔스는 웃으며 와인 병을 들어 올렸다. "비었네. 한 병 더 가져올까요?"

나는 손목시계를 들여다보았다. "아뇨. 이제 그만 가서 자야겠어요."

현관문 앞에서 엔스는 작별인사로 나를 잠깐 끌어안았다. 우리가 포옹을 한 건 처음이었다. 나는 순간 톰과 포옹할 때처럼 당혹스럽거나 어색한 느낌이 전혀 들지 않았다. 어색하기는커녕 우리가 늘 하던 것처럼 익숙한 느낌이었다.

집에 오자마자 나는 '행복의 순간 유리병'을 붙들고 앉았다. 제일 먼저 "메를레의 샐러드와 그녀가 엔스에게 남긴 쪽지. 너무 귀여웠다!"라고 오렌지색 메모지에 적었다. 그다음엔 초록색 메모지를 꺼내 이렇게 썼다. "발코니에서 옌스와 함께 와인을 마시며 이야기를 나눴다. 소원과 별똥별에 대해." 마지막으로 빨간색 메모지에는 "심장이 쿵! 난 사랑에 빠졌다. 알렉산더 랑에. 아직은 가게가 정상화될 때까지 기다렸다가 뭔가 시도를 해 봐야지!"라고 적었다. 나는 글 밑에 작은 하트모양을 그려 넣고 메모지를 접어 유리병에 넣었다.

프로그램 변경

그 이튿날부터 하루하루가 왠지 묘하고 비현실적으로 느껴졌다. 한편으로 브리기테와 나는 어떻게 하면 가게를 구할 수 있을까 이런 저런 계획을 세우느라 고심했다. 그런데 또 한편으로는 마치 아무 일 없었던 것처럼 평소와 똑같은 일상의 연속이었다. 가게를 구하는 것이 내 삶의 유일한 구심점이어야 하지만 나는 이런저런 일들로 정신없이 바빴다.

카티와 데니스는 크리스마스 전에 이사하기로 결정을 했다. "리모델링이 계획대로 진행되면, 11월 말에는 이사할 수 있을 거야." 단골 술집에서 칵테일을 마시면서 카티가 나와 넬리에게 이야기했다.

11월 말? 그렇게 빨리?! 나는 충격받은 티를 내지 않으려고 애쓰면서 말했다. "그런데 함부르크에서는 건축 쪽과 관계된 일이라면 뭐든 계획대로 되지 않더라고."

"불렌쿨렌은 슐레스비히홀슈타인 주(州)에 속한다는 거 잊어버렸어?" 넬리가 내게 말했다.

젠장!

"자, 이제 그 알렉스에 대한 이야기나 좀 자세히 해 봐." 카티가 달콤한 크림 칵테일을 한 모금 마시면서 재촉했다. 당연히 전화로 이미 카티에게 내가 사랑에 빠졌다고 보고는 했지만, 이제야 자세하게 그 이야기를 나눌 기회가 되었다. "너희 둘 사이에 대체 무슨 일이 있었는데?"

"사실 아무 일도 없었어. 지금까지 딱 한 번 보았을 뿐인데 뭐."

넬리는 빨대를 입에 대고 소리 나게 빨았다. "이런 일은 좀처럼 없는데 신기하네. 보통은 처음 만났을 때 남자를 보고 호감이 간다든가 잘생겼다든가 멋지다든가 생각하는 정도잖아. 근데 너는 보자마자 깊이 사랑하게 됐다는 거야?"

"첫눈에 반하면 원래 그런 거야." 내 말에 친구들도 옌스처럼 멈칫하는 반응을 보였다. '요즘은 친구가 진정한 사랑을 찾았다는데도 아무도 반겨 주질 않으니 세상이 어떻게 돌아가는 거야?' "너희들도 그를 알면 나를 이해하게 될 텐데. 그는 정말이지 누구나 꿈꾸는 그런 남자야!" 그러고 나서 알렉스에 대한 찬사를 입이 마르도록 늘어놓았다. 그의 다정함과 매력적인 미소 그리고 그가 나를 쳐다보는 눈길 등을 화려하게 포장해서 묘사했다.

"진짜 호감 가는 남자일 것 같네." 내가 이야기를 마치자 카티가 말했다. "그래도 다행인 건 두 사람이 앞으로 꾸준하게 만날 수 있다는 거야. 그럼 더 알아갈 시간이 많을 테니까."

그가 바로 내 이상형이며 그와 함께하는 시간이 많아질수록 그 확신이 점점 더 굳어지리라는 것을 이미 알고 있으니 그를 더 알아가고 말고 할 필요가 없다고 반박하고 싶었다. 하지만 나는 그 말을 하지 않았다. 그렇게 말해 봤자 친구들이 이해하지 못할 거라는 느낌이 들었기 때문이다.

　수요일에 옌스의 가게에 꽃을 바꿔 주러 가서 같이 커피를 마실 때였다. 옌스는 루카스가 아파서 아직 가게에 못 나온다고 말했다. 그는 어쩔 수 없이 메를레에게 설거지 외에 다른 일도 몇 가지 맡겼다. 옌스의 말에 의하면, 메를레는 불같은 열정을 가지고 그 일에 임하고 있으며, 비록 정리를 안 해서 그를 미치게 만들기는 하지만 답답하게 굴지는 않는다고 했다.

　메를레는 또 나름대로 옌스의 레스토랑에서 자기가 하고 있는 일에 대해 내게 한껏 자랑을 늘어놓았다. 메를레의 이야기를 들으면서 나는 그녀가 쓸모 있는 존재임을 충분히 즐기고 있다는 인상을 받았다. 그녀는 "옌스를 혼자 내버려 둘 수 없다"면서 당분간 수요일 저녁을 같이 보내기 힘들겠다고 했다. 나는 혼자 빨래를 하고 텔레비전 앞에 앉아 토마토빵을 먹으면서 〈러브! 러브! 러브!〉가 시작하기를 기다렸다. 그런데 불길하게도 TV 화면에 드라마 주인공 라라와 파스칼이 나오지 않고, 웬 청소년 신인배우들이 몰려나와 놀이터에서 무기를 들고 협박을 하면서 "네 엄만 창녀야!"라든가 "돈 내놔, 개자식아!" 따위의 대사를 읊어 대고 있었다.

　불안한 마음으로 나는 혹시 남부 독일에선 오늘 또 무슨 공휴일이어서 다른 프로그램을 내보는 게 아닐까 생각해 보았다. 그런데 화면에 뜬 자막을 보는 순간 내 심장이 멎는 줄 알았다. '일일드라마 〈러브! 러브! 러브!〉는 오늘부로 폐지되었습니다.' 나는 잠깐 눈을 감았다 다시 떴다. 자막이 여전히 떠 있었다. 심장 고동이 빨라지고 패닉의 첫 징후가 내 안에서 점점 고개를 드는 것이 느껴졌다. 미스터 리가 식당 문을 닫게 되었다고 내게 통보하던 그 당시와 똑같았다. 숨을 쉬기가 힘들었고 두 손이 축축하게 젖었으며 벽돌을 몇 장 삼키기라도 한 듯 속이 꽉 막힌 느낌이었다. 나는 노트북을 켜고 방송사 홈페이지에 들어가 확인을 해보았다. 거기에 다음과 같은 공지사항이 떠 있었다. "일일드라마 〈러브! 러브! 러브!〉는 저조한 시청률로 인해 폐지되었습니다. 앞으로는 인기 있는 리얼리티 TV 프로그램 〈상파울리 20359〉가 대체 방송될 예정입니다. 시청자 여러분의 양해 부탁드립니다."

그 공지가 조금씩 내 머릿속으로 파고드는 동안 나는 꼼짝 않고 가만히 앉아 있었다. "양해라고?!" 이윽고 내 입에서 외침이 터져 나왔다. "그 드라마를 보려고 내가 얼마나…… 당신네들 지금 완전히……."

이건 너무하잖아. 제기랄, 너무 심하다고! 미스터 리가 식당 문을 닫고 나서부터 내 삶에 대혼란이 찾아왔다. 메를레와 옌스가 내 일상을 완전히 뒤집어엎었고, 카티와 데니스는 시골로 이사한다고 통보했다. 또 크누트는 불행한 사랑에 빠져 있고, 브리기테와 디터는 부부 문제로 힘들어하며 꽃가게는 파산하기 일보 직전이다. '이런 최악의 순간에 이제 내가 제일 좋아하는 드라마까지 폐지되다니! 나는 앞으로 무슨 기대를 안고 살아야 할까? 아무런 낙이 없네!'

나는 소파에서 벌떡 일어나 초조하게 방 안을 서성거렸다. 내 삶을 송두리째 빼앗긴 기분이 들었다. 내겐 더 이상 아무 결정권도 없고 다른 사람들이 내 삶을 결정하는 것만 같았다. 이렇게 끌려가는 삶은 이제 끝이야! 메를레와 옌스는 이왕 이렇게 됐으니 지금 상태를 유지할 생각이었다. 그리고 카티와 데니스를 내가 함부르크에 있는 그들의 집에 가둘 수도 없는 노릇이니 싫든 좋든 그들이 이사한다는 사실을 받아들여야 할 것 같았다. 또 내가 알렉스에게 첫눈에 반했다는 사실도 내 힘으로 다시 되돌릴 수 없는 것이었다. 하지만 그 밖의 일은 이제부터 내가 결정을 할 것이다. 크누트를 설득해서 이리나에게 진심을 털어놓게 할 것이며, 브리기테와 허심탄회한 대화를 나누고 디터에게 교묘한 방식으로 자극을 줄 것이다. 그리고 꽃가게가 문을 닫는 일이 절대 없도록 만들 것이고, 일어나지 않을 일을 생각하는 것조차도 용납하지 않겠다. 알렉스 랑에는 타이밍이 좋지 않다든가 하는 이유로 내가 멈칫하는 일은 절대 없을 것이므로 단단히 각오를 해야 할 것이다. 혹 내가 그의 이상형이 아니라고 해도 나는 단념할 생각이 조금도 없었다. 이상형이 아니라고 하면 이상형이 되면 그만이다! 끝으로 방송사가 생각을 바꿔 이상한 청소년 프로그램 대신에 〈러브! 러브! 러브!〉를 다시 방영하도록 만들 테니 두고 보라고!

'행복의 순간' 유리병 옆에 세워둔 아빠 사진에 내 시선이 머물렀다. 아빠는 사진 속에서 영리해 보이면서도 선한 눈길로 나를 향해 미소 짓고 있었다.

"작정한 일이 참 많기도 하죠?"

'기적이 일어날 거야, 이자.' 아빠가 내게 대답을 해주는 일은 드물었다. 어쩌다 대답을 한다 해도 대부분 네나의 노래 가사만 인용하고 끝이었다.

"내가 다 해낼 수 있을 거라고 생각하세요?"

아빠가 더 환하게 미소 짓는 것처럼 보였다. '그럼! 그리고 그 먼 길을 내가 너와 함께 갈 거야.'

"고마워요, 아빠."

나는 다시 소파에 앉아 방송사 책임자들에 관한 조사를 시작했다. 위키페디아에서 Fun TV 방송사의 사장 이름이 미하엘 슐츠(Michael Schulz)라는 정보를 찾아내긴 했지만, 그의 전화번호는 물론이고 이메일 주소조차 알아내기가 쉽지 않았다. 방송사 홈페이지에는 아무 짝에도 쓸모없는 관리자 이메일 주소만 나와 있었다. 나는 주저 없이 내가 즐겨 보던 드라마가 폐지된 것에 대한 나의 불만과 〈러브! 러브! 러브!〉를 다시 방영해 달라는 간절한 요구를 담은 편지를 썼다. 그리고 그 편지를 여러 가지로 이름을 변형시킨 이메일 주소로 보냈다.

내가 보낸 6개의 이메일 가운데 반송 안내메일이 오지 않은 것은 한 개뿐이었다. 바로 Michael.Schulz@fun-tv.de이었다.

"결국 알아냈네요, 슐츠 씨." 나는 만족스럽게 중얼거렸다. "이게 다라고 생각한다면 오산이에요. 계속 편지를 보낼 거니까." 그렇게 혼잣말을 하고 있자니 내가 약간 미친 것처럼 보일 수도 있겠다는 생각이 들었다. 그래서 아무도 내 모습을 보거나 내 말을 듣거나 할 수 없는 것이 다행스러웠다. 그뿐만 아니라 내가 이메일로 FunTV 사장을 계속 공격하기로 작정했다는 것을 어느 누구에게도 발설하지 않겠다고 나 자신에게 맹세했다. 그 사장은 직접 나서서 내가 좋아하는 드라마를 다시 볼 수 있도록 조치를 취하지 않고는 못 배길 것이다. 하필이면 사건이 가장 흥미진진하게 전개되고 있을 때 드라마를 중도 폐지하는 건 무슨 경우인가? 더구나 드라마 자체보다 훨씬 더 중요한 것이 있었다. 그 드라마는 편안한 휴식시간의 시작을 알리는 역할을 했고, 내 주간계획의 고정 스케줄이자 내 삶의 일부였다. 그러므로 FunTV가 내 삶을 망치게 놔두지는 않을 것이다. 무슨 일이 있어도!

그다음엔 알렉스 랑에와의 데이트! 가 아니고 미팅에 입고 갈 옷을 고르기 시작했다. 너무나 중요하고 진지한 사업상의 미팅이긴 했지만, 내가 매력적이고 사랑스러운 여자라는 걸 은근히 과시한다고 해서 손해 볼 건 없지.

이튿날 저녁 7시 정각에 알렉스가 가게 문을 두드렸다. 내 심장이 마구 두근거리기 시작했다. 내가 너무 급하게 일어나는 바람에 앉아 있던 의자가 넘어질 뻔했다. "금방 열어 드릴게요!" 나는 긴장해서 머리를 쓸어 넘기며 외쳤다. 출입문을 향해 걸음을 떼면서 우아하고도 좀 섹시하게 걸을 수 있기를 간절히 바랐다. 내가 알렉스 바로 앞에 서자, 심장이 터질 듯 세차게 뛰었다. 이번에도 정장 차림인 그는 머리카락 한 가닥이 삐져나온 것 말고는 흠잡을 데 없는 모습이었다. 나도 모르는 사이에 멋을 내려고 나름 신경 썼는데 어설픈 모습이 되어 버린 소년이 생각나서 그를 보고 웃음을 지을 수밖에 없었다.

"안녕하세요, 바그너 양." 그가 내 미소에 화답하며 말했다. "잘 지내셨습니까?"

내가 머릿속으로 이미 그를 '알렉스, 내 이상형'이라고 부르는 마당에 그가 내게 딱딱한 극존칭을 쓰는 건 자연스럽지 않았다. "네, 잘 지냈어요. 이쪽으로 오세요."

그가 내 뒤를 따라왔다. 나는 다시 사슴처럼 우아하게 걸으려고 무진 애를 썼다.

그가 브리기테와 인사를 나누는 동안 나는 컵 3개와 물병을 테이블 위에 갖다 놓았다. 이번에는 차에 대한 강의를 하지 않는 게 나을 것 같았다. 유별나게 더운 6월에 대해 조금 이야기를 나누다가 알렉스가 자신의 노트북을 우리 앞에 놓으면서 말했다. "자, 그럼 시작해볼까요?" 그가 엑셀 문서를 열었다. "단도직입적으로 말해 가게 상황이 심각합니다. 하지만 가망 없는 정도는 아닙니다."

"다행이네요!" 내가 외쳤다. "그러니까 제 말은 절망적이라는 식으로 말씀하셨다면 정말 절망적이었을 텐데, 심각하다는 것도 사실 좋지는 않지만, 그래도……."

브리기테는 낮게 한숨을 내쉬었지만, 알렉스 랑에는 나를 보고 다정하게 미소를 지었다. "……절망적이라는 것보단 낫습니다." 그가 내 말을 마무리했다. "맞습니다. 이 가게가 사장님 소유라는 것도 큰 이점입니다. 언제든 가게를 매각할 수 있으니까요." 그가 브리기테를 보면서 말했다. "그러면 채무자들과 합의를 보기가 훨씬 수월합니다. 파산했을 경우 자기 돈을 돌려받을 수 있다는 것을 채무자들이 알게 되니까요."

브리기테는 초조하게 손에 끼고 있는 결혼반지를 만지작거렸다. "네, 하지만 내가 매각을 원하지 않는다고 하면 어떻게 되죠?"

"그럼 어서 조치를 취해야 합니다." 알렉스 랑에는 볼펜으로 엑셀 문서의 표를 가리켰다. "청구금액이 높은 순서대로 정리한 채무자 리스트입니다. 가장 위에 있는 1순위는 당연히 주거래은행이고, 그 다음은 연체 금액이 상당한 국세청입니다. 그 아래는 에어컨을 비롯해서 여러 가지 비품들의 4개월 치 할부금 연체 내역입니다."

우리가 그 당시 형편으로는 사들이지 말아야 했던 물건들에 대해 그가 객관적이면서도 가차 없는 어조로 말을 하는 동안, 나는 그가 마치 브리기테와 내 목을 조금씩 조르는 것 같은 느낌이 들었다.

"여기까지가 채무액이 가장 큰 항목들이고, 나머지는 전기세와 수도세 그리고 꽃 도매시장 거래처 등에 지불해야 할 소소한 체불액입니다." 알렉스는 물을 한 모금 마시고 나서 엑셀 문서의 또 다른 표를 열었다. "자, 이제 가게 소득으로 넘어가 보겠습니다. 올해 초 이 근처에 새로 오픈한 꽃가게가 있다고 저번에 말씀하셨는데요. 그 때문에 가게 수입이 눈에 띄게 줄고 있습니다. 현재 그나마 매상이 좀 괜찮은 쪽은 장례식과 결혼식에 보내는 화환입니다. 이 가게를 구하고 싶으시다면 지금 당장 덤벼들어서 뭐라도 해봐야 합니다. 그렇다고 또 너무 오래 이것저것 시도해 보는 것도 곤란합니다. 앞으로 몇 달 안에 뭔가 나아지고 있다는 느낌이 들지 않는다면 가게를 매각하는 수밖에 없습니다."

브리기테는 두통이 심한 듯 이마에 손을 얹었다. "하지만 이제 곧 비수기인 여름이 와요. 대개는 8월 중순이 되어야 다시 장사가 좀 되는 편이에요."

"그렇다면 어떻게든 그것을 바꿔 봐야죠. 이 문제와 관련해서 생각을 좀 해보셨습니까? 조기발견 테스트는 다 하셨나요?"

"네, 그럼요." 나는 브리기테와 같이 작성한 리스트를 그에게 내밀었다. "짐작하셨겠지만, 테스트 결과는 방금 말씀하신 그대로예요. 우린 거의 볼 장 다 봤으니까 지금 당장 엉덩이에 불나도록 움직여 봐야 한다고요."

"아, 제가 그렇게 말씀드렸나요?" 그가 싱긋 웃으면서 말했다. "저는 그런 말을 할 때 고상한 표현을 쓰려고 애쓰는 편입니다만."

"물론 그런 표현을 쓰셨어요." 내가 얼른 말을 받았다. "변호사님은 욕을 할 때도 '제기랄'이나 '젠장' 같은 말만 쓰시죠?"

"아니요, 그것도 저한텐 거친 표현인데요."

우리는 서로 미소를 지었다. 나는 믿어지지 않을 만큼 푸른 그의 눈 속으로 빨려 들어갈 뻔했으나, 때마침 내 머리카락 한 가닥이 내려와 시야를 가리는 바람에 퍼뜩 정신을 차렸다. 나는 손가락으로 우리가 작성한 리스트를 두드렸다. "이것이 슈마허 사장님과 제가 생각해본 구제방안이에요. 가게를 좀 수리하고 특히 쇼윈도와 바깥쪽을 더 모던한 분위기로 바꿔볼까 해요."

"좋습니다. 하지만 비용이 많이 들 텐데요."

"대부분은 우리 손으로 직접 할 수 있어요. 바깥에 놓을 계단식 진열대만 빼고 새 가구는 필요 없어요. 새 고객을 확보하는 일은 적극적으로 나설 거예요. 무엇보다 장례사나 웨딩플래너와 협력할 수 있는 방법을 찾아볼 생각이에요. 10월과 11월에는 함부르크와 근교에서 웨딩박람회가 몇 차례 열리죠. 거기다 우리 부스를 설치하고 주의를 끌어볼까 해요."

그가 고개를 끄덕였다. "그래요. 또 다른 아이디어가 있으신가요?"

이번엔 브리기테가 나설 차례였다. "주변에 있는 병원, 변호사 사무실 그리고 안내데스크가 있는 회사들을 다 찾아내서 접촉해 볼 거예요. 안내데스크에 예쁜 꽃을 꽂아 놓고 손님을 맞으면 좋은 인상을 심어 줄 수 있잖아요."

"친한 셰프가 있는데요, 그의 레스토랑에 우리가 테이블 데코를 하고 있어요. 어쩌면 그가 다른 레스토랑이나 출장외식업체와 우리를 연결해 줄 수 있을지도 몰라요."

"그리고 금주의 특선 꽃다발을 만들어서 팔아 볼까 해요. 꽃을 대

량으로 구입하면 단가가 싸지니까 꽃다발을 만들어 10유로에 팔 수 있을 거예요." 브리기테가 우리의 발표를 끝맺음했다.

그는 우리를 유심히 바라보면서 다시 한번 생각을 정리하는 것 같았다. "좋습니다, 그렇게 해 보죠." 이윽고 그가 말했다. "수리비용 견적서는 작성하셨나요?"

브리기테와 나는 당황해서 서로 얼굴만 쳐다보았다. "아니요."

이런! 알렉스 랑에는 우리의 나태함이 마음에 들지 않는 눈치였다. 쨍하게 푸른 그의 눈이 어두워졌기 때문이다. 그는 초조하게 볼펜으로 테이블 위를 두드리며 말했다. "늦어도 월요일까지는 상세한 견적서가 필요합니다."

"네, 알겠어요." 내가 재빨리 대꾸했다.

2주 후에 다시 만나기로 약속을 잡고 나서 그는 자기 짐을 챙기며 말했다. "자, 그럼 오늘은 여기까지 하죠. 질문 있으신가요?"

'네, 있고말고요. 우리 말을 좀 편하게 놓으면 안 될까요? 채무 상담을 하지 않을 땐 뭐해요? 당신 눈은 왜 그렇게 파래요? 나하고 사귀어 볼 생각 없어요? 나와 결혼할래요?' 하지만 이 질문들 가운데 그 어느 것도 할 수가 없어서 나는 "아니요."라고만 말했다.

브리기테 역시 아니라고 대답했다. 두 사람이 작별 인사를 나눈 뒤, 내가 그를 밖에까지 배웅했다.

"비서분이 해바라기를 받고 좋아하셨나요?" 그와 헤어지는 것을 조금이라도 늦추려고 내가 물었다.

"아, 그럼요. 다시 한번 감사드립니다."

"우리가 그놈의 비용견적서를 생각 못 해서 정말 죄송해요."

그가 고개를 저었다. "괜찮습니다. 신경 쓰지 마세요."

나는 그를 유심히 쳐다보았다. 그는 재킷을 벗고 셔츠 소매를 걷어 올린 모습이었다. 걷어 올린 소매 아래로 검게 그을려 탄탄해 보이는 팔이 드러나 있었다. 그새 그의 머리카락이 한 가닥 더 삐져나와 있었다. 미팅을 하면서 몇 번인가 머리를 쓸어 넘겨서 그런 것 같았다. 그는 아무리 봐도 변호사 같지가 않고, 단지 변호사처럼 옷을 입고 있을 뿐인 자연아(自然兒) 같다는 생각이 들었다. "변호사라는 직업이 때로는 지루하지 않으세요? 아, 그러니까 하루 종일 사무실에 앉아 숫자와 데이터 같은 것만 들여다보는 일 말이에요. 난 생각만 해도 지겨워요."

그는 잠시 뜸을 들이다가 대답했다. "제가 하는 일은 절망의 늪에 빠진 사람들을 도와주는 거예요. 생존을 위협받는 사람들에게는 내가 하는 일이 마지막 희망일 때가 많아요. 그래서 그들이 위기에서 벗어날 수 있게 저는 매일 최선을 다해 그들을 돕고 있습니다." 그가 미소를 지으며 덧붙였다. "그러므로 제 직업은 조금도 지루하지 않습니다."

그의 미소를 보니 내 심장이 녹아 버릴 것 같았다. '이런 남자를 어떻게 사랑하지 않을 수 있겠어?'

"저기, 음…… 주근깨가 있으시네요." 그가 이제야 알았다는 듯 놀라면서 불쑥 말을 했다.

나는 코 주위를 손으로 다듬었다. "네, 겨울엔 거의 눈에 띄지 않는데, 여름이 되면 점점 더 많아지죠. 그래서 이름(독일어로 주근깨를 "Sommersprosse"라고 함 – 옮긴이)에 여름(독일어로 "Sommer" – 옮긴이)이 들어가나 봐요."

그가 나지막이 웃었다. "그러네요."

우리는 가만히 서로를 바라보았다. 내 심장 고동 소리가 얼마나 큰지 나도 들을 수 있을 정도였다. 이제 우리 두 사람 사이에 뭔가 의미 있는 일이 일어날 거라는 확신이 막 들려는 순간, 알렉스는 다시 업무적인 태도로 나를 대했다. 그는 헛기침을 하고 내게 손을 내밀어 악수를 청했다. "자, 그럼 비용견적서를 제게 보내실 때 연락 주시기 바랍니다. 안녕히 계세요, 바그너 양. 다음에 또 뵙겠습니다." 그러더니 돌아서서 쌩하니 가 버렸다.

어리둥절해서 나는 그가 모퉁이를 돌아 시야에서 사라질 때까지 그의 뒷모습을 바라보았다. 그가 저렇게 홀연히 가버리는 건 무슨 의미일까 자못 궁금했다. 그래도 내 주근깨를 그가 마음에 들어 했잖아!

나는 다시 브리기테가 있는 쪽으로 갔다. 그녀는 테이블 위에 어질러진 것을 치우느라 분주했다. "있잖아요, 우리한테 지금 꼭 필요한 게 뭔지 알아요?" 내가 그녀에게 물었다. "바로 옌스의 퐁당 쇼콜라예요. 칼로리 폭탄이긴 하지만 먹어 보면 기분이 좋아질 거예요."

"아니, 난 정말이지 이만……." 그녀는 말을 멈추고 잠시 망설였다. "그래…… 이자 말이 맞아. 그게 지금 나한테 꼭 필요한 것일 수도 있어. 자, 뭐해? 어서 가지 않고."

옌스의 레스토랑은 빈자리를 찾아보기 힘들 만큼 손님들로 붐볐다. 그럼에도 불구하고 우리는 운 좋게도 바깥에 자리를 잡고 앉을 수 있었다. 브리기테는 내가 마가렛과 수레국화 그리고 뮤레인으로 꽃꽂이를 해서 테이블을 장식해 놓은 것을 보더니 감탄사를 연발했다. 안네와 약간의 잡담을 나눈 뒤에 내가 먼저 주문을 했다. "내겐 뭐든 상관없으니 안네가 알아서 화이트와인 한 잔 갖다 주세요. 퐁당 쇼콜라도 하나 주세요. 과일은 빼고요. 아, 차라리 내가 주문한 거라고 말하지 말아요. 그래야 내가 원하는 대로 해 줄 테니까."

안네는 웃으면서 브리기테를 향해 물었다. "뭘로 하시겠어요?"

"나도 퐁당 쇼콜라로 할게요. 여기 메뉴판에 있는 것처럼 과일을 곁들여서요. 그리고 이자벨레하고 같은 와인으로 한 잔 주세요."

안네가 가고 난 뒤 나는 의자에 몸을 뒤로 기댔다. "안네가 옌스의 전처라는 거 알고 있었어요?"

브리기테의 눈이 휘둥그레졌다 "아니, 난 몰랐는데."

"상당한 미인이죠? 상냥하고요. 누구나 그녀를 좋아할 수밖에 없을 거예요." 내가 소리 죽여 말했다.

브리기테는 나를 유심히 쳐다보았다. "뭐, 그렇다고 해도 그녀는 전처잖아. 참고로 이자도 예쁘고 상냥해."

나는 웃음을 터뜨렸다. "고마워요. 하지만 나와 그녀를 비교하려는 게 아니었어요."

안네가 와인을 가지고 오자, 브리기테와 나는 건배를 하고 와인을 한 모금 마셨다. 우리의 대화가 다른 주제로 넘어가 가게 벽을 회색이나 녹색 중에 어느 색으로 칠할지 의논하고 있을 때, 메를레가 오고 있는 것이 보였다. 내가 톰과 데이트하던 날처럼 그녀가 퐁당 쇼콜라를 테이블로 직접 가지고 왔으나, 이번에는 그녀의 모습이 훨씬 더 자신감 있고 안정돼 보였다. 게다가 메를레는 옌스의 조리 가운을 벗고 자기 것인 듯 보이는 조리 가운을 입고 있었다. "안녕!" 그녀가 우리를 보고 반갑게 인사했다. "틸스에 오신 것을 진심으로 환영합니다!"

"안녕, 메를레. 새 조리 가운을 입고 있네. 정말 잘 어울려."

"응, 옌스가 선물해 줬어." 그녀는 자랑스러운 목소리로 대답하면서 우리 앞에 접시를 내려놓았다. "여기 내 이름까지 새겨져 있다니까."

그러고 보니 조리 가운의 왼쪽 가슴에 둥근 글씨체로 '메를레 틸'이라는 이름과 그 밑에 '카세롤리에르(Casserolière)'라는 직함이 새겨져 있었다. "와우, 정말 중요한 일을 하는 사람처럼 보여!"

메를레가 씩 웃었다. "응, 이름만 그럴싸하게 들릴 뿐이야. 접시닦이나 주방보조를 뜻하는 프랑스 주방용어거든. 옌스가 그 대단한 유머감각을 발휘한 거지."

나는 그 거창한 직함이 너무 웃겨서 웃음이 터져 나오려는 걸 억지로 참았다. 브리기테도 웃음을 참느라 와인 잔만 응시하고 있었다.

"디저트를 접시에 담는 건 제가 했습니다." 메를레가 설명했다.

내 접시를 내려다보고 이번에는 훨씬 더 세련되고 고급스럽게 장식되어 있다는 생각이 들었다. 옌스가 한 것과 거의 차이가 없을 만큼 정교한 솜씨였다. 내가 주문한 거라고 안네가 고자질을 한 듯, 내 접시 위에 블랙커런트가 한가득 올려 있었다. "과일은 빼고 달랬는데, 어쨌든 데코가 정말 잘 됐어, 메를레. 진짜 예뻐."

그녀의 얼굴이 환해졌다. "고마워. 나는 블랙커런트를 빼려고 했는데, 옌스 말이 언니의 유별난 요구사항을 자꾸 들어 줘선 안 된다고 해서."

"칫! 정말 웃겨!"

메를레는 웃기만 했다. "미안하지만 같이 수다 떨 시간이 없네. 다시 주방으로 가 봐야 해서. 맛있게 드세요." 그녀는 서둘러 레스토랑 안으로 사라져 버렸다.

"오 마이 갓! 이럴 수가!" 브리기테는 케이크를 한 스푼 먹어 보더니 초콜릿 천국에서 마냥 행복해하는 표정을 지었다. "이제부터 다른 건 절대 안 먹을 거야. 절대!"

"내가 말했잖아요. 한입 먹는 순간 바로 중독될 거라고."

우리는 퐁당 쇼콜라를 남김없이 먹어 치우고 나서 만족스럽게 의자에 몸을 뒤로 기대고는 황홀해 하는 서로의 얼굴을 보고 미소를 지었다. 나는 접시에 남은 초콜릿 소스 위에 꽃 한 송이를 그렸다.

"아, 이번에도 주방에 보내는 인사죠?" 안네가 접시를 치우러 와서 아는 체를 했다.

브리기테와 나는 와인을 한 잔 더 갖다 달라고 청한 다음 이런저런 이야기를 나눴다. 가게나 디터 이야기가 아니라 그냥 이런저런 세상사에 대해 잡담을 했다. 그제야 나는 그처럼 여유로운 시간이 내게 얼마나 부족했고 또 가게의 어려운 상황에 얼마나 짓눌려 있었는지 깨달았다. 오늘 저녁은 기분 전환에 정말 큰 도움이 되었다. 우리는 아무 걱정 없던 시절에 그랬던 것처럼 다른 사람 흉도 보고 낄낄대며 웃기도 했다.

우리는 와인 한 잔을 더 주문하면서 미리 계산을 했다. 잠시 후 안네가 와서 우리 주변 테이블을 치우며 우리와 즐겁게 수다를 떨었다.

11시 반쯤 옌스가 밖으로 나왔다. "아, 아직 있었군요." 그가 미소를 지으며 말했다. "반갑네요." 그는 내 옆 의자에 털썩 주저앉아 스스럼없이 내 와인을 한 모금 마셨다. "음, 맛있네요. 도르도뉴 산 1995년 빈티지 샤또 몽뇌프클리코! 과일 향과 신맛이 아주 잘 어우러지고, 머스크 향이 부드럽게 감돌면서 끝맛은……."

"칠리 향의 여운이 남죠." 이번에는 내가 그의 말을 마무리했다.

"둘이 지금 무슨 말을 하고 있는 거예요? 이건 팔츠 산 2014년 빈티지 바이스부르군더 와인인데." 안네가 웃으면서 말했다. "만약에 칠리 맛이 나면 내 손에 장을 지지겠어요. 아니면 포도재배자의 손에 장을 지지든가." 그러고서 그녀는 다시 안으로 들어갔다.

옌스는 우리 둘의 말장난을 재미있다는 듯 지켜보고 있던 브리기테에게 물었다. "퐁당 쇼콜라 맛이 괜찮았어요?"

"그럼요. 맛있다는 표현으로는 어림도 없을 만큼 기가 막힌 맛이었어요."

"다행이네요." 그렇게 말하는 옌스의 얼굴을 보니 그런 대답이 당연하다는 표정이었다.

"먹을 만했어요." 나는 그를 김빠지게 하려고 마음에도 없는 소리를 했다. "과일이 거슬렸거든요."

옌스가 웃었다. "아, 그래요? 안네가 메릴레와 내게 당신이 보낸 꽃 그림을 보여 주지 않은 것 같아요?"

"아, 이런! 이젠 그런 짓 절대 안 할 거야. 안 그러면 당신이 너무 우쭐할 테니까."

옌스와 브리기테 그리고 나, 이렇게 셋이서 잠시 이야기를 나누고 있자니 안네가 어깨에 가방을 둘러메고 퇴근할 준비를 끝낸 듯 우리 테이블 쪽으로 왔다. "난 퇴근해요. 디르크도 방금 자기 레스토랑을 닫았다네요." 그녀는 망설이며 가만히 서 있다가 얼굴이 밝아지면서 말했다. "나랑 같이 디르크네 레스토랑에 가지 않을래요? 거기서 같이 한잔 더 하면 좋을 텐데."

흠칫하며 나는 그녀를 쳐다보았다. '그녀는 정말 브리기테와 나까

지 같이 가자는 건가? 우린 그만큼 서로 잘 아는 사이도 아닌데.'

"오늘은 안 되겠는데. 집에 가서 좀 일찍 자야 하거든." 옌스가 말했다. "디르크한테 내 안부 전해 주고."

나는 흥미진진하게 그를 관찰하면서 안네의 새 남편 이야기가 나올 때 옌스가 마음 아파하는지 아닌지 알아내려 했다. 그가 마음 아파한다면, 적어도 자신의 감정을 꼭꼭 잘 숨길 줄 아는 남자인 건 확실했다. 그는 아무 감정도 남아 있지 않은 듯 너무 태연했다.

"유감이네." 안네가 말했다. "그럼 두 분은 어때요? 같이 갈래요?"

브리기테도 미안한 듯 두 손을 들어올렸다. "호의는 고맙지만, 나도 슬슬 집에 가야 해서요. 오늘은 너무 피곤하네요."

"나도 그래요. 하지만 다음에 기회가 되면 꼭 같이 갈게요."

"알겠어요, 재미없는 사람들!" 안네가 상냥하게 말했다. "하지만 다음번엔 절대 놔주지 않을 거예요." 그녀는 옌스의 어깨를 가볍게 두드리고서 모두에게 손을 흔들며 작별인사를 했다. "굿나잇, 여러분!"

브리기테는 신음소리를 내며 의자에서 몸을 일으켰다. "그럼 나도 이만 갈게요. 작년 연말 이후로 이렇게 늦게까지 깨어 있는 건 처음인 것 같아요. 정말 근사한 저녁이었어, 이자! 맛이 끝내주는 퐁당 쇼콜라 먹게 해줘서 고마워요, 옌스!"

이제 옌스와 나 둘만 남았다. 내가 어떻게 해야 할지 난감하기만 했다. 한편으로는 그가 일찍 자고 싶다고 했으니까 그만 가야 할 것 같은 느낌이 들었다. 하지만 좀 더 있고 싶은 마음이 훨씬 강했다.

"자, 그럼 우리도 갈까요?" 옌스가 말했다. "아니면 이 맛있는 리슬링 와인을 한 잔씩 더 마실까요?"

"바이스부르군더 와인이에요." 내가 바로잡았다. 나는 그의 말에 좋아서 어쩔 줄 모르는 나 자신이 한심하게 여겨졌다. "네, 좋아요! 하지만 아까 오늘은 일찍 자고 싶다고 했잖아요."

"맞아요, 그렇게 말했죠. 하지만 사실은 오늘 안네의 거만한 속물 남편을 만나서 같이 한잔하고 싶은 마음이 조금도 없어서 그랬어요. 그럼 당신은요? 당신 역시 몇 초 전까지만 하더라도 피곤하다고 하지 않았어요?" 시비를 걸듯 그가 나를 쳐다보았으나, 나는 그의 시선에 아랑곳하지 않았다. "네, 그랬어요. 하지만 사실은 여기 더 있고 싶은 마음이 더 컸어요."

옌스가 싱긋 웃었다. "좋아요. 안으로 들어갈까요? 우리가 밖에 앉아 있으면 사람들이 아직 영업을 하는 줄 알 테니까."

"옌스 집 발코니에서 와인을 마셔도 좋아요." 내가 제안했다. "그럼 메를레가 혼자 집에 있지 않아도 되니까 마음도 놓이고. 벌써 자고 있겠지만, 그래도요."

"오케이, 난 상관없어요."

옌스의 집으로 가는 길에 우리는 별로 말을 많이 하지 않았다. 나는 그가 안네의 남편에 대해 했던 말을 다시 생각해 보았다. '거만한 속물이라고?' 그렇다면 옌스가 그를 싫어하는 건 확실한 것 같았다. 나는 옌스가 질투를 해서 안네의 남편을 싫어하는 걸까 궁금했다.

발코니에 앉아 옌스가 와인을 잔에 따르고 나자, 나는 내 호기심을 더 이상 누를 수가 없었다. "사적인 질문 하나 해도 돼요, 옌스?"

그는 살짝 눈썹을 치켜 올리며 내게 와인 잔을 건넸다. "나는 공과 사를 엄격히 구분해서 대화를 하고 싶은데요, 이자벨레. 하지만 좋아요. 예외라는 게 있으니까."

"매일 전처랑 같이 일해야 하는 게 아무렇지 않나요?"

옌스는 와인 잔을 막 입으로 가져가려다 말고 다시 내려놓았다. "왜 그런 생각을 하는 거죠?"

"어쨌든 두 사람은 부부였잖아요. 당신이 그녀를 사랑했다는 걸 하루아침에 그냥 없었던 일로 할 수는 없을 테니까."

"우리가 결혼했던 게 언제 적 일인지 알기나 해요?"

"아니요, 메를레가 그런 이야기는 안 해 줘서 몰라요."

"아하! 이야깃거리가 드라마틱하게 들리도록 미화하거나 디테일한 부분을 빼 버리는 게 메를레의 특기죠. 우리가 처음 만난 건 내가 스물두 살이고 안네가 스물한 살 때였어요. 그로부터 4개월 후에 우리는 결혼을 했고, 딱 6개월 만에 이혼했어요. 벌써 10년 전 일이네요!"

평범하지 않은 그의 이야기를 이해하려면 시간이 좀 필요할 것 같았다. "만난 지 4개월 만에 결혼했다고요? 어떻게 그럴 수가 있죠?"

그는 어깨를 으쓱했다. "내가 어떻게 알아요? 우린 서로에게 완전히 빠져 있었고, 난 빨리 결혼하는 게 좋을 거라고 굳게 확신하고 있었어요. 그렇게 하면 왠지 멋있어 보일 것 같기도 했고."

"그런데 왜 그렇게 빨리 이혼했어요?"

"우리가 서로에 대해 잘 모르는 채 결혼했기 때문이에요. 우리 둘은 부부로서 완전히 꽝이라는 것을 상당히 빨리 깨달은 셈이죠. 하지만 우린 친구로서 그리고 팀으로서 아주 잘 맞는 편이에요. 그래서 매일 그녀와 같이 일하는 게 나한테는 하나도 힘들지 않아요. 그러니까 괜한 걱정 말아요."

나는 뒤로 몸을 기대고 와인을 한 모금 마셨다. "하지만 안네의 남편을 싫어하잖아요."

"그자가 멍청이라서 싫어하는 것뿐이에요."

"또 모르죠, 어쩌면 당신이 질투하고 있는지도. 내 말은, 그래도 한때 사랑했던 사람인데……."

옌스가 웃었다. "전처와 친구처럼 지낸다는 게 당신의 세계관에 맞지 않아서 그러는 거죠, 아닌가요?"

"만사가 그렇게 간단하고 쉬운데, 어째서 이젠 아무도 사귀고 싶지 않다고 말하는 건데요?"

그는 잠시 주저하다가 입을 열었다. "안네 말고도 사귀는 여자가 있었어요. 그런데 그 관계도 오래가지 못하고 안 좋게 끝났죠. 그래서 이성교제는 나와 인연이 없는 일이라는 결론을 내리게 된 거예요. 그리고 이젠 더 이상 누군가에게 상처 주고 싶지도 또 상처받고 싶지도 않아요."

나는 가만히 그를 바라보았다. 그는 감정에 치우치지도 않고 단호해 보였으나, 그의 눈빛에 슬픈 기색이 살짝 깃들어 있었다. 그가 사랑 때문에 얼마나 큰 상처를 받았으면 저럴까 싶은 생각도 들었다. 옌스의 여자친구와 눈이 맞아서 그를 배신했다는 스타 셰프가 문득 떠올랐다. 나는 그 셰프가 누군지 아직 알아내지 못했지만, 스타 셰프라면 무조건 다 혐오스러울 만큼 그 이야기에 깊이 빠져 있었다. "그러다 누군가를 다시 사랑하게 되면 어떡할 거예요? 당신의 감정을 억누를 건가요?"

옌스는 깊은 한숨을 내쉬었다. "지난 2년 동안 아무도 안 만나고 솔로로 지내 왔어요. 지금까지는 아무 일도 일어나지 않았지만, 앞으로도 아무 일 없을 거라고 장담할 수는 없겠죠. 만약에 누군가를 사랑하게 된다면…… 글쎄요, 내가 어떻게 바꿀 수 있는 게 아니니까 다시 한번 시도를 해 봐야겠죠. 하지만 무의식적으로 나는 처음부터 어차피 잘 안 될 거라고 전제하면서 만나게 될 거예요. 미리부터 그런 생각을 갖고 여자를 만나는데 잘될 리가 없잖아요."

끊임없이 언덕 위로 바윗돌을 굴려야 하는 시시포스의 운명처럼 가망 없는 상황처럼 들렸다. 적어도 그가 안네 때문에 불행하지는 않다는 사실이 왠지 안심이 되기는 했지만, 그가 더 이상 진정한 행복을 누릴 수 없다는 것이 나를 슬프게 했다. "정말 안타까워요. 나한테 지금 해바라기가 있다면 옌스에게 주고 싶어요. 기분이 다시 좋아지게요."

미소를 지으며 그가 고개를 저었다. "난 괜찮아요, 이자벨레. 그래도 고맙네요."

나도 덩달아 미소를 지었다. 그러고는 내가 좋아하는 인공위성을 찾기 위해 하늘을 올려다보았다.

"근데 이자벨레는 어땠어요?" 옌스가 물었다. "실연을 해서 일생일대의 사랑에 대한 당신의 믿음이 흔들린 일이 없었나요?"

"난 일생일대의 사랑에 대한 믿음을 잃은 적이 한 번도 없었어요. 물론 실연한 경험은 있었죠. 설마 내가 아직 숫처녀라거나 모태솔로일 거라고 생각한 거예요?"

그는 바로 대답을 못 하고 머뭇거렸다. "음, 지금까지 그런 것에 대해서는 한 번도 생각을 안 해봤어요."

나 참, 나는 안네에 대한 그의 감정이나 부도덕한 여자친구 때문에 겪었을 좌절감을 이토록 염려하고 있는데, 그는 내 연애사를 궁금해한 적이 단 한 번도 없었다니! 역시 옌스답네. "난 지금까지 남자를

185

세 번 사귀었고, 데이트는 수만 번도 더 해 봤어요." 나는 검은 밤하늘에 드문드문 박혀 있는 밝은 점들을 올려다보았다. "하지만 지금껏 내내 기다려 온 그 느낌, 드디어 내 짝을 찾았구나 하는 그 본능적인 느낌을 갖게 한 남자는 하나도 없었어요."

"이젠 그 느낌을 받았잖아요."

내 심장은 지금까지 살아오면서 가장 격렬하게 뛰기 시작했다. 나는 옌스 쪽으로 고개를 휙 돌렸다. "그게 무슨 말이에요?"

"내 짝을 드디어 찾았구나 하는 그 느낌을 당신의 그 츠베가트한테서 받았을 거 아니에요."

내 츠베가트라고? 오 마이 갓, 알렉스를 말하는 거였잖아! 난 그가 자기 이야기를 하는 줄로만 알았는데! 도대체 어떻게 된 남자가 나를 이런 식으로 놀라게 하지? 나는 헛기침을 하고 나서 침착한 어조로 말하려고 애썼다. "네, 맞아요. 하지만 그의 이름은 츠베가트가 아니고 알렉스예요."

"당신이 생각으로만 그러는 것이 아니라 실제로도 그를 보고 알렉스라고 불러야 나도 그의 이름을 그렇게 말할 건데요. 그나저나 아까 미팅한 건 어떻게 됐어요? 이제 사적인 대화는 충분히 했으니까 사랑이니 느낌이니 그런 이야기는 그만하죠."

나는 그의 말을 따를 수밖에 없었다. 그때부터 우리는 브리기테와 내가 구상한 구제방안에 대해 이야기를 나누기 시작했다. 옌스는 새 고객이 되어 줄 친구들이 있는지 알아보겠다고 약속했다.

그 나머지 시간에는 둘이서 하늘을 올려다보며 별똥별이 떨어지기를 기다렸다. 2시 반이 되어서야 나는 피곤한 몸을 이끌고 잠자리에 들었다. 그때 문득 옌스의 발코니가 아주 완벽한 장소라는 생각이 들었다. 내가 좋아하는 장소들의 리스트를 작성한다면 이 발코니가 최상위권에 속하지 싶었다.

다시 달려보는 거야!

이튿날 브리기테와 나는 퇴근 후 새로 장만한 화물 밴을 타고 건축 자재 시장으로 향했다. 그곳에서 우리는 한 시간 가까이 페인트 색상 표를 보며 고민한 끝에 고상한 회색톤으로 결정했다. 페인트와 칠하 는 도구가 얼마나 필요할지 계산해 보고 리스트에 적어 넣었다.

"있잖아요, 브리기테." 다시 차에 오르면서 내가 말을 꺼냈다. "집 에 있는 그 멋지고 고풍스러운 유리 진열장 말인데요. 브리기테 집 복도에 놓여 있는 흰색 진열장이요."

"응, 그건 왜?"

"가게에 갖다 놓으면 더 좋지 않을까요? 그러면 브리기테도 매일 10시간씩 그 진열장을 곁에 두고 볼 수 있잖아요. 예쁜 꽃병과 장식 품들을 그 안에 진열하면 정말 근사해 보일 거예요!"

"흠." 브리기테는 생각에 잠겨 자동차 키를 손에 쥐고 만지작거렸 다. "이자 말이 맞아. 우린 어차피 그 안에 쓸데없는 것들만 넣어 두 니까. 당장 우리 집에 같이 가서 한번 볼래? 어쩌면 몇 군데 손봐야 할 곳이 있을지도 몰라."

"좋아요. 흠이 약간 있어도 상관없어요. 오히려 그게 더 멋스러워 보일 수 있으니까요."

"아무튼 그놈의 폐품 사랑은 못 말려."

"폐품이 아니에요."

"아 참, 미안. 업사이클링이라고 했지."

"이런 경우는 쉐비 쉬크*라고 하죠. 아니면 그냥 앤티크라고 하던가."

브리기테 집에 도착한 우리는 유리 진열장을 살펴보았다. "내가 기억하고 있던 것보다 훨씬 더 멋져요!" 나는 탄성을 질렀다. "칠이 조금 벗겨져 나간 부분까지 완벽해요."

유리문을 열고 경첩 부분이 아직 견고한지 검사해 보고 있는데 내 뒤에서 디터의 목소리가 들렸다. "이게 누구야! 우리 이자벨레가 왔네! 오랜만에 집안이 환해지는걸."

그러고 보니 디터를 보는 건 정말 오랜만이었다. 예전에는 디터가 자주 가게에 들렀는데, 이젠 발길을 뚝 끊었다. 게다가 나도 브리기테 집에 한동안 가지 않아서 서로 얼굴 볼 기회가 없었다. 디터는 변한 게 거의 없었다. 공처럼 불룩 나온 그의 배가 조금 더 불룩해지고 머리숱이 더 줄어든 것 같긴 했지만, 앞니 사이가 넓게 벌어진 틈을 드러내며 활짝 웃는 미소는 여전히 온화하고 기분 좋았다.

"만나서 반가워요. 잘 지내셨어요?"

"그럼, 잘 지내지. 저녁 같이 먹고 갈 거지? 이렇게 오랜만에 오는

....

* shabby chic : 낡은 것에서 오는 세련됨을 느낄 수 있는 화이트 빈티지 인테리어.

데, 금방 가 버리면 섭섭할 거야."

나는 잠시 망설였다. 오늘은 금요일이니까 하체 운동하러 가는 날이긴 했지만, 브리기테 내외와 같이 식사를 하고픈 마음도 있었다. 더구나 두 사람의 관계를 개선시키기 위한 내 계획을 바로 실행에 옮길 수 있는 기회일 것 같았다. "같이 저녁을 먹고 가도 괜찮을까요?" 나는 브리기테를 쳐다보면서 물었다.

"그럼, 물론이지. 두 사람은 거실에 앉아 있어요. 내가 간단히 저녁을 준비할 테니."

디터와 나는 이미 닳을 대로 닳은 소파에 자리를 잡고 앉았다. 그제야 나는 브리기테와 디터가 서로 인사조차 하지 않았고 상대방을 제대로 쳐다보지도 않았다는 것을 깨달았다.

디터 옆에는 그가 좋아하는 낱말퀴즈 책자가 높이 쌓여 있고, 텔레비전에서는 옛날에 방영된 범죄드라마 〈타트오르트(Tatort)〉가 재방송되고 있었다. "그동안 어떻게 지냈어, 이자?" 그가 물었다.

"아주 잘 지냈어요. 요 몇 주 사이에 많은 일이 일어나서 좀 혼란스럽긴 하지만요. 가게 때문에 걱정이에요."

"뭐 다시 괜찮아지겠지."

"그랬으면 좋겠어요. 가게를 수리하는 일부터 서둘러서 시작할 생각이에요."

디터는 깜짝 놀란 얼굴로 나를 쳐다보았다. "수리를 한다고?"

"네, 브리기테가 이야기를 해줬을 텐데요."

"흠." 그는 턱을 쓰다듬었다. "아니, 처음 듣는 이야긴데."

두 사람은 이제 서로 말도 섞지 않는 건가?

"참, 내가 줄 게 있는데." 디터는 거실 테이블 위에 놓여 있는 편지봉투를 집어 들었다. "오페라 입장권 혹시 필요하지 않아? 낱말퀴즈에 응모해서 당첨됐거든." 그는 손가락으로 자기 이마를 두드렸다. "당첨된 건 35년 만에 처음이야. 근데 〈아이다〉 입장권이지 뭐야! 이 헬무트 슬로티라는 가수가 TV에 나와 노래 부르는 걸 너무 많이 봐서 그런지 난 가고 싶지가 않네."

"헬무트 로티요." 내가 반사적으로 바로잡았다. "브리기테하고 같이 가면 좋겠네요. 오랜만에 우아하게 차려입고 외출하고 싶을 거예요."

그는 내게 티켓을 건넸다. "좋은 생각이야, 이자. 그럼 둘이 가서 즐거운 시간 보내."

"오, 세상에! 디터가 브리기테랑 같이 가서 즐거운 시간 보내셔야죠."

"내가?!" 그는 내가 방금 탈옥한 흉악범을 숨겨 주라고 제안하기라도 한 것 같은 표정으로 나를 응시했다. "그 따분한 노래를 나보고 들으라고? 오페라는 보통 몇 시간씩 하던데! 아니, 난 못 해."

"브리기테를 위해서 그 정도는 참아야죠. 브리기테가 얼마나 좋아할지 생각해 보세요."

디터의 시선은 어느새 텔레비전 화면을 향해 있었다. "만프레드 크룩이 안 나오니까 〈타트오르트〉가 영 시시해서 못 봐주겠어, 안 그래?"

'그가 예전에도 늘 저렇게 무심했는데, 나만 모르고 있었던 걸까?' 나는 단념하지 않고 그를 계속 설득했다. "아니면 티켓을 팔아서 그 돈으로 두 분이 근사한 곳에 가서 저녁을 드시든가요."

"음, 그래." 그는 건성으로 중얼거렸다. "저녁 준비가 곧 끝날 것 같은데, 이자가 먹을 만한 게 있을지 모르겠네."

그때부터 나는 범죄드라마나 계속 들여다보고 있게 그를 가만 내버려 두었다. 브리기테의 심정을 이제 조금 이해할 수 있었다. 남편이 저렇게 무관심하면 나라도 불만이 생길 것 같았다.

우리가 보낸 비용견적서를 알렉스가 신속하게 통과시켜 준 덕분에 브리기테와 나는 주말에 가게를 수리할 수 있었다. 우리는 메를레, 크누트, 보그단, 데니스 그리고 넬리와 함께 잡동사니를 치우고 가구를 밖으로 들어낸 다음 벽에 페인트칠을 했다. 카티와 디터는 일을 해야 해서 오지 못했다. 다만 카티한테는 왓츠앱(Whatsapp) 메신저와 사진을 통해 시시각각으로 진행 상황을 알려 주었다. 디터는 왓츠앱이 없어서 아무것도 알려주지 못했지만, 어차피 진행 상황 따위에는 관심도 없을 것 같았다.

메를레는 처음에 크누트를 다시 보는 것이 영 불편한 기색이었다. 하지만 두 사람은 30분 동안 구석에 나란히 서서 페인트칠을 하고 나더니 둘도 없는 친구 사이가 되었다.

일요일 저녁, 드디어 작업을 다 끝내고 브리기테와 나는 도와준 친구들을 옌스의 레스토랑으로 초대해서 다 같이 바깥 자리에 앉아 큼지막한 햄버거를 먹었다.

"내가 먹어 본 것 중에 최고로 맛있는 햄버거인데!" 보그단이 찬사를 아끼지 않았다.

크누트는 햄버거를 입에 한가득 물고 무슨 말인가 중얼거렸는데 한마디도 알아들을 수가 없었다. 하지만 그의 표정으로 보아 동의한다는 말이었음을 짐작할 수 있었다.

이어서 넬리와 브리기테 그리고 나, 이렇게 셋은 퐁당 쇼콜라를 하나 시켜서 셋이 사이좋게 나눠 먹었다. 이미 배가 너무 부른 상태였지만, 꼭 한 스푼 먹고 싶었기 때문이다.

넬리는 처음 한 스푼을 입에 넣자 황홀한 듯 두 눈을 감았다. "음, 맙소사! 정말 맛있네!"

"그럼!" 브리기테와 내가 동시에 말했다.

접시를 깨끗이 비우고 나서 넬리는 자기 배를 두드리며 말했다. "정말 환상적이었어. 한마디로 표현하자면 오럴섹스를 받는 맛이랄까……. 매일 점심을 여기서 먹는 거야, 이자벨레?"

"어떨 땐 저녁도 여기서 먹는데." 브리기테가 말했다.

"응, 하지만 대부분은 주중에만." 내가 설명을 했다.

넬리는 짓궂은 미소를 지었다. "그 말은 그러니까 일주일에 최소 다섯 번은 옌스한테서 이렇게 끝내주는 서비스를 받는다는 거네. 부러워라!"

브리기테가 킥킥거리며 거들었다. "그런 다음 이자벨레는 고마움의 표시로 접시에 꽃을 그려서 그에게 보내지."

크누트는 박장대소했고, 데니스와 보그단도 숨이 넘어가게 웃어댔다.

"다들 미쳤어?" 내가 소리 죽여 핀잔을 주며 고갯짓으로 테이블 반대편 끝을 가리켰다. 거기엔 메를레가 킴과 이야기를 나누며 앉아 있었다. 다행히 그녀는 넬리가 자기 오빠와 나에 대해 뭐라고 지껄여댔는지 못들은 것 같았다. 어쩜 그렇게 몰상식할 수가 있지?! "말도 안 되는 소리 좀 하지 마. 너무하잖아!"

"얼굴이 빨개졌는데, 이자!" 데니스가 웃으며 말했다.

"내 얼굴이 뭐가 빨개졌다는 거야?" 그렇게 반박은 했지만, 정말 빨개진 느낌이 들었다. "굳이 섹스에 비유를 하고 싶다면, 다들 여기서 음식을 먹었으니 나와 마찬가지로 방금 옌스의 끝내주는 서비스를 받은 셈이네. 어때? 내 말이 틀려?"

보그단과 크누트 그리고 데니스의 얼굴에서는 짓궂은 웃음기가 싹 사라졌으나, 넬리는 태연하게 "언제든 좋아, 베이비!"라고 말했다.

하필 그때 옌스가 인사를 하려고 우리 테이블로 와서 상황이 더 난처해졌다. "모두들 일을 너무 열심히 했나 보네요." 옌스는 온몸에 페인트가 묻은 우리를 보고 말했다. 그리고는 내 얼굴을 보더니 그가 웃어대기 시작했다. "이자벨레는 일할 때만 묻히는 게 아니라 먹을 때도 묻히네요."

나는 얼른 손으로 입을 닦았다. 내 얼굴에 소스가 묻어 있는데도 가만있을 정도로 친절하다니 역시 내 친구들이야!

옌스는 아직 안면이 없는 사람들에게 일일이 인사를 하며 자기소개를 했다. 넬리는 자기 차례가 되자, 할리우드 배우 라이언 고슬링이 자기 앞에 서 있기라도 한 것처럼 그를 뚫어져라 쳐다보면서 히죽거렸다. 맙소사! 넬리는 꼭 저렇게 과장을 해야 직성이 풀리나? 옆에 있는 사람들까지 무안하게시리!

옌스는 내 친구들과 즐겁게 이야기를 나눴다. 서로 죽이 잘 맞아서 예전부터 잘 아는 사이처럼 보였다. 잠시 후 그가 내 어깨를 가볍게 툭 치면서 물었다, "왜 그래요? 너무 말이 없잖아요."

내가 대답을 하기도 전에 넬리가 불쑥 끼어들었다. "정신이 좀 혼미해서 그럴 거예요. 저기 그…… 퐁당 쇼콜라 때문에요."

"아, 네, 내가 좀 과식을 했나 봐요. 피곤하기도 하고." 내가 얼른 둘러댔다.

그는 나를 유심히 살펴보더니 좌중을 향해 말했다. "그럼 즐거운 시간 보내세요. 유감이지만 난 다시 일을 하러 가야 해서요. 다음에 또 뵐게요. 이자벨레, 내일 봐요."

"네, 내일 만나요."

"메를레, 같이 주방으로 갈래?"

"뭐 도와줄까?" 메를레가 신이 나서 물었다.

"아니, 그런 꼴로는 안 되지." 그가 웃으며 말했다. "나랑 이야기나 좀 하자고. 오늘 네 얼굴을 본 게 10분도 안 되는 거 같은데."

"알겠어." 메를레는 옌스를 따라 레스토랑 안으로 들어갔다.

"멋진 남자네." 옌스 남매의 모습이 보이지 않자, 보그단이 말했다.

"맞아. 나도 그렇게 생각해." 크누트가 맞장구를 쳤다.

넬리는 야릇한 시선으로 나를 쳐다보기만 할 뿐, 웬일인지 옌스에 대해서는 더 이상 아무 말도 하지 않았다.

곧 브리기테를 비롯해서 한 명씩 작별인사를 하고 자리를 뜨더니 결국 크누트와 나만 남게 되었다. 이리나에 관해 그와 허심탄회하게 이야기를 나눌 수 있는 절호의 기회였다. "크누트와 이리나 문제를 다시 한번 생각해 봤는데요. 내가 어떤 결론을 내렸는지 알아요? 크누트가 첫걸음을 내딛지 않는다면 절대 아무것도 변하지 않으리라는 거예요. 그러니까 그녀에게 크누트의 마음을 전해요."

그는 팔에 묻은 페인트 자국을 손톱으로 긁어내고 있었다. "진짜 그렇게 생각해?"

"네! 도대체 뭘 망설이는 거예요? 그녀가 크누트의 진정한 사랑이라는 확신이 든다면 계속 주저하고만 있을 이유가 없잖아요."

"흠. 다른 사람이 내 연애를 가지고 이래라저래라 간섭하는 소리에 귀 기울이는 것도 왠지 좀 그래서 말이야."

"어머, 크누트!" 나는 정색하고 말했다. "정작 본인은 나뿐만 아니라 만나는 사람마다 붙잡고 남의 연애문제를 실컷 간섭했으면서 어떻게 그런 말을 할 수가 있어요? 이젠 내가 간섭을 좀 해야겠어요."

잠시 동안 그는 아무 말도 하지 않고 앞만 쳐다보며 앉아 있었다. 이윽고 그는 테이블에 더 가까이 몸을 당기며 입을 열었다. "좋아. 이 자가 시키는 대로 내가 이리나한테 가서 내 눈에는 그녀가 이 세상에서 가장 아름답고 현명하며 대단한 여자라고 고백한다고 쳐. 그런데 그녀가 나를 비웃기라도 하면 어쩌지?" 그는 두 손으로 머리를 쓸어 넘겼다. "난 사비에르 나이두*처럼 부드럽게 속삭이지도 못 해. 그렇다고 또 제임스 본드처럼 강한 타입도 못 되고. 그런데 그녀가 원하는 게 뭔지 내가 어떻게 알겠어?"

사비에르 나이두와 제임스 본드? 그가 하필 이 두 사람을 자신과 비교하는 건 또 왜지? "사비에르 나이두와 제임스 본드는 잊어버려요. 크누트가 훨씬 더 멋있으니까. 자신감을 갖고 이리나에게 좋아한다고 말해요. 그녀에게 사귀어 보지 않겠냐고 물어봐요. 난 그녀가 '예스'할 거라고 확신해요."

"오, 이런!" 크누트가 신경질적으로 다리를 까딱거려서 테이블이 삐걱거렸다. "할 수 없군. 그렇게 하지."

"잘 생각했어요, 크누트! 그녀를 이리로 데리고 오는 건 어때요? 그녀에게 옌스의 퐁당 쇼콜라를 먹이기만 하면 게임 끝일 텐데."

....

* Xavier Naidoo : 인도와 남아프리카 혈통의 독일 소울 가수.

그는 고개를 흔들었다. "여자들이 그 초코케이크 가지고 너무 호들 갑을 떠는 것 같단 말이야."

"초콜릿의 마법을 절대 과소평가하지 말아요." 나는 진지하게 말했다.

월요일 하루는 가게 문을 아예 닫고 선반을 재배치하는 등 내부를 정리했다. 브리기테와 나는 잘 팔리지 않는 몇몇 품목을 과감하게 치워 버리고 구비품목의 종류를 줄이기로 했다. 하루 종일 정리를 다하고 나니 가게는 훨씬 더 밝고 친근하며 모던한 모습으로 탈바꿈했다. 그중에서도 단연 눈길을 잡아끄는 것은 흰색 유리 진열장이었다. 그 안에는 우리가 판매하는 장식품들을 진열해 놓았다.

"너무 멋진데!" 나는 흥분해서 소리쳤다. "우리가 도매시장에서 꽃을 사 오기만 해 봐. 가게에 손님이 구름처럼 몰려올 테니까!"

브리기테는 나만큼 열광하진 않았지만, 우리 손으로 해낸 것에 대단히 흡족한 눈치였다.

화요일에 우리는 새벽같이 도매시장으로 달려가서 예쁘고 싱싱한 꽃과 발코니 식물을 사 왔다. 원래 화요일은 내가 쉬는 날이었지만, 새로 오픈하는 거나 다름없는 감격의 순간을 놓치고 싶지 않았다. 나는 우리 집 발코니에 있던 야외용 테이블 세트를 가져와 가게 앞에 진열해 놓고, 테이블 위에는 라벤더 화분과 화려한 색상의 커피잔을, 의자 위에는 예쁜 쿠션을 올려놓았다. 바깥쪽 쇼윈도 앞에는 커다란 통을 몇 개 갖다 놓고 해바라기, 마거리트, 여러 가지 색상의 거베라와 같은 꽃을 수북이 꽂아 두었다. 그런가 하면 가게 바깥벽에는 금주의 특선 꽃다발을 적을 수 있는 보드판을 걸었다. 마지막으로 새로 구입한 계단식 판매대를 바깥에 내놓고 발코니 식물들을 전시해 놓으니 가게 밖이 훨씬 더 눈길을 끌고 스타일리시해 보였다. 이렇게 진행한 우리 자신이 너무 자랑스러웠고, 곧 쏟아져 들어올 손님들을 다 어떻게 감당할까 생각하면 가슴이 설렜다.

브리기테와 나는 장미와 코스모스 그리고 살갈퀴꽃으로 금주의 특선 꽃다발을 만들면서 쇼윈도를 통해 가게 밖에서 어떤 변화가 일어나는지 마음 졸이며 지켜보았다. 사람들이 더 이상 가게를 무심히 지나치지 않고 한 번쯤 눈길을 주는 건 확실했다. 그렇지만 들어오는 사람은 아무도 없었다. "저 사람들은 일단 눈으로 봐놓고 이따 오후에 집으로 가면서 모조리 사갈 거예요." 내가 큰소리쳤다. 행인들의 반응에 너무 신경 쓰지 않으려고 나는 컴퓨터 앞에 앉아 두 가지의 광고지를 구상했다. 한 가지는 장례사에게 그리고 다른 한 가지는 웨딩플래너와 출장외식업체에 보낼 것이었다. 나는 그럴듯한 광고지로 무장을 하고 고객유치에 나설 참이었다.

10시 반쯤 옌스가 잠깐 들러 우리의 작품을 구경했다. "와우!" 그가 둘러보면서 감탄사를 쏟아냈다. "정말 잘 꾸며 놨네요. 아주 근사해 보이는데요."

"네, 그런데 아무도 들어오질 않아요." 내가 투덜댔다.

"일단 기다려 봐요. 손님들이 올 테니까."

"그랬으면 좋겠는데." 브리기테가 중얼거렸다.

"이리 와 봐요. 지금 작업하고 있는 광고지 보여 줄게요." 컴퓨터가 놓여 있는 뒤편으로 옌스를 데리고 가면서 내가 물었다. "오늘 점심 메뉴는 뭘 해줄 거예요?"

어리둥절한 표정으로 그가 나를 쳐다보았다. "아무것도 못 해주는데."

"뭐라고요? 그게 대체 무슨 말이에요?"

"나 참, 오늘은 우리 가게가 문 닫는 날이잖아요. 쉬는 날이요."

왠지 불길한 느낌이 내 몸 안에 퍼졌다. "쉬는 날이요? 언제부터 그런 날이 있었다는 거예요?"

"오늘부터요. 가게 문 여는 시간을 바꿀 거라고 내가 이야기했을 텐데."

"네, 하지만 쉬는 날에 대해선 아무 말도 하지 않았잖아요! 언젠가는, 한 10년 후쯤 쉬는 날을 가질 수도 있겠다고는 생각했지만, 이렇게 갑작스레 그럴 줄은 몰랐어요. 이렇게 남몰래 슬쩍!"

"남몰래 슬쩍? 일주일 전부터 레스토랑 출입문에 공지를 했는데요."

내 심장 박동이 빨라졌고, 내 손이 축축해지는 느낌이 들었다. "그래서요? 그런 건 얼마든지 못 보고 지나칠 수 있다고요! 그리고 왜 하필 오늘이 쉬는 날인데요?"

"화요일에 가게가 제일 한산하니까 그렇죠." 그는 팔짱을 끼고 책상 모서리에 걸터앉아 복잡한 가구 조립 설명서를 이해하려고 애쓰는 사람에게서 흔히 찾아볼 수 있는 표정을 지었다. "솔직히 당신이 왜 이렇게 흥분을 하는지 알다가도 모르겠네요."

"끝이 이런 식으로 시작되니까요!" 나는 감정이 격해져서 소리를 질렀다. "미스터 리도 똑같이 이런 식이었다고요. 언제부턴가 하루씩 쉬기 시작하더니 결국 4년 후에 가게를 팔고 떠났죠. 그러니까 당신도 나한테 똑같이 그럴 거잖아요. 어느 날 갑자기 당신이 가게를 정리하고 어디론가 종적을 감춰서 혼자 남겨진 나는…… 아, 그러니까 나는 다시 간이주방에 쪼그리고 앉아 즉석 수프를 먹어야 하는 신세가 된다는 거예요!" 숨을 쉬기가 힘들어서 나는 말을 멈추었다.

잠시 동안 옌스는 말없이 나를 바라보았다. "이자벨레?" 이윽고 그가 가만히 나를 불렀다.

"왜요?"

"당신도 지금 제정신이 아니라는 거 잘 알죠?"

"아, 저기 그러니까……." '제기랄! 하필 이럴 때 왜 꼭 말이 막히는 건지!'

"괜히 씩씩거리며 흥분하지 말아요. 일주일에 하루만 쉬는 것뿐이에요. 난 아무 데도 안 갈 거고, 가게를 정리할 생각도 없어요. 내 양심상 당신이 다시 즉석 수프를 먹게 만들 수는 없을 것 같으니까요."

나는 차츰 마음이 안정되는 것을 느꼈다. 내 뱃속에 들어 있는 무거운 돌덩어리가 한층 가벼워진 기분이 들면서 호흡도 안정이 되었다.

"이제 괜찮아졌어요?" 옌스가 물었다.

그제야 내가 얼마나 과한 반응을 보였는지 깨닫고 민망해졌다. 나는 헛기침을 하고 손바닥으로 치마 주름을 폈다. "괜찮아요, 고마워요."

"고맙긴요. 그리고 쉬는 날이 화요일이어서 어차피 당신에겐 별로 상관이 없을 텐데요. 이자벨레도 화요일에 쉬잖아요."

"네, 하지만 오늘은 출근을 했어요. 그래서 당연히 평소에 하던 대로……."

"이자벨레는 더 유연해지는 법을 배워야 돼요." 그가 내 말을 가로막았다.

"참 나! 난 충분히 유연하단 말이에요!"

옌스는 웃음을 터뜨렸다. "알았어요." 그는 몸을 일으키며 모니터

화면을 가리켰다. "광고지 마음에 들어요. 가게도 전보다 훨씬 보기좋고. 자, 난 이만 건너가 봐야겠네요."

"레스토랑으로요? 오늘은 일을 안 하는 줄 알았는데."

"네, 일을 안 하니까 장부정리나 세금에 신경 쓸 시간 여유가 생기는 거죠."

"그렇게 보내는 게 당신이 생각하는 쉬는 날이에요?" 문득 한 가지아이디어가 떠올랐다. "어차피 레스토랑에 있을 거면, 내게……."

"안 돼요. 오늘은 요리를 안 할 거니까. 이자벨레가 먹을 것을 특별히 요리해 주는 일도 없을 거예요."

"그래도 그냥 간단히……."

"아니요." 그는 단호했다. "아무것도 못 해줘요."

"흥, 그럼 관둬요."

그가 내게 한 걸음 다가서며 말했다. "당신이 아무리 뾰로통한 얼굴을 해도 나한텐 안 통해요. 메를레한테 부탁해 봐요."

"뾰로통한 얼굴을 하는 게 아니에요. 메를레처럼 어린애인 줄 아나 본데 난 어른이라고요."

"그래요? 간혹 헷갈릴 때가 있어서요." 그는 아랫입술을 쭉 내밀고이마에 주름을 잡으면서 내 표정을 흉내 냈다.

나도 모르게 웃음이 터져 나왔다. 그의 말이 옳았다. 가끔씩 내가생각해도 유치하기 짝이 없는 행동을 할 때가 있으니까. "아, 사람 그만 좀 놀리고 썩 꺼져요. 그리고 당신의 쉬는 날을 맘껏 즐겨요."

오후가 되자 정말 가게를 찾는 손님들이 확연하게 많아져서 브리기테와 나는 정신없이 바빴다. 그 어느 때보다 많이 발코니 식물이 팔려 나갔고, 금주의 특선 꽃다발도 아주 반응이 좋았다. "그것 봐요, 내가 뭐랬어요?" 한 손님이 가게 밖에 꽂아둔 해바라기를 한 팔 가득 안고 들어오는 모습을 보고 내가 브리기테에게 소곤거렸다. "우린 이제 살았어요!"

"기뻐하긴 너무 일러." 브리기테가 속삭였다. "좀 더 두고 보자고."

저녁 무렵 메를레가 발코니에 놓을 라벤더 화분 두 개를 사러 왔다. 예쁜 랜턴도 같이 샀다. "이 안은 꽤 시원하네." 그녀가 상의를 펄럭거리며 부채질했다. 메를레가 더 이상 검은 옷을 입지 않는 것이 눈에 띄었다. 그녀는 긴 감청색 치마와 조리 샌들 차림에, 그녀로서는 상당히 밝은 색상에 속하는 회색 티셔츠를 입고 있었다. "밖은 짜증 나게 더워. 다들 오늘이 올 들어 가장 더운 날이라고 하던데. 내 생각엔 앞으로 더 더워질 거 같아. 아직 7월 초밖에 안 됐으니까." 그녀는 가게 안을 한 바퀴 휙 둘러보았다. "정말 페인트칠이 잘됐네. 특히 저쪽 구석을 누가 칠했는지 완전 프로 솜씨야."

브리기테가 웃었다. "맞아, 오늘 특히 저쪽 구석에 대해 이야기를 꺼내는 손님들이 많았거든." 그때 야생 당아욱꽃에 대해 물어볼 것이 있다며 한 젊은 남자가 가게로 들어왔다. 브리기테는 조언해 주기 위해 그와 함께 밖으로 나갔다.

나는 메를레에게 거스름돈을 주고 나서 라벤더 화분과 랜턴을 포장했다.

"옌스한테 들렀다 오는 길인데, 듣자니 레스토랑이 오늘 문을 닫아서 언니가 제정신이 아니었다면서?"

"누가 제정신이 아니었다는 거야? 그저 처음에 좀 당황했을 뿐이야."

"그래? 옌스 말로는 가게 문을 닫을까 봐 언니가 패닉 상태에 빠져 숨도 제대로 못 쉬었다고 하던데."

나 참. 알고 보니 못 말리는 떠버리 남매네. 나는 랜턴과 라벤더 화분을 봉투에 넣어 메를레에게 건넸다. "숨도 제대로 못 쉰 적 없어."

"흠, 알았어. 그래도 오늘 저녁에 우리 집에 오는 건 어때? 내가 맛있는 거 만들어 줄게. 도시락 싸서 공원으로 피크닉 가도 좋고."

"고맙지만, 옌스는 내가 너를 착취한다고 생각할지도 몰라. 그리고 그때는 알스터 수영장에 갈 건데."

"뭐?!" 메를레가 화들짝 놀랐다. "30도나 되는 무더위에 수영을 하러 간다고?! 그건 미친 짓이야! 그리고 옌스는 오늘 저녁에 어차피 집에 없을 텐데 뭐."

아, 그래? 그렇다면 뭐. "오케이. 하지만 요리할 때 나도 같이 거들게 해줘야 해."

메를레의 얼굴이 환해졌다. "알겠어. 가게 문 닫고 바로 와."

금주의 특선 꽃다발을 하나 챙겨 들고 메를레 집으로 향했다. 밖은 찌는 듯 더웠고, 바람은 헤어드라이어에서 나오는 것처럼 후끈하게 느껴졌다. 메를레 집 계단을 올라가면서 이렇게 무더운 날씨엔 몸을 움직이는 것조차 곤욕이라는 생각이 들었다.

나는 메를레를 따라 주방으로 들어간 순간, 깜짝 놀라 문지방 위에 우뚝 멈춰 섰다. 옌스가 맥주 한 잔과 그리스식 토마토 샐러드처럼 보이는 음식이 한가득 담긴 플라스틱 그릇을 식탁 앞에 두고 앉아 있었기 때문이다.

"집에 없는 줄 알았는데!" 나도 모르게 불쑥 내뱉고 말았다.

"표정을 보니 그런 것 같네요."

"메를레가 저녁 식사에 초대해서요." 나는 왠지 해명을 해야 할 것 같았다.

"잘됐네요. 나도 초대를 받았어요."

"메를레한테 나를 초대해 달라고 부탁한 게 아니에요."

옌스가 싱긋 미소를 지었다. "누가 뭐래요? 나도 부탁하지 않았어요."

가스레인지 앞에 서서 채소를 볶고 있던 메를레가 끼어들었다. "음, 우리 둘이서는 도저히 먹어치울 수 없을 만큼 재료를 너무 많이 사서 말이야." 메를레가 우리에게 등을 돌린 채 말을 해서 '우리 둘이서'가 누구를 말하는 것인지 알 수가 없었다.

옌스와 나는 시선을 교환했다. "우리 둘 중에서 남은 음식을 처치해 줄 사람으로 나중에 초대를 받은 쪽이 누구라고 생각해요?" 그가 물었다.

나를 묘하게 사로잡고 있던 당혹감이 눈 녹듯 사라져 버렸다. 나는 웃으면서 말했다. "메를레가 언제 옌스한테 저녁을 같이 먹자고 했어요? 나한테 말한 건 오늘 몇 시쯤이냐면……."

"그게 뭐가 중요해?" 메를레가 말을 가로막았다. "두 사람 다 이 자리에 있으면 된 거지." 그녀가 프라이팬에 채소를 넣고 너무 격렬하게 흔들어 대는 바람에 꽤 많은 양이 프라이팬 밖으로 튀어나가 레인지 위에 떨어졌다.

매의 눈을 하고 지켜보고 있던 옌스가 메를레에게 다가갔다. "채소를 천장에 처바르려는 게 아니라 볶으려는 거 아냐? 그럼 손목 스냅을 이용해서 프라이팬을 움직여 줘야 해." 그가 프라이팬을 빼앗아 들고 다시 설명을 했다. "그렇게 무겁진 않으니까 한 손으로만 프라이팬을 잡고 이렇게 흔드는 거야. 알겠어?" 그는 시범을 보인 다음 프라이팬을 다시 동생 손에 쥐어 주었다. 이번에는 메를레가 더 능숙한 솜씨로 프라이팬을 돌렸다. "훨씬 나아졌어." 옌스가 칭찬을 했다.

혼자 멀뚱하니 서 있기가 어색해서 나는 창가 화병에서 시들은 해바라기를 빼내 쓰레기통에 버렸다. 그런 다음 싱크대에서 화병을 씻어 깨끗한 물로 채웠다.

옌스는 여전히 불쌍한 메를레 옆에 붙어 서서 참견하고 있었다. 그는 파프리카를 한 조각 맛보더니 잔소리를 퍼부어 댔다. "채소는 재빨리 볶아야 해. 그러니까 차라리 지금 불에서 내려. 소금 간이 부족하고 로즈메리는 또 너무 많이……."

메를레는 옌스를 옆으로 세게 밀치면서 소리를 질렀다. "요리는 내가 알아서 할 거라고 했잖아!"

"알겠어." 그는 동생한테서 세 걸음 물러났다.

나는 가져온 꽃다발을 화병에 꽂아 식탁 위에 갖다 놓았다. "꽃은 직사광선이 내리쬐는 곳에 놔두면 안 돼요." 내가 설명을 했지만, 둘 다 내 말을 듣고 있지 않았다.

"모든 과정을 다 염두에 두고 있는 거야?" 옌스가 다그쳤다. "패이스트리 반죽을 할 거라고 했잖아. 원래 그 반죽부터 먼저……."

"옌스!" 메를레는 이마에 흐른 땀을 훔치며 그를 노려보았다. "그만 좀 해!"

"네가 타이밍에 맞춰 요리할 수 있게 도와주려는 것뿐인데."

"조리사 직업교육을 받게 되면 그때 정식으로 배울 거야."

오, 이건 처음 듣는 이야기네! 한편으로는 메를레가 옌스 옆에서 주방보조를 하면서부터 오로지 요리 이야기뿐이었다는 걸 생각하면 사실 놀랄 일도 아니었다.

그런데 옌스는 완전히 무방비 상태에서 그 이야기를 듣고 충격을 받은 것 같았다. "네가 뭘 받는다고?!"

메를레의 얼굴이 빨개졌다. "난 요리사가 되기로 결심했어."

"하지만 넌 역사나 고고학을 공부해서 신전을 찾아다니고 싶다고 늘 말해 왔잖아."

"맞아, 12살 땐 그랬지."

옌스는 메를레를 뚫어지게 쳐다보았다. "너 설마 진심은 아니겠지."

"천만에, 진심이야! 요리사가 되겠다는 내 결심은 백 퍼센트 확고해. 그래서 내 조리 가운에 'Chef de Cuisine'(주방장이라는 뜻의 프랑스어 – 옮긴이)이라는 타이틀이 달릴 때까지 쉬지 않고 열심히 할 거야!" 그녀가 너무 드라마틱하게 외쳐서 나는 웃음이 터져 나오려는 것을 참느라 힘들었다.

옌스는 그것이 조금도 웃기지 않은 듯 심각했다. "넌 요리사가 되기엔 너무 아까울 만큼 머리가 좋아! 역사를 공부하기 싫어졌으면, 의사나 변호사 또, 원자물리학자? 뭐 그런 게 될 수도 있잖아. 왜 하필 요리사가 되려는 건데?"

"당신은 요리사가 됐으면서 메를레는 왜 못 하게 하는 거예요?" 내가 참견을 했다.

"내 동생은 제발 이 짓을 하지 말아야 하니까요!" 그는 다시 메를레를 설득하기 시작했다. "한번 생각해 봐. 근무시간도 끔찍하게 길고 뼈가 으스러지는 육체노동을 요하는 직업이야. 매일 12시간씩 후

끈하게 달아오른 주방 안에서 버텨야 하지. 게다가 요리사들은 대부분 무식한 개자식이거나 독재자라서 하루 종일 너를 들들 볶아 댈 거야. 그런데 월급은 또 얼마나 보잘것없는지 알아?!"

메를레는 턱을 치켜들고 반항적으로 그를 쳐다보았다. "난 눈물 짜지 않고 오빠 곁에서도 잘 버티고 있는데 뭐."

"겨우 일주일에 12시간이잖아! 더구나 난 주방에서 순한 양이고."

"말도 안 돼! 루카스하고 나한테 느려 터졌네, 모양이나 맛이 형편없네 하면서 끊임없이 잔소리를 해대면서."

"난 잔소리를 하는 게 아니라 친절하게 가르쳐 주는 것뿐이야. 어쨌든 요리사는 네게 맞는 직업이 아니라고."

나는 그동안 식탁에 앉아 옌스의 맥주를 홀짝이고 있었다. "메를레가 당신의 뒤를 이어서 훌륭한 요리사가 되고 싶다는데 어째서 조금도 기뻐하지 않는 거죠? 그렇게 펄쩍 뛰기보다는 흐뭇한 기분이 들어야 마땅한 일 같은데요."

옌스는 내 옆 의자에 털썩 주저앉더니 내 손에 들려 있는 맥주를 빼앗아서 한 모금 마셨다. "나도 기쁘죠." 그가 다시 메를레를 향해 말했다. "나도 정말 기뻐, 메를레. 하지만 네가 그렇게 좋은 성적으로 하필 요리사가 되겠다는 건 어리석은 일이라고 생각해."

메를레는 두 눈을 질끈 감았다. "오빠도 대학 가려고 인문계 고등학교 다니다가 요리사가 되려고 학교를 그만둔 거잖아."

나는 깜짝 놀라 옌스를 쳐다보았다. 지금까지 전혀 몰랐던 사실이어서 뜻밖이었다.

"그래, 하지만 너와 달리 난 학교 성적이 바닥이었어. 그러니까 네가 학교를 때려치운다는 건 절대 있을 수 없는 일이야!"

"내가 직업교육을 받고 싶은 마음이 확고한데, 학교를 2년 더 다녀 봤자 무슨 의미가 있겠어?" 메를레가 아랑곳하지 않고 말했다.

옌스는 잠시 얼어붙은 듯 가만히 앉아 있더니 자리를 박차고 벌떡 일어났다. 그 바람에 식탁 위에 놓인 꽃병이 기우뚱했는데, 아슬아슬 하게 내가 잡아서 넘어지지는 않았다. "넌 학교를 절대 그만둘 수 없 으니까 꿈도 꾸지 마!"

"내 의무교육 기간은 끝났으니까 어느 누구도 나를 억지로 학교에 보낼 수는 없어! 아무리 오빠라고 해도 말이야!"

옌스는 화가 나서 씩씩거리며 메를레를 쳐다보았다. 나는 그가 언 제 폭발할지 몰라서 겁이 났다. 하지만 그는 깊게 심호흡을 하고 나 서 다시 자리에 앉았다. "그래, 네 말이 맞아." 그가 침착하게 말했다. 그러고는 바지 주머니에서 휴대폰을 꺼내 디스플레이를 터치하면서 말을 이었다. "그럼 당장 아버지한테 전화해서 이 기쁜 소식을 전해 주자. 아버진 분명 뛸 듯이 기뻐하면서 기꺼이 네 직업교육신청서에 서명해 주실 거야. 넌 아직 미성년자라서 부모님의 승인을 꼭 받아야 하거든."

나는 이 방법이 먹히도록 옌스에게 행운을 빌어 줄 수밖에 없었다. '나라면 이런 방법을 절대 생각해 내지 못했을 텐데.' 그러면서도 한 편으로는 메를레가 가여웠다. 옌스가 귀에 대고 있는 휴대폰을 뚫어 지게 쳐다보고 있는 그녀의 눈동자가 심하게 흔들리고 있었다.

"여보세요, 네, 아버지." 옌스가 말했다. "난 잘 지내고 있어요, 네…… 메를레도요. 근데 메를레가 아버지한테 할 말이 있다고 해서 요. 바꿔 줄게요." 그는 다정한 미소를 지으며 전화를 메를레에게 넘 겨주었다.

"두고 봐!" 메를레는 소리 죽여 말하고 휴대폰을 홱 낚아챘다. "안녕, 아빠! 어떻게 지내세요?"

옌스가 그의 맥주를 내게 건넸다. 나는 맥주를 한 모금 마시면서 메를레가 통화하는 모습을 지켜보았다.

그녀는 손가락으로 자기 머리카락을 매만지며 바닥에 떨어진 호박 조각을 발로 비비댔다. "네, 나도 잘 지내요⋯⋯. 아뇨, 특별히 할 말이 있는 건 아니고⋯⋯. 음, 내일 수학시험을 본다고요⋯⋯. 네, 그럴게요⋯⋯. 학교 안 빠지고 잘 다니고 있어요⋯⋯. 알겠다니까요!" 그녀가 짜증을 냈다. "엄마 아빠는 어떻게 지내세요?" 그녀는 전화를 계속하면서 주방 밖으로 나갔다.

옌스는 나를 보고 씩 웃었다. "치고 빠지기. 이게 요즘 내가 쓰고 있는 작전이에요. 효과 만점이죠."

"고자질은 안 해요?" 내가 웃으면서 물었다.

"고자질하는 척, 겁주는 걸로 충분해요."

"메를레가 요리사라는 직업에 맞지 않는다고 단정 짓는 이유가 뭐예요? 물론 요리사가 되면 안 좋은 점들이 있긴 해요. 하지만 어느 직업이나 다 단점이 있기 마련이죠. 그리고 당신이 요리사라는 직업 때문에 불행해 보이지는 않거든요."

"불행하지 않아요. 난 내 직업을 사랑하죠. 하지만 요식업에 종사하려면 정말 타고나야 해요. 그런데 아무리 봐도 메를레는 그런 것 같지 않아요."

"내가 보기엔 메를레도 타고난 것 같은데요. 나를 위해 끊임없이 요리를 해주고, 옌스처럼 손님 접대를 잘하잖아요."

옌스는 눈썹을 치켜 올렸다. "메를레와 내가 당신을 먹여 주지 않으면 대체 어떻게 살아갈 거예요?"

"아시다시피 토마토빵과 즉석 수프를 먹겠죠. 그나저나 당신은 어
느 유형의 요리사예요? 무식한 개자식? 아니면 독재자?"

그는 고개를 갸웃 기울였다. "글쎄요, 지금의 나는 당연히 예외죠.
하지만 여기까지 경력을 쌓아 오면서 나 역시 이런저런 유형을 다 거
쳐 왔어요."

메를레가 주방으로 들어와 옌스에게 휴대폰을 건넸다. "좋아, 오빠
가 이겼어, 일단은. 하지만 요리사가 되겠다는 내 생각은 변함이 없
어. 그러니까 누가 뭐라 해도 절대 포기하지 않을 거야!"

"알았어." 옌스가 천연덕스럽게 말했다. "이제 네가 요리할 때 보
조해 줘도 되나? 그래야 빨리 공원에 갈 수 있지. 이 안은 찜통 같아
서 도저히 못 참겠다."

"하지만 내 요리에 간섭하지 마. 어떻게 할지는 내가 결정할 거니
까."

옌스가 일어나서 냉장고로 갔다. "그런 마인드로 임하면 미래의 네
스승이 너를 퍽이나 예뻐하겠다."

우리는 시립공원 호숫가에 최대한 가까이 매트를 깔고 본격적으로
피크닉에 돌입했다. 어느새 해는 저물어가고 있었고, 여기 호숫가가
빈터후데의 길거리보다 바람이 더 강하게 불고 있었지만 덥기는 마
찬가지였다. 공원은 더위를 식히려고 나온 사람들로 미어터질 지경
이었다. 어디를 봐도 그릴을 하거나 호수에서 수영을 하면서 여름을
즐기는 사람들이 눈에 들어왔다.

메를레는 온갖 정성을 쏟아 음식을 준비해 왔다. 토마토 샐러드를

비롯해서 마리네이드 소스에 볶은 채소, 대추야자 베이컨 말이, 시금치와 페타 치즈를 넣고 구운 패이스트리 파이, 닭꼬치, 다양한 디핑 소스와 바삭한 바게트빵에 이르기까지 그야말로 진수성찬이었다.

"음, 메를레. 너무 맛있었어." 나는 배 터지도록 실컷 먹고 나서 만족스럽게 말했다.

메를레는 옌스에게 의기양양한 시선을 던졌다. "것 봐, 나도 요리를 할 줄 안다고."

"누가 뭐래? 네가 요리를 못한다고 말한 적은 한 번도 없는데. 무질서하게 어질러 놓기 일쑤고 시간 관리도 엉망이지만, 그런 건 얼마든지 배울 수 있지."

메를레가 환하게 밝아진 얼굴로 뭐라고 대답을 하려는 순간, 옌스가 얼른 덧붙여 말했다. "고등학교 졸업장을 받고 나서도 여전히 요리사가 되고 싶으면, 그때 가서 직업교육을 받을 만한 곳을 찾아봐도 늦지 않아."

"메를레라면 틀림없이 적당한 레스토랑을 찾을 수 있을 거예요. 든든한 백그라운드가 있으니까."

옌스는 메를레의 묶은 머리를 장난스럽게 잡아당겼다. "그 백그라운드가 나를 가리키는 거라면, 난 양심이 찔려서 이 말썽꾼을 아무에게도 추천 못 할 거 같은데."

메를레가 그에게 혀를 쏙 내밀었다. 두 사람은 서로 얼굴을 보며 웃기 시작했다.

옌스와 메를레는 묘하게 잘 어울리는 한 팀이었다. 나는 그 순간 정말 오랜만에 마음이 따뜻해지는 기분이 들었지만, 한편으로는 왠지 서글픈 느낌이 엄습하기도 했다. 어릴 땐 같이 장난치며 떠들고 놀거나 가끔 싸울 수 있는 형제자매가 나도 있었으면 했다. 메를레와 옌스가 같이 있는 모습을 보면, 그 갈망이 되살아나는 동시에 또 한 편으로는 내가 늘 갈망하던 것을 마침내 찾은 것 같은 기분이 들기도 했다. 나는 왜 그런 기분이 드는지 알 수가 없어서 혼란스러웠다.

"난 아이스크림이 먹고 싶은데, 두 사람은 어때?" 메를레가 물었다.

나는 양 볼을 잔뜩 부풀리고 배를 쑥 내밀었다. "아니, 더 이상 들어갈 배가 없어."

"아이스크림 들어갈 배는 따로 있지 않아요?" 옌스가 물었다.

"먹을 수는 있겠지만, 난 아이스크림을 별로 안 좋아해요." 나는 아직도 몇몇 아이들이 물장구를 치며 놀고 있는 호수를 바라보았다. 잠시 후 나를 응시하고 있는 메를레와 옌스의 시선이 느껴졌다. "왜요?"

"어떻게 그럴 수가 있지?" 메를레가 말했다. "아이스크림을 싫어하는 사람이 있다니!"

"싫어할 수도 있지. 얼어서 차가운 걸 무슨 맛으로 먹는 건지 모르겠어."

"바로 그 맛에 먹는 건데요!" 옌스가 외쳤다.

"녹을까 봐 느긋하게 먹지도 못 하잖아요. 아니면 와플콘에 얹혀 있던 아이스크림이 바닥으로 뚝 떨어져서 기분을 망치거나."

메를레와 옌스는 시선을 주고받다가 큰 소리로 웃음을 터뜨렸다. "어릴 때 아이스크림 때문에 트라우마를 겪은 경험이라도 있나 봐요?" 옌스가 궁금한 듯 물었다.

"얼마든지 비웃어 봐요. 알지도 못하면서. 내가 어떤……." 나는 말

을 하다 말았다. 우리와 아주 가까운 아스팔트 길 위를 뛰어오고 있
는 한 남자가 내 시선을 잡아끌었기 때문이다. 갑자기 내 심장이 멎
는 것 같았다. "오, 세상에! 알렉스야!"

"누구?" 메를레가 물었다.

옌스는 고개를 들고 내 시선이 향해 있는 곳을 바라보았다. "이 더
위에 조깅을 하다니 대단하네."

"알렉스가 누군데?" 메를레가 더 큰 소리로 물었다.

그새 알렉스는 우리 곁을 지나가고 있었다. 내 눈은 그에게서 떨어
질 줄을 몰랐다. "내 꿈의…… 변호사."

"언니의 뭐라고?"

나는 급하게 헝클어진 머리를 쓰다듬고 옷매무시를 고쳤다. "어떻
게 하면 좋아요?!" 나는 괜히 옌스를 닦달했다.

"나도 모르죠!"

우리가 앉아 있는 곳을 지나 알렉스는 이미 저만치 멀어져 가고 있
었다. 더 이상 고민하지 않고 나는 벌떡 일어났다. 그 바람에 토마토
샐러드가 담긴 그릇을 발로 걷어찼는데도 나는 아랑곳하지 않고 맨
발로 그를 쫓아 뛰기 시작했다. "알렉스!" 그에게 들릴 만큼 거리가
좁혀지자 내가 소리쳐 불렀다. "저기, 알렉스…… 씨!"

그는 아무 반응도 보이지 않고 계속 달렸다. 젠장! 빨리도 달리네!
나는 우사인 볼트가 지금 여기에 있다면 대단하다고 내 어깨를 두드
려 줄 만큼 속도를 높여서 내달렸다. 전력 질주한 덕분에 다행히 알
렉스를 따라잡은 나는 뒤에서 그의 어깨를 두드렸다. 그러자 그가 흠
칫 놀라며 그 자리에 멈춰 서서 뒤돌아보았다. 그를 따라 멈춰 서고
나서야 나는 얼마나 숨이 찬지 깨달았다. 더군다나 방금 전까지 배가

213

터지도록 잔뜩 먹어 댔으니 숨쉬기가 곤란할 수밖에 없었다. 내가 허벅지에 양팔을 받치고 가쁜 숨을 몰아쉬고 있는 동안 그는 귀에 꽂고 있던 MP3 플레이어의 이어폰을 뺐다(그러니까 이어폰 때문에 내가 부르는 소리를 못 들은 것이었다). 그는 놀란 눈으로 나를 살피다가 조심스럽게 내 어깨를 만졌다. "괜찮아요?"

나는 열심히 고개를 끄덕였다. 아직 숨이 차서 헐떡거리면서도 어떻게든 말을 하려고 애를 썼다. "이런 우연이…… 그러니까 제 말은…… 우연히 변호사님을 보고…… 잠깐 인사라도…… 하려고요."

알렉스 랑에는 주위가 환해지도록 미소를 지었다. "반갑네요. 안녕하세요, 바그너 양." 짧은 조깅복 차림에 머리가 헝클어지고 땀에 젖은 모습이 왠지 섹시하게 느껴졌다.

다행히 나는 그새 어느 정도 진정이 되어서 다시 말을 똑바로 할 수 있게 되었다. "조깅하러 여기 자주 오세요?"

"네, 일주일에 세 번은 오지요."

대단하네. 일주일에 세 번 이상 조깅을 하다니!

"와우, 운동을 많이 하시네요. 이 공원 가까이 사시나 봐요? 빈터후데에 집이 있으신가요? 아니면 바름벡?"

"아닙니다. 집은 에펜도르프입니다."

'당연히 그 부자 동네부터 생각을 했어야지.' 그는 에펜도르프의 고급스러운 이미지에 잘 어울렸다. 지금은 사실 땀에 젖은 스포티한 남자 쪽에 더 가까워 보이긴 하지만. 내 시선이 그의 팔뚝으로 향했다. 다행스럽게도 그는 톰처럼 우락부락한 헐크 근육이 아니라 딱 보기 좋은 보통 근육을 가지고 있었다. 옌스처럼. "아 참, 가게 수리를 끝냈어요." 나는 우리의 대화를 다시 이어갔다. "가게가 정말 근사해졌어요. 오늘이 수리를 하고 새로 오픈한 첫날이었는데요, 장사가 아주 잘 됐어요."

그의 미소가 더 환해졌다. "듣던 중 반가운 소식이네요. 가게가 어떤 모습일지 정말 기대됩니다. 목요일에 보게 되겠군요."

우리는 서로의 얼굴을 보고 미소 지었다. 그러면서 나는 어떻게 하면 그를 붙잡을 수 있을까 고심했다. 나는 엄지를 세워 내 어깨 너머를 가리켰다. "내 남자친구와 그의 여동생하고 같이 저기 앉아 있던 참이었어요. 그러니까 내 말은 남자친구가 아니라 그냥 친구요." 나는 얼른 분명하게 밝히고 나서 덧붙여 말했다. "난 솔로예요. 솔로가 된 지 벌써 1년이 다 되어 가네요." '잘했어, 이자벨레! 아주 자연스러웠어.'

"아!" 알렉스가 고개를 끄덕였다. "그게…… 저도 솔로예요."

"네, 알아요. 우리랑 같이 좀 앉지 않을래요? 내 친구들이 닭꼬치 등등 푸짐하게 요리를 해왔어요. 혹시 채식주의자시라면, 채소만 들어 있는 것도 있어요. 그런데 비건(완전 채식주의자 - 옮긴이)을 위한 음식도 있는지는 잘 모르겠어요. 아마도 바게트빵하고 음…… 대추야자 베이컨 말이도 치즈나 계란, 유제품 같은 게 안 들어 있어서 괜찮을 거예요."

"그렇군요. 하지만 육류는 들어가죠. 베이컨 때문에요."

나는 손바닥으로 내 이마를 쳤다. "아, 그러네요. 그런 바보 같은 말을 하다니!"

"괜찮습니다. 어차피 저는 채식주의자도 아니고 비건도 아니니까요."

"뭐, 그렇다면…… 이리 오세요."

그가 잠시 망설이는 것을 보고 나는 당연히 오케이라고 말할 줄 알았다. 하지만 내 기대는 어긋났다. "호의는 감사합니다만, 그럴 수가 없네요." 그가 유감스러운 듯 말했다. "오늘 안으로 처리해야 할 일거리를 집에 가지고 왔거든요."

"섭섭하네요." 그제야 나는 발이 아프다는 것을 깨달았다. 뜨거운 아스팔트 위를 맨발로 200미터나 뛰어왔으니 조금도 이상할 게 없었다.

"다음엔 사양하지 않겠습니다."

"알겠어요. 그럼 좋은 저녁 시간 보내세요." 내가 먼저 그에게 악수를 청했다. 내가 보기에는 그가 필요 이상으로 오래 내 손을 잡고 있는 것 같았다. 그때 그가 내 눈을 바라보며 너무나 달콤한 미소를 지어서 나는 그에게 와락 안기고 싶은 마음이 굴뚝같았다.

"그럼 목요일에 뵐게요." 그는 다시 이어폰을 귀에 꽂고 손을 들어 인사를 하며 뛰어갔다.

그가 커브를 돌아 시야에서 사라지고 나자, 나는 절뚝거리면서 옌스와 메를레가 있는 곳으로 돌아갔다. 두 사람은 멀리서 알렉스와 나를 내내 지켜본 것 같았다. 내가 앞에 왔는데도 여전히 그들은 나를 노골적으로 뚫어지게 쳐다보고 있었다.

"이게 대체 무슨 일이야?" 메를레가 따져 물었다. "남자를 뒤쫓아가다니! 여자가 남자를 뒤쫓아 가는 건 절대 안 돼! 그렇지, 옌스?"

그는 어깨를 으쓱했다. "모르겠는데. 그런가?"

나는 피크닉 매트 위에 주저앉아 내 발바닥을 살폈다. 발바닥은 시뻘겋게 달아오른 데다가 여기저기 까진 상처도 나 있었다. "아야, 제기랄!"

"어쨌든 그쪽더러 충분히 열의를 보여 주지 않았다고 뭐라 할 사람은 아무도 없겠는데요." 옌스가 말했다.

메를레는 입을 삐죽거리며 우리를 지켜보았다. "그래도 언니가 그 남자에게 목매는 건 좋지 않다고 봐. 그럼 그 남잔 언니를 쉬운 여자로 생각할 테니까."

'그 사람한테는 쉬운 여자이고 싶어!'라는 생각이 들었지만, 입 밖에 내지는 않았다. "난 그 남자에게 목매는 게 아니야. 그렇다고 해서 그에게 무관심한 척할 생각도 없고."

"그 남자한테 반한 거야 뭐야?"

"그에게 반한 게 아니라, 그 남자가 바로 이자벨레의 진정한 사랑이래." 옌스가 대신 설명했다.

물을 마시려고 물병에 손을 가져가는 순간, 메를레의 꿰뚫는 것 같은 시선과 마주쳤다. "왜?"

"아, 아무것도 아니야. 그냥 듣도 보도 못한 남자가 청천벽력처럼 언니의 진정한 사랑이라니 이상해서 그래."

옌스가 곧 화제를 다른 데로 돌려 이런저런 일에 대해 한 시간쯤 더 잡담을 나누고 나서 우리는 집으로 향했다.

잠자리에 들기 전에 나는 메모지에 행복했던 순간을 다섯 가지나 적어 유리병에 넣으면서 오늘이 요 근래 들어 최고의 날이었다는 생각이 들었다.

희망과 절망 사이

　목요일에 나는 고대했던 알렉스와의 미팅을 위해 옷차림에 특히 신경을 썼다. 어쩐지 오늘 우리 두 사람 사이에 뭔가 결정적인 일이 일어날 것 같은 예감이 들어서 만약의 경우를 대비하고 싶었다. 내가 환한 미소를 띠며 그를 맞이하는 모습을 메를레가 보았더라면 기절초풍했을 것이다. 나는 알렉스와 함께 새로 단장한 가게를 한 바퀴 돌아보면서 더 이상 자제하지 못하고 마치 우연인 것처럼 내 손을 그의 팔에 올려놓았다. 내가 생각해도 좀 민망한 행동이긴 했지만, 내가 그에게 관심이 있다는 것을 나타내고 싶었다.

　알렉스는 우리의 노력에 큰 감명을 받았을 뿐 아니라 요 며칠 동안의 매상에 대단히 만족스러워했다. 게다가 그는 벌써 일부 채무자들한테서 긍정적인 답신을 받았다는 소식을 우리에게 전해 주기도 했다. 두 시간 동안 우리는 목록과 계획안들을 함께 검토해 보았다. 숫자만 들여다보고 있으려니 머리가 터질 것만 같았다. 게다가 알렉스만 실컷 바라보고 싶다는 생각으로 가득한데 그가 하는 말에 집중하려니 너무 힘들었다.

미팅이 거의 끝나갈 무렵 나는 그에게 아이스티를 갖다 주면서 인쇄소에 보내놓은 광고지를 한 번 보겠느냐고 물었다. 그런데 뜻밖에도 그가 고맙다면서 거절을 했다. 순간적으로 나는 너무 당황해서 허둥지둥했다. 나 때문에 그가 벌써 가려는 건가? 내가 그에게 너무 들이대는 바람에 그가 이제 나와 거리를 두려는 심산인가? 하지만 그는 자기 물건을 챙기면서 이렇게 말했다. "광고지를 보고 싶었는데, 정말 미안해요. 중요한 미팅이 또 있어서 지금 가 봐야 하거든요." 그는 정말로 섭섭해하는 눈치였다.

"우린 언제 다시 만나죠?" 내 마음을 알고 있기라도 한 것처럼 브리기테가 물었다.

알렉스는 서류가방에서 자신의 스케줄러를 꺼냈다. "8월 8일은 어떠신지요?" 그의 시선이 힐끗 내게로 향했다. "음, 이번 토요일부터 3주 동안 휴가를 가게 돼서요."

내 심장이 멎는 것 같았다. '휴가라고? 3주 동안이나?! 이렇게 허둥지둥 도망치듯 휴가를 가다니!' "급하게 문의할 게 있으면 어떡해요?"

"휴가 기간 동안 프리드리히 변호사가 저를 대신해서 업무를 봐주실 겁니다. 그분이라면 안심하고 뭐든 도움을 청하셔도 됩니다."

'하필이면 우리 두 사람의 연애사에서 가장 결정적인 순간이 될 이 시점에 이렇게 휙 휴가를 떠날 수는 없어요! 그것도 3주 동안이나!' 나는 그렇게 외치고 싶었으나, 애써 태연한 척하며 말했다. "문까지 배웅해 드릴까요?"

"네, 그래 주시면 고맙겠습니다."

"휴가는 어디로 가세요?" 가게 앞에 섰을 때 내가 물었다.

"호주로 갑니다. 산호초 지대인 그레이트 배리어 리프에서 스쿠버 다이빙도 하고 캠핑카로 아웃백 지역을 돌아볼 예정이지요."

"와우! 그야말로 꿈에 그리던 여행처럼 들리네요."

"네, 저도 그렇게 생각해요. 잠수할 줄 아세요?"

"욕조에서는 할 수 있을 거예요. 바닷속으로 들어가면 정말 멋질 거 같아요. 좀 무섭기는 하겠지만."

"그렇습니다." 그가 웃었다. "하지만 일단 물속으로 들어가 물고기들을 보면 무서운 기분은 금방 사라지지요. 바그너 양도 휴가를 가시나요?"

혹시 알렉스도 나와 헤어지기가 싫은 건가? "아니요, 지금은 가게 상황이 이래서 아무 데도 가고 싶지 않아요."

그는 걱정되는 눈빛으로 나를 바라보았다. "두 분 다 휴식을 좀 취하는 게 좋습니다. 이런 상황은 매우 부담스럽고 신경을 말리기 때문에 때로는 거리를 둘 필요가 있습니다."

이 설레는 기분은 또 뭐지? 그가 나를 걱정하고 있는 건가? 내 뱃속이 간질거리기 시작했다.

그는 작별인사로 손을 내미는 대신에 내 어깨를 살짝 쓰다듬었다. "안녕히 계세요, 바그너 양."

나는 더 이상 고민하지 않고 말했다. "저를 계속 '바그너 양'이라고 부르시는 게 어쩐지 좀 이상해요. 저랑 나이 차이도 별로 안 나는데 좀 그렇잖아요. 변호사님 나이가…… 서른 살쯤?"

"서른다섯입니다."

"좋아요, 서른다섯이면 제가 스물일곱이니까 겨우 여덟 살 차이잖아요. 극존칭은 집어치우고 서로 말을 좀 편하게 하면 안 될까요?"

그가 머뭇거렸다. 어떻게 하면 최대한 예의 바르게 거절을 할 수 있을까 고민하는 것 같았다. 나는 무안해서 쥐구멍에라도 들어가고 싶었다. "음, 저는⋯⋯." 한참 후에야 그가 대답을 했다. "의뢰인한테는 극존칭을 쓰는 게 관례라서요. 우리는 비즈니스 관계니까⋯⋯."

"그러네요! 변호사님 말씀이 맞아요."

"저도 이자벨레에게, 아니 바그너 양에게 극존칭을 쓰는 게 이상합니다." 나를 바라보는 그의 얼굴이 왠지 슬퍼 보였다. "우리가 처한 상황부터가 좀 이상하지요. 제 말은 제가 바그너 양의 변호사라는게⋯⋯."

'엿 같다고요? 아님 어떻다는 거예요?' 참을성 있게 나는 그의 다음 말을 기다렸지만, 그는 더 이상 말을 잇지 않았다. 그 대신 고개를 가로젓더니 손목시계를 들여다보고 이렇게 말했다. "미안합니다만, 그만 가야겠네요. 그럼 8월 8일에 뵙지요. 몸조심하세요."

우리는 마지막으로 시선을 주고받았다. 그는 휙 돌아서더니 곧 떠났다.

덩그러니 홀로 남겨진 나는 뭐가 뭔지 혼란스럽기만 했다. 방금 보기 좋게 거절을 당했음에도 불구하고 내 이상형에게 성큼 가까이 다가간 것 같은 묘한 느낌이 들었기 때문이다. 그러므로 사실상 절망적이라기보다 희망적인 거절이었다고 해도 좋을 듯싶었다.

다행히 손님이 늘어나는 추세는 그 후로도 계속 이어졌다. 금주의 특선 꽃다발과 발코니 식물은 단연 최고의 인기상품이었으며, 꽃다발이나 발코니용 화분을 사러 들어오는 뜨내기손님들도 부쩍 늘었다. 가게 안은 늘 손님들로 북적여서, 월요일 아침 나 혼자 관을 장식하기 위해 묘지로 가야 했을 때는 괜히 브리기테에게 미안할 정도였다. 이왕 묘지에 간 김에 새 광고지를 장례사의 손에 쥐어 주자, 그는 고맙게도 광고지를 자신의 사무실에 비치해 놓겠다고 했다. 그 장례사와는 예전부터 같이 일해 오던 터라 큰 의미가 있는 것은 아니었지만, 어쨌든 광고지에 대한 반응은 좋은 것 같았다.

가게로 다시 돌아와 보니 홍케뷜러 박사님이 와 있었다. 7월의 이 무더운 날씨에도 그는 격식을 차려서 완벽하게 빼입고 있었다. 흰색 바지와 흰색 셔츠에 짙은 갈색 재킷을 걸치고 행커치프까지 꽂은 모습을 보니 나도 모르게 캡틴 이글로*가 연상되었다. 선장 모자를 쓰지 않은 것만 빼면 그 광고 캐릭터와 거의 흡사했다. "아, 바그너 양." 그는 미소를 지으며 흠잡을 데 없는 머리를 쓸어 넘겼다. "이 여름날 아침처럼 밝고 상쾌한 모습 보기 좋네요."

"밖은 벌써 27도나 되는걸요." 내가 대꾸했다. "저도 그렇게 덥고 지쳐 보일까 봐 걱정이에요."

"늘 그렇듯 그림처럼 아름다우니까 걱정 말아요." 그는 브리기테의 손을 잡고 손등에 입을 맞추더니(내 눈을 의심했다!) 몸을 숙여 그녀의 귀에 대고 무슨 말인가 속삭였다. '내 면전에서 대체 뭐하는 짓이야?!' 나는 철사와 테이프 등이 들어 있는 상자를 일부러 큰 소리 나게 작업대 위에 털썩 내려놓았다. 하지만 브리기테와 그녀의 젠틀맨은 그 소리에 조금도 아랑곳하지 않았다. 그녀는 깔깔거리고 웃더니 그의 귀에 뭐라고 속삭인 다음 큰 소리로 말했다. "즐거운 하루 보

....

* Captain Iglo : 냉동식품 브랜드의 광고 캐릭터.

222

내세요, 홍케뮐러 박사님."

"잘 있어요, 슈마허 여사님." 그는 내 쪽을 보고 가볍게 고개를 숙였다. "잘 있어요, 바그너 양."

"안녕히 가세요." 나는 짧게 인사하고 아이스티를 한 잔 마시러 간 이주방으로 갔다. 거기 테이블 위에 놓여 있는 것을 보는 순간, 나는 숨이 탁 막혔다. 그것은 분홍색, 흰색 그리고 빨간색이라는 끔찍한 색깔 조합으로 장미와 백합을 섞어서 만든 꽃다발이었다. 못 줘도 50 유로는 주고 샀을 법한 이 허접한 꽃다발은 우리 가게에서 만들어진 것이 절대 아니었다. 나는 그 즉시 브리기테한테 따져 물었다. "이 꽃다발은 뭐예요? 브리기테가 만든 거 아니죠?"

"응, 내가 만든 거 아니야."

"그럼 어디서 난 거예요?" 이미 짐작하고 있었음에도 불구하고 내가 물었다.

"발터…… 아니, 홍케뮐러 박사님이 주신 선물이야."

"뭐라고요? 그건…… 그는……." 나는 깊게 심호흡을 했다. "그 사람이 왜 브리기테한테 꽃을 선물해요? 두 사람 사이에 뭔가 있는 거예요?"

"아니야, 그럴 리가!"

"참 나! 그렇다고 쳐요. 그럼 플로리스트한테 왜 하필 꽃을 선물하는 건데요? 정말 어이없지 않아요?"

브리기테는 가지를 다 다듬은 거베라 꽃을 화병에 꽂은 다음, 화병을 원래 자리에 도로 갖다 놓았다. "난 오히려 기분이 좋은데. 내가 플로리스트라서 여태껏 아무한테도 꽃 선물을 받아 보지 못했잖아. 내가 꽃을 그렇게 좋아하는데도 말이야. 그래서 난 그분이 아주 사려

깊다고 생각해."

나는 숨을 헐떡였다. "사려 깊다고요? 그가 우리의 경쟁상대인 꽃 가게에서 저 꽃다발을 샀단 말이에요, 빌어먹을!"

브리기테는 두 손을 허리에 얹고 맞섰다. "꽃다발 때문에 이러는 게 아니잖아. 내가 발터하고 친하게 지내니까 그게 못마땅한 거지."

"발터요? 어느새 서로 이름을 부를 만큼 친한 사이가 된 거예요?"

"그래, 맞아."

"둘 다 기혼자잖아요! 브리기테 부부 문제에 더 신경을 써야 하는 거 아닌가요?"

"참견하지 마! 이자벨레랑 상관없는 일이잖아!"

"천만에요. 내 면전에서 둘이 시시덕거리고 서로 귓속말을 해대는 데 어떻게 나랑 상관이 없겠어요? 더구나 그가 브리기테에게 줄 꽃 을 이웃 가게에서 사고, 이 보기 싫은……."

"그만해!" 브리기테가 소리를 질렀다. "그 얘긴 더 이상 하고 싶지 않아." 자기 말에 토를 달지 말라는 듯 그녀는 밖으로 나가 발코니식 물에 물을 주었다.

그 후로 하루 종일 우리 사이에 험악한 분위기가 감돌았다. 나는 브리기테가 정말로 홍케뮐러 박사와 바람을 피우고 있는 걸 내내 궁금했다. '그런 일은 그녀에게 전혀 어울리지 않아!' 하지만 다른 한 편으로 생각하면, 디터와의 부부 문제도 그렇고 파산 위기에 몰린 가 게도 그렇고, 이런 상황에서 그녀가 어리석은 짓을 저지를 가능성도 완전히 배제할 수는 없을 것 같았다.

브리기테와 나는 그 주 내내 홍케뮐러 박사님에 대한 이야기를 꺼내지 않았다. 꽃다발은 여전히 흉물처럼 간이주방에 그대로 놓여 있었으나, 둘 다 그에 대해선 한마디도 언급하지 않았다. 그 대신에 나는 고객유치에 더 열을 올려서 이웃 가게에 뺏긴 장례사들을 찾아다니며 내가 만든 광고지를 나눠 주었다. 옌스가 그동안 요식업계 동료들에게 연락해서 물어봤지만, 다들 직접 꽃을 사와서 장식하든가 아니면 이미 만족스러운 납품업자가 있든가 둘 중 하나였다. 다만 옌스와 친한 비요른이라는 출장외식업자가 유일하게 관심을 보이며 연락을 해왔다. 우리는 옌스의 가게에서 만나 커피를 마시기로 했다. 나는 비요른에게 내가 해놓은 테이블 데코를 보여 주었고, 그는 내게 자신의 캐터링(출장요리) 서비스에 대해 설명해 주었다. 얼마 전에야 본격적으로 사업을 시작한 그는 영업이 잘되어 이미 몇 건의 대기업 하계연회와 여러 건의 크고 작은 생일파티에 캐터링을 하기로 계약된 상태라고 했다. "이제부터 고객들에게 화훼장식은 이자벨레한테 맡기도록 소개를 할게요. 혹시 광고지 있나요?"

"네, 그럼요." 나는 가방에서 광고지를 꺼냈다. "그럼 저도 보답을 해야죠. 예비신랑 신부가 저희 가게에 오면 비요른에게 캐터링을 맡기도록 추천할게요."

"완벽하네요." 이번에는 그가 내게 자신의 광고지를 내밀었다.

그다음엔 얼마 전 야외촬영 플라워스타일링을 맡아 알게 된 웨딩플래너 케르스틴 레나르트에게 전화를 걸었다. 다행히 그녀도 나를 기억하고 있어서 바로 다음 날 오전에 우리 가게를 찾아왔다. 우리는 웨딩부케와 화동용 화환, 교회 및 제단의 화훼장식 그리고 테이블 데코 등을 찍은 내 사진앨범을 같이 살펴보았다. "굉장해요!" 그녀가 감탄사를 연발했다. "정말 너무 예뻐요. 아주 스타일리시하면서 기품이 있어요. 가격도 저렴한 편이고요. 다른 플로리스트들과 비교한다면 너무 저렴하다고 할까요."

"네? 너무 저렴하다고요?"

그녀는 진지하게 고개를 끄덕였다. "지금 가격에서 15 내지 20퍼센트 더 올려 받아도 괜찮을 거예요. 여기는 빈터후데잖아요. 사람들이 돈도 많고 뭔가 특권의식을 느끼고 싶어 하는 동네죠. 가격이 비싸야 그런 사람들에게 먹히거든요."

"하지만 가격을 올렸다가 안 팔리면 어쩌죠?" 내가 물었다.

"그럴 수도 있어요. 난 그저 내 경험을 이야기해 주는 것뿐이에요. 결정은 결국 이자벨레 몫이죠. 다만……." 그녀는 광고지를 두드렸다. "우리의 사업 파트너가 되고 싶다면, 이 가격으론 안 돼요. 20퍼센트 더 올려요. 안 그러면 우리 고객들이 허접한 싸구려를 떠넘기려 한다고 생각할 테니까요."

나는 케르스틴 레나르트가 계산이 철저한 장사꾼이라는 것을 깨달았다. 하지만 내 감정과 이성 모두 내게 확언하기를, 가격인상이 우리에게 득이 될 것이며 그녀를 보고 배울 것이 많겠다는 것이다. "오케이, 그렇게 할게요."

케르스틴이 가고 나서, 나는 가격인상 문제를 브리기테와 논의해 보았는데, 그녀는 단호하게 반대 입장을 표명했다. "이웃 가게에 비해 우리가 싸게 판다는 것이 큰 장점이야. 그런데 이 시점에서 가격을 올리는 건 무모한 짓이지."

"다시 한번 잘 생각해 보세요." 나도 완강했다. "병원과 사무실을 찾아가 보겠다는 건 어떻게 됐어요?"

브리기테는 내 시선을 피했다. "지금은 할 일이 너무 많아. 이자벨레도 외근 나가는 일이 잦고. 내가 알아서 할 테니 신경 쓰지 마."

이상하게도 요즘 들어 브리기테가 가게 일에 신경 쓰는 게 나의 반만큼도 안 되는 것 같은 인상을 받을 때가 한두 번이 아니었다. 그녀를 의심하고 믿지 못하는 나 자신을 발견하고 흠칫하는 일이 갈수록 잦아졌다. 나는 그런 느낌이 드는 게 너무 싫었다.

토요일에는 카티, 데니스, 보그단, 크리스틴 그리고 넬리와 엘베 강변에서 만나 오랜만에 한가한 시간을 보냈다. 우리는 그릴에 구운 소시지와 샐러드를 먹고, 모래사장에서 프리스비 놀이를 하거나 강가에 부딪히는 물결 소리에 귀 기울이거나 했다. 카티와 넬리는 나를 붙들고 알렉스에 대해 꼬치꼬치 캐물었다. 그러더니 자기들 생각으로는 그도 내게 관심이 있으니까 그가 휴가에서 돌아오면 어떻게든 그를 꽉 잡으라고 조언을 했다.

"아, 휴가 얘기가 나와서 말인데," 카티가 갑자기 생각난 듯 말했다. "데니스하고 2주 동안 안탈리아*로 휴가를 가기로 했어. 라스트 미닛 찬스로 항공권을 완전 싸게 예매했지. 돌아오는 목요일에 떠나." 보그단과 크리스틴도 여행을 예약해 놓았고, 넬리 역시 휴가를 떠날 계획이라고 했다. 나 참! 온 세상 사람들이 다 휴가를 떠나는데, 나만 일을 해야 하다니! 하지만 지금 같은 상황에 브리기테를 혼자 내버려 두고 가는 건 생각조차 할 수 없는 일이었다.

우리가 엘베 강변에서 방파제로 가는 유람선 선착장 쪽으로 다시 발길을 돌리는 순간, 내 휴대폰이 울렸다. 크누트가 보낸 문자메시지

....

* 터키 안탈리아주의 주도이며 지중해에 접해있다.

였다. '그녀에게 말했어. 그녀는 날 원하지 않아. 다 끝났어.'

"아, 이런!" 내가 외쳤다.

"무슨 일이야?" 카티가 걱정스럽게 물었지만, 나는 아무 대답도 하지 않고 크누트에게 전화를 걸었다. 신호음이 여러 번 울렸는데도 받지 않아 전화를 막 끊으려는 찰나, 그의 목소리가 들렸다. 크누트의 목소리는 어쩐지 목이 쉰 듯하고 우울하게 들렸다. "안녕, 이자. 잘지내?"

"아니요, 괜찮아요, 크누트? 지금 어디 있어요?"

"방금 키츠하펜에서 나오는 길이야. 아직 택시를 더 몰아야 해서. 난 괜찮아. 정말이야."

그의 목소리를 듣고 나는 그 말이 거짓이라는 것을 금방 알 수 있었다. "우리 잠깐 만나서 이야기하는 건 어때요? 난 지금 외벨콘네에 있는데……."

"10분 안에 도착해." 크누트가 내 말을 끊었다.

"알겠어요, 잔교 아래쪽에서 기다리고 있을게요."

나는 통화를 마치고 친구들의 염려스러운 시선을 마주했다. "크누트인데, 실연을 당해서 힘든가 봐."

친구들은 나하고 같이 기다렸다가 크누트를 보고 가겠다고 우겼지만, 친구들이 있으면 괜히 소란스럽기만 하고 크누트에게 좋지 않을 것 같았다. 친구들은 마지못해 유람선을 타면서 그가 정말 괜찮은지 나중에 꼭 문자메시지라도 보내 달라고 내게 신신당부했다.

벌써 시간이 11시가 다 되어가고 있었다. 엘베 강 유람선들이 사람들을 싣고 내리는 선착장 위는 인적 없이 고요했다. 다만 맥주 천막 테이블에는 아직 사람들이 몇 명인가 앉아 있었다. 나는 벤치에 앉아 크누트를 기다렸다. 달빛을 받아 엘베 강이 반짝거리고, 반대편 강가에서는 거대한 크레인들이 화물선에 컨테이너를 싣고 있었다. 초조하게 자꾸 다리 쪽을 살피다가 마침내 크누트를 발견했다. 그가 가까이 다가오자, 그의 눈이 약간 빨갛게 충혈되어 있는 것이 눈에 띄었다. 울어서 눈이 빨개진 걸까? 크누트처럼 산전수전 다 겪은 강한 로커 스타일의 남자가 우는 모습은 상상할 수도 없었다. 하지만 알고 보면 그는 겉모습만 강할 뿐, 더없이 부드러운 남자였다. "어떻게 된 건지 얘기 좀 해 봐요." 그가 내 옆에 앉자마자 내가 재촉했다.

"사실 이야기해 줄 것도 별로 없어. 아까 키즈하펜에 갔었는데, 정말 정신이 하나도 없더라고. 총각파티 등등…… 난리도 아니었지. 이리나는 너무 바빠서 시간을 낼 수 없었지만, 난 오늘 꼭 말을 해야 했어." 그는 자신의 해골 반지를 만지작거렸다. "나는 이미 마음의 준비를 하고 그녀에게 말했지. '난 당신을 정말 좋아해. 우린 아주 잘 어울리는 한 쌍이 될 거야!'라고."

"그래서 그녀가 뭐라고 대답했어요?"

"처음엔 아무 말이 없었어. 그러다 손님이 우리 사이에 끼어들어서 그녀는 맥주 8잔을 따라야 했지." 그는 암울한 눈빛으로 엘베 강을 응시했다.

"그럼 맥주를 다 따르고 나서는요?"

"그때서야 그녀가 말하더군. 나를 좋아하긴 하지만, 남자로 좋아하는 건 아니라고. 그리고 이젠 남자라면 지긋지긋하다고. 그래도 나하고는 앞으로도 계속 좋은 친구로 지내고 싶다고."

나는 머리가 지끈거려서 손바닥을 그 부위에 대고 눌렀지만 조금도 나아지지 않았다. 그것은 분명 희망적인 거절이 아니었다. "빌어

먹을! 일이 이렇게 될 줄은 몰랐어요."

"아니, 당연한 결과야. 처음부터 그녀가 내겐 좀 과분하다고 생각했어."

"그녀는 크누트에게 조금도 과분하지 않아요!"

오, 맙소사! 이리나에게 그의 마음을 고백하라고 내가 크누트를 몰아세웠으니 이런 사태가 벌어진 건 내 책임이야. "그녀에게 솔직히 말하라고 내가 몰아세워서 미안해요!"

"그런 말 하지 마! 나 스스로 그게 좋겠다고 판단을 했으니까 그렇게 한 거야. 그래도 혼자 뻘짓해 봤자 소용없다는 걸 알았잖아."

우리는 62호 유람선이 선착장에 들어왔다가 다시 나가는 모습을 말없이 지켜보았다.

이윽고 크누트가 다시 입을 열었다. "난 승객들에게 좋은 조언으로 도움을 준답시고 끊임없이 참견을 해댔지. 그런데 이제 내가 이런 상황에 처해 보니까…… 그냥 모두 아가리 닥쳤으면 하는 생각뿐이라는 걸 알겠어."

"나도요?" 깜짝 놀라 내가 물었다.

"아니야, 이자만 빼고. 아니면 내가 여기 오지도 않았지. 하지만 당분간은 내게 그 어떤 조언도 하지 말았으면 좋겠어. 그냥 더 이상 아무 말도 듣고 싶지 않아서 말이야. 그리고 한 가지 미리 말해 두자면, 나도 이제부터 내 승객들과 다른 사람들을 가만히 내버려 둘 거야. 더 이상 조언은 안 해. 아무에게도."

"아, 크누트." 나는 그의 손을 잡으며 말했다. "그러면 크누트가 더 불행해지기만 할 뿐이에요."

그가 내 손을 너무 꽉 잡아서 아팠지만 나는 가만히 있었다. 한참

동안 우리는 그곳에 앉아서 선착장에 드나드는 유람선과 반대편 강가에 세워져 있는 크레인들, 그리고 북해 방향으로 하염없이 밀려가는 강물을 바라보았다. "어딘가로 훌쩍 떠날까 해." 그가 생각에 잠긴 채 말했다. "영국 같은 곳으로 휴가를 가든가 하려고. 내일 당장."

휴가 생각을 하니 크누트는 다시 기운이 좀 나는 듯했다. 나는 또한 친구가 떠난다는 생각에 서글퍼지긴 했지만, 그것이 그에게 가장 필요한 것일 수도 있겠다 싶었다. 우리는 잠시 더 그곳에 앉아서 그가 영국 어디를 가 보면 좋을지 함께 고민해 보았다. 늦은 시각이라 크누트가 나를 집까지 바래다주었다. 작별인사를 하면서 나는 크누트를 꽉 끌어안았다. "잘 지내요. 돌아오면 꼭 연락하고요, 알겠죠?"

그가 내 잘못이 아니라고 분명히 말했지만, 내가 간섭하는 바람에 그가 저렇게 괴로운 일을 겪게 되었다는 생각을 좀처럼 털어 버릴 수가 없었다. 마음이 괴로웠다.

돼지우리와 테스메탈 같은

브리기테는 내게 화요일에 출근해 달라고 부탁했다. 그녀의 언니한테 가기로 해서 오후에 가게를 비워야 한다는 것이었다. 내가 어떤 손님이 주문한 웨딩부케를 만들고 있을 무렵, 디터가 가게 안으로 들어왔다.

"안녕, 이자. 그런데 왜 여기 있어? 오늘 쉬는 날 아닌가?"

"아니요, 오늘……." 뭔가가 내 말을 가로막았다.

디터는 내 다음 말을 기다리는 듯 나를 쳐다보았으나, 내가 계속 입을 다물고 있자 편지봉투를 카운터 위에 올려놓으며 말했다. "브리기테가 아이다 입장권을 집에 놓고 가서 말이야."

내 머릿속에서 덜거덕거리는 소리가 났다. 브리기테는 그녀의 언니와 오페라를 보러 갈 거라고 내게 일언반구도 하지 않았다. 내 기억이 틀리지 않는다면, 손톱 손질과 발 마사지를 받은 다음 저녁 식사를 할 계획이라고 했다.

"어쨌든 내가 티켓을 후딱 갖다 주는 게 좋겠다 싶어서. 그러면 브리기테가 나중에 또 번거롭게 집에 들를 필요가 없을 테니까." 디터가 말을 이었다. "이자가 오페라를 보러 같이 가준다니 정말 다행이야. 그렇게 따분한 노래는 내 취향이 아니라서."

"음……." 아, 이 일을 어쩐다? 나는 난처해서 어쩔 줄 몰랐다. 다행스럽게도 옆에 있던 손님이 대화에 끼어들어 나를 구해 주었다. "그래도 아이다에 나오는 노래는 얼마나 아름다운데요."

"글쎄요." 디터는 시큰둥하게 대답하고 나서 나를 향해 말했다. "브리기테는 어디 갔는데 안 보여?"

때마침 내 손에 들고 있던 클레마티스가 바닥에 떨어져서 나는 시간을 벌기 위해 얼른 몸을 구부렸다. 디터는 브리기테와 내가 오늘 오페라를 보러 같이 가는 줄 알고 있는 것 같았다. 어쩌면 그가 뭔가 착각했을 수도 있다. 그녀는 계속 언니하고 갈 거라고 얘기를 했는데, 그가 귀 기울여 듣지 않은 것일 수도 있다. 하지만 그녀가 홍케뮐러 박사와 시시덕거리던 모습을 생각하면, 1 더하기 1처럼 굳이 계산을 하지 않아도 뭐가 어떻게 돌아가는지 딱 견적이 나왔다. 한참을 그러고 있으려니 내가 카운터 뒤에 너무 오래 웅크리고 있다는 생각이 들었다. 마음 같아서는 영원히 그렇게 숨어 있고 싶었지만, 다시 모습을 드러낼 때가 된 것 같았다. 나는 일어나서 헛기침을 했다. "브리기테는 뭘 좀 살 게 있어서 나갔어요. 그러니까 음, 0.65mm 철사하고 화훼용 가위가 필요해서요. 화훼용 가위는 내겔리(Nägeli)의 *PICA 3 제품이 진짜 좋아요. 그리고…… 그게 다예요. 다른 건 없어요."

"그렇군." 디터는 의아한 표정으로 나를 쳐다보았다. 그에 반해 호기심 많은 손님은 깊은 인상을 받은 것 같았다. 당장이라도 뛰어가서

233

정원용으로 쓸 *PICA 3 가위를 구입할 것 같은 표정이었기 때문이다.

"그럼 브리기테한테 내가 왔다 갔다고 말해 주고. 두 사람 즐거운 시간 보내." 디터는 내게 고개를 한 번 끄덕이고 가 버렸다.

그 이후부터 퇴근 시간이 될 때까지 나는 내내 안절부절못했다. 내 생각은 온통 브리기테가 정말 홍케뮐러 박사와 만난 건지 아닌지에만 쏠려 있었다. 아니면 자라 보고 놀란 가슴 솥뚜껑 보고 놀란다고 내가 괜한 오해를 하고 있는 걸까? 나는 브리기테에게 두 번 전화를 걸어 보았지만, 계속 음성사서함으로 넘어가기만 했다. 걱정이 되다가도 분노가 치밀어 오르는가 하면 슬퍼지기도 하고, 나도 감정과 생각을 주체할 수가 없었다. 마침내 퇴근 시간이 되어 가게 문을 닫고 나자, 하필이면 오늘 옌스가 쉬는 날이라는 게 원망스러웠다. 나는 그냥 누군가와 이야기를 하고 싶었다. 무심한 듯 툭툭 말을 던지는 옌스야말로 지금 내게 가장 필요한 사람인 것 같았다. 더 이상 생각할 것도 없이 나는 자전거를 타고 바로 옌스의 집으로 향했다.

메를레가 아래 출입문을 열어 주고 현관문 앞에서 나를 맞아 주었다. "안녕, 이자 언니. 웬 서프라이즈야! 옌스하고 샐러드를 만드는 중이었어. 배고파?" 메를레를 따라 주방으로 들어가 보니 옌스가 현기증 날 만큼 빠른 속도로 적양파를 얇게 채 썰고 있었다. "쉬는 날에 잘 적응이 안 되나 봐요?" 그가 짓궂은 미소를 지으며 내게 인사했다.

"끼니를 구걸하려고 여기 온 게 아니에요." 나는 최대한 당당하게 말했다.

"알겠어요. 그래도 같이 먹고 싶은 마음이 있으면 언제든 환영이에요." 그는 채 썬 양파를 그릇에 담고 키친타월로 손을 닦은 다음 냉장고 문을 열었다. "맥주 마실래요? 아니면⋯⋯." 옌스는 와인을 꺼내더니 라벨을 살펴보았다. "리슬링 와인?"

"네, 향긋하게 톡 쏘는 맛이 재미있는 서머와인이 지금은 제격일 것 같네요."

"얼음도 넣어 줄까요?"

"넣어도 돼요?"

"누가 우리에게 넣지 말라고 금지시켰나요?"

"그럼, 넣어 줘요."

그가 커다란 컵 두 개에 얼음을 가득 채우고 와인을 따르는 동안, 나는 메를레 옆으로 가 앉았다. 메를레는 지켜보기가 아슬아슬할 만큼 커다란 칼을 이용해서 땅콩을 잘게 다지고 있었다. 나는 땅콩 몇 개를 슬쩍 집어서 입으로 가져갔다. "맛있네. 메를레가 볶았어?"

"그럼, 당연하지. 지금 태국식 소고기 샐러드를 만들고 있거든." 그녀는 태국식 소고기 샐러드엔 볶은 땅콩을 넣는 게 세상에서 가장 당연한 일인 듯 말했다.

옌스는 내 앞에 와인을 갖다 놓고 다시 싱크대로 가서 분주하게 움직였다.

"오늘 두 사람은 뭐 하고 지냈어요?" 나는 차가운 화이트와인을 한 모금 들이켰다. 이런 더위에는 정말 딱 좋았다.

"난 프랑스에 가져갈 비키니 수영복을 샀지." 메를레는 여름방학 때 청소년 그룹과 함께 프랑스로 캠프를 가기로 했다는 이야기를 들려주었다. "그다음엔 옌스하고 수영하러 갔어. 아 참, 우리 금요일에 장크트 페터 오르딩으로 여행 갈 거야!"

그 말에 나는 소스라치게 놀랐다. 이 두 사람까지 나를 두고 떠나

다니! "레스토랑 문은 닫아요?" 나는 가슴 졸이며 옌스에게 물었다. "얼마나 있을 건데요?"

"주말 동안만 다녀오는 거예요. 그리고 문을 닫는 게 아니고 나만 피서를 가는 거예요."

"아, 네." 나는 순식간에 다시 긴장이 풀리는 것을 느꼈다.

옌스는 와인을 한 모금 마시고 나서 토마토를 작게 자르기 시작했다. "이 무렵엔 야외로 나가 그릴을 즐기는 사람들이 많아서 가게가 한가로운 편이에요. 주방에 루카스와 안디 둘만 있어도 충분할 거예요." 안디는 일주일에 두 번씩 주방에서 일을 하게 된 새내기 요리사였다. "잘 해내기를 바라야죠." 옌스가 덧붙였다. "그리고 문제가 생긴다 해도 장크트 페터 오르딩은 여기서 멀지 않으니까 1시간 반이면 충분히……."

"안 돼!" 메를레가 끼어들었다. "레스토랑으로 돌아가면 절대 안 돼. 전화를 걸어서 가게가 어떤지 물어서도 안 되고, 가게에 대한 생각일랑 아예 하지도 마! 그러지 않겠다고 나랑 약속했잖아."

"알겠어." 옌스는 메를레가 다진 땅콩을 가져가고 소고기를 건네면서 말했다. "자, 종잇장처럼 얇게 썰어 줘."

메를레는 다시 무지막지하게 큰 칼을 들고 자르기 시작했다.

"아니, 더 얇게." 옌스는 칼을 빼앗아 들고 고기를 얇게 몇 장 썰었다. "자, 봤지? 이 정도로 얇아야 돼."

"나도 뭐 좀 거들어 줄까요?" 내가 물었다. 두 사람이 요리를 할 때면 내가 늘 꿔다 놓은 보릿자루가 된 느낌이 들었다.

그는 나를 못 미더운 눈초리로 쳐다보더니 푸성귀가 한가득 담긴 그릇을 내게 내밀었다. "고수잎인데 다듬을 수 있겠어요?"

하지만 맡겨 놓고도 역시 안심이 안 되는지 그는 내 옆에 버티고 서서 내가 제대로 하는지 지켜보았다. "내가 이런 것도 제대로 못 할 거라고 생각하는 거예요?"

"음, 천만에요. 잘할 거라 믿어요." 그는 다시 자기 자리로 돌아갔다.

메를레는 옌스의 등에 대고 혀를 쏙 내밀면서 눈을 흘기고는 나를 보고 씩 웃었다. 나도 덩달아 씩 웃어 주었다. 잠시 동안 우리 셋은 서로 아무 말 없이 각자 자기가 맡은 일에만 집중했다. 어쨌든 두 사람이 주말 동안만 여행을 다녀온다니 그나마 다행이었다. 그다음에 바로 메를레는 프랑스로 떠나긴 하지만, 적어도 옌스만큼은 여기서 자리를 지키고 있을 테니 안심이 되었다. 그러면서도 내가 그 사실에 왜 이렇게 안심을 하는 건지 나 자신도 그 이유가 궁금했다. 아마 음식 때문일 거야. "근데 숙소 예약은 했어요?" 내가 물었다. "그러니까 아무 준비도 없이 그렇게 즉흥적으로 떠나도 되는 거냐고요? 이런 날씨엔 북해든 어디든 피서객들로 바글바글할 텐데요. 게다가 휴가철이 시작되는 시점이잖아요. 이런 시기에 여행을 가려면 미리 계획을 세워야죠. 장도 봐놓고 짐도 싸고……."

"비자 신청은 안 해요?" 옌스가 물었다. "우린 이민을 가는 게 아니라 북해에서 주말을 보내고 오는 것뿐인데요."

"그곳에 우리 부모님 별장이 있거든." 메를레가 설명을 했다. "그래서 숙소를 예약할 필요가 없어."

그렇군. 부자들은 역시 다르네.

"거기 가면 정말 좋아! 별장에 작은 정원이 딸려 있고, 해변까지 2백 미터밖에 안 돼."

"그래, 근데 바닷물에 들어가려면 해변에서 또 2킬로미터는 더 가야 하는 느낌이 들지. 장크트 페터 오르딩에 가봤어요, 이자?"

나는 움찔했다. 지금껏 그가 나를 이자라고 부른 일이 한 번도 없었기 때문이다. 막상 그가 나를 그렇게 부르니까 기분이 묘했다. 뭔가 친숙하고 또…… 왠지 은밀한 사이가 된 느낌이 들었다. 주변 사람들은 다 나를 이자라고 부르지만, 옌스가 그렇게 부르는 건 뭔가 좀 달랐다. "아뇨, 아직 한 번도 안 가 봤어요."

"그럼 우리랑 같이 가자!" 메를레가 불쑥 제안을 했다.

잠시 나는 할 말을 잊었다. "뭐?"

메를레는 얼마나 신이 났는지 벌떡 일어나 팔짝팔짝 뛰기라도 할 기세였다. "굉장한 생각 아니야? 별장도 충분히 넓고, 브리기테도 틀림없이 다녀오라고 보내 줄 거야. 같이 가자, 응? 언니가 같이 간다면 우린 대환영이야. 그렇지, 옌스?"

옌스가 나를 향해 돌아섰다. 나는 그의 표정에 혹시 망설임이나 거부감 같은 것이 담겨 있는지 살폈다. 하지만 그는 전혀 개의치 않는 표정으로 미소를 지으며 이렇게 말했다. "그럼."

"정말요? 진심이에요? 둘이서만 오붓하게 주말여행을 가고 싶었던 거 아니에요?"

"말도 안 돼!" 메를레가 펄쩍 뛰었다. "옌스와 단둘이 있지 않을 수 있다면 그보다 더 반가운 일이 있을라고."

"내게도 고마운 일이지." 그는 메를레가 썰어 놓은 고기를 가져가서 프라이팬에 넣고 굽기 시작했다.

"언니 생각은 어때?" 메를레가 물었다.

"모르겠어. 금요일이면 3일밖에 안 남았잖아. 그냥 어디론가 휙 떠날 수 있는 상황이 아니라서 말이야. 가게 일도 바쁘고, 금요일엔 운동도 가야 하고 또 토요일엔 집 청소도 해야 하고, 그래서……." 나는 옌스가 나지막하게 웃는 소리를 듣고 말을 멈췄다.

메를레가 손가락으로 이마를 두드리며 말했다. "그런 쓸데없는 말 좀 그만해! 브리기테는 하루쯤 언니가 없어도 괜찮을 거고, 집 걱정 따위는 개나 줘 버려!"

옌스는 맛있어 보이는 샐러드가 담긴 접시 세 개를 식탁 위에 올려놓았다. "한 번 즉흥적으로 행동해 봐요, 이자. 그러니까 내 말은 평소에 늘 하던 것처럼 즉흥적으로 행동하라는 거예요."

교활한 인간! 이제는 같이 가는 수밖에 어쩔 도리가 없을 것 같았다. 같이 간다는 건 사실 터무니없는 생각이었다. 하지만 다른 한편으로는……. 브리기테와의 혼란스러운 상황이나 괜히 나 때문에 실연의 아픔을 겪고 있는 크누트를 생각하면, 그리고 가게에 대한 여러 가지 걱정거리들, 이 푹푹 찌는 더위……. 주말만이라도 이 모든 것에서 벗어나 북해의 시원한 바람을 쐬고 올 수 있다면 더없이 좋을 것 같았다. 게다가 만난 지 30분 만에 내가 여기 왜 왔는지 싹 잊어버릴 정도로 편안한 느낌을 주는 이 두 사람과 함께 간다면 더더욱 망설일 이유가 없을 듯싶었다. "좋아, 둘이 그렇게 간절히 원하는데 같이 가지 뭐." 나는 할 수 없다는 듯 말했다.

메를레의 얼굴이 환해졌다. "야호!" 그녀는 내게로 달려와서 나를 껴안았다. "근사한 여행이 될 거야, 이자 언니!"

나는 샐러드 접시에 고기를 올리고 내가 다듬은 고수잎을 그 위에 얹고 있는 옌스를 슬쩍 훔쳐보았다. 그는 여전히 느긋하고 편안한 모습이었다. 어찌 보면 그도 같이 기뻐하고 있는 것 같기도 했다. "내가 같이 가도 정말 괜찮겠어요?" 내가 그에게 물었다.

그는 짐짓 낙담한 표정을 지으며 대답했다. "그럼요, 괜찮아요. 하지만 그렇게 자꾸 물어보면 생각이 달라질 거 같아요."

메를레의 얼굴에 알 수 없는 미소가 스쳐 지나갔다. 그러더니 갑자기 이마를 손바닥으로 '탁' 치면서 소리 질렀다. "어, 큰일 났다! 모임이 있는데 깜빡했어!"

"무슨 모임인데?" 옌스가 물었다.

"음, 프랑스 여행 준비 모임이야. 8시에 시작인데." 그녀는 의자에서 벌떡 일어났다. "지금 빨리 가 봐야겠어. 난 나중에 먹을게. 안녕!" 메를레가 허둥지둥 주방에서 뛰쳐나가고 나서 몇 초 후 현관문 닫히는 소리가 들렸다.

"나 참!" 옌스가 어이없다는 듯 내뱉었다.

"갑자기 왜 저러는 거예요?"

"모르죠. 요새 내가 두 사람하고 보내는 시간이 너무 많은 건지 아무리 이상한 행동을 봐도 당황스럽지가 않네요."

나는 얼굴을 찌푸렸다. "어련하시겠어요."

옌스는 내 앞으로 접시를 밀어 주었다. "발코니에 나가서 먹을까요?"

발코니로 나가서 나는 의자에 편안하게 몸을 기대고 와인을 한 모금 마셨다. 키 큰 가로수 나뭇가지들이 잔잔한 바람에 조금씩 흔들리고 있었다. 나는 샐러드를 요모조모 살펴보았다. "태국 요리는 아직한 번도 안 먹어 봤어요."

"꼭 먹어 봐야 돼요."

나는 토마토 한 조각을 포크로 찔러서 냄새를 맡은 다음 조금 깨물어 먹었다. 고수잎과 땅콩도 그런 식으로 맛을 보고는 마지막으로 용기를 내어 고기를 먹어 보았다. 고기가 선홍빛을 띠고 있었지만, 눈을 질끈 감고 맛을 보았다. 나쁘지 않았다. 익숙한 맛은 아니었으나 더 먹고 싶은 생각이 들었다. 그런데 문득 나를 지켜보고 있는 시선이 느껴져 고개를 들었다.

옌스가 재미있어하면서도 홀린 듯이 나를 주시하고 있었다. "지금 뭐하는 거예요?"

"맛보는 건데요." 개의치 않고 나는 다시 맛보기에 열중했다. 이번에는 여러 가지 재료를 한꺼번에 포크에 올려 입에 넣어 보았다. "음……." 나는 눈을 감고 맛을 음미했다. 지금까지 살아오면서 이렇게 다양한 맛의 뉘앙스와 아로마가 내 입 안에서 폭발한 적은 한 번도 없었다. 다시 눈을 뜨는 순간, 옌스가 아직도 나를 뚫어지게 쳐다보고 있음을 알았다. "왜 그래요?"

그가 흠칫했다. "뭐가요?"

"왜 그렇게 쳐다보는 거예요? 무례한 행동이잖아요. 누가 나를 뚫어지게 쳐다보고 있으면 먹을 수가 없어요."

"미안해요."

"어쨌든 맛은 정말 기가 막히네요."

그는 살짝 미소를 지으며 또 생색을 냈다. "당연하죠. 누가 만든 건데."

샐러드를 싹 비우고 나서 나는 기분 좋은 포만감을 느끼며 의자 등받이에 몸을 기댔다. "혹시 퐁당 쇼콜라 만들어 놓은 거 없나요?"

"없어요."

"얼른 한 개 만들어 줄 생각 없어요?"

"없는데요."

"당신은 못됐어요."

"맞아요." 그가 싱긋 웃었다.

나는 너무 나른해져서 깜빡 잠이 들려다가 별안간 브리기테 생각이 나서 몸을 똑바로 하고 앉았다. "그런데 문제가 생겼어요." 내 가방에서 디터가 가져온 편지봉투를 꺼내며 내가 말했다. 그리고 편지봉투에 들어 있는 티켓을 꺼내 테이블 위에 내려놓았다.

옌스는 티켓을 들여다보면서 이마를 찌푸렸다. "아이다 티켓을 가지고 있다가 방금 전에야 깜빡하고 가지 않았다는 걸 깨달은 거예요?"

"아니에요. 이런 얘기는 옌스한테 하지 말아야 하는 건데, 누군가와 이야기를 하지 않고는 내가 못 견디겠어요. 이건 비밀이니까 절대 아무한테도……."

"알겠어요, 나만 알고 있을게요." 그가 내 말을 가로막았다. "그렇게 뜸만 들이지 말고 빨리 말해 봐요."

"브리기테에 관한 이야긴데요." 나는 그녀와 홍케뮐러 박사에 대한 이야기를 낱낱이 털어놓았다. 이야기를 다 하고 나니 내가 지고 있던 짐을 옌스에게 조금 넘겨주기라도 한 듯 마음이 가벼워진 느낌이었다.

그는 잠시 아무 말 없이 가만히 앉아 와인 잔을 골똘히 쳐다보았다. "아, 그것참!" 이윽고 그가 입을 열었다. "예감이 안 좋네요."

"네, 지금 그녀는 그 내연남과 어디 러브호텔에 들어가 불륜을 저지르고 있을지도 몰라요! 내가 그녀의 알리바이고요!"

"하지만 그 모든 게 단순히 오해일 가능성도 있잖아요."

"나도 그랬으면 좋겠어요. 하지만 솔직히 말하면 오해가 아니라는 직감이 강하게 들어요. 브리기테가 그런 짓을 저지를 수 있다는 게 믿어지지가 않아요." 나는 남은 와인을 단숨에 들이켰다.

옌스는 내 컵을 가지고 주방으로 가더니 와인으로 채워서 다시 가져왔다.

"이제 어떻게 하죠?"

그는 의자에 앉아 두 발을 발코니 난간 위에 올렸다. "어떻게 하냐고요? 아무것도 하지 말아요."

"아무것도요? 브리기테가 그런…… 망나니하고 붙어서 그녀의 남편을 기만하는 꼴을 가만히 지켜보기만 하라고요?"

"망나니?" 옌스가 재미있다는 듯 물었다.

"그래요! 그러지 못하도록 내가 무슨 수를 써야 해요. 그들 부부를 보호하기 위해 뭔가……."

"이자, 너무 나서지 말아요. 그건 그들 부부가 알아서 할 일이에요. 이자가 상관할 일이 아니라고요."

흥분해서 나는 숨을 가쁘게 몰아쉬었다. "나랑 상관이 없다고요? 브리기테와 디터를 알고 지낸 지 11년이나 되었는데, 두 사람은 완벽한 부부예요. 그런데 이제 와서 그렇게 바보 같은 짓을 하고 있잖아요."

"완벽한 부부관계라는 건 있을 수 없어요. 내가 거듭 말하지만, 사랑은 록발라드나 향초처럼 로맨틱하기만 한 건 아니에요."

"우리 부모님의 결혼생활은 언제까지나 록발라드이고 향초였어요. 하지만 브리기테와 디터의 결혼생활은 데스메탈과 돼지우리 같기만 한 것 같아요. 그런 생활을 견딜 수 있는 사람은 아무도 없을 거예요."

"맞아요. 그런 경우에는 안타깝지만 음악을 빨리 끄고 돼지우리를 벗어나는 수밖에 없어요."

"뭐라고요?" 나는 그가 어떻게 그런 말을 할 수 있는지 믿기지가 않았다. "우린 지금 결혼생활에 대해 이야기하고 있는 거예요. 결혼생활은 충분히 그럴 가치가 있잖아요!"

"그래요. 하지만 그건 그 두 사람이 스스로 해결해야 할 문제예요. 그들이 해결할 수 없거나 해결을 원하지 않는다면, 이자는 그것을 받아들이는 수밖에 어쩔 도리가 없어요."

'그러니까 난 아무것도 하지 말아야 한다고? 브리기테가 불행의 나락으로 떨어지는 모습을 말없이 지켜보면서?' "그녀가 이 일에 나를 끌어들였는데, 그래도 가만있으라고요?"

"이자 말이 맞아요. 그건 정말 부당한 일이죠." 그의 목소리가 너무나 푸근하게 들려서 왈칵 눈물이 쏟아질 것 같았다. 나는 와인을 크게 한 모금 마셨다. 내가 간섭하지 않는 게 더 좋을지도 모르겠다는 생각이 들었다. '크누트 일도 내가 간섭하지 않았더라면 그런 결말이 나지 않았으리라는 것을 단적으로 보여 주지 않았던가!' 마침내 나는 이렇게 말했다. "알겠어요, 끼어들지 않을게요. 하지만 그녀에게 그 음탕한 장미꽃 신사와 놀아나고 싶을 때 나를 더 이상 알리바이로 이용하지 말라고 분명하게 말할 거예요."

그는 큰 소리로 웃음을 터뜨렸다. "이자가 그 남자를 지칭하는 표현들이 너무 재미있어서요. 음탕한 장미꽃 신사, 망나니……."

"그게 뭐가 재미있다고." 말은 그렇게 했지만, 내가 생각해도 좀 웃긴 것 같았다.

244

내가 좋아하는 인공위성을 찾아보려고 하늘을 올려다보았으나 어디에도 보이지 않았다. 오늘 밤은 별들도 잘 눈에 띄지 않았다. 이럴 때 별똥별이라도 몇 개 떨어지면 얼마나 좋을까 하는 생각이 문득 들었다.

다음 날 아침 가게에 들어서자, 신선한 커피 향이 진동했다. 나는 간이주방에 있는 테이블에 앉아 김이 모락모락 나는 커피잔을 두 손으로 감싸고 있는 브리기테를 발견했다. 아침 기온이 벌써 25도나 되는 날씨에 춥기라도 한 듯 그러고 있는 그녀는 안색이 창백하고 눈 밑이 검게 그늘져 있었다. "좋은 아침, 이자." 그녀가 나를 보고 인사를 했다. "어제 이자가 나한테 두 번이나 전화했는데 못 받아서 미안해. 무슨 일로 전화했어?"

망설이면서 문지방에 서 있던 나는 그녀에게로 가서 앉았다. 앞으로는 그녀의 일에 끼어들 생각이 없었지만, 한 가지는 꼭 밝히고 넘어가야 했기 때문이다. "오늘 디터하고 아무 이야기도 안 했어요?"

"안 했는데. 왜?"

나는 편지봉투를 꺼냈다. "이것 때문에요. 디터가 어제 가게에 와서 브리기테가 집에 두고 온 티켓을 전해 줬어요. 디터는 우리 둘이 오페라를 보러 가는 줄 알던데요."

그녀는 움찔하더니 놀란 눈으로 편지봉투를 쳐다보았다. "그래서…… 이자가 뭐라고 했어?"

그녀의 반응을 보는 순간, 모든 의혹과 더불어 오해일지도 모른다는 마지막 한 줄기 희망도 사라져 버렸다. 우려했던 대로 그녀가 디터는 물론이고 나까지 속인 것이었다. "아무 말도 안 했어요. 디터가 그렇게 생각하도록 내버려 뒀죠."

브리기테는 얼굴을 두 손으로 감쌌다. "아, 맙소사!" 그녀가 속삭였다. "이자, 난 왜 이렇게 어리석을까?"

"글쎄요, 나도 모르죠." 내가 차갑게 대꾸했다. "나를 알리바이로 이용할 생각이었으면 내게 미리 귀띔이라도 해주는 게 더 영리한 행동이었을 거예요. 뭐 그런다 해도 얼마든지 일이 틀어질 수 있었겠지만요. 아, 그리고 나는 앞으로 브리기테가 홍케뮐러 박사와 어떤 관계든 더 이상 그런 일에 대해 아무 말도 하지 않을 거예요. 나는 절대 끼어들지 않겠다는 말이에요. 그러니까 제발 부탁인데, 브리기테도 앞으로는 나를 그런 일에 끌어들이지 말아요."

브리기테는 소리 죽여 흐느끼기 시작했다. 나는 그녀가 우는 모습을 한 번도 본 적이 없었다. 힘이 하나도 없이 그곳에 주저앉아 있는 그녀는 늙고 한없이 지쳐 보였다. 그녀가 흐느끼는 시간이 길어질수록 내 분노가 조금씩 사그라들었다. 분노 대신 브리기테에 대한 연민이 커지면서 절망에 빠진 그녀의 모습을 더 이상 지켜볼 수가 없었다. "그만 울어요." 나는 조심스럽게 그녀의 팔을 쓰다듬어 주었다.

덕분에 그녀가 다시 힘을 얻은 듯 고개를 들었다. 그녀의 두 눈은 울어서 빨갛게 부어 있었고, 콧물이 흐르고 있었다. 나는 일어나서 그녀에게 티슈를 가져다주었다.

그녀는 티슈로 코를 풀고 나더니 손으로 눈물을 훔쳤다. "아, 이자! 우리 둘이 같이 오페라를 보러 갔더라면 얼마나 좋았을까? 정말이야, 엊저녁으로 되돌아갈 수만 있다면 어떤 대가를 치러도 좋아."

"내게 변명할 필요 없어요."

"하지만 이자에게 다 털어놓고 싶단 말이야!" 그녀가 외쳤다. 나는 두 귀를 틀어막고 큰 소리로 노래를 부르고 싶은 심정이었지만, 브리기테를 막을 수 없었다. "발터와 나는 어제저녁에 만나서 같이 시간을 보내기로 했어. 아주 조용하고 방해받지 않는 곳에서 말이야. 우리 둘 다 입 밖에 내어 말하지는 않았지만, 서로 더 많은 것을 원한다는 건 명백한 사실이었어. 디터한테는 이자하고 같이 오페라를 보러 간다고 둘러대기로 했지. 왜냐면 그는 언니가 지금 휴가를 가고 없다는 걸 알고 있었으니까. 그리고 이자한테는 그렇게 말해 두지 않으면 의심할까 봐 언니랑 만나기로 했다고 이야기한 거야. 하지만 또 누가 알아? 어쩌면 내가 무의식적으로 들통나기를 원했기 때문에 그렇게 멍청하게 처신했는지도 모르지."

나는 손가락으로 테이블 위를 두드렸다. "알겠어요, 그러니까 어제 그 내연남과 데이트를 한 거네요. 그래서요?"

"우린 하르부르크에 있는 호텔에서 만났는데……."

"하르부르크요?!" 나는 깜짝 놀라 그녀가 말하는 도중에 끼어들었다. 저녁에 잠깐 있다가 오는 것뿐인데 왜 군이 엘베 강 건너편까지 가야 하는 건지 이해가 되지 않았기 때문이다. "어째서 거기까지 가서 만난 거예요?"

"우리를 알아보는 사람이 없는 곳이어야 하니까. 난 너무 긴장이 돼서 술을 지나치게 많이 마신 탓에 내내 말도 안 되는 소리만 지껄여 댔지. 그런데 막상 그 순간이 오니까 난 못하겠는 거야. 그냥 도저히 할 수가 없었어. 무슨 말인지 알아?"

나는 내 마음을 짓누르고 있던 거대한 돌덩어리가 떨어져 나가는 것을 느꼈다. "네, 잘 알아요."

"나는 발터에게 모든 것이 엄청난 실수이며 미안하다고 말한 다음

호텔방을 나왔어." 그녀는 멍하니 자기 앞을 응시했다.

"그래서 앞으로 어떻게 할 거예요?" 잠시 후 내가 물었다.

"나도 모르겠어. 우선은 어떻게든 안정을 찾고 생각을 좀 해 봐야지." 그녀는 내 팔에 손을 얹었다. "디터에게 아무 말도 하지 않아서 고마워, 이자."

그 순간 가게 문 두드리는 소리가 들렸다. 브리기테와 나는 화들짝 놀랐다. 그녀는 손목시계를 보더니 벌떡 일어났다. "아, 이런! 9시 15분이야. 이자가 가 볼래? 난 빨리 얼굴부터 좀 씻고."

"그럴게요." 가게 문 쪽으로 가 보니 메를레와 옌스가 밖에 서 있었다. 메를레는 나를 보고 열심히 손을 흔들더니 내가 문을 열자마자 재잘대기 시작했다. "안녕, 이자! 언니가 물어보기 전에 먼저 말해 두는 건데, 앞에 수업 두 시간은 빼먹었고 이제 학교에 가는 길인데 서두르지 않으면 늦어. 그래서 옌스가 나를 데려다주기로 했고. 난 그냥 언니가 브리기테한테 주말여행 가는 거 허락받았는지 궁금해서."

"아니, 아직 못 물어봤어. 브리기테와 할 얘기가 좀 있었거든." 옌스와 나는 시선을 교환했다. 나는 브리기테와 '할 얘기'가 무엇이었는지 그가 짐작했으리라 확신했다.

"그럼 빨리 물어봐. 브리기테?" 메를레는 브리기테를 부르며 간이 주방 쪽으로 가려고 했다. "이자가 급하게 물어볼 게 있대요."

"지금은 안 돼, 메를레." 내가 그녀를 말리는 순간 브리기테가 앞쪽으로 나왔다. 그녀는 여전히 창백했으며, 그녀의 얼굴을 보면 울었다는 것을 누구나 눈치챌 수 있었다.

"아, 어디가 안 좋아요?" 메를레가 당황해하며 물었다.

브리기테는 마치 무슨 성가신 파리라도 쫓는 것 같은 손동작을 했다. "아니, 아니야. 잠을 잘 못 자서 그런 것뿐이야. 나한테 급하게 물어볼 게 뭔데, 이자?"

"토요일에 이자 언니 가게 안 나와도 돼요? 그러니까 금요일 오후부터요." 나 대신 메를레가 나서서 물었다. "옌스하고 나하고 장크트페터 오르딩으로 주말여행 가거든요. 언니도 같이 가고 싶대요."

"그럼, 물론이지." 브리기테가 대답했다. "아, 얼마나 좋을까! 북해에서 주말을 보내다니 꿈만 같을 거야."

나는 그녀의 지치고 슬픈 얼굴을 보자, 그녀를 혼자 두고 떠나는 것이 마음에 걸렸다. "괜찮겠어요? 내가 여기 같이 있는 게 더 나을 것 같은데요."

"안 돼!" 메를레가 소리를 질렀다. "같이 가야 돼!" 그녀는 잠시 고민을 하는 듯하더니 브리기테를 보고 말했다. "그럼 같이 가요. 별장은 우리 네 사람이 가도 충분할 만큼 넓으니까."

일순간 가게 안에 정적이 흘렀다. 브리기테는 메를레와 옌스를 번갈아 보면서 망설였다. "글쎄…… 주말만이라도 이곳에서 벗어날 수 있다고 생각하면 정말 혹하긴 하지만, 괜히 따라가서 짐이 되고 싶진 않은데."

"짐이 되다니요." 옌스가 말했다. "그런 걱정은 마세요. 같이 가면 우리도 기쁠 거예요. 그렇지, 메를레?"

메를레는 그녀의 갈색 머리가 위아래로 흔들릴 정도로 세차게 고개를 끄덕였다.

"어떻게 생각해, 이자?" 브리기테가 내게 물었다. "가게 문을 하루 닫아도 괜찮을까?"

'흠…… 알렉스는 틀림없이 달가워하지 않을 텐데.' 하지만…… 그도 어차피 3주 동안이나 휴가를 떠났으니 우리가 토요일 하루를 제친다 한들 알 턱이 없을 것 같았다. 북해의 시원한 바람을 쐬면서 마음을 정리하면 나보다도 브리기테에게 더 좋겠다는 생각이 들었다.

"당연히 괜찮죠. 우리 시원한 곳에 가서 주말을 즐기고 와요."

오늘 처음으로 브리기테의 얼굴에 미소 비슷한 것이 떠올랐다. "좋아, 나도 갈게."

"신난다!" 메를레가 외쳤다. "금요일 오후 5시쯤 출발할 거니까 음, 그러면 우리가……."

"메를레, 이러다 학교 늦겠어." 옌스가 재촉했다.

"알겠어, 알겠다고. 나중에 다시 들를 테니까 자세한 건 그때 얘기하면 되지 뭐."

그러고 나서 두 사람은 바람과 함께 사라져 버렸다.

나는 브리기테의 얼굴을 살피며 물었다. "이렇게 허둥지둥 급하게 여행을 떠나면 디터가 이상하게 생각하지 않을까요?"

그녀의 표정이 다시 어두워졌다. "디터는 내가 아무 말 하지 않으면 아무 눈치도 못 챌 거야." 그러고서 그녀는 다시 가게 뒤편으로 가 버렸다. 이로써 그녀는 이 스캔들을 다 정리한 듯 보였다.

저녁에 나는 옷장 앞에 서서 여행에 뭘 가져가야 할지 몰라 막막해하고 있었다. 이렇게 즉흥적으로 떠나는 것이 못내 마음에 걸려서 아직도 찜찜한 기분이었다. 묵을 곳은 확실히 있으니까 아무 문제가 없었다. '하지만 별장에 없을지도 모르는 것 중에 내가 꼭 챙겨 가야 할 것은 무엇일까? 날씨는 어떨까?' 라디오로 일기예보를 들어 보니, 이번 주말에 더위가 절정에 이를 것으로 예상된다고 했다. 이번 여름은 무더위가 6월 초부터 기록을 경신하고 있었다. 앞으로 얼마나 더 무더위가 기승을 부릴지 의문이었다.

마침내 여행 짐 리스트와 쇼핑목록을 작성하고 빨래를 한 뒤, 거실 소파에 앉았다. 텔레비전을 켜 보았으나, 〈상파울리 20359〉라는 끔찍한 청소년 프로그램만 방영할 뿐이었다. 이런 허접한 방송을 내보내려고 〈러브! 러브! 러브!〉를 폐지한 것은 정말 파렴치한 짓이었다. 그 즉시 나는 미하엘 슐츠 사장에게 새로운 항의 이메일을 쓰기 시작했다. 몇 주 전부터 꾸준히, 자세히 말해 일주일에 3번 이상 내가 해오고 있는 일이었다. 지금까지 답장은 한 번도 받지 못했다. '그 망할 놈의 방송국이 베를린에 있지만 않았어도 벌써 내가 직접 찾아가서 따지고도 남았을 텐데. 그랬다면 그들은 나를 떼어내느라 애 좀 먹었을걸!'

인생은 해변

"설마 진심은 아니겠죠?"

이틀 후 나를 데리러 온 옌스가 현관문 앞에 서서 내 여행보따리를 망연자실 응시하며 물었다. 커다란 트렁크 두 개와 에코백 3개가 주말여행에 가져갈 내 짐이었기 때문이다.

"나도 알아요. 얼핏 보면 너무 많은 것 같겠지만, 전부 신중하게 생각해서 싼 짐이에요."

"이자, 내가 어떻게 이해를 시켜야 할지 모르겠지만…… 우린 영원히 그곳에 머무는 게 아니에요. 48시간 후면 다시 함부르크에 와 있을 거라고요."

"나도 안다고요."

"그런데 왜 이렇게 살림살이를 모조리 싸 들고 가려는 건지 이해할 수가 없네요."

"살림살이를 모조리 싼 건 아니에요. 우리한테 48시간밖에 없으니까 여기서 실랑이를 벌이는 대신에 어서 내 짐을 가지고 출발하는 게 낫지 않겠어요?"

엔스는 내 짐과 함께 나까지 그냥 팽개쳐 두고 가 버렸으면 좋겠다
는 표정이 역력했다. 하지만 그는 한숨을 내쉬며 고개를 흔들더니 내
트렁크 두 개를 번쩍 들었다.

우리가 별장에 발을 들여놓는 순간, 제일 먼저 떠오른 생각은 '어
쩜, 작기도 해라!'였다. 왠지는 모르겠지만―네 사람이 가도 충분할
만큼 별장이 넓다고 누누이 강조한 메를레 때문이 아닐까 싶다―나
는 과장을 좀 하자면 상수시(Sanssouci) 궁전*에 버금가는 크기의 여
름별장을 기대했다. 그런데 실제로는 메를레가 별장을 구경시켜 주
는 데 30초밖에 안 걸릴 만큼 작았다. "여기 왼쪽이 욕실이고 저쪽이
주방이야. 오른쪽으로 들어가면 침실이 있고 여기가 거실." 메를레는
테라스 문을 열며 덧붙였다. "그리고 마지막으로 최고의 자랑거리는
바로 정원이야."

이 별장을 보고 두 번째로 떠오른 생각은 '어쩜, 예쁘기도 해라!'였
다. 비록 상수시 궁전처럼 크지는 않지만, 떡갈나무로 깔아 놓은 마
룻바닥을 비롯해서 소박한 흰색 가구들과 파란색으로 칠한 벽 그리
고 감각 있게 고른 장식물에 이르기까지 주위를 둘러보면 그런 궁전
따위는 조금도 부럽지 않았다. 여기가 그 어느 궁전보다도 훨씬 더
예뻤기 때문이다. 나는 메를레를 따라 정원으로 나갔다. 사실 정원이
라기보다는 조그만 잔디밭과 나무수국이 몇 그루 있는 넓은 테라스
라고 해야 옳았지만, 아무튼 조용해서 정말 좋았다. 이곳에서 들리는

....

* 베를린 교외 포츠담에 세워진 프리드리히 대왕의 여름 궁전.

소리라고는 차양을 부드럽게 흔들며 이웃 정원의 밤나무 잎을 스치고 지나가는 바람 소리뿐이었다.

"여기 어때?" 메를레가 물었다.

"너무 아름다워."

그녀가 우쭐한 표정을 지었다.

"거실에 있는 소파는 침대 겸용이지?"

"그럼! 거기 아니면 잘 데가 없는걸."

옌스와 브리기테도 정원으로 나왔다. "나만 그런가? 슬슬 허기가 지는데." 옌스가 말했다.

"나도 배고파. 얼른 가서 장을 좀 봐올까요?" 브리기테가 물었다.

"오늘 저녁엔 아무것도 필요 없어요. 옌스가 레스토랑에서 햄버거 재료를 다 가지고 왔거든요." 메를레가 설명했다. "하지만 내일 아침하고 저녁에 먹을 건 장을 봐 와야 돼요." 메를레는 옌스와 나를 번갈아가며 쳐다보다가 감히 거역할 수 없는 어조로 말했다. "브리기테, 나랑 같이 장 보러 가요. 이자와 옌스는 저녁을 준비하고."

옌스가 눈썹을 치켜 올리며 나를 쳐다보았다. "할 수 없네요. 우리가 저녁을 준비하는 수밖에."

나는 애써 진지한 얼굴 표정을 지으며 말했다. "고민할 필요 없이 그냥 명령을 따르기만 하면 되는 건 언제나 바람직한 일이죠."

"이제 그만 좀 투덜대고." 메를레가 개의치 않고 말했다. "나중에 봐!" 그러더니 어느새 메를레와 브리기테는 문밖으로 사라져 버렸다.

우리는 식재료를 꺼내어 밖으로 나갔다. 작은 창고에서 정원용 테이블과 의자를 꺼내 테라스 위에 설치했다. 내가 의자에 방석을 깔고 테이블을 닦는 동안, 옌스는 그릴에 불을 피웠다. 나는 주방에서 접시와 유리컵 그리고 수저 등을 챙겨 오고, 서랍을 뒤져 닻 무늬가 그려진 예쁜 냅킨을 찾아냈다. 다행이었다. 이체호에(Itzehoe)*를 막 지날 무렵에야 냅킨을 깜빡하고 안 가져온 것이 생각났드랬다. 나는 당장 차를 돌려 가게에 가서 냅킨을 가져오고 싶었지만, 옌스에게 부탁할 엄두가 나지 않았다. 마지막으로 수국꽃을 잘라서 꽃병에 꽂은 다음 랜턴 두 개를 테이블 위에 올려놓았다. 나는 흡족한 표정으로 완성된 작품을 감상했다.

"설마 이걸 다 싸 가지고 온 거예요?" 뒤를 돌아보니 옌스가 내 뒤에 서서 손에 그릴 석쇠를 든 채 나를 지켜보고 있었다.

"말도 안 돼요. 여기서 다 구해 온 것들이에요. 순전히 즉흥적으로요." 뭐, 랜턴과 꽃병은 싸 가지고 온 거지만.

"아하! 순전히 즉흥적이라."

둘이 같이 주방으로 들어가자, 옌스가 칼과 도마를 꺼냈다. "난 뭘할까요?" 내가 물었다.

그는 내 손에 적양파 두 개를 쥐여 주었다. "양파를 좀 잘라 줘요."

'빌어먹을! 양파 다지는 건 싫은데!' 마지못해 나는 양파를 썰기 시작했지만 3분도 채 못 되어 당장 때려치우고 싶은 마음이 굴뚝같았다. 망할 놈의 양파가 자꾸 손에서 미끄러지는 데다 눈물이 나서 주체할 수가 없었기 때문이다.

"지금 뭐 하고 있는 건지 물어봐도 돼요?"

옌스가 내 옆에 서서 나를 못마땅한 눈으로 쳐다보고 있었다. 그가

....

* 함부르크 북서부에 위치한 독일의 중소도시.

내게 잔소리를 퍼붓는 건 각오한 일이었다. "양파를 다지고 있죠."

"아, 그렇군요. 그렇게 양파를 다지는 방법이 효율적이라고 생각해요?"

나는 어떻게든 그 따가운 느낌에서 벗어나려고 눈을 비볐다.

그가 한심하다는 듯 혀를 끌끌 찼다. "양파를 만진 손으로 눈을 만지면 큰일 나요."

"당신이 내내 잔소리만 퍼부어 댈 줄 알았어요!" 나는 화를 벌컥 냈다. "내가 하는 방식은 당신과 다르다는 것을 왜 인정하지 못하는 거죠? 나는 당신이 꽃다발을 만든대도 절대 잔소리를 안 할 거예요."

"아직 꽃다발을 만들어 본 적이 없지만, 설령 내가 꽃다발을 만든다 해도, 당신이 그 자리에 있으면 분명 잔소리를 하게 될걸요. 난 단지 간단한 요령 한 가지만 가르쳐 주고 싶을 뿐이에요." 그는 냉장고에서 와인을 한 병 꺼내와 내게 건넸다. "여기요. 와인을 한 모금 넉넉히 들이킨 후 입에 머금고 있어요. 별로 프로페셔널한 방법은 아니지만, 눈물이 나는 것을 막아 주죠."

나는 미심쩍은 눈초리로 와인 병을 쳐다보다가 그가 하라는 대로 와인을 한 모금 입 안에 머금었다.

옌스는 두 번째 양파를 집어 들고 껍질을 벗겼다. "여기 뿌리 끝 부분은 조금 남겨 둬야 해요. 그래야 양파를 썰 때 흐트러지지 않아요. 그나저나 내가 필요한 건 다진 양파가 아니라 채 썬 양파예요. 만약 양파를 다지려고 하면, 양파를 거의 뿌리 끝부분까지 세로로 칼집을 내준 다음 다시 가로로 엇갈려서 칼집을 넣어 줘요. 이런 식으로요." 그는 어떻게 하면 양파를 손쉽게 다질 수 있는지 시범을 보여 주었다. "하지만 내가 필요한 건 채 썬 양파예요. 고양이가 발톱을 세우

듯 손가락을 오므려 봐요. 내 눈을 후벼 파려고 하는 것처럼 이렇게요. 하지만 진짜 그러기라도 할 것처럼 노려보지는 말고요." 그가 웃으면서 덧붙였다.

나는 오른손을 맹수 발톱처럼 오므려 그에게 내밀었다.

"맞아요. 하지만 왼손으로요."

이번에는 정말 옌스를 할퀴기라도 할 것 같은 기세로 왼손을 오므렸다. 와인 때문에 입 안이 점차 얼얼해지기 시작했다. 게다가 아무 말도 할 수가 없어서 짜증이 났지만, 정말로 더 이상 눈물이 나지 않았다. 옌스는 오므리고 있는 내 왼손을 잡아 절반으로 자른 양파 위에 그대로 올렸다. "자, 이제 잘라 볼게요. 이자는 그냥 오므린 손으로 양파를 누르고 있기만 하면 돼요." 그는 먼저 시범을 보인 다음, 내게 칼을 넘겨주었다. "이제 해봐요."

나는 천천히 양파를 채 썰기 시작했다. 옌스가 내 옆에 너무 딱 붙어 있어서 그의 숨결이 느껴질 정도였다. 나도 모르게 손가락이 떨리고 이상하게 무릎에 힘이 풀렸다. 나는 그의 몸이 발산하는 온기를 느끼다가 불현듯 내 머리를 그의 어깨에 기대고 싶은 충동을 느꼈다. '맙소사! 내가 지금 제정신이야? 와인 탓이겠지.' 엄밀히 따지자면 아직 와인을 한 방울도 마시지 않았지만, 이런 더위에 속이 빈 상태라면 입에 머금고 있는 것만으로도 얼마든지 술기운이 오를 수 있을 것 같았다.

"잘했어요." 그가 칭찬을 했다. "하지만 아직도 손에 힘이 너무 많이 들어가네요." 그는 자기 손을 내 손 위에 올려놓고 마치 둘이서 웨딩케이크를 자르는 것처럼 움직였다. 다만 사실은 케이크가 아니라 양파를 자르는 것이고, 소위 신부라는 여자가 아직까지 한 번도 신랑과 몸을 가까이 한 적이 없다가 이제야 그 효과에 놀라 안절부절못하는 꼴이지만 말이다. 그에게서 좋은 냄새가 났다. '그의 체취가 얼마나 좋은지 왜 한 번도 깨닫지 못했을까?'

"그것 봐요. 별로 어렵지 않잖아요. 이제 연습만 조금 더 하면 되겠어요."라고 말하면서 옌스는 내 손을 놓고 두 걸음 내게서 물러났다. "그나저나 와인은 탁월한 선택이었던 거 같네요. 덕분에 눈물이 안 날 뿐만 아니라 말을 못 하니까 조용해서 너무 좋잖아요." 그는 짓궂게 씩 웃었다.

그가 내 머리에 차가운 물을 한 양동이 쏟아부은 것처럼 정신이 번쩍 들었다. 나는 와인을 꿀꺽 삼키고 그를 노려보았다. "참 좋기도 하겠네!"

그는 유쾌하게 웃으면서 다시 하던 일을 계속했다.

나는 와인을 한 모금 더 마셨다. 그러자 술기운이 확 오르는 것이 느껴졌다. '그럼 그렇지! 와인 탓인 줄 알았다니까.'

식사를 마치고 나서 우리는 해변으로 향했다. 메를레의 말이 과장된 것만은 아니었다. 실제로 모래사장 위에 끝없이 길게 물가 쪽으로 나 있는 판자다리까지는 엎어지면 코 닿을 거리였기 때문이다. 바다 냄새와 소금기 머금은 바람이 확 밀려왔다. 저 멀리 텔레비전에 많이 나왔던 수상가옥들이 눈에 들어왔다. 한참을 걸어 드디어 판자다리가 끝나는 곳에 이르자, 나는 조리샌들을 벗어들고 맨발로 모래 위를 걸었다. 내 머리 위로 갈매기들이 날아다니고, 하늘은 석양이 지면서 차츰 오렌지빛으로 물들고 있었다. 바다가 어서 들어오라고 나를 부르는 것만 같았다. 그래서 나는 앞뒤 따지고 말고 할 겨를도 없이 바다를 향해 내달렸다. 메를레도 내 뒤를 쫓아와서 우리는 바닷물에 들어갈 때까지 달리기 경주를 했다. "우와, 차가워!" 바닷물에 발을 담그며 내가 메를레에게 소리를 질렀다. 내게서 몇 미터쯤 떨어져 서 있는 메를레가 그렇게 행복해하는 모습은 처음 보는 것 같았다. 갑자기 높은 파도가 밀려와서 순식간에 우리는 허리까지 흠뻑 젖어 버렸다. 우리는 바보같이 깔깔대다가 비트적거리며 서로에게 다가가 얼싸안았다.

"같이 오자고 나를 설득해 줘서 고마워!" 나는 이렇게 들뜨고 자유로운 기분을 느껴 본 게 얼마 만인지 기억조차 나지 않았다.

"같이 와 줘서 고마워! 언니가 같이 있어서 너무 좋아."

우리는 그새 바닷물에 발을 담그고 서서 우리를 지켜보며 웃고 있는 브리기테와 옌스에게로 돌아갔다. 넷이서 우리는 어두워질 때까지 바닷물에 발을 적시면서 해안을 따라 산책했다.

별장으로 돌아와서는 다 같이 정원에 둘러앉아 이야기꽃을 피웠다. 영화와 음악 그리고 축구 이야기를 나누면서 나는 옌스와 내가 완전히 정반대 취향을 갖고 있음을 알게 되었다. 나는 로맨스코미디 영화를 좋아하는데, 그는 액션스릴러 영화를 좋아했다. 또 나는 네나를 비롯해서 올드 팝송이라면 다 좋아하는 데 반해, 그는 괴상한 얼터너티브 음악을 즐겨 들었다. 나는 함부르크 SV 팬이었고, 옌스는 상파울리 팬이었다. "영화관이나 콘서트, 축구장에는 둘이 절대 같이 못 가겠는데요." 내가 말했다.

"상관없어." 메를레가 얼른 끼어들었다. "그런 데 가는 것 말고도 둘이 같이할 수 있는 일이 얼마나 많은데. 예를 들면⋯⋯ 음⋯⋯."

'섹스하기'라는 생각이 문득 떠올랐다. 나는 당황한 나머지 물을 잘못 삼켜서 사레가 들리고 말았다. 세상에, 어떻게 그런 생각을 할 수가 있지?!

"바다 여행!" 브리기테가 내 등을 두드려 주면서 말했다.

"맞아요. 아니면 같이 식사를 하거나 와인을 마실 수도 있고 이야기를 나눌 수도 있어요. 둘이 같이할 수 있는 일은 끝도 없이 많다니까요."

나는 두 사람이 하는 얘기를 귀 기울여 듣지 않았다. 기침 발작과 섹스에 대한 생각 때문에 아직 정신이 혼미한 상태여서 아무 말도 귀에 들어오지 않았다. 그냥 메를레의 말을 듣고 있다가 무심코 떠오른 생각일 뿐이야! 나는 옌스도 혹시 섹스를 연상하고 당황해하고 있지 않을까 궁금해서 슬쩍 그의 기색을 살폈다. 하지만 옌스는 아주 태연한 모습으로 이번에도 역시나 재미있다는 듯 나를 지켜보고 있었다.

달이 밤하늘 높이 걸려 있을 즈음, 우리는 이제 그만 잠자리에 들기로 했다. 양치질을 하고 거실로 가 보니 베드소파는 메를레와 브리기테가 이미 차지하고 있어서 누울 곳이 없었다. "뭐야! 브리기테와 내가 여기서 자는 건 줄 알았는데?"

메를레는 입이 찢어지게 하품을 했다. "왜 그렇게 생각했어? 난 옌스 옆에서는 못 잔단 말이야. 코를 엄청 심하게 골거든."

브리기테는 이불 속으로 파고들면서 중얼거렸다. "침대에서 자게 됐으니 좋잖아."

'그래도 옌스와 한 침대에서 자는 건 싫은데.' 하지만 괜히 유난을 떨고 싶지는 않아서 어쩔 수 없이 내가 양보를 했다. "할 수 없지. 그럼 잘 자!"

"언니도 잘 자!" 메를레가 애교스럽게 말했다.

나는 트렁크 두 개를 질질 끌고 침실로 향했다. 침실 문 앞에 멈춰서서 망설였다. 옌스가 혹시 홀딱 벗고 있으면 어쩌지? 문을 두드리자마자 바로 "들어와요!" 하는 소리가 들렸다. 그는 알몸이 아니라 복서 팬츠와 티셔츠를 입고 양손을 머리 밑에 깍지 낀 채 누워 있었다.

"메를레와 브리기테가 나더러 여기서 자라네요." 내가 말했다. 여기서 자는 게 내 생각이 아니었다는 것을 미리 밝혀 둬서 나쁠 게 없을 것 같았다.

그가 나를 빤히 쳐다보았다. 불현듯 나는 얇은 어깨끈이 달린 짧은 잠옷을 입고 있는데도 아무것도 걸치지 않은 것 같은 기분이 들었다. "잘됐군!" 그가 마침내 말했다. "잘 알겠지만, 메를레가 코를 골잖아요."

"메를레는 그쪽이 코를 골아서 같이 못 잔다고 하던데요." 나는 옌스한테서 최대한 뚝 떨어져서 얇은 이불을 덮고 얼른 누웠다.

그는 옆으로 몸을 돌려 한쪽 팔로 머리를 받친 자세로 나를 가만히 바라보았다. 그 순간 그의 눈이 확연하게 녹색을 띠고 있다는 생각이 들었다. "잔뜩 긴장한 것 같은데. 왜 그래요?"

나는 불을 껐다. 그가 내 표정을 보고 이 상황이 내게 얼마나 곤혹스러운지 알게 될까 봐 두려웠기 때문이다. 하지만 옌스 쪽에 있는 나이트 스탠드 램프가 켜져 있어서 별 도움이 되지 않았다. "하필이면 우리 둘이 한 침대에서 자야 한다는 게 어처구니가 없어서 그래요." 나는 불평을 늘어놓았다. "할리우드 영화에서라면 내가 그쪽더러 바닥에서 자라고 하겠죠. 하지만 그러는 것도 우스울 것 같았어요."

"그쪽이 그러라고 하든 말든 어차피 난 바닥에서 안 잘 거예요. 그런데 우리 둘이 한 침대에서 자야 한다는 게 왜 어처구니가 없죠?"

"그건 우리 네 명 중에서 성(性)적으로 무슨 일이 벌어질 수 있는 두 사람이 하필 한 침대에서 자야 하니까요."

옌스는 폭소를 터뜨렸다. "그래요? 그럼 오늘 밤 당신이 나를 덮칠까 봐 무서워해야 하나요?"

"참 나! 꿈도 야무지시네요."

"그게 아니면 뭐가 문제지? 이자 역시 내 옆에서 자도 절대적으로 안전할 텐데. 어째서 나와 브리기테나 메를레 사이보다 우리 둘 사이에 성적으로 무슨 일이 벌어질 수 있는 가능성이 크다고 생각하는지 모르겠네요."

어이가 없어서 나는 그를 응시했다. "이봐요! 우리 둘은 나이도 비슷하고 친족도 아니잖아요."

"그래서요? 그렇다고 해도 당신과 브리기테 그리고 메를레 중에서 누가 내 옆에 눕든 내겐 다 마찬가지인데."

나는 큰 소리로 씩씩거렸다. "기가 막혀서…… 이 멍청한……." 그는 방금 내 인생 최대의 모욕을 안겨 놓고 내 옆에 누워 순진한 얼굴로 나를 쳐다보고 있었다. "망나니!"

옌스는 이마를 찌푸렸다. "왜 그렇게 흥분을 하는 거죠?"

"무례한 말을 했잖아요! 난 그래도 매력적이라고요. 안 그런가요?"

"맞아요. 매력적이긴 해요."

"그리고 난 호감이 가는 스타일이에요."

"뭐, 나름 그렇다고 할 수 있겠지."

"또 잠자리에서도 끝내줘요!"

"음…… 그렇다면 그런 거겠죠."

"거봐요. 난 당신과 비슷한 나이인 데다 친족도 아니고 매력적이며 호감이 가고 잠자리에서도 끝내주죠! 예를 들어 누군가가 나를 당신 배 위에 묶어 놓는다고 쳐요. 그래도 당신에게 아무 일도 일어나지 않을 거라고 장담할 수 있어요?' '내가 지금 무슨 말을 지껄이고 있는 거야?' 왜 그렇게 흥분을 해서 억지소리를 해대고 있는지 나 자신도 알 수가 없었다.

이제 옌스도 눈에 띄게 혼란스러워 보였다. "누가, 뭣 때문에 그런 짓을 할까 의문이지만…… 어쨌든 아무 일도 일어나지 않을 거예요."

"왜죠?" 나는 잡아먹을 듯 다그치면서 동시에 주접스러운 내 입이 제발 좀 닫히기를 바랐다.

"그거야 내가 이자에게 끌리지 않기 때문이죠. 이자는 내 타입이 아니거든요. 그리고 예쁘고 호감이 가며 스스로 잠자리에서 끝내준 다고 자처하는 모든 여자에게 끌린다고 한다면, 그것도 문제가 심각할 거 같은데."

사실 아주 그럴듯하고 충분히 공감이 가는 설명이었다. 그는 내게 끌리지 않는다! 그건 어차피 알고 있던 사실이었고, 나 역시 그에게 아무 감정이 없었다. 그럼에도 불구하고 그 말이 나를 견딜 수 없이 화나게 만드는 건 왜일까?

"그런데……." 옌스가 머뭇거리며 말했다. "내가 메를레까지 끼워 넣어서 말한 건 좀 심했던 것 같네요. 메를레는 일단 빼고, 이렇게 가정해 보죠. 내가 당신과 브리기테, 둘 중 한 사람과 꼭 자야 하는 상황에 놓여 있다고 말이에요. 그러면 난 차라리 당신을 선택할 거예요."

차라리?! 이 남잔 정말 구제 불능이네! "내가 당신과 브리기테, 둘 중 한 사람과 자야 하는 상황에 처한다면 난 차라리 브리기테를 택할 거예요. 그럼 잘 자요!" 나는 그에게 분노에 찬 시선을 던지고 몸을 홱 돌렸다. 내가 침대 끄트머리에 누워 있었다는 것을 미처 염두에 두지 못한 채. 나는 꼴사납게 침대에서 떨어지면서 머리를 나이트 스탠드에 대차게 들이박고 바닥에 나동그라졌다. "아야, 젠장!"

엔스가 내 위로 얼굴을 내밀고 걱정스러운 듯 물었다. "괜찮아요?"

나는 아픈 머리를 문지르며 일어나 앉았다. "네, 그럼요. 고마워요."

그의 입언저리가 실룩거리기 시작했다. "이러면 내가 아무래도 브리기테를……."

일순간 나는 조금 전 내 행동이 얼마나 유치하고 바보 같았는지 깨달았다. 킥킥거리며 새어 나오는 웃음을 더 이상 참지 못하고 폭소가 터졌다. 큰 소리로 웃어도 된다는 것에 안심한 듯 엔스도 따라 웃기 시작했다. 간신히 진정을 했다가도 둘 중 한 사람이 다시 웃기 시작하면 다른 사람도 덩달아 웃어 댔다. 한참 후에야 우리는 어느 정도 평정을 되찾았다. 엔스가 내 손을 잡고 나를 침대로 끌어올려 주었다. 이번에는 그런 어처구니없는 일이 또 일어나지 않도록 침대 안쪽으로 들어와 자리를 잡고 누웠다.

"이번엔 안 떨어지게 누웠어요? 안심하고 이를 닦으러 가도 되려나?"

"괜찮으니까 얼른 가요."

욕실에 갔다가 돌아온 엔스는 자기 쪽 나이트 스탠드 램프를 끄고 창문을 활짝 열었다. 그새 시원해진 바깥 공기가 침실 안으로 밀려들었다. 나는 소금기 있는 공기를 깊이 들이마셨다. 달빛이 방 안으로 비쳐 들어 옌스의 얼굴을 환히 밝히고 있었다.

"이자?" 그가 정적을 깨고 물었다.

"네?"

"정말 브리기테를 택할 건가요?"

그가 내 우스꽝스러운 행동을 다시 한번 상기시킬 심산으로 그러는 게 분명했다. 어쩌면 그는 남은 평생 이 일을 끄집어내서 나를 놀려 댈지도 모른다. "쉿! 거의 잠이 들 뻔했는데."

"난 그저 나도 더할 나위 없이 매력적이고 호감이 가며 잠자리에서 정말 끝내준다는 것을 말하고 싶었을 뿐이에요."

나는 그의 어깨를 가볍게 때렸다. "이제 그만 좀 해요!"

그가 나지막하게 웃었다. "잘 자요."

다음 날 아침 눈을 떠 보니 옌스 쪽 침대가 비어 있었다. 나는 돌아누워 다시 잠을 청했으나, 아침부터 찌는 듯 더운 데다 커튼 사이로 햇빛이 내 얼굴에 내리쬐어서 더 이상 잠을 잘 수가 없었다. 그러고 보니 오늘이 하루 온종일 여기서 보내는 유일한 날이었다. 그렇게 소중한 하루를 늦잠을 자면서 보낼 수는 없지! 나는 벌떡 일어나서 다른 사람들이 뭐 하고 있나 둘러보기로 했다. 침실 밖으로 나오자마자 커피 냄새가 진동을 했다. 그 냄새를 따라 주방으로 가보니 메를레가 레인지 앞에 서 있었다. "좋은 아침, 이자 언니! 잘 잤어? 옌스가 너무 심하게 코를 골진 않았나 몰라."

"그랬다 해도 난 세상모르고 곯아떨어졌을 거야. 옌스 어디 갔어? 브리기테는?"

265

"옌스는 샤워 중이고, 브리기테는 빵 사러 가고."

"식탁 차리는 건 내가 할게." 나는 접시와 커피잔 그리고 수저를 싱크대에서 꺼내 정원으로 가지고 나갔다.

30분 후 우리는 다 같이 둘러앉아 아침 식사를 시작했다. 벌써부터 날이 너무 뜨거웠지만, 북해에서 불어오는 바람 덕분에 그렇게 불쾌하지는 않았다. 하늘은 눈이 부실 정도로 파랗고, 머리 위로 갈매기 몇 마리가 끼룩거리며 날고 있었다. "오늘은 해변에서 즐기기 딱 좋은 날씨네." 나는 만족스러운 듯 말하고, 메를레가 이탈리아 모카포트를 불에 올려서 끓여 낸 커피를 한 모금 마셨다. 이렇게 맛있는 커피는 아직 마셔 본 적이 없었다.

메를레는 빵을 크게 한 입 베어 물었다. "브리기테와 나는 오늘 사우나에 갈 거야." 빵을 입에 가득 물고 그녀가 말했다. "같이 갈래?"

나는 하마터면 들고 있던 커피잔을 놓칠 뻔했다. "사우나?!"

"제정신이야?!" 옌스도 기겁을 했다. 그는 나하고 잠깐 시선을 교환하더니 말을 이었다. "오늘 기온이 33도까지 올라간다는데, 사우나에 간다고? 설마 농담이겠지."

"농담 아니야." 메를레가 대꾸했다. "사우나를 하고 나면 밖이 훨씬 덜 덥게 느껴지거든. 게다가 거기서 마사지도 받을 수 있잖아. 그리고 이런 날씨엔 사람이 우리밖에 없어서 좋을 거야."

"하지만 우린 바닷가에 가려고 여기 온 거잖아." 내가 항변했다. "사우나는 함부르크에도 얼마든지 있어."

"그래도 이렇게 근사한 곳은 없어."

"그리고 난 원래 해수욕을 별로 안 좋아해. 어딜 가나 모래투성이라서." 브리기테가 거들었다.

266

"자, 같이 갈 거야?" 메를레가 재차 물었다.

"안 가! 절대로!" 옌스와 나는 거의 동시에 외쳤다.

메를레는 야릇한 미소를 지었다. 그 미소를 보는 순간 뭔가 수상쩍은 느낌이 들었다.

"좋아, 두 사람은 가서 해수욕을 즐겨! 브리기테하고 난 사우나 하러 갈 거니까." 메를레가 단정적으로 말했다. "그리고 오늘 저녁에 여기서 다시 만나. 피크닉 갈 준비를 다 해놓을 테니까."

"너의 그 명령조가 슬슬 거슬리기 시작하는데." 옌스가 불평을 했다.

"하지만 이게 모두를 위한 최선의 해결책이야. 누구나 자기가 원하는 대로 할 수 있잖아." 메를레가 천연덕스럽게 대꾸했다.

틀림없이 뭔가 구린 데가 있었다.

"이런 날씨에 사우나를 하러 가다니 도저히 이해할 수가 없어요." 옌스가 투덜거렸다. 그와 나는 비치 가방과 정원창고에서 찾아낸 파라솔을 들고 바다를 향해 긴 판자다리를 걸어 내려가는 길이었다. "사우나는 절대 안 가는 아인데. 브리기테를 위해서 억지로 가는 거겠죠."

"흠, 글쎄요." 나는 미심쩍은 듯 말했다. "그게 아닐 수도 있어요. 그러니까…… 요즘 들어 메를레가 부쩍 우리 둘만 있게 하려고 애쓴다는 생각 안 들어요?"

"난 모르겠는데요."

"그럼 한번 생각해 봐요. 며칠 전 내가 옌스 집에 밥 먹으러 갔을 때 메를레가 갑자기 약속이 있다면서 가 버렸잖아요. 어제는 우리 둘이 같이 요리를 하게 만들었고 또 한 방에서 같이 자게 했죠. 그리고 오늘은 메를레가 뜬금없이 사우나에 간다고 해서 우리 둘만 바다로 가고 있어요. 우연이 너무 겹치지 않나요?"

옌스는 잠시 아무 말 없이 내 옆에서 발걸음을 옮겼다. "메를레가 우리 둘을 엮고 싶어 한다는 거예요?"

"나도 믿기지 않지만, 그런 것 같아요. 몇 주 전엔가 메를레가 내게 그런 말을 했거든요. 옌스에게 여자친구를 만들어 주고 싶다고요. 그래야 옌스가 더 상냥해질 거라면서. 하지만 메를레가 나를 염두에 두고 한 말인 줄은 꿈에도 몰랐어요."

"내가 이자와 사귀면 더 상냥해질 거라고 생각한단 말이에요?" 그가 폭소를 터뜨렸다. "이자가 나를 미치게 만들어서 내가 순식간에 괴물로 변해 버릴 텐데!"

'나 참!' 나 역시 우리가 사귄다는 게 터무니없는 일이라고 생각하지만, 그가 이렇게 대놓고 박장대소를 하는 건 좀 지나친 것 같았다. 그러는 사이에 우리는 비치 의자를 대여해 주는 노점 앞에 도착했다. "비치 의자를 빌릴까요?" 내가 옌스에게 물었다.

"파라솔을 가지고 왔잖아요."

"네, 혹시 몰라서 가져온 거예요. 비치 의자에 눕는 게 나을지 아니면 모래 위에 눕는 게 나을지 아직도 결정을 못 하겠는 걸요."

"역시 나를 미치게 만든다니까." 그는 한숨을 내쉬면서도 비치 의자를 대여하기 위해 나와 함께 줄을 섰다.

"이제부터 우리가 어떻게 대응하면 좋을까요?" 잠시 후 우리가 대여한 비치 의자를 찾아가면서 내가 다시 이야기를 꺼냈다. "메를레와 얘기를 좀 해볼까요?"

"뭐하려요? 메를레도 우리한테 아무 말 안 하는데." 옌스가 멈춰서며 말했다. "여기예요. 3410번."

모래사장을 한참 걸어오느라 지쳐서 나는 파란색과 흰색 줄무늬가 있는 비치 의자 위에 털썩 주저앉았다. 그러나 바로 다음 순간 벌떡 튕겨 일어났다. "앗, 뜨거!" 비치 의자의 비닐커버가 햇볕에 뜨겁게 달구어져 있는 것을 미처 몰랐다. 허벅지가 불에 덴 듯 쓰라렸다. 자기 꼬리를 물려고 빙빙 도는 강아지처럼 나는 몸을 돌려 뒤쪽 허벅지를 보려고 안간힘을 썼다. "옌스!" 나는 쩔쩔매면서 그를 불렀다. "좀 봐 줄래요? 화상 물집 같은 거 생기지 않았어요?"

"늘 그렇게 난리법석을 부려야 해요? 어디 한 번 봐요." 그는 내 뒤에 서서 내 허벅지를 더 자세히 들여다보려고 고개를 숙였다. "아니요. 화상 물집은 없어요. 다행히 많이 덴 것 같진 않네요."

나는 가방에서 타월을 꺼내 비치 의자 위에 깔고 조심스럽게 앉았다.

"그러고 보니 나는 아직 한 번도 이자의 허벅지를 본 적이 없네요." 옌스가 대뜸 말했다. "엉덩이도 제대로 못 봤고."

"뭐라고요?"

"이자가 맨날 원피스나 치마만 입고 있으니까 볼 기회가 없었다는 말이에요."

"아, 그래요? 그럼…… 이제 봤으니까 됐네요." 우리 둘 중에 나 혼자만 가끔씩 이상한 소리를 지껄이는 건 아니라는 생각이 들었다. "그건 그렇고 메를레를 어떻게 하죠? 괜한 희망을 품지 않도록 메를레와 얘기해 보는 게 낫지 않을까요?"

"말도 안 되는 상상에 빠져드는 게 그 아이의 특기죠." 그러면서 옌스는 티셔츠를 벗었다.

'와우, 보기 좋은데!' 나는 황급히 시선을 돌렸다. 뭐라도 해야 할 것 같아서 상의와 핫팬츠를 벗고 비키니 차림으로 다시 비치 의자에 앉았다.

옌스도 내 옆으로 와서 앉으며 말했다. "내 생각엔 우리가 굳이 메를레와 그 이야기를 할 필요는 없을 것 같아요. 그 아이가 어떤 일이 뜻대로 되지 않더라도 잘 견뎌 낼 나이가 될 때까지는 실망을 안겨 주고 싶지 않아요."

우리는 햇빛 아래 누워 있거나 이야기를 나누고 또 잠시 낮잠을 즐기다가 물에 뛰어들어 헤엄치거나 하면서 바닷가에서 느긋한 시간을 보냈다. 나는 시간이 더 천천히 흘렀으면 좋겠다는 생각이 자꾸 들었다. 아니면 아예 시간이 멈춰 버려서 유쾌한 휴가객들로 넘쳐나는 이 뜨겁고 아름다운 바닷가에 영원히 머물 수 있었으면 했다. 하지만 6시쯤 되자 내 배에서 요란하게 꼬르륵 소리가 났다.

"와우!" 옌스가 짓궂게 웃었다. "확실하네요. 자, 그만 가요. 메를레와 브리기테가 우리를 기다리고 있을 거예요."

우리가 별장에 도착해 보니 두 사람은 벌써 피크닉 준비를 하느라 경황이 없었다. "바닷가에서 어땠어?" 메를레가 궁금해했다.

"뜨거웠어." 나는 냉장고에서 물병을 꺼내 벌컥벌컥 마셨다. "아주 좋았어. 네가 같이 안 간 걸 후회할 만큼."

브리기테는 미트볼을 예쁘게 빚고 있는 중이었다. "사우나에서도 아주 기분 좋았어. 그리고 마사지는 단연 최고였어!"

나는 옌스에게 물을 건네주었다. "내가 뭐 도울 거 없어?"

"아니, 없어." 메를레가 대답했다. "둘 다 가서 샤워나 해. 그리고 나면 출발할 거야."

나는 군말 없이 그 말에 따랐다. 소금물과 모래를 깨끗이 씻어 냈
다. 나는 햇빛과 소금이 피부에 남긴 냄새를 좋아하긴 했지만, 나중
에는 마치 샌드페이퍼를 바지 안에 넣고 있는 것처럼 찜찜한 기분이
들었다. 샤워를 끝내고 막 옷을 입으려는 순간, 갈아입을 옷을 욕실
에 가지고 들어오지 않은 것을 깨달았다. 코를 찌푸리며 바닷가에서
입었던 옷을 쳐다보았지만, 그 옷을 다시 입을 엄두가 나지 않았다.
뭐, 생각해 보면 오늘 하루 종일 비키니만 입고 옌스 앞에서 활개를
치고 다녔는데도 그는 조금도 내게 음흉한 마음을 품지 않았다. 그가
내게 끌리지 않는다는데 음흉한 마음이 들겠어? 그러니까 내가 타월
만 몸에 두르고 침실에 있는 내 옷을 가지러 가도 그는 전혀 개의치
않을 것 같았다. 게다가 그는 어차피 주방에서 메를레와 브리기테를
감독하느라 내게 눈길을 돌릴 겨를조차 없을 게 뻔했다. '그런데 어
째서 내가 이런 쓸데없는 고민을 하고 있는 거지?' 나는 타월을 몸에
감고 침실로 갔다.

평소 습관처럼 다른 사람들이 요리하는 것을 간섭하고 있어야 할
옌스가 웬일로 주방에 있지 않고 침대에 누워 어제처럼 두 손을 머리
밑에 깍지 낀 채 천정에 있는 구멍들을 응시하고 있었다. 그는 내 모
습을 보고도 내게 달려들기는커녕 침을 흘리지도, 또 "오 마이 갓, 당
신 섹시해!"라고 큰 소리로 외치지도 않았다. 그는 이렇다 할 반응을
보이지 않고, 그냥 가만히 그리고 아무 감정 없이 나를 쳐다보기만
하면서 이렇게 물었다. "욕실 써도 돼요?"

"네. 갈아입을 옷을 안 가지고 들어가서요. 잠깐 옷만 입고 나올게
요."

옌스는 일어나 앉았다. "여기서 입으면 되잖아요."

나는 그가 내 몸에 감긴 타월을 벗기지 못하게 막으려는 것처럼 타월을 꽉 움켜쥐었다. "당신 앞에서요?"

그는 잠시 황당한 표정으로 나를 쳐다보다가 웃기 시작했다. "아주 좋은 생각이긴 한데, 내 말은 내가 샤워를 하는 동안 여기서 옷을 입으라는 거였어요."

갑자기 내가 너무 멍청하게 여겨졌다. '뻣뻣하게 긴장한 수도원 여학생처럼 굴다니!' 나는 저녁에 입을 옷이 들어 있는 가방을 침대 위에 올려놓고 적당한 옷을 찾기 시작했다.

잠시 후 옌스가 호기심 어린 눈빛으로 나를 지켜보고 있는 것이 느껴졌다. "왜요?"

"아무것도 아니에요. 그냥 이자가 챙겨 온 것들이 신기해서 그래요. 그 우아한 드레스는 왜 가져왔어요?"

나는 빨간 시폰 원피스에 시선을 던졌다. "혹시 우아하게 차려입고 외출할 일이 있을까 봐요."

"아, 그럴 수도 있겠네요. 그럼 이건 뭐죠? 여행용 구급함인가요?" 그는 적십자가 그려진 흰색 파우치를 가리켰다.

나는 고개를 끄덕였다.

"봐도 돼요?"

"네, 상관없어요."

옌스는 파우치의 지퍼를 열고 내가 챙겨 온 약들을 살펴보았다. "만일을 대비해서 안 챙겨온 약이 없네요. 말라리아 예방약만 빼고 다 있는데요."

나는 그의 손에서 파우치를 빼앗아 가방 안에 도로 넣었다. "여기

272

가 말라리아 지역이었으면 그 약도 챙겨왔을 거예요."

옌스는 유심히 나를 쳐다보았다. "이자는 어릴 때부터 혼자 힘으로 처리해야 할 일이 많았던 거죠? 이자의 어머니가 일하실 때면 집안일은 당신 몫이었다고 저번에 내게 말했잖아요."

"엄마와 나는 한 팀이었어요!" 나도 모르게 조금 격한 어조로 말했다. "엄마가 양로원에서 교대근무를 하니까 내가 엄마를 조금이라도 돕는 게 당연했을 뿐이에요."

"태클을 걸려는 게 아니었으니까 변명 같은 건 할 필요 없어요. 단지 이자가 계획이나 습관에 집착하는 것이 그와 연관이 있을지도 모른다는 생각이 퍼뜩 들어서 물어본 거예요."

'왜 갑자기 심리학자 행세를 하려고 드는 거야?' 나는 그 낯선 공감에 기습당한 느낌이 들었다. "나도 잘 모르겠지만…… 그 당시 처음엔 모든 게 뒤죽박죽 엉망이라서 어떤 일이든 자세하게 계획을 세우는 것이 더 편하다는 것을 알게 되었어요. 무엇을 언제 처리해야 하고 무엇을 언제 장봐야 하고, 뭐 그런 거요." 나는 밝은색 옷을 잘못 빨아서 어두운색으로 물들여 놓고 팬케이크를 굽다가 집을 홀랑 다 태울 뻔한 일이 아직도 생생하게 기억이 났다. 내가 장을 충분히 안 봐서 늘 먹을 게 부족하기도 했다. 그럴 때마다 엄마는 괜찮다고 나를 다독였지만, 나는 스스로에게 너무 화가 나서 무슨 일이든 제대로 하려고 애썼다. "항상 앞일을 예상해야 해요." 가방에서 흰색 속옷을 꺼내며 내가 말했다. "안 그러면 모든 게 엉망이 되어 버리죠. 예컨대 당신이 바닷가에서 입었던 옷을 벗지 않고 그대로 침대에 누워도 될까 미리 생각을 좀 했더라면 지금 침대에 이렇게 모래가 잔뜩 떨어져 있진 않을 거예요."

옌스가 손사래를 쳤다. "모래가 좀 떨어져 있는 게 뭐 그리 대수라고." 그는 일어나서 자기 가방을 뒤졌다. "그럼 난 샤워하러 갈게요. 나중에 봐요."

나는 7부 바지와 짧은 상의를 걸치고 주방으로 가서 메를레와 브리기테가 피크닉 준비를 얼마나 했는지 살펴보았다.

준비한 음식을 싸 들고 우리는 한 시간 후 바닷가에 도착했다. 되도록 바다와 가까운 곳에 매트를 깔자, 메를레와 브리기테가 진수성찬을 그 위에 차리기 시작했다. 매콤하게 양념한 미트볼도 있고, 마리네이드 소스에 볶은 채소, 샐러드, 닭 날개 튀김, 바삭한 바게트 빵, 디핑소스, 치즈, 과일 그리고 블루베리 머핀도 있었다.

우리는 두 시간 가까이 느긋하게 식사를 하면서 바다 너머로 해가 지는 모습을 지켜보았다. 바닷물과 하늘에 걸린 뭉게구름이 붉은빛으로 물들어 가면서 장관을 연출하고 있었다. 브리기테는 시간이 지날수록 점점 말이 없어지더니 자리를 털고 일어나면서 이렇게 말했다. "산책 좀 하고 올게." 그녀는 신발을 벗고 맨발로 모래사장 위를 천천히 걸어 내려갔다.

브리기테는 어둠이 내리고 나서야 돌아왔다.

"어땠어요?" 나는 그녀의 기색을 살피며 물었다. 얼굴이 부어 있는 것으로 보아 혼자 울다가 온 것 같았지만, 그녀에게서 어딘가 모르게 의연하고 평온한 기운이 느껴졌다.

"좋았어." 그녀는 메를레 옆에 앉으면서 말했다. "마음이 훨씬 홀가분해졌어."

우리는 밤을 꼬박 새울 기세로 바닷가에서 즐겁게 웃고 떠들었다.

하늘을 올려다보니 함부르크에서 내가 늘 바랐던 것처럼 무수히 많은 별이 반짝거리고 있었다. 다만 떨어지는 별은 하나도 없었다. 오늘 밤에는 저 위에 있는 별들도 이 아래에 있는 나처럼 어떻게든 그 자리에 머물고 싶은 모양이었다.

새벽 3시쯤 나는 침대에 누워 편안한 자세를 잡으려고 계속 꼼지락거리고 있었다. 옌스는 불을 끄고 창문을 열었다. 그러고는 자기 쪽 침대에 누워 잠을 이루지 못하고 몸을 뒤척였다. 바로 옆에 누워 있는 옌스가 자꾸 신경 쓰였다. 그의 숨소리가 들리고 그의 애프터세이브 향이 은은하게 풍겨왔다. 갑자기 나는 손을 뻗어 그를 만지고 싶은 충동에 사로잡혔다. 우리 둘 사이의 거리는 기껏해야 50센티미터밖에 안 되었고, 둘 다 가릴 곳만 가린 옷차림이었다. 우리는 신체 건강한 젊은이들이고 휴가여행 중이다. 그러므로 굳이 망설일 이유가 없지 않은가? '딱 한 번, 그냥 재미로 하는 건데……. What happens in Vegas stays in Vegas(라스베이거스에서 생기는 일은 라스베이거스에 남는다)*라는 말도 있듯이.' 라스베이거스를 장크트 페터 오르딩으로 바꿔서 생각하면 그만이다. '아, 맙소사! 또 무슨 한심한 생각을 하고 있는 거야?' 여기 이 침대에서 옌스와 나 사이에 생길 수 있는 일은 아무것도 없다. 장크트 페터 오르딩에서만 그런 게 아니라, 이 세상 어디를 가도 마찬가지다! '옌스와 나는 친구 사이일 뿐이니까.' 단지 더위를 먹어서 정신이 혼미해졌다든가 너무 오래 섹스에 굶주렸다는 이유만으로 그를 성가시게 해서 우리의 우정을 깰 수는

....

* 〈라스베이거스에서만 생길 수 있는 일〉이라는 헐리우드 영화의 원제이기도 하다.

275

없었다. 나는 한숨을 푹 내쉬며 옆으로 돌아누웠다.

"왜 그래요?" 어둠 속에서 옌스의 목소리가 들렸다.

"아, 아무것도 아니에요. 그냥 누운 자세가 편하질 않아서요."

"나도 그래요." 옌스도 옆으로 돌아눕더니 내 쪽으로 바짝 몸을 붙였다.

내 심장이 일순간 멈췄다가 다시 빠르게 뛰기 시작했다. 우리 두 사람 사이의 거리는 10센티미터도 안 될 정도로 가까웠다. "왜 이렇게 바짝 붙는 거예요?" 나는 숨을 멈추고 물었다.

"편안하게 누울 위치를 잡는 중이에요."

"내 쪽 침대에서요?"

"내 쪽은 모래투성이라서요."

나도 모르게 킥킥 웃음이 나왔다. "어니*와 쿠키 이야기 같네요! 그러게 내가 뭐랬어요? 모래가 잔뜩 묻은 옷을 입고 침대에 누우면 안 된다고 했잖아요. 자업자득이에요."

"음." 그가 졸린 듯 말했다. "하지만 괜찮아, 버트.*" 그러더니 어느새 그는 나지막이 코를 골기 시작했다.

나 참! 우린 역시 어니와 버트 같은 친구 사이였군. 이번에도 나 혼자 착각을 하고 있었다. 옌스는 그냥 편하게 자려고 내 옆으로 바짝 붙은 것뿐이었다. 자꾸 쓸데없는 생각을 하는 내가 한심해서 견딜 수가 없었다. 이런 생각을 안 하려면, 알렉스가 휴가에서 돌아오는 즉시 그에게 우리가 제 짝이라는 확신을 심어 줘야 할 것 같았다. 알렉스라면 절대 내 옆에서 우리가 남매인 양 평화롭게 잠들지는 못할 것

....

* 어니와 버트 : 새서미 스트리트에 나오는 캐릭터 커플.

276

이다!

    이튿날 아침 우리는 간단히 식사를 하고 나서 다 같이 해변으로 갔다. 브리기테와 메를레는 비치 의자에 자리를 잡았고, 옌스와 나는 모래 위에 매트를 깔고 누웠다. 나는 지금 이 순간을 잊지 않기 위해 모든 것을 내 기억에 담으려고 애썼다. 짙푸른 바다와 넓은 모래사장, 비치 의자, 수상가옥, 즐거워하는 관광객들 그리고 무엇보다 나와 함께 이곳에 온 이 세 사람……. 메를레와 브리기테는 비치 의자에 앉아 책을 읽는 중이었고, 옌스는 내 옆에 우두커니 앉아 있었다. 나는 휴대폰을 꺼내 바닷가 사진과 세 사람 사진을 수도 없이 찍어댔다. 이 완벽한 주말을 영원히 기억하기 위해. 마치 해변과 바다 그리고 나중에 일일이 다 적을 수 없을 정도로 너무나 많은 행복의 순간들만 나오는 아름다운 꿈을 꾸고 있는 기분이었다.

여름 비수기

여름 휴가 기간이라 함부르크 시내는 한산했다. 내가 아는 사람들은 다 어디론가 떠나고 없는 것 같았다. 메를레는 프랑스로, 크누트는 영국으로, 카티와 데니스는 터키로, 보그단과 크리스틴은 크로아티아로, 그리고 엄마는 친한 동료와 함께 네덜란드로 떠났다. 심지어 내가 미하엘 슐츠에게 보낸 항의 이메일에 부재중 자동 회신이 왔는데, 그가 휴가 중이어서 3주 후에야 다시 출근을 한다는 내용이었다.

가게를 수리하고 새로 오픈을 한 뒤 몰려들었던 손님들도 발길이 뜸해졌다. 여름은 원래부터 장사하는 사람들한테 힘든 시기이긴 했으나, 우리 가게는 안 그래도 상황이 좋지 않았던 터라 더 걱정이 되었다. 그나마 장례식과 결혼식 화훼장식은 일거리가 더 많아지는 추세여서, 장례사 두 곳이 새로 연결되고 예전 고객이 다시 찾아온 덕분에 주문이 꾸준하게 들어왔다.

그뿐만 아니라 웨딩플래너 케르스틴 레나르트가 나를 소개시켜 줘서 결혼식 화훼장식을 몇 군데 맡게 되었다. 그중 첫 번째 결혼식이

10월이라 아직 한참 더 기다려야 했지만, 일단 스타트를 끊은 셈이어서 기뻤다. 비요른은 9월에 대규모 생일파티를 비롯해서 조금 작은 파티 두 곳과 캐터링 서비스 예약이 되어 있었는데, 화훼장식을 내가 맡기로 했다. 그 보답으로 내가 나서서 비요른과 케르스틴을 소개시켜 주었고, 셋이서 만나 식사를 같이하면서 앞으로도 계속 협력하기로 합의를 했다.

이런 측면으로 볼 때 가게 상황이 그렇게 비관적인 것은 아니었다. 다만 뜨내기손님과 믿을 만한 주중 소득원이 부족한 상태였고, 브리기테가 주변 사무실과 병원을 돌며 홍보한 것도 전혀 성과가 없었다. 대신 우리는 좋은 단골손님을 한 명 잃었다. 바로 브리기테와의 데이트가 안 좋게 끝나고 나서부터 더 이상 우리 가게에 오지 않는 훙케뮐러 박사였다. 장크트 페터 오르딩에서 같이 주말을 보내고 온 이후로 브리기테는 말이 없어졌고 혼자 고민하고 있는 것처럼 보일 때가 많았다. 그녀는 그 고민을 나와 나누려 하지 않았다.

이번 여름은 함부르크 역사상 가장 무더운 여름으로 기록되었다. 미처 휴가를 떠나지 못한 사람들은 야외에서 여가 시간을 보냈다. 그래서 엘베 강변이나 알스터 호수, 시립공원 같은 곳은 사람들로 북적이는 반면에 시내는 텅 비어 있었다. 쉬는 날인 화요일 오후 옌스와 만나 시립공원 호숫가에 같이 누워 있을 때 그도 비수기임을 실감하고 있다고 이야기했다. "망할 놈의 여름 휴가철!" 그가 투덜거렸다. "이런 날씨에 누가 실내에 앉아 밥을 먹고 싶겠어요? 그런데 우리 가게 바깥 공간은 너무 협소하고."

"혹시 힘들어요?" 나는 걱정스럽게 물었다. "그러니까 내 말은 경제적으로 힘드냐고요."

"아뇨, 예상했던 일이라 괜찮아요. 이러다 엄청난 폭우가 한 번 휘몰아치고 나면 곧 다시 15도로 기온이 떨어지겠죠. 그러면 다시 매상이 올라갈 거예요."

나는 조심스럽게 그의 기색을 살폈다.

"이자, 괜한 걱정은 하지 말아요. 레스토랑 문을 닫는 일은 절대 없을 테니. 점심 먹을 곳이 없어지지나 않을까 전전긍긍할 필요 없다고요."

단지 점심 먹을 곳이 없어지는 것 때문에 내가 걱정하는 것은 아니었다. 옌스가 가게 문을 닫게 되면 그를 더 이상 볼 수 없을까 봐 두려웠던 것이다. 나는 옌스에게 너무 익숙해져 있었기 때문에 그를 못볼 수도 있다는 생각은 나를 불안하게 만들었다. 나는 점심시간을 대부분 그의 가게에서 보냈다. 또한 밤에 잠이 오지 않을 때면(더울 땐 그런 경우가 많았다) 그의 레스토랑에 들르거나 그의 집 발코니에 같이 앉아 이야기를 나누었다. 그런가 하면 밤에 레스토랑 문을 닫고 나서 옌스와 나는 가끔씩 루카스, 안네, 킴과 함께 뭔가를 하기도 했다. 우리는 알스터 호숫가에 가거나 안네 남편의 레스토랑에 놀러 갔다. 골드벡 운하 바로 옆에 있는 그 레스토랑의 멋진 야외테라스 자리에 안네의 남편 디르크를 비롯해서 그의 주방 식구들과 함께 둘러앉아서 밤늦도록 먹고 마시며 놀았다. 그 정도로 나는 옌스에게 익숙해져 있었고, 그는 내 삶의 일부가 되었다. 그래서 언젠가 그를 더이상 못 볼 수도 있다는 건 상상조차 하기 싫었다. 다행히도 그에 대한 나의 이상야릇한 성적 충동은 완전히 사라졌다. 짐작건대 'what happens in Sankt Peter stays in Sankt Peter'라는 말처럼 정말로 장크트 페터 오르딩에서만 생길 수 있는 일이었던 것 같았다.

한참 후에 내가 입을 열었다. "어쨌든 비수기라서 옌스 가게에 새로 온 직업훈련생한테는 좋겠네요. 옌스가 그에게 신경 써줄 시간이 더 많을 테니까요. 그리고 루카스와 킴, 안네도 초과근무를 하지 않아서 좋을 거고."

옌스는 한숨을 내쉬고 옆으로 몸을 돌렸다. "맞아요, 그것도 사실이에요. 하지만 내년 여름엔 2주일이나 1주일 아예 가게 문을 닫을 생각이에요."

나는 느릿느릿 잔디 잎사귀를 잡아 뜯었다. "우리 둘이 현재 함부르크에서 유일하게 휴가를 가지 않은 바보들이라는 느낌 들지 않아요?"

"글쎄요."

"그냥 훌쩍 떠날 수 있다면 정말 좋을 것 같아요. 생전 처음 비행기를 타고 이국적인 곳으로 가는 거죠."

"어디로 가고 싶은데요?"

나는 똑바로 누워 내 머리 위 높은 곳에서 바람에 흔들리는 참나무 잎들을 바라보았다. 빽빽한 나뭇잎들 사이로 햇빛이 반짝였다. "어디를 가든 비행기는 꼭 탈 거예요. 호놀룰루나 시드니, 스리랑카, 인도, 멕시코, 파푸아뉴기니, 페루…… 가고 싶은 곳은 많죠."

옌스는 팔로 머리를 받치고 나를 가만히 바라보았다. "왜 떠나지 않는 거예요?"

"가게 상황이 이렇게 안 좋은데 그냥 나 몰라라 떠날 순 없잖아요. 게다가 언젠가 가게를 인수하려면 돈을 빨리 모아야 해요. 어쩐지 혼자서는 떠날 엄두가 안 나기도 하고요."

그는 다시 똑바로 누우면서 웃었다. "겁쟁이!"

"난 겁쟁이가 아니에요! 또 누가 알아요? 가게 상황이 다시 좋아지면 내가 비행기를 타고 훌쩍 영국으로 떠날지. 거기도 아직 안 가 봤거든요." 그때 한 가지 생각이 문득 떠올라 나는 벌떡 몸을 일으켰다. "비행기 보고 싶지 않아요?"

"비행기요?" 그가 어리둥절해 했다.

"공항 활주로 쪽 펜스 바로 뒤에 기막힌 장소가 있어요. 크누트하고 이따금 찾는 비밀장소죠."

옌스는 별로 내키지 않는 것 같았다. "그러니까…… 지금요? 이렇게 누워 있으니까 너무 편안해서 아무 데도 가기 싫은데요."

"아, 제발요. 내가 아이스크림도 사 줄게요. 가 보면 당신도 좋아할 거예요!"

할 수 없다는 듯 옌스는 신음소리를 냈다. "알겠어요, 가요. 안 그럼 나를 가만 내버려 두지 않을 테니까."

한 시간 후 옌스와 나는 그 비밀장소의 잔디밭에 앉아 첫 번째 비행기가 우리를 향해 돌진해오는 것을 지켜보았다. 비행기는 점점 더 속도를 높여 달려오더니 마침내 이륙해서 귀가 먹먹할 만큼 굉음을 내며 우리 위로 날아갔다.

"우와!" 옌스가 비행기 굉음 때문에 큰 소리로 외쳤다. "정말 굉장해!" 그는 넋을 잃고 쳐다보느라 자기 손에 아이스크림이 들려 있다는 것도 잊고 있었다. 아이스크림이 그의 손가락으로 흘러내려 반바지 위로 뚝뚝 떨어지고 있는데도 그는 전혀 알아차리지 못했다.

"내가 그럴 거라고 했잖아요!" 나도 같이 소리를 질렀다. "18시 17분 출발 울란바토르행이었어요! 기종은 A320!"

엔스는 비행기를 계속 눈으로 쫓고 있다가 깜짝 놀란 얼굴로 나를 쳐다보았다. "비행 시각표를 다 외우고 있는 거예요?"

"말도 안 돼요." 나는 싱긋 웃었다. 그새 다시 주위가 조용해졌다. "크누트하고 나하고 즐겨 하는 말장난이에요. 그냥 생각나는 대로 아무거나 갖다 붙이는 거죠."

그도 미소를 지었다. "아, 그렇군요."

나는 그의 손과 반바지에 묻은 얼룩을 가리켰다. "아이스크림이요."

"엇, 빌어먹을!" 그는 자기 손을 핥으며 반바지에 묻은 얼룩을 지우려고 애썼으나 헛일이었다.

"것 봐요. 아이스크림은 비실용적이라니까요."

"그러네요. 하지만 난 아이스크림이 실용적이어서가 아니라 맛있어서 먹는 건데요. 아, 저기 다음 비행기가 오고 있어요."

18시 20분 출발 케이프타운행 비행기가 서서히 움직이는 동안, 나는 우리 뒤에 세워놓은 엔스의 차 범퍼에 등을 받치고 편하게 기댔다. 엔스도 아이스크림을 다 먹고 나서 나처럼 몸을 뒤로 기댔다. "여긴 정말 환상적이에요, 이자." 그는 크리스마스이브에 들떠 있는 어린아이처럼 여전히 두 눈을 반짝이고 있었다. 아이든 어른이든 남자들은 아무튼 커다란 기계라면 껌뻑 넘어간다니까. "내가 다시 데이트라는 걸 하게 된다면 꼭 여기로 올 거예요." 엔스가 덧붙였다.

나는 온몸이 싸늘해지고, 엔스가 방금 내 배에 펀치를 날린 느낌이 들었다. "안 돼요!" 나는 외쳤다. 그리고 내가 왜 이렇게 격한 반응을 보이는지 나 자신도 의아했다.

"어째서 안 된다는 거예요?"

"왜냐면⋯⋯." 나도 몰라요. 그냥 싫다고요. 모든 일에 항상 이유가 있어야 하나요? "여긴 내 자리니까요. 크누트 자리고요. 분명히 말해두지만, 여기서 어떤 멍청한 계집애나 꼬드기라고 당신에게 이 자리를 보여 준 게 아니에요."

엔스는 나를 당장 정신병원에 보내야 하나 고민이라도 하듯 유심히 쳐다보았다. "내가 여기서 멍청한 계집애가 아니라 매혹적인 젊은 아가씨를 꼬드기고 싶다면 어때요? 그건 괜찮나요?"

"아뇨! 여기선 어느 누구도 꼬드기면 안 돼요. 그리고 매혹적인 여자는 더더욱 안 되죠. 난 매혹적인 여자를 보면 역겹거든요." 문득 미심쩍은 생각이 들었다. '혹시 누가 있는 건가? 요새 우리 둘이 하도 많이 붙어 다녀서 그에게 여자가 있다면 내가 모를 리 없을 텐데.'

"그럼 내가 일생일대의 사랑을 이루고 싶어 한다고 치면, 그래도 그녀를 여기 데려오면 안 되나요?"

'벌써 일생일대의 사랑이니 뭐니 할 만큼 깊은 사이인 거야, 뭐야?' 나는 똑바로 몸을 세우고 앉아 그를 뚫어지게 쳐다보았다. "일생일대의 사랑이라니요? 당신은 그런 사랑을 믿지도 않잖아요. 혹시⋯⋯ 사랑에 빠진 거예요?"

"아니요. 그냥 궁금해서 물어보는 것뿐이에요. 그러니까 난 사실상 아무하고도 이곳에 같이 올 수 없는 거네요. 이자만 빼고."

'네, 맞아요!'라고 하마터면 말할 뻔했으나, 왠지 좀 유치한 것 같아서 간신히 참았다. "그리고 크누트도 빼고요." 나는 아량을 베풀듯 덧붙였다. "난 그냥 당신이 실수를 저지를까 봐 이러는 것뿐이에요. 이곳은 로맨틱한 데이트를 하기엔 안 좋은 장소거든요. 장담하건대 여기선 어떤 여자도 꼬드기지 못할 거예요."

"난 로맨틱한 데이트 따위엔 관심 없어요. 특히 당신이 상상하는 록발라드와 향초같이 로맨틱한 데이트는 질색이에요." 그가 격분해서 말했다. "그리고 내가 누구를 꼬드기든 말든 그건 내가 알아서 할 테니 상관 말아요."

"뭘 상관 말라고요?"

"내가 누구를……." 그는 말을 끊고 귀찮다는 손짓을 했다. "아, 날 좀 가만 내버려 둬요!"

나 참! 내가 뭘 어쨌다고 이렇게 화를 내는 거야? 평소엔 그렇게 늘 느긋하더니. "내 말은 당신이 어떤 여자도 사귀지 못할 거라는 뜻이 아니었어요." 나는 그가 사내로서 자존심이 상해서 그러는 거라고 짐작하면서 조심스럽게 말했다. "난 당신이 노력만 하면 얼마든지 여자를 사귈 수 있다고 믿어요…… 다만 여기선 안 된다는 말이에요."

"내가 노력만 하면? 주제넘게 그런 말을 하다니 정말 무례하네요!" 그가 흥분해서 소리를 질렀다. "그리고 이 자리에서 분명히 밝혀 두는데, 난 당신 외에 다른 여자하고 여기에 오지 말라는 그 희한한 금지령에 끄떡도 하지 않을 거예요."

"네, 알겠어요." 나는 짜증스럽게 말했다. 다시 범퍼에 기대어 마라케시 방향으로 날아가는 듯 보이는 보잉 747을 올려다보았다. '그가 어떤 이상한 여자를 여기 데려와서 그녀와 무슨 짓을 하든 내 알 바 아니지.'

"당신의 그 츠베가트하곤 어떻게 돼 가요?" 비행기 엔진 소리가 멀리 사라져 가자, 옌스가 불쑥 물었다.

"알렉스하고 뭐가요? 그는 다음 주면 휴가에서 돌아올 거고, 월요일에 미팅이 있어요."

"여전히 그가 일생일대의 사랑이라고 굳게 믿고 있어요?"

나는 아주 잠시 잠깐 망설이다가 대답했다. "네, 물론이에요."

"어떻게 그것을 확신할 수 있죠? 그 남자에 대해 아무것도 모르면서."

"그건 그냥 느낌으로 아는 거예요. 처음 보는 순간부터 난 그것을 알았어요. 그는 완벽해요." 문득 알렉스 생각이 났다. 요즘은 그를 생각하는 일이 그렇게 많지 않았다. 그가 휴가를 가서 서로 얼굴을 못 보니까 그런 게 아닌가 싶었다. 하지만 지금 이 순간 그의 모습이 바로 내 앞에 있는 듯 생생하게 떠올랐다. 그의 파란 눈, 머리카락 한 가닥이 삐져나와 있는 모습, 상냥한 미소, 예의 바른 태도, 그에게서 전해져 오는 느낌……. 그것은 내가 아주 특별한 존재가 된 듯한 너무나 소중한 느낌이었다. "알렉스는 내 주근깨가 눈에 띈다고 했어요." 나는 그것으로 모든 것이 설명된다는 듯 말했다.

"참 나! 이자의 주근깨는 내 눈에도 띄는데요."

깜짝 놀라 나는 옌스를 쳐다보았다. "정말요?"

"눈에 안 띌 수가 없죠, 이자. 우리가 처음 만난 날, 이자가 내게 미스터 리와 베트남 누들 수프에 대해 이야기할 때 나는 내심 궁금했어요. 이런 불쾌한 사람이 어떻게 저토록 사랑스러운 주근깨를 가지고 있을까?"

"불쾌한 사람이요?!"

"요즘 들어 주근깨가 더 많아졌어요." 옌스는 아랑곳하지 않고 말을 이었다. "장크트 페터 오르딩에서는 주근깨가 생겨나는 과정까지 지켜볼 수 있을 정도였다고 해도 과언이 아니죠. 누구든 당신을 보면 그 주근깨에 먼저 눈길이 갈 거예요. 그러니까 그 주근깨가 눈에 띄었다는 게 당신의 판단기준이라면 당신에게 완벽한 남자는 대단히 많을 수밖에 없어요." 비행기가 점점 더 가까이 다가옴에 따라 그의 목소리도 같이 높아졌다.

"그건 내 판단기준이 아니에요!"

"그럼 뭐죠?"

"그건 말로 설명할 수가 없어요. 어떤 느낌 같은 거니까! 사랑은 논리적인 설명이 불가능한 거예요!" 비행기가 우리 머리 바로 위를 날아가고 있어서 더 이상 이야기를 할 수가 없었다. 옌스와 나는 말없이 서로의 눈을 바라보았다. 우리의 시선은 서로 달라붙어 버린 듯 떨어질 줄을 몰랐다. 그도 내 주근깨가 눈에 띄었으며 장크트 페터오르딩에서 더 많아졌다고 했다. 나는 지금까지 그가 내 모습에 조금도 관심이 없다고 생각했다.

"음, 적어도 그 점에 있어서는 우리 생각이 일치하네요." 옌스가 평소의 목소리 크기로 말해서 나를 더 어리둥절하게 만들었다. 그의 눈을 바라보느라 비행기가 멀리 사라져 버린 줄도 모르고 있었기 때문이었다.

그는 내게서 시선을 거두고 검지로 반바지에 묻은 아이스크림 얼룩을 문질렀다. "그래서 당신의 알렉스가 돌아오면 어떻게 할 건데요? 틀림없이 무슨 계획이 있을 거 아니에요. 아니면 작업리스트라든가."

나는 헛기침을 하고 말했다. "미팅이 끝나면 알렉스에게 우리 집에 같이 가지 않겠느냐고 물어볼 거예요."

"와우! 너무 노골적인데요."

"그런 게 아니에요! 그를 유혹하려는 게 아니라, 단지 그와 좀 가까워지고 싶은 것뿐이에요."

"그렇다면 같이 집에 가자는 말은 꺼내지 않는 게 좋아요. 그가 그 말을 오해할 수도 있으니까."

나는 엄지손톱을 깨물며 잠시 생각에 잠겼다. "그러네요, 옌스 말이 맞는 것 같아요."

잠시 후 우리는 그곳을 떠나 옌스 집으로 향했다. 그의 집 테라스에 앉아 우리는 이런저런 이야기를 나누었으나, 단 두 가지는 절대 이야깃거리 삼지 않았다. 하나는 알렉스, 또 하나는 옌스의 잠재적 꼬드기는 능력에 관한 이야기였다. 그렇게 해서 우리는 다시 안전 구역에 들어가게 된 셈이었다. 내가 조심하기만 하면 그 구역을 벗어나는 일은 결코 없을 것 같았다.

메를레는 까맣게 그을린 모습으로 프랑스에서 돌아왔다. 월요일 아침 직접 구운 라즈베리 머핀을 들고 가게로 온 메를레는 프랑스 여행이 얼마나 근사했으며 또 얼마나 좋은 친구들을 사귀었는지 신나게 보고했다. "거기서 만난 친구들은 우리 학교 애들하곤 차원이 달랐어. 예를 들면 릴리와 클라라는 그린피스 활동에 참여하고 있대. 그리고 마티스는 난민수용소에서 자원봉사를 하고 있고." 두 눈을 빛내며 메를레는 이야기를 계속했다. "그 친구들 모두 다른 학교에 다녀서 유감이긴 하지만, 오후나 저녁 시간에 만나면 되니까 괜찮아. 내일은 마티스와 만나기로 했어. 나를 난민수용소에 같이 데리고 간다고 약속했거든. 나도 이제 뭔가 의미 있는 일을 해보고 싶어." 그녀는 머핀 반쪽을 한입에 넣느라 말을 끊었다. 그 순간을 이용해서 내가 얼른 메를레에게 물었다. "그럼 레스토랑 일은 어떡하고? 요리사가 되겠다는 꿈은 접은 거야?"

메를레는 세차게 고개를 저었다. "절대 아니지! 그래도 일주일에 두 번은 저녁 시간에 옌스 가게에서 일하면서 요리를 배울 수 있어." 그녀는 아이스커피를 한 모금 마시고 짐짓 무심한 척 내게 물었다. "옌스하고 요즘 자주 만났어?"

"응, 그렇지."

"두 사람 말이 아주 잘 통하지 않아?" 메를레는 내 마음이 아플 만큼 기대에 찬 눈빛으로 나를 바라보았다.

"음, 말이 잘 통하지. 그런데 혹시 우리 둘이 사귀기를 바라는 거야?"

메를레는 내 시선을 피하며 머핀을 손으로 한 조각 잘랐다. "내가 보기에 두 사람은 너무 잘 어울려. 그리고 내가 좋아하는 두 사람이 사귀면 모든 게 지금 상태 그대로 유지될 수 있으니까 편하잖아. 또 두 사람 중에 어느 하나가 다른 사람과 사귈까 봐 내가 걱정할 필요도 없을 테고."

나는 가만히 그녀의 손을 잡았다. "메를레, 우리 둘이 사귀면 오히려 지금 상태 그대로 유지되는 건 아무것도 없을 거야. 그리고 내가 알렉스를 좋아한다는 거 너도 알잖아."

"아, 말도 안 돼. 그 남자를 잘 알지도 못하면서!"

"그래서 하루빨리 그와 가까워질 기회를 만들 생각이야. 옌스와 나는 그냥 친구이고, 앞으로도 변함없이 친구로 남을 거야."

메를레의 얼굴에 그늘이 드리워졌다. 그러더니 그녀는 내 말이 정말 진심인지 알아내려는 듯 나를 뚫어지게 쳐다보았다. 이윽고 메를레는 고개를 끄덕이며 말했다. "알겠어. 그럼 이제부턴 언니와 오빠를 가만 내버려 둘게. 어쨌든 두 사람 다 나이를 먹을 만큼 먹었으니까 자기 일은 스스로 알아서 할 테지."

"고마워." 나는 웃으면서 말했다. "자, 이제 그 마티스라는 친구 이야기 좀 해봐."

그 후 한 30분 동안 멋있고 지적인 마티스에 대한 메를레의 찬사가 입이 마르도록 이어졌다. 그녀의 말을 빌자면 그 친구에게 '홀딱 반했다'는 것이었다. 앞으로는 옌스나 나나 메를레의 얼굴을 보기가 힘들어지지 않을까 싶었다.

메를레가 가고 나서부터 하루 종일 내 생각은 알렉스에게 가 있었다. 어젯밤에 나는 어떻게 하면 그의 마음을 움직여 다음 단계로 넘어갈 수 있을까 궁리해 보았다. 몇 번이고 내가 준비한 말을 마음속으로 또는 화장실 거울 앞에서 자꾸 연습하면서 그가 오기를 초조하게 기다렸다. 잔뜩 긴장한 채 거울에 비친 내 모습을 흘깃 쳐다보았다. 나는 이 순간을 위해 특별히 예쁜 원피스를 차려입고, 더운 날씨에 화장하는 것을 싫어함에도 불구하고 메이크업까지 했다.

드디어 가게 문 두드리는 소리가 났다. 순간 내 심장이 멎어 버린 것 같았다. "내가 갈게요!" 간이주방에서 유리컵과 커피잔을 준비하고 있는 브리기테 옆을 황급하게 스쳐 지나가면서 내가 외쳤다.

그녀의 대답을 기다릴 겨를도 없이 뛰쳐나가 보니 유리문 밖에 서 있는 알렉스의 모습이 눈에 들어왔다. 그는 내가 기억하고 있던 모습보다 훨씬 더 매력적이었다. 그의 피부는 갈색으로 그을리고, 햇볕에 바랜 탓인지 머리카락색이 더 밝아졌고 미소는 전보다 더 전염성이 강하고 다정했다.

"안녕하세요." 그가 말했다. "다시 만나서 반갑습니다."

"안녕하세요. 저도 반가워요."

그런 다음 우리는 몇 초쯤 아무 말 없이 서로를 마주 보고 서서 멋쩍은 미소를 지었다.

"음, 어서 들어오세요." 나는 들어오라는 제스처를 하면서 말했다. "휴가는 어떠셨어요?"

"환상적이었습니다! 그래도 여기 다시 오게 돼서 좋습니다. 아주 많이요." 사람 눈이 이보다 더 파랗고 더 빛날 수 있을까? 그럴 수는 없을 것 같았다. 다만 옌스는 특히 기분이 좋거나 쓸데없는 농담을 할 때 두 눈이 유난히 반짝여서 나를 미소 짓게 만들었다. '물론 그럴 때 그의 눈은 파란색이 아니라 녹색이었지만.'

나는 알렉스를 가게 뒤편으로 안내했다. 브리기테가 물과 커피를 나누어 주고 나서, 우리는 지난 몇 주간 장사가 어땠는지 이야기해 주었다. 나는 장례사와 웨딩플래너를 통해 내가 올린 수입에 대해 보고했다. 알렉스는 컴퓨터 모니터로 대차대조표를 확인하고 흡족한 듯 고개를 끄덕였다. "네, 좋습니다."

이제 브리기테 차례였다. "2주 전부터 매상이 다시 뚝 떨어졌어요. 예전과 거의 비슷한 수준이에요. 뜨내기손님도 거의 없고요."

알렉스는 수치들을 살펴보면서 생각에 잠긴 듯 자신의 턱을 쓰다듬었다.

"하지만 여름 비수기라서 그럴 거예요." 내가 재빨리 끼어들었다. "이 도시 전체 인구의 절반이 휴가 중인걸요."

브리기테의 얼굴이 일그러졌다. "아니면 사람들이 새단장한 가게를 호기심에 잠깐 들렀다가 다시 이웃 가게로 돌아갔을 수도 있죠.”

이처럼 줄기차게 비관적인 그녀의 태도가 이젠 정말 지긋지긋했다. 나는 이렇게 애를 쓰고 있는데, 그녀는 맨날 분위기를 망쳐 놓기만 했다. “여름 비수기라서 그렇다니까요.” 나는 내 생각을 고집했다.

브리기테는 헛기침을 하고 나서 알렉스에게 물었다. “이 가게를 언제까지 붙들고 있어야 할까요? 앞으로 얼마나 더 버텨 봐야 가게를 파는 게 더 나을지 어떨지 결정할 수 있을까요?”

소스라치게 놀라 나는 막 마시려고 들었던 컵을 도로 내려놓았다. “가게를 팔고 싶다는 말처럼 들리네요!”

나는 브리기테와 눈을 마주치려고 했으나, 그녀는 고집스럽게 알렉스 쪽만 보고 있었다. “나는 이미 살아날 가망이 없는 것에 매달리고 싶지 않아요.”

그는 당황스러운 듯 브리기테와 나를 번갈아 쳐다보았다. 그러다가 마침내 그가 입을 열었다. “몇 개월 정도 시간을 갖고 지켜보는 게 좋을 듯합니다. 왜냐하면 화훼장식 쪽으로는 전망이 있다는 이자벨레…… 바그너 양의 말이 전혀 틀린 게 아니기 때문입니다.” 그가 얼핏 내 이름을 불러 줬을 때 너무 좋아서 내 심장이 마구 뛰었다. “하지만 최악의 상황도 감안해야 한다는 슈마허 사장님의 말씀도 옳습니다.”

나는 브리기테의 기색을 살폈으나, 그녀의 표정으로는 아무것도 알 수가 없었다. “가게를 팔고 싶은 건 아니죠, 브리기테?”

그녀는 잠시 컴퓨터 모니터만 응시하고 있다가 나를 쳐다보고 말했다. “그래, 그러고 싶진 않아.”

“그럼 됐어요.” 마음이 놓였다. “손님을 끌기 위한 여름 특별행사를 해보면 어떨까요? 시원한 음료수를 제공하고 소시지를 그릴에 구워 주면서 발코니식물 등을 특별 할인가로 판매하는 거예요. 일종의 서머페스티벌 같은 거죠."

브리기테가 힘없이 미소를 지었다. "그래, 그거 괜찮겠는데."

나는 그 자리에서 중점사항 몇 가지를 메모하기 시작했다. "이 여름 비수기만 끝나면, 모든 게 다시 좋아질 테니 두고 봐요."

알렉스는 30분가량 더 우리와 함께 여러 가지 수치들을 살펴본 다음 말했다. "좋습니다. 오늘은 이 정도로 끝내도록 하지요."

나도 모르는 사이에 속이 불편해지고 맥박이 빨라졌다. 비즈니스 관계에서 이제 사적인 관계로 넘어갈 차례였다.

그는 벌떡 일어나 브리기테에게 손을 내밀었다. "안녕히 계세요, 슈마허 사장님." 그리고는 나를 향해 말했다. "저를 문까지 배웅해 주실 거죠?"

"사실은 변호사님하고 같이 좀 걸으면 어떨까 생각했어요." 나는 아랫입술을 깨물고 잠시 두 눈을 꼭 감았다. "그냥 변호사님과 같은 방향으로 가야 해서요. 그러면 우리가 혹시……." 어찌할 바를 몰라 나는 입을 다물고 말았다. 이런! 어떻게 말할지 수천 번도 더 연습을 했건만, 여기서 그런 말이 튀어나오다니!

하지만 알렉스는 역시 멋진 남자였다. 그는 미소를 지으며 진심으로 기뻐하는 듯 보였다. "네, 좋은 생각인데요. 그럼 갈까요?"

나는 가방을 들고 브리기테와 인사를 나눈 다음 알렉스를 따라 밖으로 나왔다. "어느 쪽으로 가셔야 하나요?" 그가 물었다.

"이쪽요." 나는 그가 항상 가는 방향을 가리키며 말했다. "에펜도르프 방향이요."

그는 내 대답이 불분명해서 이상했을 텐데도 아무 내색 하지 않았다. 잠시 동안 우리는 말없이 나란히 걷기만 했다. 나는 무슨 이야기를 하면서 걸을까 초조하게 궁리를 했다. 이 모든 게 아주 쉬울 거라 생각했는데, 막상 알렉스와 나란히 걷고 있으려니 나는 수줍은 들꽃처럼 어쩔 줄 몰라 하고 있었다. "정말 덥죠?" 이럴 땐 날씨 이야기가 제일 만만했다.

"북독일에서는 23년 만에 최고로 무더운 여름이라더군요."

"호주에선 훨씬 더 더웠을 거 같은데요."

"아니요, 그렇지 않았어요."

우리는 고급 상점과 레스토랑이 즐비한 밀렌캄프 가로 접어들었다. 길가에 내놓은 테이블과 의자들은 웃고 떠드는 사람들로 꽉 차 있었다. 갑자기 그 사람들이 부러웠다. 그들은 분명 오래전부터 잘 아는 사이라서 어떤 이야기를 하면 좋을지 고민할 필요가 없을 테니까. "음, 어떤 물고기를 보셨어요? 광대 물고기?"

"네, 다른 물고기들도 봤고요. 정말 환상적이었어요! 그게 어떤 모습이냐면…… 혹시 하겐벡 동물원에 있는 열대 아쿠아리움에 가 보셨나요?"

"아뇨, 아직 안 가 봤어요."

"우리 꼭 한 번 가 봐요. 아니, 제 말은 꼭 한 번 가 보시라고요." 그가 얼른 고쳐 말했다. "거기 가면 아름다운 산호초를 볼 수 있어요. 특히 상어 수족관은 장관이에요."

"정말 근사할 거 같아요. 꼭 한 번 가 보고 싶네요." 나는 용기를 내서 덧붙였다. "변호사님하고 같이." 두근거리는 가슴을 안고 나는 그의 대답을 기다렸다.

"아이스크림 드실래요?" 그는 우리가 방금 지나온 아이스크림 가게를 가리키며 물었다.

나는 그가 내 머리에 찬물을 한 양동이 쏟아부은 것만 같은 느낌이 들었다. '말을 다른 데로 돌리다니!' "음, 아니요. 전 아이스크림을 별로 안 좋아해요."

그가 멋쩍은 듯 웃었다. "그렇군요. 전 그냥 너무 더워서 혹시나······."

"하지만 밀크셰이크는 마시고 싶어요." 내가 재빨리 말했다.

"어떤 종류가 좋으세요? 딸기?"

"헤이즐넛으로 할게요."

알렉스가 줄을 서서 기다리는 동안, 나는 몇 번 깊게 심호흡을 하고 그냥 내가 그렇게 느낀 것뿐인지 아니면 서로 말이 안 통하는 두 사람이 나눌 수 있는 최악의 대화였는지 곰곰이 생각해 보았다. 더구나 그가 아쿠아리움에 같이 가자는 내 말을 거절한 건지 아니면 아이스크림 때문에 뭐라고 답할 기회를 놓친 건지도 불확실했다. '맙소사! 어떻게 해야 하지? 옷이라도 벗어젖혀야 하나?' 하지만 옌스의 반응을 생각하면 그래 봤자 아무 소용이 없을 것 같았다. 옌스는 내가 거의 벗은 거나 다름없는 옷차림으로 그의 옆에 누워 있어도 잠만 쿨쿨 잤으니까.

알렉스는 밀크셰이크를 사 와서 내게 건넸다. 우리는 알스터 호수 방향으로 계속 걸었다. 알렉스가 아이스크림을 먹는 동안 나는 밀크셰이크를 한 모금 마셨다. "파산 위기에 처한 회사를 구하는 일이나 스쿠버다이빙을 하지 않을 때는 주로 무슨 일을 하세요?"

"아, 뭐 이런저런 일을 하지요. 특별할 건 없습니다. 운동을 하거나 책을 읽고, 일주일에 두 번은 동물보호소에 가서 개들을 산책시켜 주기도 하지요."

하마터면 나는 빨대를 입에 꽂는다는 게 코에 쑤셔 넣을 뻔했다.

"제가 사는 집에서는 개를 키울 수가 없게 되어 있어서 거기 있는 개들을 돌보는 것으로 만족하고 있습니다. 동물보호소도 도움의 손길이 절실히 필요하고요."

이럴 수가! 사람이 어쩜 이렇게 훌륭할 수가 있지? 내 마음은 아슬아슬하게 와플콘에 비스듬히 붙어 언제 떨어질지 모르는 그의 아이스크림보다 더 빨리 녹아내리는 것 같았다. "대단하시네요. 정말 놀라워요. 저도 개를 얼마나 좋아하는데요!"

"그럼 나랑 한 번 같이 가요. 그런데 거긴……."

더 이상 생각하고 말고 할 것도 없이 나는 그의 팔을 잡고 그를 멈춰 세웠다. "방금 또 내게 극존칭을 쓰셨어요! 어째서 우린 말을 좀 편하게 놓으면 안 되는 거죠?"

그는 당황스러운 얼굴로 나를 쳐다보며 내뱉었다. "아, 젠장!" 그러고는 깊게 심호흡을 하더니 말을 이었다. "잘 들어요, 이자벨레. 내가 당신에게 얼마나 말을 편하게 하고 싶은지 모를 거예요. 사실은 당신과 다정하게 이야기를 나누고 싶은 마음이 굴뚝같은데, 당신에게 극존칭을 쓰고 깍듯하게 대하는 게 얼마나 괴로운지 알아요? 난 당신과 데이트를 하고 싶어 미치겠어요. 처음 만난 날 당신이 차 종류에 관해 설명을 하는 순간부터 그랬어요."

내 뱃속이 왠지 간질거리는 기분이 들었다. 나는 너무 흥분해서 어린아이처럼 팔짝팔짝 뛰고 싶은 심정이었다. "나도 그러고 싶어요."

"하지만 당신은 내 의뢰인이고, 난 공과 사를 확실하게 구분하고 싶어요."

"우리가 사귀더라도 난 공과 사를 확실하게 구분할 수 있어요." 내가 단언했다.

알렉스는 잠시 입을 닫고 가만히 있다가 진지하게 말했다. "그래도 내 생각엔 가게 일이 해결될 때까지 기다리는 게 좋을 거 같아요. 우리가 공과 사를 아무리 잘 구분할 수 있다 하더라도 의뢰인과 사귀는 건 변호사로서 신뢰가 떨어지는 일이니까요."

"그럼 얼마나 더 기다려야 돼요?"

"몇 주 아니면 몇 달쯤요."

깜짝 놀라 나는 한 발자국 뒤로 물러났다. "몇 달이요?! 그때까지 무슨 일이 일어날지 어떻게 알아요? 그 안에 내가 죽을 수도 있어요!"

"그런 식으로 말하지 말아요, 이자벨레."

나는 깊게 심호흡을 하고, 안타까운 심정이 고스란히 전해지는 그의 눈을 바라보았다. 비록 슬프고 실망스러웠지만, 그의 말을 충분히 공감할 수 있었다. 사실 그가 그토록 도리를 잘 지키는 사람이기 때문에 더 매력적으로 보이는 것도 있었다. "미안해요."

"나도 미안해요. 아주 많이." 그가 말했다.

우리는 알스터 호수가 나올 때까지 천천히 걸었다. 석양에 물든 호수가 반짝거리며 빛을 발하고 있었다. 백조 몇 마리가 우리 바로 앞을 헤엄쳐 지나갔다. "쟤들 중에 스와니가 끼어 있을지도 몰라요." 내가 말했다.

"스와니? 그게 누구죠?"

"스와니를 몰라요? 함부르크 사람이라면 누구나 다 알 만큼 유명한 스타인데요."

알렉스는 미소를 지었다. "난 하노버 출신이라서요."

"스와니는 몇 년 전 백조 모양 페달보트를 사랑해서 화제가 됐던 백조예요."

"정말요?" 알렉스가 웃었다.

"그럼요. 그 페달보트 이름이 스위티였는데요, 스와니는 스위티가 가까이 와도 옆으로 비킬 생각을 안 했어요. 스위디가 진짜 백조가 아니란 걸 이해할 수가 없었던 거죠. 아니면 진짜 백조가 아니라서 자신의 사랑이 이루어질 수 없다는 걸 알고 있었지만, 스와니는 개의치 않았을 수도 있어요."

"그 이야기는 어떻게 끝이 났어요?"

나는 그새 알스터 호수 중앙에서 보트 사이를 헤엄치고 있는 백조들을 바라보았다. "겨울이 와서 스와니는 겨울 철새도래지로 가야 했어요. 그리고 스와니는 스위티가 너무 보고 싶어서 상사병에 걸리고 말았어요."

"아, 불쌍한 녀석!"

"네. 하지만 그러다 어느 순간 스와니는 자신이 무의미한 것에 집착하고 있다는 것을 깨닫고 철새도래지에서 아리따운 암컷 백조를 사귀게 되었죠. 그리고 지금도 그 둘은 알스터 호수에서 행복하고 만족스럽게 살고 있답니다. 지금은 슬하에 자식을 20마리 그리고 손주를 60마리 두고 있대요."

알렉스가 미심쩍은 눈으로 나를 쳐다보았다. "정말요?"

나는 싱긋 미소를 지었다. "아니요. 그런 해피엔딩이 더 마음에 들어서 내가 지어낸 거예요. 사실은 봄이 되면 또다시 스와니가 그 망할 놈의 페달보트를 열심히 쫓아다니는 모습을 볼 수 있죠."내 처지가 꼭 그랬다. 하지만 오늘로써 알렉스를 쫓아다니는 바보 같은 짓은 그만해야 할 것 같았다. 나는 밀크셰이크를 남김없이 마시고 그에게 말했다. "저기, 솔직히 말하면 이쪽은 내가 가야 하는 방향이 아니었어요. 그러니까 나중에 버스를 타야 하는 곳까지 가기 전에 여기서 되돌아가는 게 나을 거 같아요. 난 버스 타는 걸 싫어하거든요."

그의 얼굴에 당황스러운 미소가 떠올랐다. "알겠어요. 그럼 나도 같이 되돌아갈게요. 솔직히 말하면 오늘은 차를 가지고 왔거든요. 이자벨레 가게 앞에 차를 세워 뒀어요."

그 말이 무슨 뜻인지 깨닫는 순간 나는 더 슬퍼졌다. '그가 나를 좋아하는데도 내겐 아무 소용이 없다니!' 우리는 왔던 길을 되돌아가 그가 주차해 놓은 차 앞에 도착했다. "음, 그럼…… 잘 가요. 그리고 같이 걸어 줘서 고마워요." 내가 말했다.

"내가 고맙죠."

무거운 마음으로 나는 내 자전거를 세워둔 곳으로 가서 자전거 자물쇠를 풀었다. "이자벨레!" 갑자기 알렉스가 나를 불렀다. 뒤를 돌아보니 그가 나를 향해 달려오고 있었다. "기다리자고 한 거 잊어버려요. 우리 둘이 사귀면 안 된다는 금지령이 내려진 것도 아니고, 또 나는……." 그는 자신이 생각해도 어이가 없다는 듯 고개를 저으며 말을 계속했다. "……가게 일이 해결될 때까지 기다릴 마음이 전혀 없어요. 그러니까 우리 만날래요? 만나서 같이 식사를 하거나 한잔 할까요? 아니면 둘 다 할까요?"

나는 웃으면서 고개를 끄덕였다. 너무 기뻐서 펄쩍펄쩍 뛰고 싶은 심정이었다. "같이 동물보호소에 가도 좋아요."

그는 환한 얼굴로 나를 바라보았다. 그 반항적인 머리카락 한 가닥이 그의 머리에서 또 삐져나와 있는 것을 보니 쓰다듬어 주고 싶은 생각이 들었다.

"뭘 할지 한번 생각해 볼게요, 알겠죠? 그럼 언제가 좋을까요? 토요일은 너무 빠른가요?"

"아뇨, 전혀요!"

전화번호를 서로 주고받고 나서 그가 말했다. "내가 연락할게요."

차를 몰고 그곳을 떠나는 그의 모습을 바라보며 나는 이게 꿈인지 생시인지 실감이 나지 않았다. 너무 멋진 순간이어서 실제로 있었던 일 같지가 않았다. 하지만 그의 전화번호가 내 휴대폰에 저장되어 있는 것을 보니 분명 꿈은 아니었다. '내가 너무 앞서가고 있는 걸 수도 있지만, 그는 틀림없이 내게 반한 거야!'

그런데 이 기쁜 소식을 누구한테 전해야 하지? 나와 함께 기뻐해 줄 사람이 누가 있을까? 모두 휴가를 가고 없었다. 내 시선이 틸스 레스토랑으로 향했다. 9시밖에 안 됐으니까 옌스는 아직 주방에 있을 터였다. 그러면 틀림없이 같이 기뻐해 줄 것 같았다. '물론 카티나 엄마만큼은 아니겠지만, 어쨌든 축하는 해주겠지.' 나는 길을 건너 레스토랑 안으로 들어갔다. 스탠드바 뒤에서 음료를 준비하고 있는 안네를 스쳐 지나가면서 "주방에 잠깐만 가볼게요!"라고 외치고는 흔들문을 열어젖혔다.

주방에 들어서는 순간 후끈 달아오른 열기가 확 밀려왔다. 바깥도 땀이 뻘뻘 나는 더운 날씨지만, 이 안은 그보다 20도는 더 높을 것 같았다. 스테인리스와 크롬으로 만들어진 냄비나 프라이팬들이 번쩍거렸고, 일반적인 주방기구들과는 공통점이 거의 없을 정도로 무시무시해 보이는 기계들이 여기저기 놓여 있었다. 옌스와 루카스 그리고 직업훈련생 하칸이 일을 하다가 고개를 들고 나를 쳐다보았다.

"여긴 왜 들어 왔어요?" 옌스가 달갑지 않은 표정으로 물었다. "내 주방 안까지 마구 들어오는 건 너무 지나친데요!"

"금방 나갈 테니 걱정 말아요. 그냥 기쁜 소식을 꼭 전해 주고 싶어서 들어왔을 뿐이에요."

옌스는 화로 쪽으로 다시 몸을 돌려 채소가 가득한 프라이팬을 앞뒤로 흔들면서 동시에 그릴에 올려진 스테이크를 뒤집었다. 갑자기 그가 무슨 묘기라도 부리는 것처럼 보였다.

"그래서 기쁜 소식이라는 게 뭔데요?" 그가 물었다.

나는 루카스와 하칸의 눈치를 살폈으나, 둘 다 자기가 하던 일에 다시 열중해 있었다. 루카스는 디저트를 접시에 담는 중이었고, 하칸은 불쌍하게도 양파를 썰고 있었다. 나는 옌스에게 한 걸음 더 가까이 다가갔다. 그는 이제 스테이크를 접시에 담아 오븐에 넣으면서 다른 손으로 채소에 소금과 허브 양념을 하고 그릴에 생선을 올리는 중이었다. "알렉스하고 데이트하기로 했어요!" 나는 얼굴을 빛내며 소식을 전했다.

옌스는 잠깐 고개를 들더니 감자를 다른 프라이팬에 넣고 흔들기 시작했다. "아하. 잘됐네요."

나는 그가 좀 더 반가워하고 공감하는 태도를 보여 주리라 기대했다. "네, 방금 전에 그가 데이트 신청을 했어요. 그가 말하기를, 사실은 처음부터 나와 만나고 싶었지만, 내가 그의 의뢰인이고 우리가 비즈니스 관계이기 때문에 그러지 못했대요. 그는 나랑 만나는 것이 부적절하다고 생각한 거죠."

옌스는 나를 옆으로 밀치면서 말했다. "걸리적거리지 말고 좀 비켜요, 이자. 그럼 그가 이젠 비즈니스 관계를 망쳐도 더 이상 양심의 가책을 받지 않는다는 거예요?"

"그럼요. 양심의 가책을 받는다는 게 사실 좀 웃긴 일이기도 해요. 내 말은 옌스도 이를테면 당신의 직원과 관계를 갖는다 해도 전혀 문제 될 게 없잖아요."

하칸은 양파를 자르다 말고 깜짝 놀라 눈물범벅인 얼굴을 들고 쳐다보았다. "엥?"

옌스는 로즈메리와 마늘을 생선에 넣고 보온기에서 접시 두 개를 꺼냈다. "그렇게 멍하니 있지 마, 하칸. 설탕 시럽은 잘 지켜보고 있는 거야?"

하칸은 급히 화로 쪽으로 가다가 눈물 때문에 앞이 흐릿한 탓인지 조리대 모서리에 부딪쳤다.

"양파를 자를 때 와인을 한 모금 입에 머금고 있으면 훨씬 나아요." 내가 그에게 팁을 주었다.

"물!" 벌써 조리용 와인을 손에 쥐고 있는 하칸에게 옌스가 소리쳤다. 그러고는 나를 보고 말했다. "나라면 크게 문제 될 거 같은데요."

나는 옌스가 날렵한 손놀림으로 요리를 접시에 담고 소스를 멋들어지게 뿌리는 모습을 넋 놓고 바라보았다. "그럼 손님들과 관계를 갖는 건 어때요? 옌스가 여자 손님과 관계를…… 그러니까 데이트를 한다고 해도 문제가 될 거 같아요?"

루카스는 뭔가 수상쩍게 큰 소리로 웃었다. 나는 그런 일이 이미 있었다는 의심이 절로 들었다. '아하, 이거 흥미로운데! 옌스는 자기 인생에 더 이상 여자가 없을 것처럼 굴더니 그동안 끊임없이 레스토랑에서 여자를 꼬셔내 집으로 데려간 거야, 뭐야?' 사실 그가 섹스를 안 한다고 말한 적은 없었다. 그냥 여자를 사귀고 싶지 않으며 사랑을 믿지 않는다고만 했을 뿐이었다.

옌스는 요리가 담긴 접시를 보온램프 밑에 올려놓은 다음 힘차게 종을 치고 내게로 몸을 돌렸다. "내가 여자 손님과 무슨 짓을 하든 말든 당신이나 당신의 츠베가트하곤 아무 상관도 없는 일이잖아요."

"그렇죠, 하지만 난……." 나는 말을 하다 말고 입을 닫았다. 어쩌다 우리가 이런 이야기를 하게 됐는지 모르겠다는 생각이 들었기 때문이다. 말머리를 돌리려고 나는 다시 화로 가까이 다가가 크림색 액체가 담긴 냄비 안을 들여다보았다. "이게 뭐예요?"

"바닷가재 크림 수프예요."

"냄새가 너무 좋은데요. 맛봐도 돼요?" 내 손가락을 냄비 안에 넣으려는 찰나, 옌스가 내 손을 꽉 잡았다. "제정신이에요? 여기가 무슨 맥도날드인 줄 아나!" 그는 스푼을 가져와 수프를 조금 떴다. "입 벌려 봐요."

내가 '아-' 하고 입을 크게 벌리자, 그가 수프를 내 입에 넣어 주었다. "음-" 크리미한 수프가 부드럽게 내 혀를 감싸는 순간 나는 두 눈을 감고 맛을 음미했다. 베트남 누들 수프도 아니고 게살감자 수프도 아니었지만, 그보다 훨씬 더 맛있었다. 눈을 뜨자, 나를 뚫어지게 쳐다보고 있는 옌스의 시선과 마주쳤다. 문득 우리가 얼마나 가까이 붙어 서 있는지 의식이 되었다. 갑자기 등줄기에 소름이 돋고 내 뱃속이 간질거리기 시작했다. 옌스는 여전히 내 손과 내 시선을 꽉 부여잡고 있었다. 나도 모르게 내 손가락을 그의 손가락에 깍지 꼈다.

"옌스, 수프요!" 아득히 멀리서 들려오듯 누군가 외치는 소리가 귀를 파고들었다. 옌스는 화들짝 놀라 내 손을 놓고 화로 쪽으로 몸을 돌렸다.

나는 손가락을 입에 대고 우두커니 서 있었다. 주방 안이 견딜 수 없이 후덥지근하고 비좁게 느껴졌다. 루카스와 하칸은 호기심 어린 눈으로 나를 쳐다보고 있었다. 하지만 옌스는 내게 더 이상 눈길도 주지 않고 수프만 신경 쓰고 있었다.

신경질적으로 그는 냄비를 개수대 안으로 팽개쳤다. "빌어먹을!"

와장창 소리에 나는 움찔했다.

옌스는 깊게 심호흡을 하고 다시 내게로 돌아섰다. "이자, 기분 상하게 하고 싶진 않지만…… 내 주방에서 나가줘요. 오케이?"

바보 같다는 것을 잘 알면서도 나는 거부당하고 내쫓기는 느낌이 들었다. "아, 네. 그러죠. 안 그래도 가려던 참이었어요."

"그럼 내일 봐요. 데이트하게 된 거 축하하고요."

나는 부랴부랴 주방을 빠져나왔다. '저 지옥불에 두 번 다시 발을 들여놓나 봐라!' 열기와 음식 냄새 그리고 비좁은 공간 탓에 잠시 이성을 잃고 무릎에 힘이 빠진 것 같았다. '방금 전 옌스 대신에 알렉스가 나와 함께 주방 안에 있었더라면 장담컨대 어떤 결정적인 순간, 아니 훨씬 더 격정적인 순간이 있었을 텐데!'

아, 알렉스……. 여가시간에 동물보호소의 개들을 산책시켜 주는 남자, 그가 내게는 영웅이나 마찬가지였다. '그런데 그처럼 훌륭하고 완벽한 남자가 처음 본 순간부터 나를 좋아했다니!'

어쨌든 한 가지 분명한 사실은 여름 비수기가 거의 막바지에 이르렀다는 것이었다.

너무나 동화 같은

수요일 오후 나는 크누트와 함께 틸스 레스토랑 앞에 앉아 있었다. 주말에 영국에서 돌아온 크누트가 내게 연락을 해서 곧바로 약속을 잡았다. 그가 잘 지내는지 직접 눈으로 봐야 안심이 될 것 같았다. 옌스는 잠깐 밖으로 나와서 내게 샐러드를 갖다 주고 크누트에게 인사를 했다. 다행히 옌스와 나는 아무 일 없었던 것처럼 다시 사이가 좋아졌고, 월요일 주방에서 있었던 당황스러운 일은 그새 잊혀졌다. 크누트는 아무것도 먹고 싶지 않다면서 연달아 커피를 두 잔 마시고 줄담배를 피웠다.

"휴가는 어땠어요?" 나는 알렉스에 대해 시시콜콜 보고를 하고 나서 그에게 물었다.

크누트는 벌써 세 개비째 담배를 꺼내 불을 붙였다. "좋았어. 구경도 많이 하고."

"그럼 비행은 어땠어요?"

"비행기 타고 가는 게 다 그렇지 뭐."

"비행기를 안 타 봤으니 알 리가 없죠. A320을 타고 간 거예요?"

"응, 당연하지."

나는 그의 눈 밑에 드리워진 다크서클을 걱정스럽게 살피면서 말을 꺼냈다. "괜찮아요? 내 말은 이리나 때문에 힘들지 않으냐고요."

그가 손사래를 쳤다. "아, 괜찮아. 금방 아무렇지도 않을 거야." 그는 커피에 설탕을 듬뿍 넣고 저었다. "어제도 키츠하펜에 들렀는걸."

"정말요?"

"응. 이리나가 그러더군. 내게 미안하다고. 우리는 다시 전처럼 좋은 친구 사이가 됐다고."

나는 입으로 막 가져가려던 샐러드를 도로 내려놓았다. "거긴 뭐하러 갔어요?"

"내가 그녀를 사랑하게 된 게 그녀 잘못이 아니잖아. 그리고……." 그가 잠시 뜸을 들였다. "그녀를 보지 않으면 내가 못 견딜 거 같아."

"아, 크누트." 나는 한숨을 내쉬었다. "나 같으면 퇴짜를 맞고 나서도 그렇게 애틋한 마음이 들지는 않을 것 같아요."

"뭐, 어쩔 수 없지. 이리나는 언제나 멋진 여자고, 내가 그녀의 마음을 얻을 수 없는 건 개 같은 일이지. 하지만 그것 때문에 내 인생까지 포기할 수는 없잖아. 내가 늘 말하듯이 사랑 때문에 자신을 망쳐서는 안 되지."

"절대로 안 되죠. 그리고 이리나 때문에 그래서도 안 돼요."

그는 커피를 한 모금 마시고 짐짓 대수롭지 않은 척 말했다. "근데 그 알렉스 말이야. 나한테 한번 보여 줄 건가?"

"조만간요. 그런데 그건 왜요?"

"아니, 그냥." 그의 얼굴을 보니 어떻게든 알렉스에 대해 말참견을

306

하고픈 눈치였다. "토요일에 그 백마 탄 왕자님하고 랑데부할 때 내 차에 태워 줄까?"

"고맙지만, 사양할게요." 첫 데이트에 크누트를 끌고 나가 알렉스에게 부담을 주고 싶진 않았다.

"흠. 난 모르겠어, 이자. 그 알렉스도 그렇고……. 그리고 이자가 그에 대해 이야기하는 것도 그렇고……." 크누트는 생각에 잠겨 턱을 쓰다듬었다.

우리의 대화는 내게 달갑지 않은 방향으로 흘러가고 있었다. "다른 사람의 개인사에 더 이상 끼어들지 않겠다던 결심은 어디 가 버린 거예요?"

"그 결심은 없었던 걸로 하려고." 크누트가 아무렇지도 않게 말했다. "중이 제 머리 못 깎는다고. 나는 비록 실연을 했지만, 남의 일은 뭐가 옳은지 내 눈에 뻔히 보이거든. 내가 끼어들지 않았더라면 얼마나 많은 사람들이 불행해졌을지……. 예를 들어 레나 말이야. 내 말에 귀 기울이지 않았더라면 레나는 아직도 제 짝도 아닌 남자한테 목매고 있을걸. 그리고 아인트라흐트 팀의 크리스마스 파티 때 내가 택시에 태운 그 아가씨, 카로도 있잖아. 얼마 전 신문에 그녀에 관한 기사가 실린 것을 봤는데 말이야." 크누트의 목소리에 자부심이 담겨 있었다. "그녀도 내 충고를 가슴 깊이 새긴 것 같더라고. 정말 행복해 보였거든."

"아, 그래요?" 크누트는 자신이 함부르크 택시기사들 사이에서 큐피드로 통한다고 자부했지만, 나는 왠지 그가 과연 커플을 이어 주는 결정적인 역할을 했을지 의심스러워졌다.

"그럼. 그렇다니까. 함부르크는 내가 없으면 안 된다고!"

그가 너무 확신에 차 있어서 내가 뭐라고 토를 달기가 좀 그랬다.

"아무튼 그 알렉스는 이자 말대로라면 너무 완벽해서 뭔가 좀 찜 찜하단 말이야. 이자가 말하는 그의 모습은 진짜 같지 않고, 뭐랄 까……. 마치 그가 완벽하다고 이자 스스로에게 주문을 거는 것 같거든."

그 말에 나는 펄쩍 뛰었다. "지금 무슨 말을 하는 거예요? 나 스스로에게 주문을 걸다니요! 알렉스는 내가 꿈꾸던 남자예요. 그를 처음 보는 순간 나는 드디어 심장이 쿵! 하는 걸 느꼈다니까요."

크누트는 담배를 깊게 한 모금 들이마셨다. "쿵, 쿵, 쿵, 그놈의 쿵 타령." 그가 투덜거렸다.

나는 샐러드 접시를 옆으로 홱 밀쳤다. "그만해요!"

크누트는 입을 다물고 손가락으로 테이블 위를 두드려 댔다. 이윽고 그가 큰 소리로 숨을 내쉬며 화해를 청하듯 말했다. "기분 나빠하지 말아요, 아가씨. 그냥 걱정이 돼서 그러는 것뿐이야."

"걱정할 필요 없어요."

"알겠어."

"난 알렉스를 진짜 사랑해요."

"알겠다고."

"그는 정말 멋있어요!"

"알겠다니까."

"뭐예요, 크누트!" 나는 벌컥 화를 냈지만, 활짝 미소 짓는 그를 보자 노여운 마음이 싹 사라져 버렸다. 알렉스와 나에 대한 그의 생각은 완전한 착각이긴 했지만, 어쨌든 그가 유쾌한 모습을 되찾아서 그래도 다행이었다.

그 이튿날부터는 브리기테와 함께 우리 가게의 서머페스티벌 계획을 세우느라 정신이 없었다.

"우리가 괜한 짓을 벌이는 거 아닌가 싶어." 브리기테는 자꾸 김빠지는 소리를 해댔다. "하지만 이자가 하자는 대로 할게."

나는 브리기테에게 알렉스와 내가 서로 말을 편하게 놓기로 했으며 데이트를 하기로 했다고 솔직하게 털어놓았다. 의외로 그녀는 내 고백을 태연하게 받아들였다. "그렇게 될 줄 알았어."

"괜찮아요? 그러니까 내 말은 내가 우리 변호사와 데이트를 해도 브리기테에게 문제 되지 않겠느냐고요."

"문제 될 게 뭐가 있어. 괜찮아." 브리기테는 우리가 한꺼번에 너무 많이 만들어 놔서 해바라기가 시들어 버린 '금주의 특선 꽃다발'을 따로 분류하고 있었다. 둘 다 말없이 일만 하고 있다가 갑자기 그녀가 입을 열었다. "디터에게 모든 걸 털어놨어."

나는 비용을 계산하고 있다가 깜짝 놀라 고개를 들었다. "그래서요?"

"디터가 그렇게 화내는 모습은 처음 봤어. 가방을 싸서 집을 뛰쳐나가더니 3시간쯤 후에 다시 돌아왔어." 그녀는 시든 해바라기를 쓰레기통에 버리고 나를 쳐다보았다. "부부관계 회복을 위해 우리 둘이 함께 노력해 보기로 했어." 그녀의 얼굴에 미소 비슷한 것이 떠올랐다. "내가 디터를 여전히 사랑하고 있으며 그렇게 쉽사리 포기할 마음이 없다는 걸 분명히 깨달았거든."

내 마음을 짓누르고 있던 커다란 돌덩이가 떨어져 나가는 기분이었다. "정말 잘 됐어요, 브리기테! 나도 너무너무 기뻐요!"

"난 이자처럼 낙관적이진 않아. 결코 쉽진 않을 테니까. 하지만 우리 두 사람은 해낼 수 있을 거라 믿어." 그녀는 싱싱한 해바라기꽃을 몇 송이 가져와 꽃다발을 새로 엮었다. "우린 해낼 거야. 반드시."

"그럼요, 해내고말고요." 브리기테와 디터의 관계가 서서히 나아지고 있는 것 같아 다행스러웠다. 이제 가게 매상이 쑥 오르고 알렉스와의 데이트가 성공적으로 끝나기만 하면 다시 만사형통일 것이다.

토요일에 나는 퇴근 시간을 앞당겨 점심때쯤 집으로 갔다. 시간 여유를 갖고 준비를 하고 싶었다. 알렉스는 4시에 나를 데리러 오기로 했는데, 어디로 데이트를 가는지는 말해 주지 않았다. 어느 정도로 차려입어야 하느냐는 내 물음에 그는 이렇게 대답했다. "중간 정도로 차려입으면 돼요." 역시나 내게 별 도움이 되지 않는 대답이었다. 그래서 나는 어떤 옷차림을 하고 가야 오페라를 보러 가서도 또 동물보호소에 가서도 잘 어울릴 수 있을지 머리에 쥐가 나도록 고민했다. 결국에는 꽃무늬가 있고 로맨틱하면서 빈티지한 원피스에 발레리나 슈즈를 신기로 결정했다. 하지만 왠지 마음에 안 들어서 다른 옷으로 갈아입으려는 순간, 드디어 아래 출입문 벨이 울렸다.

나는 버튼을 눌러 문을 열어준 다음 깊게 심호흡을 했다. '침착해, 이자. 넌 해낼 수 있어.' 떨리는 손으로 나는 현관문을 열었다. 알렉스는 역시 멋진 모습이었다. 그는 청바지에 그의 눈 색깔을 더 돋보이게 하는 진청색 셔츠를 입고 있었다. 그가 청바지를 입은 모습을 보는 건 처음이었다.

그는 나를 아래위로 훑어보더니 감탄사를 쏟아냈다. "와우, 이자벨레! 정말 아름다워요!"

'정말 아름답다고?' 여태껏 내게 아름답다고 말한 사람은 아무도 없었다. "고마워요." 그러면서 나는 유튜브에 식은 죽 먹기라고 소개되어 있었음에도 불구하고 세 번이나 시도를 해서 겨우 완성한 땋기와 올리기 콤비네이션 헤어스타일을 매만졌다. "이런 차림이면 되나요? 우리가 뭘 할 건지 몰라서요."

그의 미소가 더 깊어졌다. "완벽해요."

집 앞에 택시가 한 대 와서 우리를 기다리고 있었다. 택시를 보는 순간 크누트 생각이 났다. 크누트가 뭔가 수를 써서 우리의 데이트에 슬쩍 끼어들어 지금 택시 운전석에 앉아 있다고 해도 전혀 놀라지 않을 것 같았다. 하지만 그의 택시는 여기 서 있는 택시보다 15년은 더 오래됐을 것 같았다. 알렉스는 잔뜩 격식을 차려 내게 택시 문을 열어 주었다.

"어디에 갈 건지 이제 말해 주지 않을래요?" 택시가 출발하자 내가 그에게 물었다.

"곧 알게 될 거예요. 너무 조급해하지 말아요."

택시를 타고 가면서 나는 그에게 서머페스티벌을 위한 내 계획을 설명해 주었다. "내가 작성한 비용견적서를 나중에 이메일로 보내줄게요. 그러면……."

"그만!" 그가 내 말을 가로막았다. "지금은 사적인 만남이에요. 그리고 난 우리가 첫 데이트를 하는 자리에서 비용견적서에 대해 이야기하고 싶진 않아요."

"아, 미안해요. 알렉스 말이 맞아요. 우린 공과 사를 엄격하게 구분하기로 했죠."

알렉스는 내게 미소를 지었다. "맞아요. 그리고 드디어 이자벨레와 이렇게 만나게 된 것이 너무 좋아서 비즈니스적인 일에 대해 떠들 마음이 조금도 없답니다."

그 말을 들으니 나도 기분이 좋았다. "알겠어요, 그럼…… 하노버 이야기 좀 해 줘요. 거긴 어떤가요?"

그는 자신의 부모님을 비롯해서 형제와 조카들에 관한 이야기를 정감 있고 유머러스하게 들려주었고, 그의 휴대폰에 저장되어 있는 사진들을 내게 보여 주기도 했다. 물론 톰이 사진을 보여 줄 때와는 비교도 되지 않을 만큼 좋았다. 알렉스는 언제쯤 그만하는 게 좋은지 잘 알고 있었기 때문이다.

택시가 멈춰 서자, 그제야 나는 택시에 오르고 나서 처음으로 차창 밖을 내다보았다. "하겐벡!" 탑과 나무로 된 매표소가 눈앞에 나타나자 나도 모르게 소리를 질렀다. "아쿠아리움에 가는 거군요! 맙소사, 여기는 생각도 못 했어요. 나는 동물보호소만 내내 염두에 두고 있었거든요."

"여기도 괜찮아요?" 알렉스가 불안한 듯 물었다. "우리가 여기 이야기를 한 적도 있어서 같이 와 보면 좋을 거 같았어요."

"네, 최고예요! 정말 좋아요."

내가 막 내리려는데, 알렉스가 외쳤다. "잠깐만요!" 그러더니 그는 택시에서 내려 반대편으로 빙 돌아와서 내게 문을 열어 주었다. 심지어는 내가 잡고 내릴 수 있도록 정중하게 손을 내밀어 주기까지 했다. '와우!' 내가 무슨 공주라도 된 기분이었다.

잠시 후 진짜 열대지방에 온 듯 내 머릿속에서 윙윙 소리가 났다. 후덥지근한 공기에서 이국적인 냄새가 물씬 풍겼다. 우리는 정글지대와 대나무집으로 이루어진 마을을 천천히 지나갔다. 나무를 기어 올랐다 내려갔다 하는 원숭이들을 비롯해서 색이 화려한 개구리와 새들, 육식 식물 그리고 폭포까지 있었다. 그 옆에 있는 호수에는 아무리 봐도 질리지 않는 거대한 악어들이 살고 있었다. 그뿐만 아니라 베란다에는 비단구렁이들이 느릿느릿 기어 다니는가 하면 타란툴라 거미가 자기 영역을 지키고 있었다.

"무섭지 않아요?" 넋을 놓고 거미를 구경하는 나를 옆에서 지켜보던 알렉스가 물었다. "다른 여자들은 대부분 거미를 멀리서만 봐도 비명을 지르며 도망갈 텐데요. 더구나 이렇게 큰 거미를 보면 기절할걸요."

"아, 거미에는 거부감이 없어요. 다른 것들을 무서워하죠."

"예를 들면요?"

나는 잠시 생각을 했다. "이를테면 롤러코스터나 천둥·번개 같은 거요." 그중에서도 가장 무서운 건 혼란이며, 또 내게 소중한 사람들이 내 삶에서 사라질지도 모른다는 사실이라고 나는 속으로 생각했다. 첫 데이트에 꺼내기엔 왠지 너무 개인적인 이야기인 것 같았다. 그때 내 시선이 벽에 설치된 사이드라이트로 향했다. "세상에!" 나는 감탄사를 외치며 뒤에 거대한 수족관이 있는 유리벽에 찰싹 달라붙다시피 다가섰다. "상어예요! 그리고 저기 저 거대한…… 물고기 좀 봐요!"

알렉스는 내 어깨너머로 시선을 던졌다. "가오리예요. 안으로 더 들어가 봐요. 다른 곳에 가면 수족관 안이 훨씬 더 잘 보일 거예요."

우리는 형형색색의 물고기들이 여러 개의 수조 안에서 이리저리 헤엄치고 있는 해저 세계로 들어섰다. 노랑, 파랑, 빨강 물고기부터 뾰족뾰족하거나 공처럼 둥근 모양, 초소형 그리고 얼핏 보면 전혀 물고기 같지 않은 녀석들에 이르기까지 별의별 물고기들이 다 모여 있었다. 그 가운데서도 특히 어마어마하게 못생긴 물고기 한 마리가 내 시선을 사로잡았다. 그 물고기는 다른 물고기들이 무리를 지어 헤엄쳐 다니는 동안 혼자 외롭게 수조 안을 돌아다니고 있었다. "쟤는 왜 혼자일까요?" 나는 그 물고기를 손으로 가리키며 물었다. "저 물고기가 못생겨서 따돌림당하는 거 아닐까요?"

알렉스가 멈칫했다. "글쎄요, 물고기들이 외모를 따질 거 같진 않은데요."

나는 다른 물고기들이 어쩌든 말든 개의치 않고 유유히 혼자 헤엄치고 있는 그 불쌍한 물고기에 대한 연민으로 가득 찼다. "수조 안에 친구들이 있는데, 친구들이 지금 뭘 하느라 바빠서 옆에 없는 것뿐이라면 좋겠어요. 아니면 친구들이 귀찮아져서 잠깐 혼자 있는 건지도 모르죠."

"그러니까 그게…… 뭐 그럴 수도 있겠네요. 이자벨레?"

나는 못생긴 물고기한테서 시선을 떼고 잘생긴 알렉스를 향해 고개를 돌렸다.

"그만 다른 곳으로 가 볼까요?" 그가 물었다. "저쪽으로 가면 광대 물고기를 볼 수 있어요."

"알겠어요." 무거운 마음으로 나는 알렉스를 따라갔다. 마음 같아서는 그 물고기를 더 오래 지켜보고 싶었지만 할 수 없었다. 하지만 귀여운 니모들을 보자마자 살짝 서운했던 마음이 눈 녹듯 사라져 버렸다.

"여기가 오늘의 클라이맥스죠." 다음 문을 지나면서 알렉스가 힘주어 말했다.

순간 숨이 멎는 것 같았다. 나는 영화관만 한 크기의 공간 안에 들어와 있었다. 한쪽 벽면 전체가 천정부터 바닥까지 유리로 되어 있고, 그 뒤는 내가 지금껏 본 것 중에 가장 큰 수족관이었다. 이 공간의 조명이 너무 어둠침침해서 실제로 해저 바닥에 서 있는 착각이 들었다. 알렉스 말대로 이곳에서 상어가 훨씬 더 잘 보였다. 거대한 가오리가 물속을 유영하고 있었으며, 무지개 물고기와 곰치 그리고 내가 지금까지 통조림 깡통 안에 든 것만 보아온 참치 떼도 있었다. 참치는 실제로 보니 황색 지느러미와 금속성으로 번쩍이는 비늘을 가진 모습이 정말 멋있었다. 나는 경외심에 가득 차 너무나도 낯설고 매혹적인 그 세계 앞에 말없이 서 있었다. 알렉스가 왜 그렇게 스쿠버다이빙을 좋아하는지 이해가 가고도 남았다.

"이리 와서 앉아요." 그의 말을 듣고서야 우리 뒤에 관람석이 있는 것을 알았다. 알렉스가 다양한 종류의 상어와 가오리, 무지개 물고기, 곰치에 대해 내게 설명을 해주었으나, 내 귀에 제대로 들어오지 않았다. 그냥 넋 놓고 바라보기만 하는 것이 더 좋았기 때문이다. 알렉스도 그런 내 마음을 알아차린 듯 더 이상 아무 설명도 하지 않았다. 우리는 한동안 아무 말 없이 그렇게 가만히 앉아있었다.

"아름답죠?" 그가 다시 입을 열었다.

"그럼요! 지금까지 어떻게 여길 한 번도 안 와 봤을까요?"

"어쨌든 이제 와 봤으니까 된 거죠."

"알렉스 덕분이에요." 나는 우리 앞에 있는 바닷물처럼 파란 그의 눈을 바라보았다. "나를 여기 데려와 줘서 고마워요. 이 고마운 마음 평생 잊지 않을 거예요."

알렉스는 내 손을 꼭 잡았다. "이곳이 마음에 든다니 나도 기뻐요."

"꿈만 같아요! 바닷속은 이보다 훨씬 더 아름답겠죠? 유리가 없는

315

진짜 바다 말이에요."

그 순간 열대 아쿠아리움이 곧 문 닫을 시간이라는 안내 방송이 감상적인 분위기에 젖어 있는 나를 퍼뜩 깨웠다. 주위를 둘러보니 어느새 그곳에 남아 있는 사람은 우리 둘밖에 없었다. "우리도 이제 그만 가야겠는데요."

"아니요, 우린 가지 않아도 돼요. 여기서 식사를 할 거니까." 알렉스가 말했다.

그 말이 떨어지기를 기다렸다는 듯 두 남자가 테이블을 들고 나타나 수족관 유리벽 바로 앞에 세팅을 했다.

"여기서 식사를 한다고요?" 나는 어리둥절해서 되물었다. "와우! 무슨 말을 해야 할지 모르겠네요. 내 인생 최고의 경험이에요." 사실은 장크트 페터 오르딩에서 보낸 주말을 제외하고 최고라고 해야 옳을 것 같았다. 그렇게 스펙터클한 경험은 아니었지만, 그래도…… 나는 정신을 차리고 다시 알렉스에게 집중했다. "어째서 아직 솔로인 거죠?"

그가 웃었다. "지금까지 내 짝을 못 만난 탓이겠죠. 하지만 나는 짚신도 짝이 있다는 말을 굳게 믿고 있어요."

나는 고개를 끄덕였다. "네. 나도 믿어요."

알렉스는 그새 마법을 부린 듯 테이블보가 덮여 있고 흰색 자기 그릇, 와인 잔 그리고 촛대가 놓여 있는 테이블을 가리켰다. "앉을까요?" 그러고는 내가 앉을 수 있게 의자를 빼주었다. 불현듯 그가 내 빵에 버터까지 발라 주는 게 아닌가 하는 쓸데없는 생각이 뇌리를 스쳤다.

두 명의 웨이터 중 한 사람이 알렉스의 잔에 와인을 한 모금 정도

316

따라주었다. "2009년 빈티지 샤또 어쩌고저쩌고……." 그 이상은 웨이터의 설명을 알아들을 수가 없었다. 늘 그랬듯이 와인에 관해서는 내가 아는 게 거의 없다.

알렉스는 잔을 촛불에 비춰보고 냄새를 맡더니 한 모금 마셨다. 그가 고개를 끄덕이자, 웨이터가 우리 두 사람의 잔에 와인을 따랐다.

건배를 하고 나서 알렉스가 말했다. "정말 좋은 와인이네요. 훌륭하고 묵직한 바디감, 숙성된 부케향, 산과실과 바닐라 그리고……."

"세이버리*!" 내가 웃으면서 덧붙였다.

알렉스는 당황스러운 표정으로 나를 쳐다보았다. "세이버리? 좋아요, 그렇다고 해 두죠. 와인에 대한 평가는 상당히 주관적이니까요."

아, 맙소사! 진담인 줄 아나 봐! 나는 멋쩍어서 와인을 한 모금 더 마셨다. "와인 전문가예요?"

"아, 전문가는 무슨. 그냥 취미로 와인을 즐기는 거죠."

"그럼 안네하고 대화가 잘 통하겠네요. 그녀는 옌스의 레스토랑 소믈리에인데요, 몇 시간이라도 와인에 대해 이야기할 수 있죠."

"옌스의 레스토랑이요?"

"네, 우리 꽃가게 건너편에 있는 틸스 레스토랑 주인이 옌스예요. 그가 셰프이기도 하고요. 우린 친구 사이이고, 그는 메를레라는 열여섯 살짜리 여동생과 같이 살아요. 점심은 항상 거기 가서 먹는데, 옌스 가게가 쉬는 날인 화요일에는……." 내가 또 옌스와 메를레에 대해 계속 떠들어 댈까 봐 거기서 말을 끊었다. 이야기를 해준다 해도 알렉스는 어차피 관심이 없을 것 같았다. "그러니까 방금 말했듯이

....

* 유럽이 원산지인 차조기과의 식물로 요리에 쓰임.

우린 친구예요."

"그렇군요." 그는 내게 빵 바구니를 내밀더니 자신도 빵을 한 조각 가져갔다. 다행히 내 빵에 버터를 발라 주려고 하지는 않았다. 그냥 자신의 빵을 조금 잘라서 입에 넣기만 할 뿐이었다.

웨이터가 테이블로 다가와 애피타이저를 서빙했다. "치커리 샐러드를 곁들인 거위간 테린*입니다."

나는 내 앞에 놓인 접시를 내려다보고 흠칫했다. 그 위에…… 두껍게 자른 간소시지가 떡하니 놓여 있었기 때문이다. 적어도 모양이나 냄새로 봐선 간소시지가 틀림없는 것 같았다. '난 간소시지를 못 먹는데!' 옌스는 지금까지 한 번도 내게 간소시지를 내놓은 적이 없었다. '오, 이런! 어떻게 하지? 이건 도저히 못 먹겠는데…….' 그렇다고 알렉스 앞에서, 더구나 첫 데이트를 하는 자리에서 까다롭게 음식을 가리는 여자처럼 행동하고 싶지는 않았다. 그러면 나는 알렉스에게 일찌감치 까다로운 여자로 낙인찍혀 버릴 것 같았다.

"왜 그래요?"

"아무것도 아니에요." 나는 얼른 얼버무리고 포크로 테린의 모서리 부분을 콩알만큼 잘라서 억지로 입에 넣었다. '으, 틀림없는 간소시지야!' 나는 재빨리 와인을 크게 한 모금 들이키고 나서 이렇게 말했다. "이런, 양파가 들었네요. 유감스럽게도 양파 알레르기가 있거든요." 양파는 거의 모든 음식에 들어가니까 그렇게 둘러대는 게 상책일 듯싶었다. 양파라고 하니까 갑자기 옌스가 내게 양파 써는 법을

---

* 잘게 썬 고기, 생선 등을 그릇에 담아 단단히 다져지게 한 뒤 차게 식힌 다음 얇게 썰어 전채요리로 내는 음식.

가르쳐주던 일이 생각났다. 그때 내 심장이 얼마나 미친 듯 두근거렸는지도. '맙소사! 내가 대체 왜 이러는 거야? 왜 자꾸 옌스 생각이 나는 거지? 짜증 나!'

"아, 그것참 유감이네요." 알렉스가 말했다. "이자벨레한테 무슨 알레르기가 있지 않나 미리 물어봤어야 하는 건데. 그밖에 또 다른 알레르기가 있나요?"

내가 이때다 싶어 좋아하지 않는 것을 모조리 열거했다가는 여기 앉아 있는 시간만 더 길어질 것 같았다. 그리고 생고기나 간소시지만 아니면, 어떤 요리든 일단 먹어볼 생각이었다. '몇 주 동안 논쟁을 벌인 끝에 적어도 시도는 해보기로 옌스와 합의를 했으니까. 이런, 또 옌스라니.' "아뇨, 그밖에는 뭐든지 잘 먹어요. 다만 익히지 않은 고기와 날생선은 빼고요. 어차피 오늘은 생선요리가 안 나올 테지만요. 여기서 생선을 먹는 건 좀 그렇잖아요?" 나는 킥킥거리며 상어와 가오리가 평화롭게 유영하고 있는 수족관을 엄지로 가리켰다.

그런데 알렉스가 어쩔 줄 몰라 하는 표정을 지었다. "어쩌죠? 생선이 나올 텐데. 하지만 우리가 오늘 여기서 본 물고기는 절대 아니에요." 그가 재빨리 덧붙여 말했다. "잔더* 요리가 나올 거예요. 하지만 이자벨레가 정 내키지 않으면 내가 웨이터한테 이야기할게요."

"잘됐네요." 내가 말했다. "잔더는 내가 아주 좋아하는 생선이거든요."

하지만 잠시 후 메인요리로 나온 잔더는 내가 좋아하는 생선요리가 아니었다. 껍질이 바삭바삭하게 구워지지 않아서 질퍽거리는 데

....

* 농어목(目) 검은송어과(科)의 식용 민물고기.

다 소스가 아무 맛도 나지 않았다. 차라리 아무 맛도 나지 않으니까 그냥저냥 먹을 수는 있어서 괜찮았다.

메인요리를 먹으면서 우리는 스쿠버다이빙에 대한 이야기를 나누었다. 주로 알렉스가 내게 이야기를 해주는 쪽이었지만, 어쨌든 스펙터클한 수족관 앞에 앉아 해저 세계에 대한 흥미진진한 이야기에 귀 기울이는 건 너무나 멋진 체험이었다. 나는 꿈의 남자와 꿈같은 데이트를 하고 있었다. 사람들이 지금까지 본 것 중에 가장 로맨틱한 데이트가 아닐까 싶었다. 마치 무슨 동화 속으로 들어온 기분이었다.

웨이터가 디저트를 가져올 때 나는 속으로 생각했다. '제발 퐁당 쇼콜라였으면!'

"숙녀분에게는 초콜릿 무스를, 그리고 신사분에게는 바닐라 케이크를 곁들인 석류 요구르트 아이스크림을 준비했습니다." 그러고는 우리 앞에 접시를 내려놓았다.

"얼마 전에 이자벨레가 아이스크림을 좋아하지 않는다고 내게 말한 기억이 나서요. 또 나는 반대로 초콜릿을 좋아하지 않거든요. 괜찮아요?" 알렉스가 물었다.

"그럼요. 세심하게 신경 써줘서 고마워요!" 나는 초콜릿 무스를 조금 맛보았다. 인스턴트 가루로 만든 초콜릿 푸딩 같은 맛이 나는 것으로 보아 직접 만든 무스가 아닌 게 확실했다. 옌스, 그러니까 요리사들은 대부분 간편하게 요리할 수 있는 편의식품을 싫어해서, 직접 만들어 낼 수 없는 요리는 메뉴판에 올리지도 말아야 한다는 입장이다.

"맛이 없어요?" 알렉스가 물었다.

"아니요. 그냥 배가 불러서요."

"내 꺼 맛볼래요?"

나는 흠칫했다. "고맙지만, 정말 배가 너무 불러서 사양할게요."

"그래도 한 번만 먹어 봐요." 그러면서 그는 아이스크림을 가득 얹은 스푼을 내게 들이밀었다.

"음, 고맙지만 난⋯⋯." 스푼이 내 입에 막 닿으려고 하는 순간, 내가 반사적으로 고개를 옆으로 홱 돌리는 바람에 스푼이 내 뺨에 부딪히고 말았다.

"오, 이런! 미안해요!" 그는 당황해서 어쩔 줄 몰라 하고 있었다. "정말 미안해요."

"아니요, 내가 미안해요." 나는 냅킨으로 뺨을 닦았다. 나 자신이 너무 창피해서 그의 눈을 똑바로 쳐다볼 수가 없었다. 알렉스는 나를 기쁘게 하려고 이렇게 애를 쓰고 있는데, 난 고맙게 생각하기는커녕 한심하고 고집스러운 어린애처럼 행동하고 있다니! 대체 왜 그러는 거야? "나도 왜 그랬는지 모르겠는데, 반사적으로 그렇게 됐어요. 그리고 난⋯⋯ 정말 미안해요!"

알렉스는 손사래를 쳤다. "괜찮아요. 먹기 싫다는데 억지로 입에 넣어 주는 게 잘못이죠. 생각해 보면 충분히 이해가 가요."

그의 반응은 그가 얼마나 완벽하고 훌륭한 사람인가를 다시 한번 확인시켜 주었다. 아무튼 난처했던 식사가 이제 끝나서 나는 조금 안심이 되었다. 웨이터가 더 따라 준 와인을 마시며 우리는 아쿠아리움의 분위기를 그냥 편하게 즐겼다. 이야기를 나누거나 말없이 가만히 앉아 유유히 헤엄쳐 다니는 물고기들을 관찰하고 있으려니 마음이 한없이 평화로워지고 진정이 되었다.

10시가 되자 아쿠아리움에서 나가야 할 시간이 되었다. 밖으로 나오니 알렉스가 미리 불러놓은 듯 택시 한 대가 우리를 기다리고 있었다. 아직은 그렇게 늦은 시각이 아니어서 어딜 또 가지 않을까 싶었지만, 알렉스는 곧바로 나를 집에 데려다주었다. 그는 이번에도 내게 차 문을 열어 주고 집 앞까지 배웅해 주었다.

"너무나 멋진 저녁을 보내게 해줘서 고마워요, 알렉스. 믿기지 않을 만큼 근사했어요."

"네." 그가 미소를 지으며 말했다. "식사가 이자벨레에게 썩 만족스럽지 못해서 아쉽긴 하지만, 어쨌든 이자벨레가 양파와 억지로 먹여주는 것에 알레르기가 있다는 건 알게 된 셈이네요."

"아, 나도 정말 속상해요! 먹는 것을 가지고 자꾸 까다롭게 굴어서요. 하지만 나도 고치려고 노력하는 중이고, 전보다는 훨씬 나아졌어요. 물론 알렉스는 그런 인상을 받지 못했겠지만⋯⋯." 나는 해명을 해봤자 별 도움이 안 되겠다는 느낌이 들어 말을 멈추었다. "알렉스는 나를 더 이상 만나고 싶지 않을 거예요."

그는 두 손을 내 어깨 위에 올렸다. "말도 안 돼요. 당신이 얼마나 매혹적인지 알아요? 난 우리가 계속 만나야 한다고 생각해요."

'그는 정말로 나를 다시 만나고 싶은 걸까? 내가 오늘 저녁 내내 그렇게 못난이처럼 굴었는데도? 아, 세상에 이렇게 훌륭한 남자가 또 있을까?' "나도 그렇게 생각해요."

알렉스가 내게 얼굴을 숙였다. 순간 나는 속으로 또다시 고개를 돌려선 안 된다고 자신을 타일렀다. 하지만 그의 입술이 내 입술에 닿기 직전에 그는 생각이 바뀐 듯 내 뺨에 부드럽게 입맞춤만 하고 말았다. "잘 자요, 이자벨레."

그는 마지막으로 나를 한 번 쳐다보고 다시 택시를 향해 걸었다.

나는 그 자리에 뿌리박힌 듯 집 앞에 서서 그가 내게 제대로 키스하지 않았다는 충격에서 언제쯤 벗어날 수 있을지 헤아려 보려고 애썼다.

실수투성이 내 인생

밤새도록 알렉스가 왜 그랬을까 고민하느라 잠이 오지 않았다. 그는 나를 보고 "매혹적"이라면서 왜 키스를 하지 않았을까? 어쩌면 식사하는 동안 내가 보인 행동과 내게 아이스크림을 먹이려고 할 때 일어난 일 때문에 놀라서 키스를 그만두었을지도 모른다. 아니면 그는 내가 관심이 없다고 생각했을 수도 있고, 혹은 나를 만나고 보니 관심이 없어졌을 수도 있다. 나는 온갖 가능성을 생각해 보면서 밤을 지새웠다.

그렇게 잠 못 이루는 밤을 보내고 일요일 아침이 되자마자, 나는 카티에게 꼭 만나야겠다는 문자메시지를 보냈다. 다행히 다시 함부르크에 돌아와 있었던 그녀는 오후에 플란텐 운 블로멘 공원의 인공 폭포 앞에서 만나자고 답장을 보내왔다.

잠을 못 자서 피곤했음에도 불구하고 나는 자리에서 벌떡 일어났다. 아침부터 후덥지근하고 숨이 막힐 것 같아서 더 이상 침대에 누워 있을 수가 없었다. 나는 샤워를 하고 나서 가장 시원한 여름 원피스를 입고 아침으로 먹을 만한 것을 사 오기 위해 길모퉁이에 있는 포르투갈 카페로 향했다. 카페 입구에서 나와 같은 생각을 한 듯 포르투갈식 카페라테 갈라웅 한 잔과 종이봉지를 손에 들고나오는 옌스와 마주쳤다.

"안녕, 이자." 그가 의아한 눈길로 나를 쳐다보았다. "벌써 일어났어요?"

"네, 너무 더워서 잠을 잘 수가 없네요." 나는 그가 손에 들고 있는 것을 가리키며 물었다. "아침 같이 먹을까요?"

그가 고개를 끄덕였다. "밖에서 기다릴게요."

나는 치즈와 세라노 햄을 끼운 크루아상 샌드위치와 갈라웅 한 잔을 사 가지고 나왔다. 옌스 덕분에 맛을 알게 된 이 포르투갈식 밀크커피에 이제는 거의 중독되다시피 했다. 옌스가 만든 퐁당 쇼콜라처럼. 우리는 골드벡 운하 쪽으로 걸어가서 벤치에 나란히 앉아 물 위에서 훈련 중인 카누 선수들을 지켜보았다.

"어제 데이트는 어땠어요?" 옌스는 토스트를 크게 한 입 베어 먹고 나서 짐짓 무심한 척 물었다.

"아주 근사하긴 했어요." 나는 열대 아쿠아리움에 가서 상어를 보며 특별한 저녁식사를 했노라고 간단히 이야기해 주었다.

"와우! 그 남자 신경 많이 썼네요. 식사는 뭐가 나왔어요? 요리는 누가 하고?"

당연히 옌스에게는 음식이 제1의 관심사였다. "누가 요리를 했는지는 모르겠어요. 음식은…… 그저 그랬어요. 간소시지가 나왔거든요."

"간소시지? 거위간 테린을 말하는 거예요?"

"맞아요."

그가 씩 웃었다. "저런! 그 요리는 이자에게 금기잖아요."

"네, 그래서 양파 알레르기가 있다고 둘러댔어요."

"순발력이 대단하네요."

나는 크루아상 샌드위치를 한 입 베어 물고 말했다. "디저트로는 초콜릿 무스가 나왔는데, 인스턴트푸딩 맛이었어요." 그때 내가 고개를 돌리는 바람에 알렉스가 아이스크림을 내 뺨에 묻히게 된 일이 생각났다.

"하지만 이자의 입맛을 만족시키기가 얼마나 어려운지 요리사의 고충도 이해를 해줘야 해요."

"옌스는 언제나 내 입맛을 만족시키잖아요."라고 말하면서 나는 어째서 옌스만 유일하게 그럴 수 있는 건지 궁금했다.

내 말에 옌스는 그냥 웃기만 할 뿐이었다.

"그리고 다른 일은 없었어요?" 그는 여전히 아무 관심도 없다는 어조로 물었다. "그에게 당신의 스누피 속옷을 보여 줬어요?"

나는 커피를 마시고 있다가 하마터면 사레가 들릴 뻔했다. "내가 스누피 속옷을 가지고 있는 걸 어떻게 알았어요?!"

"난 전혀 몰랐어요. 우연히 알아맞힌 것뿐이에요. 그래서요? 그에게 그 속옷을 보여 줬어요?"

"아니요. 난 스누피 속옷을 입고 있지 않았어요. 설령 내가 그 속옷을 입고 있었다 하더라도 그는 어차피 볼 수 없었을 테지만요. 우리는 키스도 제대로 못 한걸요." 나는 친구끼리 할 법한 그 볼키스에 대한 생각을 몰아내기라도 하는 것처럼 내 이마를 문질렀다. "그는 내가 매혹적이라면서 다시 만나고 싶다고 말했어요. 그러더니 내 볼에 입맞춤을 하고 가 버렸죠. 그게 다예요."

'이상하게 옌스의 눈빛에 안심하는 기색이 담겨 있다고 느낀 것은 내 기분 탓이었을까?' "매혹적이라고? 나 참! 이자는 매혹적인 여자를 보면 역겹다고 했잖아요."

"그땐 어쩌다 보니 말도 안 되는 소리를 지껄인 거죠." 나는 플라스틱 스푼으로 컵 안에 든 우유 거품을 긁어모았다. "어쨌든 난 그에게 충분히 매혹적이지는 않은가 봐요."

옌스는 분통이 터지는 듯 신음소리를 냈다. "맙소사, 이자! 그렇게 항상 드라마를 찍듯 과장해서 생각해야겠어요? 그가 당신에게 키스를 하지 않았다. 그래서요? 그가 멍청이라서 그랬거나 그럴 용기가 없었나 보죠."

"그는 어엿한 성인이지, 수줍음 타는 10대가 아니잖아요! 옌스가 그였다면, 당신도 내게 키스를 안 했을까요?"

옌스는 잠시 아무 말 없이 나를 쳐다보더니 입을 열었다. "나요? 그게 나하고 무슨 상관이에요?"

"아무 상관도 없죠. 하지만……." 나는 말끝을 흐렸다. "아, 나도 모르겠어요. 그가 내게 키스를 하지 않았다는 게 그냥 계속 신경 쓰여요." 나는 빈 종이컵을 벤치 옆 쓰레기통에 던져 넣었다. "같이 산책이나 좀 할래요?"

그는 시계를 들여다보았다. "안 되겠는데요. 레스토랑에 나가 봐야 해서요. 장부 정리도 하고 재료 준비도 해야 해요. 화요일은 어때요? 같이 호숫가로 놀러 갈래요?"

"네, 좋아요."

우리는 옌스의 레스토랑 앞에서 작별 인사를 나누고 헤어졌다.

"저기요, 이자?" 옌스가 뒤에서 나를 불렀다.

나는 그를 뒤돌아보았다. "왜요?"

그는 무슨 말을 해야 할지 몰라 당혹스러운 듯 고개를 흔들었다. "우리 내일 점심 때 보는 건가요?"

"나 참, 새삼스럽게 왜 그래요?" 나는 자기가 알렉스 일과 무슨 상관이냐고 묻던 그의 말이 떠올랐다. 어쩌면 내 생각보다 훨씬 더 많은 상관이 있을지도 모른다는 막연한 예감이 들었다. 어쨌든 옌스는 어제저녁 내내 내 머리에서 떠나질 않았고, 그 사실이 키스를 하지 않았다는 것보다 나를 더 혼란스럽게 만들었다.

내가 두 시간 후 약속 장소인 플란텐 운 블로멘 공원의 인공폭포 앞에 도착했을 때, 카티와 데니스는 벌써 와서 나를 기다리고 있었다. 두 사람은 공원 안에 여기저기 놓여 있는 흰색 정원 의자를 몇 개 갖다 놓고 앉아서 슬러시가 든 컵을 손에 든 채 햇볕을 쪼이고 있었다. "안녕, 얘들아!"

카티와 데니스는 벌떡 일어나 나를 얼싸안으며 반가워했다. "너희들 정말 좋아 보인다! 완전히 갈색으로 그을렸네. 여행은 어땠어?" 나는 의자에 비스듬히 몸을 기대며 물었다.

두 친구는 잔뜩 상기된 표정으로 그들이 묵은 호텔과 해변에 대해 자랑을 늘어놓더니 어느새 이사 갈 집 이야기로 넘어갔다. 나 자신도 좀 뜻밖이었지만, 처음으로 나는 그런 척만 하는 게 아니라 진심으로 기뻐해 주었다. "같이 한 번 가자." 지금 정원이 얼마나 아름다운지 모른다는 두 사람의 이야기를 듣고 내가 말했다.

"그래, 좋아!" 카티가 두 눈을 빛내며 외쳤다.

조금 후에 보그단과 크리스틴 그리고 넬리도 와서 합세를 했다. 나는 드디어 모두의 얼굴을 다시 볼 수 있게 되어서 정말 기뻤다.

"그나저나 너한텐 뭐 새로운 소식 없어, 이자?" 크리스틴과 보그단이 크로아티아에서 보낸 휴가에 대해 보고를 하고 나자, 데니스가 내게 물었다.

나는 꽃가게의 지금 상황에 대해 짧게 이야기하고 옌스, 메를레 그리고 브리기테와 함께 북해로 주말여행을 다녀왔다고 말했다. 친구들은 그 이야기에 대단한 관심을 보였다. "아하? 너희 둘 사이에 뭐가 있는 거지?" 넬리가 물었다.

"쓸데없는 소리 하지 마!" 내가 느끼기에도 조금 지나치게 격한 반응이었다. "있긴 뭐가 있다는 거야? 우린 좋은 친구이고, 그래서 내가 그를 많이 생각하는 것뿐이야. 요즘 들어 그런 순간들이 문득문득 있긴 한데, 그건 지극히 정상이야."

"어떤 순간들?" 카티가 궁금해했다.

"이상야릇한 성적인 긴장감이 드는 순간 말이야. 하지만 내 쪽에서만 일방적으로 그러는 거고, 아무 의미도 없어. 그냥 남자친구를 사귄 지 하도 오래돼서⋯⋯. 그리고 이 숨 막히는 더위 때문에 노출이 심한 옷을 입고 다니다 보면, 가끔 그런 순간이 오기도 하잖아. 친구 사이여도 얼마든지 있을 수 있는 일이야."

넬리의 눈썹이 치켜 올라갔다. "아, 그래? 데니스나 보그단하고 같이 있을 때도 그런 순간이 왔단 말이야?"

나는 두 친구를 더 자세히 살펴보았다. 데니스가 입술을 쑥 내밀고 나를 향해 키스를 보냈다. 그리고 보그단은 어깨를 넓게 펴고 과장된 몸짓으로 머리를 쓸어 넘겼다.

"아니." 내가 대꾸했다.

"크누트하고 있을 땐 어땠어?"

"미쳤어?"

"그렇다면 그건 네가 그에게 성적 매력을 느낀다는 의미야." 카티가 말했다.

"난 그에게 성적 매력을 느끼지 않아!" 나는 강력하게 부인했다. "그도 내게 성적 매력을 전혀 느끼지 않고." 나는 친구들이 옌스를 생각하게끔 더 부추겨서 짜증이 났다. 내가 친구들한테 듣고 싶었던 말은 그 이상야릇한 감정이 금방 사라질 테니 신경 쓰지 말라는 것이었다. "그리고 그보다 훨씬 더 중대한 소식이 있어. 그건 바로 알렉스와 내가 어제 최고로 로맨틱한 데이트를 했다는 거야!"

넬리의 눈이 휘둥그레졌다. "얼마나 대단했는데 그래? 어서 말해 봐."

그래서 나는 열대 아쿠아리움에서 데이트한 이야기를 오늘만 두 번째 읊어 댔다. 내가 이야기를 마치고 나자, 친구들은 입을 쩍 벌리고 나를 쳐다보았다.

"그 남자가 둘이서만 오붓한 시간을 보내려고 열대 아쿠아리움을 통째로 빌렸다는 거야?" 제일 먼저 정신을 차린 크리스틴이 물었다. "영화에나 나올 법한 일이 실제로 일어나다니 믿기지 않아."

"그 남자 백만장자라도 되나?" 보그단이 궁금한 듯 물었다.

"어째서 그가 먹여 주는 걸 눈 딱 감고 받아먹지 못한 거야?" 데니스가 물었다. "그게 뭐가 그렇게 어려워? 입을 벌리고 스푼만 넣으면 끝인데."

"나도 알아! 하지만 반사적인 반응이었기 때문에 나도 왜 그랬는지 이유를 설명할 수가 없어."'더군다나 며칠 전까지만 해도 옌스가 내게 뭔가를 먹여 줬을 때 아무 문제 없이 받아먹었는데…….' 하지만 그 일까지 친구들한테 시시콜콜 다 말해 줄 마음은 없었다. "어쨌든 알렉스가 나한테 키스하지 않은 게 무엇 때문이라고 생각해?"

"쑥스러워서 그랬을지도 모르지." 크리스틴이 의견을 내놓았다.

"아니면 너한테 관심이 없을 수도 있고." 데니스가 말했다.

"혹은 그가 젠틀맨이라서 너를 존중한다는 걸 보여 주려고 그랬을지도 몰라." 카티가 말했다.

"아님 그가 멍청이라서 그랬겠지." 보그단이 아무렇지 않게 툭 내뱉어서 이미 똑같은 말을 한 바 있는 옌스가 또 떠올랐다.

"아니면," 이번에는 넬리 차례였다. "더 이상 고민하지 말고 그다음에 어떤 일이 일어날지 그냥 기다려 봐."

나는 생각에 잠겨 인공폭포를 바라보았다.

"그건 절대 불가능한 일이지." 데니스가 말했다. "이자는 여자고, 게다가 드라마의 여왕이야. 그런데 어떤 일이 일어날지 그냥 잠자코 기다리라고? 어림없지."

"야!" 내가 발끈했다. "내가 뭘 어쨌다고 여자니 드라마의 여왕이니 무시하는 거야?"

카티가 그새 녹아서 설탕물이 되어버린 슬러시를 소리 내어 마시며 내게 물었다. "언제 또 만나기로 했어?"

"나도 몰라. 오늘 문자메시지를 몇 번 주고받긴 했지만, 전화 통화를 하거나 약속을 정하지는 않았어."

"그럼 옌스와의 일이 무슨 의미인지 알아낼 수 있는 시간이 있는 셈이네." 넬리가 또 옌스를 들먹였다.

"아무 의미도 없다니까!" 나는 격한 반응을 보였다. "그는 친구야. 내게 없어서는 안 될 소중한 친구. 그게 어떤 것이든 감정이 개입되어서 우리 사이를 망가뜨리는 일은 절대 없을 거야."

"하지만 넌……." 카티가 입을 열자마자, 나는 그녀의 말을 가로막고 화제를 돌리는 데 효과만점인 무기를 꺼내 들었다. "이 문제는 이제 끝난 거야. 얘들아, 우리 지금 다 같이 불렌하우젠에 가 보는 건 어때?"

카티는 잠깐 멈칫하더니 금방 환한 표정을 지었다. "그래, 좋은 생각이야! 불렌하우젠이 아니라 불렌쿨렌이긴 하지만, 어쨌든 너희만 좋다면 지금 당장 출발해도 돼."

"아주 치사한 수법이네." 넬리가 내게 속삭였다. "하지만 내가 장담하는데, 옌스 문제는 끝난 게 아니야."

두고 보면 알겠지. 어쨌든 나는 알렉스 문제로 골머리를 앓고 있는 마당에 옌스 문제까지 계속 신경 쓰고 싶지는 않았다.

우리는 카티와 데니스의 새 보금자리로 향했다. 정말 거기까지 가는 길이 그렇게 멀지는 않았다. 우리가 그 집 앞에 섰을 때 나는 카티와 데니스가 귀찮아할 정도로 자주 이 집에 올 것 같은 예감이 들었다.

시립공원 호숫가에서 옌스가 반나체로 내 옆에 누워 있는데, 그와의 문제에 신경 쓰지 않기란 참 쉽지 않은 일이었다. 유감스럽게도 메를레는 새로 사귄 친구들을 만나느라 같이 오지 못했다. 메를레를 데려와 옌스와 나 사이에 앉혀 놓아도 좋았을 뻔했다는 생각이 들었다. 한숨을 내쉬면서 나는 몸을 돌려 배를 깔고 누웠다. 그의 등과 머리카락에 맺혀있는 물방울을 계속 보고 있을 수가 없었기 때문이다.

"무슨 일 있어요?" 그가 물었다.

"아뇨, 왜요?"

"허리가 쑤실 때마다 우리 할머니가 그랬던 것처럼 3분마다 한 번씩 한숨을 쉬어 대니까요."

나도 모르게 킥킥 웃음이 나왔다. "내가 언제요?"

"진짜 그랬다니까요."

"말도 안 돼." 나는 한숨을 내쉬며 상체를 들어 두 팔로 받쳤다. 그러자 옌스가 웃음을 터뜨렸다. 그의 말대로 내가 그새 또 한숨을 쉬었다는 것을 알고 나도 따라 웃었다. "무엇으로 이 모든 것을 조금 더 견딜 만한 것으로 만들 수 있는지 알아요?"

"이 모든 것? 그게 뭔데요?"

나는 애매모호한 손동작을 하면서 말했다. "그냥 이 모든 것이요. 더위, 여름, 태양, 푸른 하늘, 호수, 쉬는 날." 하마터면 '그리고 당신'이라고 덧붙일 뻔했으나, 가까스로 자제할 수 있었다.

"그래서요? 무엇으로 그럴 수 있다는 거예요?"

"술이요."

"흠." 옌스는 딴 데 정신이 팔린 듯 팔을 뻗어 내 등을 부드럽게 쓸어내렸다.

순간 감전된 듯 온몸이 찌릿찌릿한 느낌이 들었고, 그의 손길이 닿는 곳마다 살이 얼얼했다. 나는 몸을 움직일 수도 말을 할 수도 없을 만큼 무기력해졌다. 도대체 뭘 하는 거야? 나를 기필코 한숨 쉬게 만들려고 작정했나?

옌스는 나를 쳐다보더니 내 표정을 보고 무슨 낌새를 알아차렸는지 모르겠지만, 어쨌든 자기 팔을 거두었다. "음, 저기…… 등에 풀잎이 붙어 있었어요." 그는 손을 들어 손가락 사이에 끼어 있는 풀잎을 내게 보여 주었다.

그때서야 내가 숨을 멈추고 있었음을 깨닫고 깊게 숨을 들이마셨다. "술이 필요해요. 옌스도 마실래요?"

"좋죠."

나는 원피스를 주워 입고 잰걸음으로 가판대로 향했다. 소시지 2개와 맥주 2캔을 사 들고 돌아와 보니 다행히 옌스가 티셔츠를 입고 앉아 있었다.

"오, 고마워요." 내가 소시지와 맥주를 건네자, 그가 말했다. "이자가 자리를 뜨자마자 소시지도 같이 먹으면 좋겠다고 생각했는데 이렇게 소시지를 사 오다니 재미있지 않아요?"

"재미있는 게 아니라 소름 끼치는데요. 당신이 나를 세뇌시켰으니까요!"

우리는 건배를 하고 맥주를 시원하게 들이켰다. 저쪽에서 한 남자가 우는 아기를 팔에 안고 있는 모습이 내 눈에 들어왔다. 그 모습을 보자마자 아빠 생각이 절로 났다. "나도 참 까다로운 아기였어요." 내가 뜬금없이 옌스에게 말했다.

그는 웃으면서 고개를 흔들었다. "이자는 정말이지 생각이 어디로 튈지 모르겠다니까요."

"내가 온종일 울어 대기만 해서 우리 엄만 나를 감당하기가 힘들었대요. 우리 아빠만 유일하게 나를 달랠 수 있었죠. 아빠 언제나 내게 노래를 불러 주었어요. 네나의 노래 같은 거요. 아, 아빠 너무나 멋진 사람이었어요. 저기 있는 아기 아빠처럼요."

옌스는 그리움에 찬 내 시선을 좇아 매트 위에서 아기를 달래고 있는 남자를 바라보았다. 그는 아무 말도 하지 않고 나를 유심히 쳐다보았다.

나는 소시지를 한 입 베어 물었다. "옌스의 아버지는 어떤 분이세요?"

그는 어깨를 으쓱했다. "뭐 좋으신 편이죠. 하지만 내가 아버지를 못마땅하게 여기던 시절도 있었어요. 사실 그 당시에는 단지 아버지를 화나게 하려고 학교를 빼먹었죠. 그 방법이 먹히더라고요."

"어땠을지 짐작이 가요."

"그런 식으로 자꾸 학교를 빼먹으니까 결국 아버지는 나를 은행가나 고고학 교수로 만들 수 없다는 것을 순순히 받아들이셨죠."

웃으면서 나는 그새 다 먹어 치운 소시지 종이 접시를 구겼다. "은행가나 교수가 되었으면 우린 못 만났을 거 아니에요. 생각만 해도 끔찍해요. 그럼 누가 내게 요리를 해주겠어요?"

"이자벨레는 언제나 자기 자신을 제일 먼저 생각하죠?" 재미있다는 듯 그의 눈이 반짝였다.

"글쎄요. 내가 자신을 제일 먼저 생각하지 않으면 누가 그렇게 해주겠어요? 그래서 지금은 아버지를 더 많이 이해하게 됐나요?"

그가 고개를 끄덕였다. "그렇죠. 나이가 들면 다른 눈으로 보게 되는 것이 많아지더라고요. 맥주 한 캔 더 할래요?" 갑자기 엉뚱한 것을 묻는 것으로 보아, 감정에 관해서는 충분히 떠들었으니 그만하자는 신호를 내게 보내려는 의도인 것 같았다.

"네, 좋아요. 근데 옌스도 생각이 어디로 튈지 모르겠는 건 마찬가지네요 뭐."

저녁 시간이 될 때까지 우리는 매트 위에 누워 나무기둥에 난 구멍을 쳐다보고 이야기를 나누다가 헤엄을 치러 가거나 빈둥거리며 놀았다. 그러다 8시 반쯤 자리를 정리하고 집으로 향했다. 나는 오른쪽으로 꺾어져야 하고 그는 똑바로 직진해야 하는 교차로에서 우리는 멈춰 섰다.

"즐거운 하루였어요." 아직은 그와 헤어지고 싶지 않았지만 아쉬운 마음을 누르고 내가 말했다. "그럼 내일 만나요."

그가 고개를 끄덕였다. "네. 아니면…… 같이 뭘 좀 더 마실까요? 아직 그렇게 늦은 시간은 아닌데."

나는 너무 좋아서 가슴이 마구 뛰었다. 내 얼굴에 미소가 번지는 것을 느끼면서 대답했다. "좋아요. 옌스 발코니에서요?"

그는 잠시 머뭇거리더니 말했다. "함부르크 마일레 쇼핑센터 주차장 건물 옥상에 비치클럽이 있는데, 거기 가는 건 어때요?"

"거기에 비치클럽이 있어요?" 내가 깜짝 놀라며 물었다. "옥상에?"

"네, 11층에 있어요. 내 친구가 거기서 일하고 있죠."

"근사할 거 같아요."

"오케이. 그럼 내가 데리러 갈게요. 한 시간 후에?"

"네, 완벽해요. 그럼 이따 봐요."

정확히 1시간 20분 후 우리는 비치클럽에 들어섰다. 그곳에 발을 들여놓는 순간 다른 세상에 온 기분이 들었다. 바닥에 모래가 깔려 있고, 중앙에 스위밍풀이 있었다. 여기저기 비치 의자와 파라솔이 놓여 있었고, 스피커에서 느긋한 해변 분위기 음악이 흘러나왔다. 내

오른쪽으로 지금껏 본 것 중에 최고로 긴 스탠드바가 있었다. 그곳으로 가서 옌스는 내게 그의 친구 에디를 소개시켜 주었다. 에디는 아주 재미있는 친구였고, 특히 그가 만들어 주는 마이타이 칵테일은 맛이 기가 막혔다. 우리는 에디와 잠시 이야기를 나누고 스위밍풀로 갔다. 운 좋게 비어 있는 구석자리를 발견하고 풀 모서리에 걸터앉아 물속에 발을 담갔다. 나는 칵테일에 꽂은 스트로를 빨면서 조명을 밝힌 함부르크의 밤거리를 내려다보았다. 문즈부르크 세쌍둥이 고층빌딩이 바로 우리 앞에 나란히 놓여 있어서 그런지 세련되고 대도시적인 분위기가 나는 것 같았다. "뉴욕에 와 있는 것 같지 않아요?"

옌스가 미소를 지었다. "그런 것 같기도 하네요."

"뉴욕에 가봤어요?"

"네, 거기서 몇 달 동안 일한 적이 있어요."

"어땠어요?"

그는 칵테일을 한 모금 마셨다. "스트레스를 많이 받았죠. 주방장이 하루 종일 들들 볶아 댔거든요. 내가 지금까지 살아오면서 만난 사람 중에 최고로 악질이었어요. 하지만 덕분에 배운 게 많았어요."

"도시가 어땠냐고 물은 건데요."

"아, 그래요? 뉴욕은 아주 멋지죠." 그는 나를 보고 싱긋 웃었다. "하지만 함부르크가 더 나아요."

나는 물에 담근 두 발을 첨벙거렸다. "그래도 꼭 한 번 가 보고 싶어요."

"그럼 가 봐요." 옌스가 덧붙였다. "가서 영영 안 돌아올 생각만 아니라면요."

나는 그가 진심으로 하는 말인지 알아내려고 그의 눈을 들여다보았다. 그는 놀리는 듯한 미소를 전혀 짓지 않고 나를 똑바로 쳐다보고 있었다. 심장 박동이 빨라지고 뱃속이 간질거리는 느낌이 들었다. "안 돌아오긴요. 그런 일은 절대 없을 거예요." 한 젊은 여자가 옷을 입은 채로 풀에 뛰어드는 바람에 내 옆에서 첨벙하는 소리가 났다. 곧 친구로 보이는 여자 두 명이 똑같이 풀에 뛰어들었고, 이어서 몇 명의 남자들이 우르르 뒤따라 뛰어들었다.

"이리 와요." 옌스가 내 팔을 부드럽게 잡아끌면서 말했다. "풀에 뛰어들기엔 아직 술기운이 부족하네요."

"나도 그래요."

우리는 스탠드바 의자에 앉아 우리 옆에 있는 사람들의 대화에 끼어들었다. 그들은 남독일에서 온 관광객들로, 우리에게 함부르크의 숨은 명소를 가르쳐 달라고 청했다. 나는 당연한 듯 빈터후데에 있는 틸스 레스토랑에 가 보라고 추천하면서 그곳이 함부르크에서 소문난 스타급 레스토랑이라고 찬사를 늘어놓았다. 한편 옌스는 전도유망한 함부르크 조각가의 작품도 살 수 있는 매혹적이고 아담한 꽃집이 있다면서 꼭 들러 보라고 그들에게 소개해 주었다. 고맙다면서 그들이 우리 두 사람에게 술을 한 잔 사겠다고 해서 우리는 북독일사람과 남독일사람에 대한 편견을 두고 설전을 벌이면서 유쾌한 시간을 보냈다. 그렇게 많이 웃어본 건 정말 오랜만이었다. 잠시 후 그들은 호텔로 돌아가야 한다며 우리와 작별인사를 나누었다.

"우리가 저들을 가게에서 다시 보게 될지 기대돼요." 나는 남은 칵테일을 홀짝이면서 말했다. "우리 가게에 대해 그런 식으로 말해 줘서 고마워요."

"스타급 레스토랑이라고 해줘서 나도 고마워요."

'스타급'이라는 말이 나오자 꽤 오랫동안 잊고 있었던 일이 다시 떠올랐다. "옌스에게 꼭 물어보고 싶은 게 있어요." 내가 말을 꺼냈다. "당신의 전 여자친구와 바람을 피웠다는 스타 셰프 있잖아요. 그 사람이 대체 누구예요?"

옌스가 멍하니 나를 쳐다보았다. "뭐라고요?"

"메를레가 나한테 그 이야기를 해줬는데, 그 셰프가 누구인지는 죽어도 말을 안 해줘서요. 나랑 상관없는 일이라는 거 나도 잘 알아요. 그리고 당신에게 그런 끔찍한 일이 일어나다니 정말 유감이고요. 하지만 어느 셰프가 그런 짓을 했는지 알아내지 못하면 내가 돌아 버릴 거 같아요! 그러니까 제발 말해 줘요."

"그렇게 호기심이 많은지는 미처 몰랐는걸요." 그가 웃었다.

"맞아요! 내가 얼마나 호기심이 많은데요. 궁금해서 더 이상 못 참겠어요. 제발 내게 말해줘요! 제발!"

그는 내 간청을 무시하고 대신 이렇게 말했다. "당신이 슈벡이나 라퍼에 대해 왜 그렇게 이상한 말을 했는지 이제 알겠네요. 내가 스타 셰프라면 다 치를 떤다고 한 것도 그렇고."

"프랑크 로진이었어요? 아님 팀 맬처? 크리스티안 라흐? 슈테펜 헨슬러? 오 마이 갓, 설마 호르스트 리히터는 아니겠죠?!"

옌스가 미소를 지었다. "내가 말해 주면 나한테 뭘 줄 거죠?"

"받고 싶은 게 뭔데요?"

"이자가 생각해 봐요. 하지만 그 비밀정보의 대가가 매우 비싸다는 건 당신도 이해하리라 믿어요."

"나더러 스트립쇼라도 하라는 거예요, 뭐예요?" 맙소사, 내 입에서 이런 말이 튀어나오다니!

그는 짓궂게 나를 위아래로 천천히 훑어보았다. "그러면 좋겠지만, 이자에게 그렇게 큰 걸 요구할 수는 없죠. 어쨌거나 나는 젠틀맨이니까."

"아 네, 그러시겠죠. 좋아요, 그럼…… 진토닉 한 잔 어때요?" 막상 말을 하고 보니 비밀을 말해주는 대가치고는 너무 시시한 것 같았다.

옌스는 내 제안을 다시 한번 심사숙고하듯 턱을 쓰다듬었다. "좋아요."

나는 그가 뜻밖에도 너무 쉽게 오케이를 해서 오히려 좀 실망스러웠다. "정말요? 진토닉 한 잔이면 된다고요?"

"네. 친구 사이니까 특별히 싸게 해주는 거예요."

그래, 우리 둘의 관계는 친구 사이였지. 그런데 내가 너무 멍청해서 요즘 툭하면 그 사실을 잊어버리고 말았다. 나는 의자에서 몸을 일으키며 말했다. "알겠어요. 금방 올게요."

스탠드바로 가서 나는 에디에게 진토닉 두 잔을 주문했다. 에디가 진토닉이 든 잔을 내게 건네는 순간 나는 신기한 듯 외쳤다. "색이 파래요."

"나도 알아요. 토닉을 파란색으로 물들이는 비법재료가 들어 있어서 그래요." 에디가 말했다.

"정말요?" 나는 넋을 잃고 진토닉 잔을 응시했다. "일종의 화학반응 같은 건가요?"

"맞아요." 그가 진지하게 고개를 끄덕였다. "화학반응이죠. 그 물질을 잘못 취급했다가는 아주 위험할 수도 있어요."

나는 미심쩍은 눈으로 그를 쳐다보았다. "나를 놀리는 거죠."

그가 씩 웃었다.

나는 그에게 혀를 날름 하고 같이 씩 웃었다. 옌스가 앉아 있는 자리로 가면서 진토닉 잔 두 개를 높이 쳐들고 큰 소리로 외쳤다. "이것 봐요! 진토닉이 파래요!" 그 말이 채 끝나기도 전에 나는 모래 위에 놓여 있는 조리 샌들에 발이 걸려 넘어질 듯 비틀거렸다. 나는 넘어지지 않으려는 동시에 진토닉을 쏟지 않으려고 안간힘을 쓰다가 옌스 바로 앞에서 간신히 멈춰 섰다. 진토닉이 무사한지 먼저 살핀 다음 웃고 있는 옌스의 눈을 바라보았다. "진토닉이 파래서 보는 것만으로도 취하나 봐요." 그가 말했다.

"난 취하지 않았어요. 내가 진토닉을 하나도 쏟지 않은 것만 봐도 알 거 아니에요." 나는 옌스에게 진토닉을 건넸다. "에디는 뭐가 들어가서 이렇게 파란지 안 가르쳐 주네요."

"문어 먹물이요." 옌스가 진지하게 말했다.

나는 순간 흠칫했으나 웃음을 터뜨리며 그의 가슴을 가볍게 때렸다. "짓궂어! 그럼 이제 그 스타셰프가 누군지 말해 봐요. 이미 대가를 치렀으니까."

"네, 고마워요." 그는 좌우를 살피고 나서 내 어깨를 잡고 자기 쪽으로 나를 끌어당겼다. "아무한테도 얘기 안 하겠다고 하늘에 대고 맹세해야 해요."

호기심 때문이라기보다 그가 몸을 바짝 붙이고 있어서 당황한 나머지 숨을 멈추었다. 내 머리는 물론이고 내 무릎까지 솜으로 만들어진 것 같은 느낌이었다. 그에게서 좋은 냄새가 났다. 옌스는 내게 몸을 숙이더니 내 귀에 대고 속삭였다. "아무도 아니에요."

내 귀에 부드럽게 와 닿는 그의 숨결이 느껴졌고, 내 등줄기를 타고 기분 좋은 소름이 돋았다. 그가 아무 말이라도 계속 속삭이기를 바라면서 나도 모르게 두 눈을 감았다. 하지만 더 이상 아무 말도 들려오지 않자, 그때서야 그가 방금 한 말이 내 뇌에 도달했다. 나는 눈을 번쩍 떴다. "뭐라고요?"

그는 약 올리듯 느릿느릿 말했다. "그 이야기는 새빨간 거짓말이에요."

"메를레가 지어낸 이야기라고요? 하지만 왜 내게 그런 거짓말을 했을까요?"

"모르겠어요. 아마도 그 아인 당신의 관심을 끌고 싶었는데, 생각나는 게 그것밖에 없어서 그랬지 싶어요."

메를레가 스토커 시절에 카티와 넬리가 함께 있는 자리에서 그 이야기를 했던 것을 생각하니 옌스의 말이 상당히 그럴듯하게 여겨졌다. "어쩌면 그렇게 아무 눈치도 못 채고 깜박 속아 넘어갈 수 있었을까요?"

옌스의 눈길에 아직까지 그에게서 한번도 찾아보지 못한 다정함이 담겨 있었다. "이자는 처음부터 상대방이 거짓말을 하거나 속이려 한다는 걸 생각조차 안 해서 그래요. 사실 그게 당신의 매력이기도 하지만요."

내 뱃속은 롤러코스터를 타고 있는 것만 같은 느낌이었다. 순간 나는 옌스와 키스하고 싶다는 생각밖에 안 들었지만, 아무 일도 일어나지 않았다. 우리는 그저 마법이 풀릴 때까지 가만히 서서 서로를 바라보고만 있을 뿐이었다. 5미터 높이 다이빙대에 서 있다가 뛰어내리기 직전에 기어 내려온 것이나 진배없었다. 나는 테이블 건너편으로 다시 돌아가 의자에 앉았다. 옌스는 머리를 쓸어 넘기고 진토닉을 한 모금 들이켰다.

"메를레는 참 못 말리는 아이예요, 그죠?" 짧게 헛기침을 하고 나서 내가 말했다. 옌스는 고맙게도 화제를 돌리려는 내 시도에 호응을 해주었다. 그래서 우리는 잔이 빌 때까지 메를레에 대한 이야기를 계속했다. 그 후 우리는 그곳을 나와 집으로 발걸음을 옮겼다. 빈터후데 방향으로 막 접어들 즈음, 갑자기 옌스가 말했다. "키츠에 가서 한 잔 더 하고 갈까요? 이제 12시인데."

나는 내일 아침 9시까지 가게에 출근을 해야 했고, 진토닉을 좀 과하게 마신 듯 피곤하고 지쳐 있었다. 그런데 그의 말을 듣는 순간 오히려 몸이 가뿐해지는 느낌이었다. "좋아요." 나는 환한 표정으로 말했다.

상파울리로 방향을 돌린 우리는 키츠하펜으로 향했다. 그 술집은 함부르크 인구의 절반과 버스를 몇 대 대절해서 온 덴마크 관광객들이 축제를 벌이기 위해 모이기라도 한 듯 손님들로 발 디딜 틈 없었다. 사람들을 뚫고 간신히 스탠드바 앞으로 가보니 그곳에서 키츠의 여왕 이리나가 엄격하게 통치를 하고 있었다. 이번에도 '키츠쾨니긴(Kiezkönigin)'이라는 글씨가 박힌 티셔츠를 입고 있는 그녀는 내가 기억하고 있는 모습보다 훨씬 더 작고 가냘프며 더 예뻤다.

"이자벨레!" 그녀가 나를 발견하고 반갑게 소리쳤다. "다시 만나게 돼서 반가워요! 잘 지냈어요?"

"네, 고마워요. 이쪽은 옌스라고 해요." 나는 손가락으로 내 옆을 가리켰다.

두 사람이 악수를 하고 나서 이리나가 물었다. "뭐 마실래요? 커피는 안 마실 거 같은데?"

"네, 사양할게요." 내가 웃으면서 대답했다. "난 맥주 마실게요."

"나도요."

이리나는 우리 앞에 길게 줄을 서서 기다리는 손님들이 투덜대든 말든 개의치 않고 우리가 주문한 것부터 서빙할 준비를 했다. 잠시 후 그녀는 아스트라 맥주 두 병과 작은 술잔 두 개를 스탠드바 위에 내려놓았다. 그러고는 커다란 술병을 가지고 와서 무시무시해 보이는 붉은 색 술을 잔에 따랐다.

"멕시카너*예요?" 나는 겁먹은 표정으로 물었다.

"함부르크 최고의 멕시카너죠." 그녀가 자부했다. "서비스니까 마셔요. 정신이 말짱해질 거예요."

나는 미심쩍은 눈으로 내 앞에 놓인 잔을 응시했다. '멕시카너를 마시면 정신이 말짱해진다는 말은 또 처음 들어 보네.' 이리나의 멕시카너가 그녀의 커피 못지않은 맛이면 어쩌나 겁이 났다.

"마셔요!" 이리나는 엄한 시선으로 우리를 다그쳤다.

내가 여전히 주저하고 있는 동안 옌스는 얼른 잔을 들었다.

"사실 독한 술은 즐겨 마시지 않아요." 내가 말했다. "독한 술을 마시면 난처한 일이 벌어지거든요."

"왜요? 무슨 일이 벌어지는데요?" 옌스가 흥미로운 듯 물었다.

"그러면 옆 사람에게 너무…… 달라붙는다고 해야 하나? 예컨대 당신에게 치근덕거릴지도 몰라요."

그는 내 앞에 놓인 잔을 내 손에 쥐여 주며 말했다. "여기요, 이리나가 하라는 대로 해요. 누군가 내게 치근덕거린 지가 하도 오래돼서

....

* 테킬라나 보드카에 토마토주스, 타바스코, 소금, 후추 등을 넣고 매콤하게 만든 칵테일의 일종.

간만에 좀 당해 보고 싶네요."

결국 나는 내 잔을 옌스의 잔에 부딪친 다음 그와 함께 끔찍하게 매운 멕시카너를 단숨에 들이켰다. 이리나는 우리의 빈 잔을 가리키며 물었다. "한 잔 더요?"

"당연하죠." 옌스가 대답했다.

이리나는 술을 잔에 따라 주면서 말했다. "크누트도 곧 올 거예요. 항상 1시쯤 짬을 내서 여기 들러 커피를 마시거든요."

"아, 잘됐네요." 나는 당황스러워서 맥주병에 붙은 라벨을 만지작거렸다.

"그가 나를 사랑한다는 말 이자벨레에게 하던가요?"

"네."

"갑자기 왜 그러는지 모르겠어요. 그가 모든 걸 뒤죽박죽 엉망으로 만들고 있잖아요." 비난을 하면서도 그녀의 표정은 이상하게 기분 좋아 보였다. "우리가 알고 지낸 지 그렇게 오래되었는데, 크누트는 왜 이제 와서 새삼 사랑 타령을 하는 거죠?"

"크누트하곤 어떻게 만났나요?" 옌스가 물었다.

"그가 내 남편의 보호관찰사였어요."

나는 하마터면 손에 들고 있던 맥주병을 떨어뜨릴 뻔했다. "보호관찰사?! 크누트가 보호관찰사였다고요?"

"몰랐어요?" 그녀가 뜻밖이라는 듯 물었다.

"네, 전혀요! 택시운전사가 되기 전에 뭘 했는지 내가 수도 없이 물어봤지만 그는 이야기하기 싫어했어요."

"크누트는 그 당시에 내게 많은 도움을 주었어요. 내 남편은 지금도 여전하지만 형편없는 개자식이었어요." 그녀의 입가에 부드러운 미소가 떠올랐다. "하지만 크누트는 최고예요."

"크누트를 위하여!" 옌스가 외치면서 잔을 높이 들어 내게 마시라는 신호를 보냈다.

나는 잔을 비우고 나서 이리나에게 물었다. "그럼 크누트가 보호관찰사로 일하는 걸 그만둔 이유는 뭐예요?"

그녀는 우리에게 멕시카너를 또 한 잔 가득 따라주었다. "크누트는 마음이 넓은 사람이에요. 그는 보호관찰사로 일하면서 고통과 증오 그리고 나쁜 것들을 너무 많이 봤어요. 그것을 그는 견디기 힘들어했어요. 그는 자신의 일이 아무에게도 도움이 되지 않는다는 느낌이 들어서 좌절했죠. 자기가 있든 없든 차이가 없다고 느낀 거예요. 그래서 그 일을 때려치운 거고요."

오, 세상에! 나는 그에 대한 애정과 연민으로 가슴이 북받쳐 올랐다. "그는 정말 최고예요."

이리나는 미소를 지었다. "내가 그랬잖아요." 그녀는 다시 손님들을 응대하기 시작했다. "내가 이리나라면 지금이라도 당장 크누트를 사랑하게 될 텐데!" 나는 그녀를 눈으로 좇으면서 말했다.

옌스는 술잔을 내 쪽으로 밀면서 말했다. "그럼 당신이 이리나가 아닌 것에 건배!"

미심쩍은 눈으로 나는 그를 쳐다보았다. "날 지금 취하게 만들려는 거예요?"

"그럴 리가요." 그는 조금 황급하게 반응했다.

나는 맥박이 점점 빨라지고 목덜미 머리털이 주뼛 서는 느낌이 들었다. "천만에요. 내가 당신에게 치근덕거리길 바라는 거잖아요. 당신은 내게…… 작업을 걸고 있어요!"

"내가요? 난 그런 적 없어요. 당신이 내게 작업 걸고 있으면서!"

"뭐라고요? 나더러 스트립쇼를 해달라고 한 게 누구였는데 그런 소리를 해요?"

그는 눈썹을 치켜 올렸다. "그건 당신이 제안한 거였어요."

'헉! 그랬었지.'

"그래도 정말로 한번 보고 싶긴 하네요." 그렇게 말하는 그의 입가에 미소가 감돌았다.

여자 몇 명이 스탠드바로 와서 자리를 잡는 바람에 나는 옌스에게 몸을 밀착시켰다. 옌스 뒤에 자리가 있는데도 불구하고 그는 한 걸음도 뒤로 물러나지 않았다. 도리어 그는 내 허리를 잡고 나를 더 가까이 끌어당겼다.

"하지만 당신은 진토닉만 원했잖아요." 나는 두근거리는 가슴을 진정시키며 말했다.

"그러게요. 어떨 땐 나도 참 미련하다니까."

우리는 서로의 눈을 바라보았다. 마주보는 눈길이 너무 강렬해서 불꽃이 튈 것만 같았다. "이리나가 우리 술잔에 뭔가를 넣은 거 같지 않아요?" 내가 물었다. "내 말은 뭔가 사람을……." 나는 머뭇머뭇 말을 중단했다.

"글쎄요, 우리가 왜 이런지 달리 설명할 길이 없긴 하네요."

두 손을 그의 허리에 올리자 내 심장이 너무나 세차게 뛰어서 밖에까지 들릴 것만 같았다. "그러니까 누군가 당신에게 나와 브리기테 둘 중 한 사람과 자라고 억지로 시킨다면……."

옌스는 나지막이 웃었다. "누가 시키지 않아도 당신과 잘 거 같은데요."

"이리나가 우리 잔에 뭔가를 넣은 게 분명해요." 내가 속삭였다. "평소에 당신은 내게 조금도 끌리지 않잖아요."

그는 엄지로 부드럽게 내 허리를 쓰다듬었다. "끌리지 않는다고 누가 그래요?"

"당신이 그랬잖아요!"

그는 골똘히 생각하는 척하더니 말했다. "아, 그러네요. 하지만 사람의 마음은 얼마든지 바뀔 수 있어요. 그나저나 이자는 내가 당신에게 끌리지 않는 것에 대해서만 이야기하니까 궁금해지는데요. 당신은 내게 끌리나요?"

'이런 바보 같은 질문이 어디 있담! 내가 애타는 마음으로 그를 바라보고 그가 조금만 건드려도 온 신경이 곤두서는데, 그런 나더러 그에게 끌리느냐고 묻다니!' "난 당신의 음식에 끌려요. 그러다 보니 왠지 당신한테도 끌리는 것 같아요. 넬리라는 내 친구가 말하길, 당신 요리가 오랄섹스를 받는 맛 같대요. 그러니까 일주일에 적어도 다섯 번 이상 내가 당신의 끝내주는 서비스를 받는 셈이라나요."

옌스는 어이가 없는 듯 나를 응시하다가 웃기 시작했다. "아주 흥미로운 이론이네요. 하지만 한편으로는 그 친구 말대로라면 내가 꾸준히 당신에게 끝내주는 서비스를 해주는데 난 아무것도 받지 못해서 유감인데요." 그는 손으로 내 등을 어루만지면서 말했다. "난 개인적으로 클래식한 서비스 방식이 더 좋은데."

"당신이 해주는 음식만 계속 먹을 수 있다면 그런 건 아무래도 상관없어요." 내가 잠긴 목소리로 말했다. 이 순간 음식은 내가 그에게서 원하는 것 중에 가장 하찮은 것이었다.

"이기주의자!" 그가 속삭였다. 그러고는 두 손으로 내 얼굴을 감싸고 내게 키스를 했다. 이제 이리나가 우리 잔에 뭔가 넣었으리라는 의심이 확신으로 바뀌었다. 내 심장은 미친 듯이 뛰었고, 온몸이 간질간질해서 더 이상 견디기가 힘들었다. 나는 팔을 그의 목에 두르고 그를 더 가까이 끌어당겼다. 처음엔 세상의 모든 시간이 우리 것인 양 마냥 부드럽고 다정한 키스를 나눴다. 하지만 얼마 못 가 키스가 격렬해지고 우리 둘 다 조급하게 더 많은 것을 원하게 되었다. 내가 그의 가슴을 두 손으로 어루만지는 동안 그의 손은 내 엉덩이를 더듬고 있었다. 아마도 이리나가 물 호스를 가지고 와서 뿌려 대야 우리 둘이 떨어질 기세였다. 그러다 어디 멀리서 들려오는 누군가의 목소리가 내 귀에 들어왔다. "여기서 무슨 짓이야? 너희들은 집도 없어?"

고개를 뒤로 빼자 옌스의 시선과 마주쳤다. 그는 방금 우리에게 일어난 일이 전혀 이해가 안 가는 표정으로 나를 쳐다보았다. 그러고는 그의 얼굴에 미소가 떠오르더니 곧 싱긋이 웃었다. 어쩐지 기분이 묘했다. 우리는 낡고 시끄러운 술집 스탠드바에 기대어 선 채 내일이 없는 것처럼 술을 마시고 떠들어 대는 사람들에게 둘러싸여 있었다. 나도 덩달아 그에게 싱긋 웃어 주었고, 누가 먼저랄 것도 없이 우리 둘 다 큰 소리로 웃기 시작했다.

누군가 손가락으로 내 어깨를 두드리는 것이 느껴져 뒤돌아보았다. 내 앞에 크누트가 두 손을 허리에 올린 채 서 있었다. 방금 전 우리에게 무슨 짓이냐고 소리 질렀던 사람이 바로 크누트였던 것 같았다. "이자벨레 바그너, 네가 이럴 줄은 꿈에도 몰랐는데." 그는 엄하게 꾸짖듯 말했다.

"나도 몰랐어요." 여전히 정신이 혼미한 상태로 나는 대꾸했다. 하지만 그 와중에 이리나가 아까 그에 대해 들려준 이야기가 문득 생각났다. 나는 옌스한테서 떨어져 다짜고짜 크누트를 와락 껴안았다. 아직도 내 몸속에 흐르고 있는 엔도르핀과 아드레날린 때문에 나는 주체할 수 없는 행복감에 젖어 있었다. "크누트는 세상에서 가장 좋은 친구예요. 그리고 우리가 처음 만난 날 크누트가 내 방문을 두드리고 날 귀찮게 해줘서 너무나 기뻐요!"

"이런, 이런." 그는 조금 어설프게 내 등을 두드리며 말했다. "대체 무슨 일이야?"

"누군가 자기 잔에다 뭘 넣은 것 같대요." 웃음 섞인 목소리로 옌스가 말했다.

"내가 봐도 그런 거 같은데." 크누트는 나를 조심스럽게 떼어 냈다.

"여기선 누군가의 잔에 뭘 넣는 일은 절대 없어요. 술 빼고 뭘 넣겠어요?" 이리나가 크누트에게 커피를 건네주며 항변했다. "알렉산더랑에 변호사한테 연락해 봤어요, 이자벨레?"

그녀의 말에 나는 찬물을 뒤집어쓴 듯 정신이 번쩍 났다. '알렉스……. 맙소사! 하루 종일 알렉스 생각을 단 1초도 하지 않았다니!'

"아, 네. 연락했어요."

"그래서요? 좋은 변호사죠?"

나는 당황스러웠다. "네, 그렇던데요." 그리고 옌스한테서 조금 떨어졌다.

그 순간 키가 작고 다부진 체격의 한 사내가 크누트에게 달려들었다. 몸에 잘 맞지 않는 정장 차림의 그 사내는 몇 가닥 안 되는 머리칼을 반대쪽으로 빗어 넘겨 대머리를 가리려고 했으나 허사였다. 미간을 좁히고 증오에 가득 찬 눈길로 크누트를 노려보는 그 남자를 보고 나는 본능적으로 위험한 자라는 것을 감지했다. "듣자니까 네놈이 내 마누라한테 집적거린다며?" 그가 물었다.

크누트가 뭐라고 말을 하려는 순간, 사내가 느닷없이 팔을 높이 쳐들고 크누트의 얼굴에 주먹을 날렸다. 크누트는 비틀거리며 피가 흘러내리는 코를 감쌌다. 그 혐오스러운 사내는 무방비 상태인 크누트의 배를 있는 힘껏 두 번 가격했다. 크누트가 배를 움켜잡고 쓰러지자 남자는 발로 사정없이 그를 걷어차기 시작했다.

생각하고 말고 할 겨를도 없이 나는 무턱대고 남자에게 달려들어 그를 세게 밀쳤다. "그만해, 이 개자식아!"

사내는 작고 사악한 눈으로 나를 노려보더니 천천히 내게로 다가왔다. 그때 나는 누군가가 내 팔을 잡고 끌어당기는 것을 느꼈다. 그리고 곧 가게 안은 아수라장이 되어 버렸다. 스탠드바 뒤에 있던 이리나가 앞으로 나와 그녀 남편의 무릎을 힘껏 발로 걷어차자, 그가 그녀의 얼굴을 때렸다. 나는 옌스와 손님 한 명이 이리나의 남편에게 달려들어 그를 제압하는 것을 보았다. 안전요원 두 명이 달려와서 그를 붙잡아 어디론가 끌고 갔다. 이리나의 동료 여직원들이 몰려와서 그녀의 상태를 살폈고, 크누트는 아직도 가쁜 숨을 몰아쉬며 바닥에 쓰러져 있었다. 나는 크누트에게 달려가 그의 옆에 무릎을 꿇고 앉았다. "많이 다쳤어요?"

그는 천천히 몸을 일으켜 앉았다. "아니, 이 정도는 참을 만해. 걱정 말아요, 아가씨."

옌스가 내 옆으로 와서 물었다. "구급차 부를까요?"

크누트는 고개를 저었다. "아냐, 괜찮아."

그때 큰 소리로 외치는 이리나의 목소리가 들렸다. "영업 끝났어요! 모두 여기서 나가요! 지금 당장!"

반사적으로 나는 그녀의 엄격한 명령에 따라 몸을 일으켰다. 크누트도 같이 일어나려고 하는 찰나, 이리나가 그의 옆에 무릎을 꿇고 앉았다. "당신은 빼고요." 그러면서 그녀는 그의 손을 잡았다.

나는 엉거주춤 그 자리에 서서 두 사람을 지켜보았다. 하지만 안전요원과 이리나의 직원들에 의해 모두 출입문 쪽으로 내쫓기고 있었다. 나는 본능적으로 옌스의 손을 잡고 크누트 쪽을 뒤돌아보았다. "전화할게요, 네?" 그러나 크누트는 이리나에게 정신이 팔린 듯 내 말을 듣지 못했다. 우리는 방금 보고 겪은 일을 흥분해서 떠들어대는 술집 손님들 틈에 끼어 밖으로 쫓겨났다. 시원한 밤공기가 얼굴에 와 닿았다. 나는 무릎이 후들거리는 것을 느꼈다. 옌스는 내 손을 더 꽉 잡고 길을 따라 내려갔다. "괜찮아요?" 걱정스러운 듯 그가 나를 바라보았다.

"네, 난……." 내 머릿속에서 갖가지 모습과 생각들이 마구 뒤섞였고, 모든 것이 다 끝나고 나니 이제야 무서워지기 시작했다. 나는 몇 번 깊게 심호흡을 하고 눈을 감았다.

옌스는 두 팔을 벌려 나를 꼭 안아주었다. "전과자한테 그렇게 겁도 없이 달려들다니 어이가 없어서."

나는 얼굴을 그의 품에 묻었다. "그냥 반사적으로 나온 행동이라서 생각할 틈이 없었어요. 크누트에게 잠깐 전화를 걸어 괜찮은지 물어보는 게 나을까요?"

"아뇨, 하지 말아요. 그는 지금 최고의 보살핌을 받고 있을 테니까." 그는 내 어깨를 잡고 서로의 얼굴을 볼 수 있도록 나를 조금 뒤로 밀어냈다. "이제 집으로 가는 게 좋겠죠?"

내 머릿속은 아직도 혼란스러웠고, 너무 피곤해서 벌써 며칠째 계속 돌아다닌 것 같은 느낌이었다. 오늘은 정말 길고 긴 하루였다.

"네, 빨리 자고 싶어요."

옌스가 택시를 불렀다. 그는 우리 집 앞에 도착하자 같이 내렸다. 우리는 쭈뼛쭈뼛 길가에 서서 둘 다 이제 어떻게 해야 할지 난감한 듯 서로의 얼굴만 쳐다보았다. 나의 일부는 옌스와 헤어지기 싫어했다. 이리나가 알렉스의 이름을 언급하기 전까지 그리고 이리나의 남편이 나타나기 전까지 나는 하루 종일 술에 취한 듯 우왕좌왕했다. 이러면 안 된다는 것과 모든 일이 더 복잡해지기만 할 뿐이라는 것을 잘 알고 있었음에도 불구하고 나의 일부가 옌스와 키스하기를 원했다. 우리가 다시 일상으로 돌아가기 전에 꼭 한 번만 더 그와 키스를 하고 싶었다. 내일이 되어 일상으로 돌아가면, 우리는 술을 너무 많이 마신 탓에 키스를 한 거라며 웃어넘기고 마치 아무 일 없었던 것처럼 행동하게 될 테니까.

"잘 자요, 이자." 우리 둘 다 한참을 꼼짝 않고 있다가 옌스가 먼저 인사를 했다. 그는 내게 몸을 숙여 내 뺨에 가볍게 입맞춤을 했다.

"잘 자요." 나는 그에게 속삭였다. 그의 팔을 잡아끌고 집으로 데리고 들어가 침대에 같이 눕고 싶다는 생각이 들기 전에 얼른 뒤돌아서서 떨리는 손으로 출입문을 열고 집으로 올라갔다.

집 안이 후덥지근하고 답답했음에도 불구하고 나는 따뜻한 물로 샤워를 했다. 그런 다음 크누트에게 문자메시지를 보내기 위해 휴대폰을 꺼냈다. 디스플레이를 보니 알렉스한테서 문자메시지가 와 있었다. 그것을 보는 순간 나는 죄의식이 들어 견딜 수가 없었다. '알렉스는 그토록 좋은 사람인데, 나는 옌스하고 같이 있을 때 그를 눈곱만큼도 생각 안 하고 반대로 알렉스와 만나는 동안에는 내내 옌스 생

각을 했으니 얼마나 멍청한 여자인가!'

행복의 순간 유리병 옆에 세워져 있는 아빠 사진으로 내 시선이 향했다. 사진 속의 아빠는 내 고민을 잘 알고 있는 듯 웃으면서 나를 쳐다보고 있었다. 그리고 내게 이렇게 말하는 것 같았다. '우리가 이해하지 못하는 일은 너무나 많단다.'

나는 아빠 사진을 손에 들었다. "어쩌면 좋아요, 아빠?" 나는 속삭였다. "어떻게 하면 좋을지 정말 모르겠어요. 알렉스는 아빠처럼 완벽한 사람이에요. 옌스는 완벽한 것과 거리가 멀고요."

아빠의 미소가 더 깊어진 것처럼 보였다. '절망하지 마, 이자! 용기 있는 자만이 사랑을 얻는 법이야.'

"그런 말은 내게 실질적인 도움이 못 되는 거 알아요?"

나는 침실로 가서 창문을 활짝 열고 침대에 누웠다. 나는 억지로 알렉스를 떠올리려고 애썼지만, 옌스가 자꾸 생각났다. 녹색을 띤 갈색 눈동자를 가진, 기절할 만큼 키스를 잘하는 남자……. 내가 잠들기 전에 마지막으로 생각한 것은 내 허리에 올려져 있던 옌스의 손과 내 입술에 포개진 그의 입술이었다.

폭우

이튿날 아침 눈을 뜨니 머리가 깨질 듯 아팠다. 창문으로 답답하고 후덥지근한 공기가 밀려들어 와서 산소가 부족한 것 같은 느낌이 들었다. 밖을 흘깃 쳐다보니 하늘에 구름이 잔뜩 끼어 있었다. '언젠가 엄청난 폭우가 한번 휩몰아치고 나면'이라고 했던 옌스의 말이 문득 떠올랐다. 그의 말대로 곧 한바탕 폭우가 쏟아질 것 같았다.

옌스를 생각하니 어제 있었던 일들이 낱낱이 떠올랐다. 가슴 설레던 순간들, 야릇한 분위기 그리고 키츠하펜에서의 키스. 그런 연애놀음에 빠져 나는 알렉스의 존재를 까맣게 잊고 있었다. 예의 바르고 상냥하며 매력적인 미소를 가진 그는 나를 위해 열대 아쿠아리움을 통째로 빌리는가 하면 내게 차 문을 열어 주어 내가 아주 특별한 사람이 된 것 같은 느낌을 주었다. 그와의 데이트는 내가 늘 꿈꾸던 그대로였다. 옌스는 그런 알렉스와 정반대였다. 로맨틱한 것과는 거리가 멀고 늘 삐딱한 이혼남인 그는 사랑을 믿지 않으며 여자를 사귈 마음이 전혀 없다고 잘라 말했다.

그 순간 나는 내가 어떻게 해야 할지 확실히 깨달았다. 그래서 휴대폰을 들고 알렉스에게 문자메시지를 보내 다시 한번 만날 의향이 있는지 물었다. 2분도 채 안 걸려 그는 내게 답장을 보내왔고, 우리는 토요일에 만나기로 약속을 정했다.

나는 억지로 침대에서 빠져나와 샤워를 하고 커피를 마셨다. '오늘이 옌스 가게에 테이블 데코를 해주는 날이어서 좀 있으면 그를 만나게 될 것이다. 그러면 우리는 이리나가 우리 잔에 뭘 넣었든 간에 그 효과가 사라졌으며 모든 것을 싹 잊어버리자고 서로에게 말하겠지.' 그 생각을 하면 속이 뒤집힐 것 같았다. 하지만 처음부터 그렇게 되리라 예상했던 일이고, 그렇게 되는 것이 이치에 맞다. 알렉스가 내 짝이니까.

가게에 출근을 하니 브리기테가 디터와 함께 오늘 아침 도매시장에서 사 온 꽃을 차에서 내리는 중이었다. 디터가 가게를 도와주는 것은 너무 오랜만의 일이며 여기서 그를 다시 보는 것이 반가웠다. 두 사람은 사이가 많이 좋아진 듯 보였다. 하지만 나는 곧 있을 옌스와의 대화에 대해 내내 생각하느라 두 사람이 주고받는 이야기에 집중할 수가 없었다. 나는 꽃꽂이 도구와 꽃을 챙겨 들고 불안한 마음으로 틸스 레스토랑으로 향했다.

옌스는 노트북을 앞에 놓고 테이블에 앉아서 커피를 마시고 있었다. 그는 미소를 지으며 나를 바라보다가 내 모습에 흠칫 놀라는 표정을 지었다. "얼굴이 정말 말이 아니네요."

나는 카운터 위에 내가 들고 온 상자를 올려놓았다. "잠을 잘 자지 못했어요. 그리고 두통도 심하고. 날이 너무 후텁지근하네요."

"라디오로 일기예보를 들어보니까 이번 주에 천둥과 번개를 동반

한 폭우가 쏟아질 거라고 하던데요. 기온도 떨어져서 시원해질 거래요. 곧 여름이 끝날 거 같아요." 옌스는 일어나 내게로 다가왔다. "크누트 소식은 들었어요?"

"네, 어젯밤에 크누트가 괜찮다고 문자메시지를 보내 왔어요."

"다행이에요." 그는 하고 싶은 말이 더 있는 듯 입을 열었다가 다시 닫아 버렸다. 그는 바지 주머니에 두 손을 찌르고 내 앞에 서서 뭔가 기다리듯 나를 쳐다보았다.

'내가 먼저 말하기를 기다리는 건가?' 나는 깊이 심호흡을 하고 내 목걸이에 달린 팬던트를 만지작거렸다. "있잖아요, 어제 일 말인데요…… 우리가 술을 너무 많이 마신 거 같죠?"

옌스는 이마를 살짝 찌푸렸다. "뭐, 좀 많이 마시긴 했죠."

나는 헛기침을 하면서 내 뱃속에서 느껴지는 불길한 기운을 무시하려고 필사적으로 애썼다. "음, 맨정신으로 돌아와 생각해 보니 우리가 뭔가에 홀렸던 것 같아요. 그래서 말인데, 어제 일은 그냥 다 잊어버리기로 해요. 옌스도 그랬으면 하잖아요."

잠시 그는 아무 말 없이 나를 응시하더니 몇 걸음 뒤로 물러났다. "그럼 그렇지. 당신이 오늘 내게 와서 모든 것을 술기운 탓으로 돌리고 다 잊어버리는 편이 낫겠다고 말할 줄 알았다니까."

"하지만 그럴 수밖에 없잖아요. 내 말은…… 어쨌든 알렉스가 있으니까요. 우린 토요일에 또 데이트를 하기로 했어요. 어제 당신에게 키스해서 정말 미안해요. 그런 일은 두 번 다시 없을 거예요. 우린 친구잖아요. 옌스도 그렇게 생각할 거고."

"아니요, 천만에요!" 그가 성을 내며 큰 소리로 외쳤다. "내가 어떻게 생각하는지 말해 줄까요? 난 당신이 토요일이든 언제든 그 데이트 약속에 나가지 않았으면 좋겠어요. 당신이 그자를 만나는 게 못 견디게 싫으니까요! 나는 어제 내가 당신에게 키스한 거 하나도 안 미안해요. 그런 일은 앞으로 얼마든지 일어나도 좋고요. 난 그렇게 생각해요!"

내 머릿속이 텅 빈 것만 같아 내가 어떻게 생각하고 말하고 또 느껴야 할지 더 이상 알 수가 없었다. "어째서 지금 새삼스럽게 그런 말을 해서 나를 당황하게 만드는 거예요? 당신도 알잖아요, 내가……."

"나 자신도 당황스럽긴 마찬가지예요. 하지만 당신이 그 바보 같은 츠베가트하고 결혼식을 올릴 때까지 가만히 입 다물고 기다릴 수는 없어요!"

"누가 바보 같다는 거예요? 알렉스는 완벽한 남자예요. 내가 늘 바라던 꿈의 남자라고요."

"아하, 꿈의 남자!" 옌스는 비아냥거리며 말했다. "그럼 당신이 깨어 있을 땐 어떻게 할 거예요?"

"그럼 나는 그가 나를 위해 특별히 빌린 열대 아쿠아리움 상어수족관 앞에 앉아서 우아하게 거위간 테린을 먹겠죠. 당신하고라면 멕시카너나 취하게 마시면서 술집싸움에 말려들 거예요." 나는 옌스가 그 싸움과 전혀 무관했기 때문에 그 말이 부당하다는 것을 잘 알고 있었다. 그렇지만 알렉스하고 있었더라면 그런 일은 일어나지 않으리라 확신했다.

옌스는 기가 막힌 듯 웃었다. "맞아요, 당신은 거위간 테린을 좋아하니까."

"내가 어떻게 하길 바라는 거예요? 당신은 내게 끌리지 않는다고 그리고 더 이상 여자를 사귈 마음이 없다고 분명히 말했잖아요. 그런데 어젯밤에 술을 너무 많이 마셔서 갑자기 생각이 달라진 건가요?"

"우리가 내내 우유만 마셨더라도 어젯밤에 똑같은 일이 일어났을 거예요. 당신도 잘 알잖아요!" 옌스는 흥분해서 언성을 높였다. "나는 예기치 않게 내가 누군가를 사랑하게 된다면 다시 한번 진지하게 사귀어 볼 마음이 있다고도 말했어요. 내가 결코 쉽지 않다는 건 나도 잘 알아요. 하지만 이자, 당신도 쉽지 않은 건 마찬가지예요. 이런 우리가 사귀는 건 보나마나 힘든 일이겠죠. 그래도 우리가 노력하면 같이 해낼 수 있으리라 믿어요. 그리고 그게 바로 내가 바라는 거예요."

머리를 한 대 얻어맞은 듯 나는 그 자리에 가만히 서 있었다. 그가 방금 한 말을 도저히 이해할 수가 없었다. "그게 한 여자가 평생 기다려온 말이군요. 나와 사귀는 건 돼지우리나 데스메탈과 조금도 다를 바 없겠지만, 우리가 노력만 하면 그래도 견딜 만할 거라고요."

"난 그렇게 말하지 않았어요!"

"천만에요, 분명히 그렇게 말했어요! 알렉스라면 내게 절대 그런 말을 하지 않을 거예요!"

옌스는 잠깐 눈을 감았다가 얼음처럼 차가운 시선으로 나를 쳐다보았다. "당신은 그 핑크빛 환상 속에 현실에서는 있을 수 없는 이상형을 그려 놓은 거예요. 설령 당신이 그 이상형을 만난다고 해도 곧 수프 속에 든 머리카락을 발견하게 되겠죠. 왜냐면 그 남자나 나는 물론이고 이 세상 누구도 당신의 요구를 충족시키지 못할 테니까요. 그리고 그거 알아요? 당신은 평생 그런 이상형만 찾아다니다가 늙어 죽을 거예요."

그의 말 한 마디 한 마디가 비수처럼 내게 꽂히는 느낌이었다. 눈물이 북받쳐 오르고 내 턱이 떨리기 시작했다. 나는 그에게서 도망치고 싶었고, 더 이상 그의 얼굴을 볼 일이 없기를 바랐다. "꽃은 여기 두고 갈 테니 당신이 직접 꽃병에 꽂아요." 그 말만 남기고 홱 돌아서서 레스토랑을 빠져나오는 동안 눈물이 앞을 가렸다.

나는 퇴근할 때까지 남은 시간을 어떻게 견뎌야 할지 막막하기만 했다. 브리기테는 내 얼굴을 보고 무슨 일이 있다는 것을 바로 알아차렸지만, 내가 말하고 싶어 하지 않는 것을 눈치채고 가만 내버려두었다. 내 생각은 이리저리 미친 듯 널뛰었고, 내 감정 또한 수시로 변했다. 옌스가 나를 사랑한다. '옌스가!' 그는 나와 사귀어보고 싶다면서 그게 힘든 일일 거라고 했다. '무슨 개소리야!' 그는 내가 어떻게든 남자들의 단점을 찾아내려 한다고 주장했다. '마치 내가 일부러 까다로운 요구를 내세워서 아무도 충족시킬 수 없게 만들기라도 하는 것처럼. 나 참, 기가 막혀서!' 하지만 우리의 우정이 이제 끝났다는 생각을 하자, 나는 가슴이 무너질 것만 같았다. 그러면 우리는 더이상 만나지 못할 것이고, 그가 해주는 요리를 더 이상 먹지 못할 것이며, 그와 이야기를 나누지도 웃지도 못할 것이다. 옌스가 나를 사랑한다는 사실이 다시금 생각났다. 그는 어제 있었던 일을 후회하지 않으며 앞으로 얼마든지 나와 키스를 해도 좋다고 했다.

안 그래도 머리가 아파 죽을 지경인데, 끔찍하게 후텁지근한 날씨까지 가세해서 나를 더 못 견디게 만들었다. 가만있어도 땀이 뻘뻘 나서 나는 빨리 폭우가 쏟아지길 바랐다.

오후에 작업대 앞에 서서 장례용 화훼장식을 만들고 있는데 메를레가 들어왔다. 그녀는 검은색 미니스커트와 헐렁한 검은색 티셔츠를 입고 목걸이를 여러 줄 목에 걸고 있었다. 언제나처럼 눈 주위를 아이라이너로 두껍게 그린 모습으로 메를레는 나를 걱정스럽게 쳐다보았다. "옌스 말로는 둘이 싸웠다며." 그녀가 단도직입적으로 말했다.

나는 방금 철사로 고정시킨 백합에 각별히 신경을 쓰면서 대꾸했다. "응, 맞아."

"그래도 다시 화해할 거지? 이 상태로 한 이틀 지나면 언니는 퐁당 쇼콜라가 너무 먹고 싶어서 레스토랑으로 갈 거고, 그러면 둘이 서로 말을 하게 되고 모든 게 다시 예전으로 돌아가겠지. 안 그래?"

나는 누가 목을 꽉 조르기라도 하듯 침을 삼키기가 힘들었다. "아니야, 메를레. 언젠가 우리가 다시 화해를 한다 해도 결코 전처럼 되진 못할 거야."

"근데 둘이 대체 뭐 때문에 싸운 거야? 옌스는 왜 싸웠는지 말을 안 해줘."

"그럼 나도 말해줄 수 없어."

메를레는 아무 말 없이 나를 한참 쳐다보고 있다가 내게 물었다. "A는 B를 사랑하는데, B는 A를 사랑하지 않는다. 뭐 그런 거 같은데, 아냐?"

나는 그녀가 너무 가까이 접근해서 흠칫 놀랐다.

"둘 다 바보 같아!" 내 대답은 기다리지도 않고 메를레가 소리쳤다. "내가 몇 주 동안 두 사람을 좀 등한시했다고 이런 사고를 치다니! 그냥 이대로 두고 볼 수는 없어."

"아. 메를레. 미안하지만 네가 어떻게 할 수 있는 일이 아니야. 지금은 일단 서로 거리를 좀 두는 게 좋아."

"옌스도 그렇게 말했어. 하지만 난 두 사람이 그렇게…… 미련하게 구는 거 싫단 말이야!"

나는 죽을힘을 다해 눈물을 참았다. "미안해, 메를레. 하지만 어쩔 수 없어. 이제 그만하고 네 얘기 좀 해봐. 마티스랑은 잘 되어가고 있고?"

메를레는 잔뜩 골이 난 다섯 살짜리 꼬마처럼 입을 쑥 내밀었다. "기막힌 견제작전이네."

"나도 알아."

그녀는 몇 초쯤 더 구시렁대더니 이내 홀딱 반한 듯한 미소를 지으며 말했다. "마티스와 나는 사귀는 사이야. 그리고 나는 얼마 전부터 난민수용소 일도 돕고 있어. 내가 하고 싶은 일이 뭔지 이제 확실히 알게 됐어. 여행도 다니고 사회복지 프로젝트에 참여해서 일하고 싶어. 그리고 요리도 하고 싶고. 이 세 가지 일을 병행할 수 있는 방법만 찾아내면 돼."

잠시 동안 메를레는 마티스에 대한 자랑을 늘어놓더니 새로 사귄 친구들 이야기로 넘어갔다. "공붓벌레들이지만 그래도 얼마나 쿨한데! 토요일에 클라라가 80년대 복고 파티에 나를 초대해서 가야 하는데, 어떤 옷을 입어야 할지 모르겠어. 80년대 구닥다리 옷이 필요하거든."

"H&M에 가보면 살 만한 게 있을 텐데."

"아니 그런 거 말고 진짜 80년대에 입었던 헌옷이면 좋겠어. 혹시 언니한테 그런 옷 없을까?"

"내가 가지고 있는 것들은 다 네가 원하는 옷이 아닐 거야. 난 1988년에 태어났으니까." 나는 화훼장식에 꽂을 장미를 손질하며 말했다.

"내일 저녁 묘지에 들렀다가 엄마 집에 갈 거야. 엄마 집 창고를 뒤져 보면 헌옷이 좀 있을지도 몰라. 엄마는 아무것도 버리지 않고 보관해 두는 스타일이거든. 네가 입을 만한 옷이 있는지 꼭 찾아볼게."

메를레는 뛸 듯이 기뻐하며 집으로 갈 채비를 했다. "그래도 내일 점심땐 레스토랑에 다시 올 거지, 그치?"

"아니야, 메를레." 나는 조그맣게 말했다.

"둘 다 정말 바보 같아. 내가 결코 용서 안 할 거야."

그러더니 메를레는 문을 열고 어깨너머로 "잘 있어, 이자. 사랑해!"라고 말하고는 가 버렸다.

다음 날 저녁에 나는 아빠 묘지에 들렀다가 엄마 집으로 갔다. 엄마는 소파에 누워 잡지로 부채질을 하고 있었다. "안녕, 엄마." 나는 엄마를 안아주고 엄마 볼에 입맞춤을 했다. "완전히 갈색으로 그을렸네요. 여행은 어땠어요?"

"너무너무 근사했지. 그런데 후덥지근한 이곳 날씨는 정말이지 견딜 수가 없네." 엄마는 과장된 제스처로 관자놀이 부분에 손을 갖다 대며 말했다. "내 머리가 터져 버릴 거 같아!"

"나도 그래요." 나는 안락의자에 앉아 발레리나 슈즈를 벗고 다리를 몸 쪽으로 당겼다.

엄마는 일어나 앉아 나를 유심히 살폈다. "이자, 무슨 일 있어? 많이 우울해 보이는데."

'엄마들은 100미터쯤 떨어진 거리에서도 자기 아이에게 무슨 일이 있으면 눈치를 챈다니까.' "음, 난…… 아, 나도 모르겠어요."

"뭘 모르겠는데?"

"내가 원하는 게 뭔지!"

"더 자세히 말해봐."

나는 소파쿠션에 달린 레이스 장식을 만지작거렸다. "알렉스 기억나요? 엄마한테 그 사람에 대한 이야기 해줬는데. 너무 괜찮은 남자라고."

"그럼. 기억하고말고."

"알렉스하고 토요일에 데이트했어요. 그리고 돌아오는 토요일에도 데이트를 할 거예요."

엄마의 얼굴이 환해졌다. "정말 잘 됐구나. 혹시…… 데이트가 안 좋았던 거야?"

"그럴 리가요! 꿈꾸는 것 같았어요. 알렉스가 내게 차 문도 열어 주고 의자도 앞으로 당겨 주었어요. 그리고 열대 아쿠아리움에서 너무나 로맨틱한 식사도 하고요. 그는 완벽해요. 알겠어요, 엄마?"

엄마는 혼란스러운 듯 고개를 저었다. "아니, 모르겠어. 그럼 도대체 뭐가 문젠데?"

"옌스! 옌스가 문제예요. 어쩌다 보니 그가 중간에 밀고 들어왔거든요. 우린 실수로 키스를 하게 됐는데, 그건 그냥…… 아무튼 어제 그가 느닷없이 사랑한다고 내게 고백을 했어요. 근데 마치 모욕을 당한 느낌이 들 만큼 그가 이상한 말로 고백해서 우린 싸우고 말았어요. 그래서 이제 더 이상 말도 안 하는 사이가 됐고요."

"흠, 그래서 지금 네가 두 남자 중 누구를 사랑하는지 모르겠다는 거야?"

"네. 지금은 온갖 감정들이 내 안에서 날뛰고 있어서 어떻게 정리를 할 수가 없어요. 옌스는 완벽하게 내 짝이 아니고, 알렉스는 완벽하게 내 짝이에요."

"그럼 아주 간단하네. 알렉스가 정말 네가 이야기하는 그런 사람이라면, 그리고 그를 본 처음 순간부터 그가 네 짝이라는 느낌이 들었다면, 네가 사랑하는 사람은 알렉스인 거지. 네 아빠와 나도 그랬어. 우린 처음부터 서로 제 짝이라는 것을 알았으니까."

나는 두 손으로 피로에 지친 눈을 비볐다. "나도 물론 알렉스를 택했어요."

엄마는 내 허벅다리를 토닥였다. "그럼 다 잘된 거잖아."

"아니에요." 내가 조그맣게 말했다. "다 잘된 게 아니라고요. 엄마, 모르겠어요?" 나는 일어나서 발레리나 슈즈를 다시 신었다. "80년대에 입었던 옷 아직 가지고 있어요? 메를레가 파티 의상이 필요하다고 해서요."

내가 갑자기 이야기를 돌리자, 엄마는 나를 가만히 쳐다보다가 할수 없다는 듯 대답했다. "응, 다락 창고에 가 보면 내가 쓰던 물건들을 보관해 둔 상자가 몇 개 있을 거야. 가서 한번 뒤져 봐."

나는 현관 앞 서랍장에서 열쇠를 꺼내 다락으로 올라갔다. 여러 세대가 구획을 나눠 창고로 쓰고 있는 다락에서 우리 집 창고를 열쇠로 열고 들어서자, 여기저기 정신없이 널려 있는 잡동사니들이 눈에 들어왔다. 망가진 주방 의자, 고물이 된 레인지, 내가 쓰던 아기침대와 장난감들, 낡은 자전거 두 대와 이삿짐 박스들…… 그런 쓸모없는 물건들을 헤치고 헌옷을 찾아 상자들을 뒤지고 다니느라 금방 얼굴과 등에 땀이 비 오듯 흘러내렸다. 드디어 "옷, 1989"라고 적힌 박스 한 개를 찾아냈다. 나는 박스를 열고 이리저리 헤집어본 끝에 메를레에게 어울릴 만한 문워시 청바지 두 장과 벌룬스커트, 촌스럽기 그지

없는 스웨터 그리고 어깨패드가 들어간 재킷을 찾아냈다. 볼일이 끝나서 이제 더 이상 그곳에 있을 필요가 없었지만, 호기심이 발동해서 옛날 물건들을 계속 뒤져 보았다. 내가 아기 때 입은 베이비롬퍼 몇 장을 찾아냈고, 또 박스 바닥에서 뜻밖에도 아빠의 폴로셔츠와 티셔츠를 발견했다. 나는 지금까지 엄마가 아빠 물건을 다 버렸을 거라고 짐작했다. 아빠가 26년 전에 입었을 티셔츠 한 벌을 집어 들었다. 티셔츠에 코를 박고 깊게 숨을 들이켰다. 아빠한테서 어떤 냄새가 나는지 알고 싶었기 때문이다. 하지만 내가 맡을 수 있는 건 먼지 냄새뿐이었다.

그런 다음 박스 안에 또 다른 보물이 숨겨져 있을지도 모른다는 생각에 계속 뒤지기 시작했다. 나는 청바지 두 벌과 운동화 그리고 편지 한 통을 발견했다. 엄마 앞으로 온 그 편지의 발신인이 누군지 보는 순간, 숨이 턱 막혔다. 마르틴 바그너! 아빠였다. 발신지는 함부르크 슈트레제만슈트라세로 되어 있었다. 어째서 슈트레제만슈트라세로 되어 있지? 더 오래 생각하지 않고 나는 봉투에 든 편지를 꺼내 펼쳐 들었다. 그리고 오른쪽으로 살짝 기울어져 있고 검은색 잉크로 쓴 작은 글씨들을 뚫어져라 응시했다. 맨 위에 1989년 4월 23일이라고 날짜가 적혀 있었다. 아빠가 돌아가시기 3일 전에 쓴 편지였다. 눈물이 왈칵 쏟아졌다. 나는 더 이상 주저하지 않고 편지를 읽어내려갔다.

도리스에게
우리 둘이 더 이상 이성적인 대화를 할 수 있는 상황이 아니라서 이렇게 편지를 보내.

우리가 지난 몇 달 동안, 특히 지난 며칠간 나눈 대화는 다 무의미했고 우리를 더 불행하게 만들 뿐이었지. 난 돌아가지 않을 거야. 그리고 나는 당신이 언젠가 집을 나올 수밖에 없었던 내 처지를 받아들일 수 있기를 간절히 바라.

우린 둘 다 너무 어려. 부모와 부부가 되기엔 너무 어린 나이지. 난 그토록 큰 책임을 떠안을 준비가 아직 되어 있지 않아. 여행을 다니면서 넓은 세상 구경도 하고 이탈리아와 영국, 일본 같은 나라에 가서 조경도 하고 싶어. 난 대학을 마치자마자 아빠가 되어 식구를 먹여 살리게 될 줄은 꿈에도 몰랐어. 나는 가슴이 조여 오는 기분이고 숨을 쉬기가 힘들어서 이렇게 살 수는 없어.

이자벨레는 하루 종일 울어 대면서 나를 증오하는 눈길로 쳐다봐. 내 마음을 알아차린 것처럼 말이야. 난 이 세상 그 무엇보다 우리 아이를 사랑해, 정말로. 하지만 나는 아이가 필요로 하는 걸 줄 수가 없어. 또 당신한테도 마찬가지야. 난 아빠도 될 수 없고, 남편도 될 수 없어. 그런데도 내가 당신 옆에 계속 머물러 있으면 나 자신뿐만 아니라 우리 모두 불행해질 거야.

당신과 이자벨레는 좀 더 나은 것을 누려야지.

부디 나를 용서해.

마르틴.

내 귀에서 윙 소리가 나기 시작했다. 나는 손이 너무 심하게 떨려서 편지를 떨어뜨리고 말았다. 편지봉투를 집어 들고 발신자의 이름을 다시 한번 확인한 다음 뒤집어 보았다. 뒷면에 '하하, 다 농담이야!'라고 적혀 있기를 바라기라도 하듯.

나는 그 편지를 읽고 또 읽었다. 그렇게 네 번을 읽고 나자, 거기에 적힌 글의 내용이 조금씩 이해가 되었다. 아빠가 편지에 적어놓은 말은 도저히 믿기지 않았고 너무나 끔찍했다. 하지만 그 오랜 세월 여기 이 편지 속에, 숨 막히는 다락창고에 몰래 숨어서 나를 기다리고 있던 진실로부터 달아나는 건 불가능했다. 누군가 내 목을 조이는 것 같은 느낌이 들었고, 배와 가슴이 너무 아파서 앞으로 몸을 구부렸다. 낮은 신음소리가 내 입에서 새어 나와 나 자신도 흠칫 놀랐다. 나는 간신히 일어나 다리를 떨며 집으로 내려갔다. 거실로 들어가 보니 엄마는 여전히 소파에 누워 리모컨을 손에 들고 채널을 이리저리 돌리고 있었다. "쓸 만한 거 찾았어?"

나는 편지를 높이 들었다. "네, 여기 이거요." 내 목소리가 낯설고 가늘게 들렸다.

엄마는 편지를 보더니 일순간 낯빛이 하얗게 질렸다. "아!" 그녀는 외마디 소리를 지르며 소파에서 벌떡 몸을 일으켰다. "그 편지가 그 위에 있다는 걸 까맣게 잊고 있었어…… 읽었니?"

"네, 읽었어요." 나는 내가 받은 충격이 점차 분노로 바뀌는 것을 느꼈다.

엄마는 몇 초쯤 미동도 없이 그 자리에 서 있다가 나지막이 말했다. "정말 미안해, 이자. 난 그저 네가……."

"아빠가 얼마나 나쁜 사람인지 내가 알게 되는 걸 원치 않았다고요?" 내가 엄마의 말을 가로막았다. "그가 우리를 버리고 떠났다는 거요? 나는, 나는, 나는…… 아빠의 편지에는 온통 그 말뿐이에요. 그리고 그의 삶에서도 중요한 건 '나'밖에 없었을 거예요. 그런데 엄마는 그가 얼마나 훌륭한 남자였고, 얼마나 로맨틱하고 다정했으며 얼마나 좋은 아빠였는지 내게 끊임없이 이야기했죠!" 말을 하면서 점점 언성이 높아졌다. "엄마가 아빠에 대해 내게 이야기한 것 중에 맞는 게 한 가지라도 있기나 한가요?"

"그럼, 물론이지!" 엄마는 내게로 다가와 내 팔을 잡았다. 엄마의 눈에 눈물이 고였다.

나는 엄마의 손을 뿌리쳤다. "왜 내게 거짓말을 한 거예요? 엄만 나를 평생 속인 거라고요!"

"아빠가 죽었다는 것만으로도 충분히 힘들었어. 그런데 거기다 네 아빠가 죽기 직전에 우리를 버리고 떠났다는 사실까지 네가 알고 자라도록 하는 게 옳았을까?"

나는 씁쓸하게 웃었다. "아뇨, 내가 스물일곱 살이 되어서야 우연히 다락창고에서 발견한 편지를 읽고 그 사실을 알게 되는 것이 당연히 더 낫겠죠."

"난 네가 절대 모르길 바랐어!"

할 말을 잃고 나는 엄마를 쳐다보면서 내가 아는 엄마가 아닌 것 같은 느낌이 들었다. "그럼 어째서 두 사람이 완벽하고 금슬 좋은 부부였으며 그가 완벽한 남편이자 아빠였다는 동화 같은 이야기를 내게 했던 거예요? 엄마 아빠의 결혼생활은 아빠가 봤을 때 지옥과도 같았잖아요. 그리고 나도 아빠에게 지옥이나 다름없는 존재였고요!"

엄마가 흐느끼기 시작했다. "아빤 널 사랑했어, 이자. 정말이야, 그는 너를 많이 사랑했단다."

나는 숨을 헐떡이며 퍼부어 댔다. "거짓말! 그는 나를 사랑하지 않았고, 엄마도 사랑하지 않았어요. 엄마는 그 사실을 인정하고 싶지 않았기 때문에 그런 이야기를 꾸며 낸 거예요!" 지금껏 경험하지 못한 분노가 내 안에서 타오르고 있었다. 나는 막 소리를 지르고 물건을 벽에다 던지고 싶은 충동을 느꼈다. 내 안에서 방금 뭔가 망가졌듯 뭐라도 망가뜨리고 싶었다. "나를 내내 안아 주고 네나의 노래를 불러 준 건 아빠가 아니라 엄마였잖아요, 안 그래요? 그리고 내가 하루 종일 울어 대서 못 견뎌한 사람은 엄마가 아니라 아빠였죠!"

엄마는 더 이상 아무 말도 하지 않고 그 자리에 서서 슬피 울기만 했다.

나는 엄마와 이 집 그리고 내 마음을 짓누르는 이 고통 등 모든 게 더 이상 참기 힘들었다. 아무 말 없이 나는 거실 테이블에 편지를 내팽개치고 돌아섰다. 현관문에 거의 이르렀을 때 엄마가 나를 쫓아와서 외쳤다. "이자, 제발 가지 마! 나랑 얘기 좀 하고……."

"싫어요! 얘기하고 싶지 않아요. 엄마가 내게 무슨 말을 하든 어차피 다 거짓일 테니까." 문을 꽝 닫고 아래로 내려와 내 자전거에 올라탔다. 이를 악물고 페달을 밟자 속도가 점점 빨라졌다. 천둥·번개가 치기 시작했지만, 나는 미처 의식하지 못했다. 내가 어디쯤 가고 있는지도 모르는 채 맹목적으로 페달을 밟았다. 언제부턴가 비가 내리기 시작했다. 그리고 세찬 바람이 불어왔지만, 나는 아랑곳하지 않고 계속 달렸다. 어느새 눈물이 뺨을 타고 흘러내렸지만 빗물에 씻겨 내려갔다. 나는 다리에 힘이 빠져 자전거에서 내렸다. 벤치에 웅크리고 앉아서 계속 흐느껴 울었다. 나는 속옷까지 완전히 다 젖은 상태였고, 바람은 그새 폭풍으로 바뀌어 있었다. 내 내면 깊은 곳에서 벼락 칠 때 나무 밑 벤치에 앉아있는 건 위험한 일이라고 어떤 목소리가 말했다. 평소 같으면 천둥·번개가 무서워서 어림도 없었을 테지만, 나는 상관하지 않았다.

어느 순간부터 추위에 온몸이 떨리기 시작했다. 나는 더 이상 이곳에 머물 수 없다는 것을 깨달았다. 세찬 비바람을 뚫고 간신히 집에 와서는 현관문을 걸어 잠근 후 젖은 상태 그대로 침대에 누워 울었다. 그러다 완전히 지쳐 우르릉거리는 천둥소리를 들으며 잠이 들었다.

축축한 침대에서 잠이 깬 나는 한동안 무슨 영문인지 몰라 어리둥절했다. 하지만 곧 어제 있었던 일이 다시 생각났다. 그리고 내가 아빠를 두 번 잃었다는 것과 엄마가 지금까지 나를 속였다는 것에 대한 분노와 고통이 다시금 엄습했다. 마음 같아서는 침대에 누워 숨어 있고 싶었지만, 축축한 침대에 계속 누워 있는 것이 그다지 내키지 않았다. 그리고 한편으로 가게 일도 마음에 걸렸다. 가게에 나가 있으면 생각을 다른 데로 돌릴 수 있을 것 같았다. 서머페스티벌 준비도 더 해야 하고, 10월에 있을 결혼식 화훼장식도 신경을 써야 했다. 리스트와 견적서를 작성하고 화환을 묶는 동안만큼은 전과 달라진 게 아무것도 없는 듯 시간을 보낼 수 있겠지 싶었다.

어제 내린 폭우 덕분에 더위가 한풀 꺾인 것 같지는 않았다. 다음번 폭우가 이미 다가오고 있는 듯 밖은 오히려 더 후덥지근하고 숨이 막혔기 때문이다. 높은 습도 탓인지 열대 아쿠아리움 안에 들어와 있는 기분이 들었다.

가게 안으로 들어서자, 실내용 화분에 물을 주고 있는 브리기테의 모습이 눈에 들어왔다. "안녕, 이자." 그녀는 내 얼굴을 유심히 살폈다. "어디 안 좋아?"

"아, 이렇게 후덥지근한 날씨는 내가 못 견디는 거 잘 알잖아요."

나는 무슨 일이 있었는지 그녀에게 말할 수 없었다. 말로 설명하기에는 너무나 터무니없는 일이었기 때문이다.

"있잖아, 이자하고 할 이야기가 있어." 그녀는 가게 문을 잠그고 팻말을 '외출 중'으로 돌려놓았다. "뒤편으로 갈까?" 그녀의 어조가 나를 불안하게 만들었다.

그녀는 앞장서서 가게 뒤편으로 가더니 의자를 가리켰다. "앉아." 그녀는 깊게 심호흡을 하고 말을 꺼냈다. "정말 오랜 시간 고민했고 이자한테 말을 하기가 결코 쉽지 않았다는 건 알아줬으면 해. 가게를 팔기로 결정했어."

잠시 동안 나는 꼼짝도 하지 않고 가만히 앉아 있었다. '브리기테가 방금 뭐라고 한 거지? 이렇게 짧은 시간 안에 안 좋은 일이 겹쳐서 일어날 수는 없어.'

"정말 너무너무 미안해, 이자." 내가 아무 반응도 하지 않자, 그녀가 말했다. "이자가 이 가게에 얼마나 애착을 가지고 있는지 나도 잘 알아. 그리고 지난 몇 주 동안 이자가 얼마나 애를 썼는지도 알고."

나는 내 손톱을 내려다보았다. 손질이 되어 있지 않았고 물어뜯어서 지저분해 보였다.

"뭐라고 말 좀 해봐." 브리기테가 나를 다그쳤다.

"왜요?" 한참 후에야 내가 입을 열었다. "왜 가게를 팔려는 거예요? 좀 더 노력해 보기로 했잖아요. 우린 포기하지 않고 싸우기로……." 더 이상 말을 할 수가 없었다.

브리기테가 내 손 위에 그녀의 손을 올리자, 나는 손을 잡아 뺐다.

"아니야, 이자. 싸우고 싶은 사람은 이자뿐이라는 걸 깨달았거든. 난 너무 지쳐서 더 이상 버틸 수가 없어. 그리고 어제부터가 아니라 오래전부터 이 가게가 내 진을 빼는 느낌이었어. 30년 동안 나는 일주일에 6일 내지 7일을 가게에 나와 일을 했지. 내가 마지막으로 제대로 된 휴가를 떠나본 게 언제였는지 기억도 안 나."

"그럼 그놈의 휴가를 가면 되잖아요. 몇 주 동안은 나 혼자서도 얼마든지 가게를 꾸려 갈 수 있으니까." 그렇게 말하면서 내 공격적인 어조에 나 자신도 흠칫 놀랐다. "아니면 임시직원을 한 명 쓰든가요."

"임시직원 월급은 어떻게 주라고."

"그러려고 우리가 열심히 궁리하고 있잖아요."

"하지만 그게 성공을 할지 어떨지 모르는 거잖아." 그녀는 이마를 문질렀다. "난 쉰여섯 살인데 아직 세계여행을 한 번도 못 가 봤어. 내가 가게를 팔면 빚을 다 갚고 남은 돈으로 디터와 함께 캠핑트레일러를 구입해서 유럽여행을 다니고 싶어. 그게 바로 내가 하고 싶은 거고, 또 디터와 내게 필요한 거야."

"가게를 팔지 않더라도 10년 후엔 둘이서 충분히 그렇게 할 수 있어요."

"10년 후면 너무 늦을지도 몰라."

내가 너무 흥분해서 벌떡 일어나는 바람에 의자가 뒤로 넘어졌다. "그럼 난 어떻게 하라는 거예요?" 내가 소리를 질렀다. "아직은 내가 가게를 인수할 형편이 안 되는데!"

"나도 알아. 그래서 정말 너무너무……."

"지난 몇 주 동안 나는 가게를 다시 살리려고 엉덩이에 불이 나도록 일을 했어요. 11년 동안 그렇게 열심히 일했는데, 이제 와서 나를 나 몰라라 하겠다고요? 가게가 없어지면 난 어떻게 해야 하죠?"

브리기테는 눈물을 흘리며 나를 쳐다보았다. "나도 이자한테 이 가게를 넘겨주고 싶은 마음이 굴뚝같아. 이자가 이 가게를 얼마나 소중하게 생각하는지 잘 알지만, 이 가게가 이자 인생의 전부는 아니야. 그보다 소중한 것들이 얼마나 많은데."

"내 인생에 남은 건 이제 아무것도 없어요! 내게 소중했고 언제나 믿었던 것은 더 이상 존재하지 않으니까요!"

그녀가 일어나 내게로 와서 나를 안으려고 했으나, 나는 몸을 빼면서 물었다. "그럼 언제요? 앞으로 얼마나 더 이런 상태로 가게 문을 열 건데요?"

"나도 모르겠어. 올해 말까지가 아닐까 싶은데, 매수자를 얼마나 빨리 찾느냐에 따라 달라지겠지. 하지만 걱정하지 마. 이자만 원한다면 끝까지 가게에 나와도 좋으니까. 법적 유예기간은 당연히 지킬 거고 이자 월급은 내가……."

그녀가 계속 뭐라고 떠들어 댔지만 내 귀에는 더 이상 아무 말도 들리지 않았다. 올해 말이면 겨우 4개월밖에 안 남았다. 갑자기 나는 공허한 느낌이 들었다. 나는 4개월이 아니라 4초도 더 여기에 있고 싶은 생각이 없었다. '내가 왜? 이 가게는 사실 이미 문을 닫은 거나 마찬가지였고, 다음 주를 위해 우리가 계획한 일도 다 허사가 되어 버렸는데.' "난 지금부터 휴가예요." 나는 떨리는 목소리로 말하고 돌아서서 출입문 쪽으로 향했다.

"기다려, 이자!"

하지만 나는 아무 반응 없이 옆도 절대 쳐다보지 않고 가게 안을 지나갔다. 가게 안에 있는 것들을 두 번 다시 보고 싶지 않았다. 꽃과 실내용 화분, 화환, 꽃병, 장식품, 마리오 쿤첸도르프의 조각품, 유리

진열장……. 이 모든 것에 나는 얼마나 많은 시간과 애정 그리고 노동을 투자했던가! 이곳은 더 이상 내 인생이 아니고 또 내 미래도 아니다.

나는 곧장 집으로 가서 현관문을 걸어 잠갔다. 휴대폰을 확인해 보니 엄마한테서 부재중 전화가 여러 통 와 있었고, 알렉스한테서 1개의 문자메시지가 와 있었다. 나는 알렉스에게 내가 아파서 만나기로 한 약속을 취소해야겠다는 내용의 답장만 짤막하게 보낸 다음 휴대폰을 꺼 버렸다. 그리고 거실 선반에 놓여 있는 아빠 사진을 서랍 깊숙이 처박아 버렸다. 이어서 전화케이블 플러그를 뽑아 버리고 소파로 가서 누웠다. 집안 공기가 후덥지근했음에도 불구하고 나는 담요를 뒤집어쓰고 지난 며칠 사이에 잃어버린 것들을 애통해하며 흐느꼈다. 내가 감당하기엔 너무 버거웠고, 너무나 고통스러워서 명료한 생각을 할 수 없을 정도였다.

나는 3일 동안 꼼짝도 하지 않고 힘없이 소파에 누워 천정에 난 구멍들을 응시하다가 흐느껴 울면서 슬픔에 젖어 있었다. 내가 소파에서 일어나는 건 화장실에 가거나 물을 마시러 갈 때뿐이었다. 나는 아무도 보고 싶지 않았고 누구하고도 말하고 싶지 않았으며 또 누구한테서도 잘난 충고나 위로 따위의 말을 듣고 싶지 않았다. 어차피 그 어떤 말도 내게 위로가 되지 못할 테니까. 어떻게 내 삶이 그토록 순식간에 와르르 무너져 버릴 수 있는 건지 나는 아직도 이해가 가지 않았다. 내가 지금껏 쌓아온 이 삶이 얼마나 쉽게 무너질 수 있는지 왜 미처 생각을 못 했을까? 누군가 살짝 입김만 불어도 맥없이 무너지고 마는 카드 집 같다는 걸 말이다.

누군가 주먹으로 현관문을 쾅쾅 두들기는 소리에 나는 화들짝 선 잠에서 깨어났다. 일순간 오늘이 무슨 요일인지는 고사하고 오전인 지 오후인지조차 알 수가 없었다. 밖에서 또 우르릉거리는 천둥소리 가 들려서 나는 천둥소리를 문 두드리는 소리로 착각했나 보다 생각 했다.

하지만 곧 카티의 목소리가 또렷이 들렸다. "이자! 당장 이 문 안 열면 소방구조대가 문을 부수고 들어갈 거야. 지금 내 옆에 구조대가 와 있어." 당황스러우면서도 동시에 잔뜩 화난 목소리였다. 나는 그 녀의 말이 진담이라는 것을 추호도 의심하지 않았다.

나는 간신히 소파에서 몸을 일으켜 몇 걸음 떼다가 눈앞이 캄캄해 져서 비틀거렸다. 내 다리에 있던 근육이 몽땅 사라져버린 것만 같은 느낌이 들었다. 몇 초쯤 소파 팔걸이를 붙잡고 있다가 시야가 어느 정도 선명해지자, 현관 쪽으로 걸어가서 문을 열어 주었다.

내 앞에 카티와 넬리가 근심 어린 얼굴을 하고 서 있었다. 소방구 조대의 모습은 보이지 않았다. 카티는 나를 위아래로 훑어보고 나더 니 이마에 주름을 잡으며 분노에 찬 눈빛으로 나를 쏘아보았다. "이 렇게 갑자기 잠수를 타다니 너 미쳤어? 며칠 전부터 우리 모두 너와 연락이 안 돼서 얼마나 애가 탔는 줄 알아? 우리가 걱정할 거라는 생 각은 안 해봤어?"

나는 두 친구가 들어오도록 한 걸음 뒤로 물러났다.

"꼴이 이게 뭐야?" 넬리는 내게 몸을 숙여 냄새를 맡았다. "윽, 냄 새!"

나는 서 있기가 점점 힘이 들어서 소파로 다시 돌아가 털썩 주저앉 았다.

카티와 넬리도 나를 따라와 내 옆에 앉았다.

"나 참, 무슨 일인지 얘기나 좀 들어보자!" 카티가 답답한 듯 말했다.

나는 주변 사람들과 연락을 끊고 잠적해 버린 것이 얼마나 이기적인 행동이었는지 어렴풋이 깨닫기 시작했다. 내가 아무한테도 연락을 안 하고 전화도 받지 않으면 다른 사람들이 어떨지 단 1초도 고민을 안 했다. 입장을 바꿔놓고 생각하면, 나는 내 친구들이 걱정돼서 돌아 버렸을 것이다. "미안해." 목쉰 소리로 내가 말했다. 마지막으로 말을 한 게 3일 전이어서 목소리가 잠긴 것 같았다. 또 눈물이 쏟아졌다. 나는 몸을 앞으로 숙이고 두 손에 얼굴을 묻었다. "다 엉망이되어 버렸어. 내 삶 전체가." 나는 큰 소리로 흐느껴 울기 시작했다.

넬리와 카티는 속수무책으로 내 옆에 앉아 내 머리를 쓰다듬으며나를 달래기 위한 말을 중얼거릴 뿐이었다. 드디어 눈물이 멈추고 나자, 나는 넬리가 건네주는 티슈로 시원하게 코를 풀었다. 카티는 내게 물을 한 잔 갖다 주었고, 나는 그 물을 단숨에 들이켰다.

"옌스와 나는 어쩌다 키스를 하게 됐는데, 그 다음 날 싸웠어. 그는나를 사랑한다고 말하면서 동시에 왠지 너무 무미건조하고 감정 없이 이야기를 해서 오히려 내가 모욕당한 느낌이 들었거든. 그래서 난알렉스를 사랑하고 그가 내 짝이라고 말해 버렸지. 하지만 그게 사실인지 나도 잘 모르겠어. 그 후로 옌스와 나는 더 이상 말을 안 해. 난어떻게 해야 할지 모르겠어. 그가 너무 보고 싶은데!" 나는 티슈를구겨서 테이블 위에 던졌다.

"그다음엔 브리기테가 가게를 팔 거라고 내게 말했어. 이미 결정된일을 내게 통보한 셈이어서 내가 반대를 하고 말고 할 수도 없었지.

모든 희망이 사라져 버렸어. 이제 내게 남은 건 아무것도 없다고." 두 친구에게 아빠에 관한 이야기도 할 뻔했으나, 무슨 까닭인지 입 밖에 낼 수가 없었다.

잠시 동안 우리는 아무 말 없이 앉아 있었다. "그렇지 않아." 이윽고 카티가 힘주어 말했다. "너한텐 우리가 있잖아. 네 친구들도 있고 크누트, 브리기테, 메를레, 엄마도 있잖아. 설마 우리가 아무것도 아니라는 거야?"

"그리고 넌 여전히 플로리스트잖아." 넬리가 덧붙였다. "네가 더 이상 브리기테 가게에서 일을 안 한다고 하더라도 말이야. 그녀의 가게를 인수하지 못하면 어때? 나중에 다른 곳에 네 가게를 차리면 되지."

"하지만 내가 원하는 건 그 가게였단 말이야!" 내가 고집을 부렸다.

"뭐, 어쩌겠어? 그 가게는 이제 물 건너갔는데." 그녀가 매정하게 말했다. "계획을 변경하는 수밖에 방법이 없잖아."

카티가 힘차게 고개를 끄덕였다. "그리고 옌스와 알렉스에 관한 문제도 사실 배부른 고민이라고 할 수 있지."

내가 발끈했다. "뭐라고?"

"너를 좋아하는 남자가 둘이나 되고, 넌 둘 중 한 명을 선택할 수 있으니까 복에 겨운 고민이라고. 난 한 번도 그런 고민을 해본 적이 없거든."

"내 생각엔 그 선택도 사실 그렇게 어렵지는 않은 것 같은데." 넬리가 끼어들었다. "네 내면의 소리에 귀 기울이면 어떻게 해야 할지 알게 될 거야."

"헉!" 나는 놀라는 시늉을 했다. "네 입에서 그렇게 고리타분한 말이 나올 줄은 꿈에도 몰랐는걸."

"하지만 진짜 그렇다니까." 넬리가 맞섰다.

나는 그녀의 어깨에 머리를 기대고 그녀는 내 어깨에 팔을 둘렀다. 그러자 카티는 반대편에서 내게 찰싹 달라붙었고, 그렇게 우리는 말 없이 한참을 앉아 있었다. 마음의 고통은 여전했지만, 내 친구들이 언제나 내 옆에 있다는 깨달음이 조금은 위안이 되었다.

갑자기 넬리가 나를 살짝 옆으로 밀치며 말했다. "이자? 기분 나쁘게 듣지 말고, 가서 샤워도 하고 이도 닦고 좀 그러면 안 될까? 더 이상 참을 수가 없어."

"넬리 말이 맞아." 카티가 맞장구쳤다. "그동안 우리는 두껍고 기름이 좔좔 흐르는 피자 한 판 주문해 놓을게. 며칠 동안 거의 먹지도 못한 거 같은데."

"피자는 싫어."

"그럼 뭐가 좋을까?"

'옌스가 만들어 주는 거면 뭐든 좋은데. 디저트로 퐁당 쇼콜라도 나오면 더 좋고.' 속으로 생각하면서 나는 어깨를 으쓱했다. "나도 모르겠어."

"그럼 중국요리는 어때? 새콤달콤 소스 닭요리는 너도 잘 먹잖아."

"음, 마음대로 해." 시큰둥하게 대답하고 나는 일어나서 따뜻한 물로 샤워를 했다. 그런 다음 이를 닦고 깨끗한 옷으로 갈아입은 후 배달된 음식을 꺼내고 있는 넬리와 카티 옆으로 가 앉았다.

카티는 내 손에 휴대폰을 쥐여 주며 말했다. "여기! 먹기 전에 모두에게 무사하다는 메시지부터 보내."

나는 휴대폰을 켰다. 지난 며칠 사이에 얼마나 많은 문자메시지와 부재중 전화가 와 있는지 눈에 들어온 순간, 나는 숨이 멎었다. 카티, 데니스, 보그단, 크리스틴, 넬리, 엄마, 브리기테, 크누트, 메를레, 알렉스 그리고 옌스. 제일 먼저 나는 옌스의 문자메시지부터 확인했다. '당신 친구들이 방금 여기 와서 당신이 어디 갔는지 아는지 물었어요. 아무 일 없는 거예요?' 그게 전부였다. 그리고 그가 보낸 메시지는 딱 한 개였다. 하지만 내가 실컷 연애놀음을 하면서 키스까지 해놓고 다음 날 아침 그의 구애를 퇴짜 놓았는데도 옌스가 내 안부를 물어온 건 고마운 일이었다.

나는 간결하게 몇 자 적어 모두에게 단체 메시지를 보냈다. '미안! 아팠어요, 연락할게요. 이자.'

카티와 넬리는 나하고 같이 앉아 욕이 나오는 것을 참을 수 없을 만큼 형편없는 TV 오디션 프로그램을 보면서 몇 시간 더 있다가 갔다. 그렇게 친구들과 평범하게 보낸 시간이 내게 많은 도움이 된 것 같았다. 하지만 친구들이 가고 다시 혼자가 되자, 내 상처가 아물려면 아직 멀었다는 것을 깨달았다. 그래도 어찌 됐든 이 상황을 순순히 받아들이거나 비탄에 젖어 있지만은 않겠다는 의지 비슷한 게 내 안에서 꿈틀대는 것이 느껴졌다.

내가 가장 먼저 해야 할 일은 알렉스에게 연락하는 것이라고 어떤 목소리가 내게 말하는 것 같았다. 그래서 나는 이튿날 아침에 바로 그에게 전화를 했다.

"이자벨레!" 그는 '여보세요'라는 말도 생략하고 내 이름을 외쳤다. "연락 줘서 반가워요."

"며칠 동안 연락을 끊고 잠적해 버려서 미안해요. 안 좋은 일이 겹쳐서 우선 머리를 좀 식혀야 했거든요."

"나도 알아요." 그가 말했다. "가게 일은 이자벨레에게 큰 충격이었겠죠."

"끔찍했어요. 가게 일 말고 다른 일도 있었지만…… 지금 모든 걸 다 설명하는 건 무리일 것 같네요."

잠시 침묵이 흐르더니 그가 말했다. "알겠어요, 이해해요."

나는 그가 순순히 내 말을 받아들여 줘서 고마웠다. 옌스라면 필시 얼렁뚱땅 넘어가지 않고 내가 무슨 일인지 털어놓을 때까지 계속 캐물었을 텐데. "혹시 취소한 데이트 약속 다시 잡을 생각 없나 해서요."

"아, 당연히 있죠. 언제가 좋아요?" 그가 물었다.

"목요일은 어때요?"

그가 스케줄러를 넘겨보고 있는 듯 바스락거리는 소리가 들렸다. "목요일 좋아요. 7시에 데리러 갈게요, 오케이?"

"오케이. 강아지들 데리고 산책을 해도 좋을 거 같아요."

"정말요? 그러고 싶어요?"

"그럼요!"

또 다시 잠깐 침묵이 흘렀다. "다시 한번 생각해 볼게요. 사실은 이자벨레와 좀…… 고상한 데이트를 하고 싶었거든요."

'그럼 그가 이번에는 또 어디를 통째로 빌릴 건지 기대해 봐도 되는 건가? 미니어처 원더랜드? 민속박물관? 혹시 목요일에 교향악단을 불러서 우리 둘만을 위한 개인 콘서트에 나를 데려가는 건 아니겠지? 지금 무슨 생각을 하는 거야, 이자? 넌 옌스의 말대로 수프 속에

든 머리카락을 찾고 있잖아.' 나는 입술을 깨물었다. "좋아요, 알렉스에게 맡길게요. 기대되는데요."

"나도 기대돼요."

'휴- 무사히 넘겼네.' 통화를 끝내고 휴대폰을 내 옆에 내려놓았다. 목요일은 원래 묘지에 가는 날이었다. 하지만 이젠 목요일이든 무슨 요일이든 묘지를 찾아가는 일은 두 번 다시 없을 것이다. '내가 거길 왜 가는데? 아빠는 우리를 버렸고 난 그에게 짐일 뿐이었는데, 뭐가 고마워서 그의 무덤을 돌봐야 하지? 꿈도 꾸지 말라고 그래! 아빠의 꽃이 시들든 말든 난 모르는 일이야. 그리고 프리츠쉐너 씨가 나랑 무슨 상관인데?'

목요일이 될 때까지 나는 소파에 앉아 한심한 텔레비전 프로그램을 보거나 그냥 할 일 없이 빈둥거리면서 시간을 보냈다. 그리고 거의 2주 만에 미하엘 슐츠에게 다시 한번 항의메일을 보냈다. 사실 그 불쌍한 사람에게 이메일 공격을 가하고 싶은 생각이 이제 별로 없었고 내가 아무리 애써 봤자 소용이 없다는 것을 잘 알고 있었음에도 불구하고 지금 같은 때 〈러브! 러브! 러브!〉를 볼 수 있다면 얼마나 좋을까 하는 아쉬움 때문에 다시 메일을 보냈다.

목요일이 되자 나는 자리를 털고 일어나 데이트 나갈 준비를 했다. 화장을 하는 동안 조금 있으면 드디어 알렉스를 다시 만나는데도 마음이 설레지 않는 것을 깨달았다. 꿈의 남자 알렉스. 지난 며칠 사이에 일어난 사건들 때문에 나는 과연 꿈의 남자가 이 세상에 있을까, 그리고 만약 있다면 내가 진짜 그런 남자를 원하는 걸까 하는 의구심이 생긴 것 같았다. "그럼 당신이 깨어 있을 땐 어떻게 할 거예요?"라던 옌스의 말이 생각났다.

알렉스가 출입문 벨을 눌렀을 때도 마음이 설레지 않기는 마찬가지였다. 하지만 그건 며칠 사이에 너무 충격적인 일들을 겪고 너무 힘들어서 내 마음이 조금 더 조심스러워진 탓일 수도 있었다. 문을 열자, 내 앞에 알렉스가 서 있었다. 언제나처럼 잘생기고 다정한 미소를 짓고 있는 모습이었다. "안녕, 이자벨레." 그는 내 볼에 살짝 입맞춤을 했다. "근사해 보이는데요."

"고마워요. 오늘은 어디 갈 건가요?" 나는 내심 강아지들을 보러 갔으면 했다.

"발레 공연을 보러 갈 거예요. 백조의 호수 티켓을 예매했어요."

'아, 발레라니!' 비쩍 마른 사람들이 무대 위를 폴짝폴짝 뛰어다니다가 끝에 가서 다 죽는 건 내 취향이 아니었다. "멋지겠네요." 나는 마지못해 좋아하는 척했다.

알렉스는 내가 멈칫하는 것을 알아차린 듯 불안한 눈빛으로 나를 쳐다보았다. "난…… 그 스와니가 생각났어요. 무슨 말인지 알아요?"

그 순간 내 마음이 녹아 버리는 것 같았다. 나는 양심의 가책을 느꼈다. 솔직히 너무나 사랑스러운 이 남자한테 내가 지금 뭘 하는 건가 싶었다.

우리는 그의 차를 타고 발레 공연이 열리는 CCH(함부르크 컨벤션 센터의 약자 – 옮긴이)로 향했다. "이제 어떻게 할 생각이에요? 그러니까 가게가 폐업되고 나면 말이에요." 알렉스가 내게 물었다.

"글쎄요, 새로운 일자리를 찾아봐야겠죠. 이웃 꽃가게를 찾아가서 직원이 필요하지 않은지 알아볼 수도 있을 테고. 어쨌든 꽃가게 사정에 대해서는 내가 잘 알고 있으니까요." 나는 한숨을 내쉬었다. "하지만 지금은 내가 과연 그럴 수 있을지 자신이 없어요. 다른 가게에서는 일하고 싶지 않거든요."

"무슨 방법이 있을 거예요, 이자벨레."

나는 차창 밖으로 스쳐 지나가는 집들을 바라보았다. 하늘은 함부르크 도심 위에 잿빛으로 낮게 드리워져 있었다. 그새 폭우는 다 지나갔고 확연하게 날이 선선해졌다. "비행기를 타고 어디론가 가고 싶어요. 아직 비행기를 타 본 적이 없거든요. 조만간 그럴지도 몰라요."

"뭐라고요?" 그가 망연자실한 표정으로 물었다. "어디로 갈 생각이에요?"

"호놀룰루나 울란바토르, 뉴욕, 마다가스카르…… 모르겠어요. 그냥 어디론가 갈 거예요."

"하지만 그렇게 아무 준비도 없이 여행을 떠날 수는 없어요. 여행지 여건에 맞춰 준비를 해야 하거든요. 예컨대 어떤 예방접종을 하고 가야 하는지 알아봐야죠. 호텔 예약도 해야 하고 여행루트도 미리 정해야 해요."

이런! 그의 말이 맞았다. 훌쩍 떠난다는 생각이 너무 매혹적이어서 그런 것들은 미처 생각지도 못했다. 내가 아빠를 닮아서 이런 소망을 품고 있는 건가 궁금해졌다. 세계 여행을 하는 것은 아빠의 꿈이기도 했다. 아빠를 닮은 거라면 더 이상 떠나고 싶지 않을 것 같았다. '어떤 대가를 치르더라도 난 아빠처럼 되지는 않을 거니까!'

알렉스는 CCH의 지하주차장에 주차를 했다. 위층 로비에 도착하자, 그는 판매대 쪽을 가리키며 내게 물었다. "와인 한잔할래요?"

"네, 좋아요."

와인과 물을 손에 들고 그가 잠시 후에 돌아왔다. "차를 가져오면

술을 전혀 마실 수 없다는 걸 미처 생각 못 했네요."

"괜찮아요. 취하도록 마시는 건 다음 기회로 미뤄요."

그는 당황스러운 눈길로 나를 쳐다보았다. "취하도록 마신다고 말하진 않았는데요. 난 가끔씩 좋은 와인을 즐기는 정도지, 취하도록 마시는 건 내 취향이 아니거든요."

"아, 네." 내가 황급하게 말했다. "그럼요. 나도 음…… 그런 뜻으로 말한 게 아니었어요." 나는 멋쩍어서 와인을 한 모금 마시는 동안 옌스하고 파란색 진토닉과 독한 멕시카너를 들이키던 일이 생각났다. "발레 보러 자주 와요?"

"아니요, 자주 오진 않아요. 사실은 연극과 카바레*를 더 좋아하죠. 당신은요?"

'맙소사!' 알렉스는 이렇게 교양 넘치는 문화생활을 즐기는데, 난 전혀 그렇지가 못했다. "글쎄요, 나는…… 그러니까 TV로 문화교양 프로그램 보는 걸 좋아해요. 유감스럽게도 얼마 전에 그 프로그램이 폐지됐지만요." '빌어먹을! 이 말은 또 왜 하는 거야?'

"무슨 프로그램인데요?" 알렉스가 재깍 물었다.

어째서 내가 〈러브! 러브! 러브!〉라는 드라마를 문화교양 프로그램이라고 일컫는지 그에게 설명할 필요가 없도록 나는 엉뚱한 대답을 했다. "난 쓰레기를 이용해서 물건 만드는 걸 좋아해요." 그러면 그가 내게도 지적인 면이 있다는 걸 알 수 있을 것 같았다.

....

* 프랑스어 카바레(cabarett)에서 유래된 말로 '작은 예술무대'가 있는 주점을 말하며 패러디극·판토마임·강연·무용 그리고 산문이나 운문 형식의 작품이 공연되고 낭독된다.

알렉스는 어리둥절한 표정으로 나를 쳐다보았다. "쓰레기요?"

"네, 그걸 업사이클링이라고 하죠. 못 쓰는 병으로 꽃병을 만들거나 머말레이드 병으로 랜턴을 만들고 플라스틱 판을 이용해서 양념통 선반을 만드는 거예요."

잠시 대화가 끊겼다. "아, 알겠네요." 이윽고 알렉스가 말했다. "그건…… 환경보호에 도움이 되는 일이네요. 그리고 이자벨레는 아주 창의적이에요. 멋진데요!"

하지만 나는 그의 말이 왠지 영혼 없는 소리로 들리는 것 같았다.

우리는 들고 있는 잔을 비우고 편안한 주제로 이야기를 나누었다. 세 번째 종소리가 나자, 착석을 해야 했다. 내 생애에서 가장 지루할 2시간 30분을 어떻게 버텨야 하나 생각하면서 나는 속으로 신음소리를 내뱉었다.

하지만 2시간 30분 후에 나는 황홀한 표정으로 눈물을 흘리며 홀을 빠져나왔다. 나는 발레가 그렇게 아름다울 줄은, 그리고 내가 발레에 그토록 매료될 줄은 꿈에도 몰랐다. 비쩍 마른 게 아니라 보기 좋게 날씬하고 우아한 무용수들 그리고 음악과 줄거리까지 너무 좋았다. 지그프리트와 오데트가 마지막에 죽는 것이 썩 마음에 드는 건 아니었지만, 그런 엔딩이 요즘 나의 기분과 잘 맞았다. "근사했어요!" 다시 조명이 켜지고 나서부터 나는 수백 번도 더 탄성을 질렀다. "나를 여기 데려와 줘서 정말 기뻐요. 이렇게 아름다운 건 본 적이 없어요."

알렉스가 웃었다. "마음에 들었다니 나도 기뻐요."

"마음에 든 것 그 이상이에요. 너무너무 고마워요, 알렉스."

그러는 사이에 우리는 지하주차장으로 내려왔고, 그가 내게 차 문을 열어 주었다.

그 순간 지금이 키스하기에 좋은 타이밍이라는 생각이 퍼뜩 들었다. 나는 용기를 내서 알렉스에게 팔을 두르고 그의 입술에 내 입술을 갖다 댔다.

처음에 그는 깜짝 놀란 듯했으나 잠시 후 내 허리를 감싸 안고 키스에 응했다. 하지만 나는 그다음에 어떤 일이 일어나는지 두고 볼 수가 없었다. 왜냐면 아무 일도 일어나지 않았기 때문이다. 흥분되지도 않았고 무릎에 힘이 빠지지도 않았다. 정말 아무 느낌이 없었다. 크누트나 보그단 또는 홍케뮐러 박사한테 키스하면 딱 이럴 것 같았다.

그리고 어쩐지 나만 그런 것을 느낀 건 아니라는 생각이 들었다. 잠시 후 알렉스가 나를 놓아주고 어쩔 줄 모르는 표정으로 나를 바라보았기 때문이다. 내가 뭐라고 하기도 전에 그는 고개를 젓더니 나를 다시 끌어안고 키스를 했다. 이번에는 억지로라도 열정의 불씨를 살리려는 듯 격렬한 키스였다.

하지만 역시나 아무 일도 일어나지 않았다. 그리고 최악은 내가 알렉스와 키스를 하면서 옌스 생각을 했다는 것이었다. 키츠하펜에서 우리가 나눈 키스와 그의 손길에 내가 얼마나 흥분했는지 문득 생각이 났다. '이건 아니야!'라고 말하는 내면의 소리에 나는 입술을 떼고 알렉스를 살짝 밀쳐 냈다.

그의 얼굴에 당황한 표정이 역력했다. "난……." 그는 말을 하려다 멈칫하더니 곧 다시 입을 열었다. "그러니까 이건…… 어쩐지 기대했던 것과 달랐어요. 안 그래요?"

"네, 그래요." 나는 그의 말에 동의했다.

"하지만 왜 그럴까요? 이자벨레는 내가 늘 꿈꾸던 이상형인데." 그는 단호한 표정으로 한 걸음 다가서며 말했다. "우리 다시 한번 해봐요."

그가 내 어깨를 잡으려는 순간 나는 몸을 뒤로 뺐다. "그래 봤자 마찬가지일 것 같지 않아요?"

그는 턱을 쓰다듬으며 골똘히 생각에 잠겼다. "맞아요." 그가 마침내 체념한 듯 말했다. "그럴 것 같아요."

나는 차 안에 앉아 내 머릿속에서 맴돌고 있는 복잡한 생각들을 정리하려고 애썼다. 3개월 동안 나는 알렉스 때문에 제정신이 아니었다. 그가 바로 내 짝이라고 착각한 채 그에게 열심히 들이댔는데, 막상 그를 손에 넣고 보니 내가 그를 원했던 게 아니었음을 깨달은 셈이었다. 그런데 희한하게도 나는 그 사실을 무덤덤하게 받아들이고 있었다.

잠시 후 알렉스가 운전석에 올라탔다. "도저히 이해할 수가 없어요, 이자벨레. 난 정말 당신을 사랑한다고 생각했는데. 미안해요."

나는 그의 팔에 손을 얹으며 말했다. "미안해할 필요 없어요. 내 마음도 알렉스와 똑같으니까요. 우리 둘 다 뭔가 착각을 한 것 같아요."

우리는 아무 말 없이 안타까운 눈빛으로 서로를 바라보았다.

"아, 제기랄!" 알렉스가 침묵을 깨고 내뱉었다.

"어머, 알렉스 입에서 그런 말이 튀어나오리라고는 생각도 못 했는데요." 나는 킥킥거리는 웃음이 나오려는 것을 억지로 참았다.

그는 우울한 표정을 지었다. "그러게요."

다행히 더 이상 웃음이 나오려고 하지는 않았다. 지금은 웃을 상황이 아니었다.

"그럼 이제 어쩌죠?" 잠시 생각에 잠겨 있다가 알렉스가 물었다.

나는 한숨을 내쉬었다. "이제 나는 집으로 가서 소파에 눕고 싶어요. 그리고 초콜릿을 먹으면서 내가 왜 이렇게 바보 같은지 조용히 생각 좀 해봐야겠어요."

"그럴듯하게 들리네요." 그는 차 시동을 걸었다. "나도 그래야겠어요. 다만 초콜릿을 먹는 것보다는 조깅을 하면서 생각해봐야겠어요."

20분 후 알렉스는 집 앞에 차를 세웠다. "자, 그럼…… 일이 이상하게 돼 버렸죠?"

나는 고개를 끄덕였다. "네, 그런 것 같아요."

"그래도 우리 둘이 같은 마음이어서 그나마 다행이에요."

"네, 나도 그렇게 생각해요. 당신은 정말 좋은 남자예요, 알렉스. 열대 아쿠아리움에서 데이트한 것도 그렇고 오늘 발레 공연도 그렇고…… 그런 경험은 생전 처음이었어요. 진심으로 고맙게 생각해요."

그는 내게 슬픈 미소를 지어 보이고 고개를 숙여 내 뺨에 입을 맞췄다. "잘 자요, 이자벨레. 잘 지내고요."

"네, 잘 가요."

그는 한 번도 내게 눈길을 주지 않고 자기 차에 올라타더니 가 버렸다.

행복한 순간들

토요일 점심때 크누트와 만나기로 약속을 했다. 사실은 집에 틀어박혀 어쩌다 내 인생이 이렇게 꼬여 버렸나 생각을 해보고 싶었으나, 크누트가 꼭 만나야 한다고 하도 성화를 부려서 할 수 없이 약속해 버렸다. 그는 내게 무슨 일이 있었는지 아직 잘 모르고 있었다.

12시 정각에 크누트가 현관 벨을 울렸다. "어서 와요, 크누트!" 나는 반갑게 외치며 그를 포옹했다. "어디 얼굴 좀 봐요." 그의 코와 눈을 살펴보았으나 폭행당한 흔적은 거의 사라지고 없었다. 다만 콧잔등에 아직 긁힌 상처가 남아 있었는데, 아주 자세히 들여다봐야만 누리끼리한 상처를 알아볼 수 있었다. 너무나 행복한 듯 반짝이는 그의 두 눈을 보니 그날 밤 이리나의 술집에서 두 사람에게 어떤 일이 있었는지 짐작이 가고도 남았다.

크누트 역시 나를 유심히 살폈다. "정말 몰골이 형편없네. 살도 엄청 빠지고."

나는 손사래를 쳤다. "아이, 괜찮아요."

"비행기 보러 갈까?"

"좋아요!"

그의 택시에 타자마자, 크누트는 담배를 입에 물고 그가 좋아하는 록밴드 AC/DC의 카세트테이프를 틀었다. "출발하기 전에 할 얘기가 있는데." 그가 겸연쩍은 듯 씩 웃으며 말했다. "이리나와 나는……." 그의 뺨이 붉게 물들었다. "우린 이제 사실상 커플이 됐어."

"오 세상에, 크누트!" 나는 환호성을 질렀다. "정말 축하해요! 그날 밤 그 난리법석이 있고 나서 어떻게 되었어요?"

그는 차 시동을 걸고 나서 담배를 깊이 한 모금 빨아들였다. 나는 얼른 창문을 내렸다. '차 안에서 담배를 피우는 건 너무 싫어!'

"이리나와 나는 서로를 보살펴 줬지. 그런 다음 경찰서에 가서 고소를 했어. 경찰서에서 나와서 같이 서 있는데, 그녀가 그러는 거야. 자기가 나를 좋아하고 있다는 것을 확실히 깨달았으며, 자신이 아직 이혼하지 않은 상태여서 엄두가 나지 않았을 뿐이라고." 그는 신호 등이 노란불일 때 얼른 건너가려고 속도를 높이다가 마지막 순간에 생각이 바뀐 듯 급브레이크를 밟았다.

"그렇게 해서 우린 연인 사이가 되었지."

"그럼 그녀의 남편은 어떻게 됐어요?"

"그 후로 그자는 한 번도 못 봤어. 이리나는 이혼신고서를 접수해 놓았고. 모든 일이 그렇게 간단하지는 않을 거야. 하지만 우린 해낼 수 있어."

그 말을 들으니 나도 모르게 옌스가 생각났다. 그도 의미상 그와 비슷한 말을 내게 했다. 하지만 아직도 그와 내가 사귀면 뭐가 그렇게 힘들 것 같은지 의문이었다.

펜스 너머에 있는 우리 자리에 도착해서 크누트의 차 보닛 위에 앉자, 그가 진지하게 나를 쳐다보았다. "이자, 얘기 좀 해봐. 무슨 일이야?"

나는 브리기테가 가게를 팔 거라는 얘기만 했다. 무슨 일이 있었는지 다 털어놓기가 아직은 힘이 들었다.

"가게 때문만은 아닌 것 같은데. 단지 다른 일자리를 구해야 하는 것 때문에 이렇게 슬퍼할 리는 없으니까. 이자에게 그 가게가 얼마나 중요한지 잘 알아. 하지만 더러는 뭔가 새로운 것을 시작하는 게 좋을 때도 있어. 그러는 게 가장 옳은 방법일 때도 있고 말이야." 그 순간 12시 33분 출발 아부다비행 비행기가 우리 머리 위로 굉음을 내며 날아오르더니 낮게 깔린 잿빛 구름 속으로 사라졌다. 소음이 가라앉자 크누트는 하던 이야기를 계속했다. "월요일엔 이것, 화요일엔 그것, 수요일엔 저것을 해야 하고 2년 후엔 여기, 15년 후엔 저기에 갈 거고……. 너무 빡빡하게 그러는 건 좋지 않아. 조금 여유를 가져봐."

"하지만 난 그럴 수가 없어요. 내겐 고정적인 생활리듬과 하루일과가 필요해요. 안 그러면 모든 게 뒤죽박죽 엉망이 되니까요!"

크누트는 담배 한 개비를 입에 물고 불을 붙이면서 나를 유심히 쳐다보았다. "그럼 자세히 한번 봐봐. 지금 이자가 어떤 상태인지 말이야. 모든 게 엉망이 되고 속수무책이잖아."

"정말 개 같아요." 나는 다리를 세워 두 팔로 감싸 안으면서 내뱉었다.

"그래, 인생이 다 그렇지 뭐 별게 있나."

우리는 활주로에 들어서는 다음 비행기를 지켜보았다. 나는 옌스와 마지막으로 여기 왔던 일이 생각났다. '더위가 한창 기승을 부릴 때였고, 옌스는 아이스크림을 먹으면서 말했지. 언젠가 한번 여자를 여기에 데려오고 싶다고. 그래서 난…… 질투가 나서 펄펄 뛰었지!'

"옌스하곤 어떻게 됐어?" 크누트가 불쑥 물었다. "그날 밤 키츠하펜에서 두 사람을 보니까 분위기가 심상치 않던데."

나는 금방 대답을 하지 않고 비행기가 구름 속으로 자취를 감출 때까지 눈으로 좇으면서 뜸을 들였다. "옌스가 나를 사랑한다고 말했어요."

크누트가 신음 소리를 냈다. "그럼 이제 다 잘됐다고 생각해야겠지만, 여자들은 또 생각이 다르더라고. 그래서 이자도 이 상황을 너무 복잡하게 받아들이고 있을 것 같은데, 내 말이 맞아?"

"아니요, 난…… 아, 나도 모르겠어요, 나는 지금까지 계속 내가 알렉스를 사랑한다고 생각했어요. 그런데 이제 내가 알렉스를 사랑한 게 아니라 어떻게든 그를 사랑하려 했다는 것을 깨달았어요."

"거봐." 그가 손가락을 들어 올리며 말했다. "내가 말했잖아. 이자벨레 바그너! 우리가 만난 지 벌써 8년이나 돼서 척 보면 아는데 말이야. 내가 사랑에 빠진 이자의 모습을 한 번이라도 본 적이 있다고 한다면, 옌스하고 같이 있을 때였어. 그러니까 그렇게 바보같이 죽을상 좀 그만하라고!" 그는 벌컥 화를 내며 담배꽁초를 휙 버렸다.

'아! 그러니까 모든 게 내 탓이란 말인가?' 12시 40분 출발 싱가포르행 비행기가 우리를 향해 돌진해왔다. 엔진 소리 때문에 대화를 계속하는 게 불가능했다. 비행기가 사라지고 나자, 내가 입을 열었다. "옌스는 나를 사랑한다고 말하면서 나랑 사귀는 게 힘든 일일 테지만 그럼에도 불구하고 시도해 보겠다고 덧붙였어요. 같이 노력하면 해낼 수 있을 거라고요. 자기 행동에 확신이 있는 사람이라면 그런 식으로 말할까요? 그리고 옌스는 내가 이런 남잔 절대 싫다고 생각하는 면을 모두 갖추고 있어요. 전혀 로맨틱하지도 않고, 비아냥거리고, 끊임없이 나를 놀리고 그리고…… 아무튼 수천 가지도 더 될 거예요."

"그래서? 첫째, 그가 덧붙인 말은 내가 보기에 솔직하게 현실을 직시한 것처럼 들려. 그리고 둘째, 사랑은 모든 것이 언제나 멋지고 완벽하고 조화로우며 장밋빛 미래를 약속하는, 그런 게 아니야. 진실을 말하자면, 그럼에도 불구하고 사랑하는 것이 행복이지!"

그의 말이 그럴듯하게 들렸다. '나는 완벽한 사랑에 대한 환상을 품고 현실과 얼마나 동떨어져 있었을까?'

크누트가 나를 살짝 옆으로 밀쳤다. "이자? 내가 너를 얼마나 좋아하는지 알고 있지? 그래서 너 스스로 자기 앞길을 가로막고 있는 것이 너무 화가 나."

요즘에 툭하면 그랬듯이 또 눈물이 흘렀다. 나는 그의 어깨에 머리를 기댔다. "네, 알아요."

그는 내 어깨에 팔을 두르며 말했다. "난 그냥 네가 행복해지길 바랄 뿐이야."

"그럼에도 불구하고 사랑하는 것이 행복이라고 했죠?"

"맞아."

나는 크누트에게 아빠에 대한 이야기를 하고 싶었으나, 마지막 순간에 차마 말을 할 수가 없어서 그만두고 말았다. '그럼에도 불구하고 사랑하는 것이 행복이다' 나는 이 말을 수도 없이 되뇌었다. 하지만 내 인생이 이렇게 엉망으로 꼬여 버린 마당에 그래도 사랑하는 것이 과연 가능할지 의문이었다. 그럼에도 불구하고 사랑하는 것, 그것은 크누트의 말을 들을 땐 다 그렇듯 너무나 간단해 보였다. 하지만 사실은 그렇지가 않았다.

결국에는 크누트가 내게 고민거리를 오히려 더 많이 안겨 준 셈이었다. 나는 집에 다시 혼자 있게 된 것이 기뻤다. 내 머릿속이 너무 혼란스러워서 어떤 것부터 고민해야 할지 알 수가 없었다. 그때 내 눈길이 선반에 있는 '행복의 순간 유리병'에 머물렀다. 원래는 내 생일 때 그 병을 개봉할 생각이었으나, 행복의 순간 몇 가지 정도는 지금 열어 봐도 상관없을 것 같았다.

나는 바닥에 앉아 유리병에 든 메모지들을 쏟았다. 첫 번째 메모지에는 〈솜뭉치 같은 눈이 내렸다!〉라고 적혀 있었다. 가게 창문 밖으로 솜뭉치처럼 커다란 눈송이가 떨어지는 모습을 넋 놓고 바라보던 일이 떠올랐다.

다음 메모지를 펼쳐 보았다. 〈지하철 안에서 어떤 여자가 나를 보고 미소를 지었다. 아무 이유 없이〉 그때 나는 이가 아파서 치과에 가는 길이었기 때문에 상태가 영 안 좋았다. 그런데 그녀의 미소를 보고 기분이 많이 좋아졌다.

초록색 메모지에는 이렇게 적혀 있었다. 〈내 생애 처음으로 게살이 들어간 감자 수프를 먹었다. 옌스 가게에서. 맛있었다!〉 그 수프가 그의 가게에서 먹은 수많은 음식 가운데 제일 처음 먹은 것이었다. 처음에 내가 옌스에게 가졌던 불신을 생각하면, 내가 결국 그렇게 빨리 그에게 넘어가고 만 것이 신기하기만 했다.

그다음 메모지에는 〈올해 처음으로 나비를 보았다. 봄이 왔나 보다!)라고 적혀 있었다. 묘지에 가다가 있었던 일이었다. 그 작은 노랑 나비가 아빠 무덤으로 가고 있던 내 앞에서 한참을 팔랑거리며 날아다니는 모습이 나를 얼마나 행복하게 만들었는지 아직도 기억이 생생했다.

〈퐁당 쇼콜라를 먹었는데, 꿈같은 맛이었다! 메를레의 디저트 접시 데코, 정말 귀여웠다! 그리고 옌스와 와인을 마셨다. 그에게 사랑은 데스메탈이고 돼지우리란다. 모르는 게 병이지.☺〉 이 메모지는 가게가 파산 위기에 처해 있다는 것을 처음 알게 되었고 또 톰과 데이트를 한 날에 적은 것이었다. 내게는 끔찍했던 하루였지만, 옌스와 처음으로 많은 이야기를 나누었기 때문에 그렇게 나쁘지만은 않았다.

나는 행복의 순간들을 하나씩 계속 읽어나갔다. 다 읽고 나서도 바닥에 그대로 앉아 내 주위에 놓여 있는 여러 가지 색깔의 메모지들을 응시했다. 내가 행복을 느낀 순간들은 꽃가게나 아빠와 전혀 무관했다는 것을 깨달았다. 내 행복은 너무나 사소해서 무의미해 보이지만 내게는 너무나 소중했고 나를 미소 짓게 했으며 하루를 살맛 나게해준 일들로 이루어져 있었다. 심지어는 내 삶이 완전히 무너져 버린 것만 같은 느낌이 드는 요즘도 행복을 느끼는 순간들이 있었다. 나를 찾아와 위로해준 친구들과 함께 나는 새콤달콤 소스 닭요리를 먹었고 형편없는 오디션 프로그램을 보았다. 내 방 창가에 있는 난초는 수개월 만에 다시 꽃을 피웠다. 또 크누트는 나와 함께 비행기를 구경하면서 허심탄회한 대화를 나누었고 나를 많이 아낀다고 말해 주었다. 그리고 숨 막히게 아름다웠던 백조의 호수 발레 공연. 이처럼 아무리 최악의 상황이라 해도 제대로 들여다보기만 하면 행복이 바로 우리 곁에 있음을 알 수 있다. 그런 행복은 스펙터클하거나 완벽한 경우가 드물어서 자세히 들여다보아야만 찾을 수 있다.

내가 메모지에 적은 행복의 순간들은 카티, 데니스, 넬리, 보그단, 크누트, 브리기테, 엄마, 메를레 그리고 알렉스와 연관된 것이 많았다. 하지만 어느 누구의 이름도 옌스만큼 자주 등장하지는 않았다. 그가 나를 얼마나 행복하게 만들었는지 나는 미처 몰랐다. 그런데 여기 거실 바닥에서 다사다난했던 여름이 끝나가는 지금에야 나는 그동안 내가 인정하려들지 않았던 사실을 분명하게 깨닫게 되었다. 바로 내가 옌스를 사랑한다는 것이었다! 그가 그토록 짧은 시간 안에 내게 얼마나 소중한 사람이 되었는지 생각하면 놀라울 따름이었다. 나는 끊임없이 그에게 마음이 끌렸고, 장크트 페터 오르딩에서 그가 내게 전혀 끌리지 않는다고 했을 때는 얼마나 화가 났는지 모른다.

지난 몇 개월 동안 나는 알렉스의 마음을 얻으려고 노력했지만, 실제로 내가 남몰래 조금씩 사랑을 키워 간 사람은 바로 옌스였다. 그 사랑은 '심장이 쿵!' 하는 순간 없이 내게 조용히 스며들었다. 내가 엄마한테도 이미 말했듯이 어쩌다 보니 옌스가 중간에 밀고 들어온 것이었다. 꿈의 남자와 전혀 거리가 먼 옌스는 끊임없이 내게 도발을 해왔고 나로 하여금 뭔가 새로운 것을 시도하게 만들었다.

바닥에 너무 오래 책상다리를 하고 앉아 있었더니 다리가 저리기 시작했다. 나는 일어나서 마비된 다리를 풀기 위해 몇 걸음 왔다 갔다 했다. 내가 해결해야 하는 문제는 옌스 말고도 여러 가지가 있었다. 크누트 말대로 나는 일상의 틀에 완전히 얽매여 있어서 변화를 못 견뎌 했다. 그래서 평생 변화를 빗겨 가려고 애썼지만, 이젠 그것도 불가능해졌다. 일상의 틀에서 벗어날 때가 되었기 때문이다. 마음 같아선 어떤 틀에서 벗어나는 것부터 시작하면 좋을지 당장 계획표를 짜고 싶었으나, 그게 얼마나 미련한 짓인지 깨닫고 그냥 직감적으로 행동하기로 했다.

제일 먼저 내가 한 일은 은행에 가서 내 지로계좌와 예금계좌의 잔고를 확인하는 것이었다. 그런 다음 길모퉁이에 있는 여행사를 찾아가서 다음 주에 출발하는 비행기 편을 예매했다.

다시 집으로 돌아오자, 그다음 문제를 해결하기 위해서는 다시 리스트를 작성하거나 적어도 뭔가를 적을 필요가 있음을 깨달았다. 하지만 이건 비즈니스와 관련된 일이고, 누가 나더러 사업계획을 머릿속으로만 세우라고 요구하는 사람도 없으니 상관없었다.

그다음 며칠간은 여행 준비를 하고 사업계획을 세우느라 정신이 하나도 없었다. 심지어 알렉스한테까지 전화를 걸어 조언을 구할 정도였다. 그가 내 사업계획을 극구 말렸으나, 나는 그럼에도 불구하고 시도를 해보기로 결심했다.

엔스한테 가려다가 그만둔 적이 수도 없이 많았다. 어떻게든 엔스와 이야기를 나누고 싶었으며, 그에게 내 마음을 털어놓고 내 계획에 대해 말해 주고 싶었다. 내가 그를 얼마나 그리워하고 얼마나 사랑하는지 말해 주고, 그가 나와 사귀는 것을 버거운 일로 여기더라도 난 괜찮다는 말을 전해 주고 싶었다. '그러면 내가 얼마나 매력적이고 사랑스러운지 그도 새삼 깨닫게 될 텐데!' 하지만 매번 뭔가 나를 주춤하게 만드는 것이 있었다. 무엇보다도 다른 문제들부터 먼저 해결해야 한다는 느낌이 강하게 드는 탓인 듯했다.

메를레와 나는 왓츠앱(Whatsapp)으로 자주 연락을 주고받았지만, 그녀가 이젠 마티스와 그녀의 새로운 친구들을 만나고 엔스 레스토랑에서 일하느라 너무 바빠서 서로 얼굴 볼 기회가 없었다. 메를레가 너무 보고 싶긴 했지만, 그녀가 잘 지내고 있어 기뻤다. 엄마와 브리기테는 끊임없이 나와 대화를 하려고 시도했다. 하지만 결국 나는 먼저 몇 가지 일부터 정리가 되고 나면 연락을 하겠다고 두 사람에게 문자메시지를 보냈다.

나는 한참을 망설이던 끝에 일요일 저녁에 자전거를 타고 올렌스도르프 묘지로 향했다. 내가 그곳에 가는 게 잘하는 일인지는 아직 확신이 없었다. 묘지에 도착하니 시간이 벌써 8시가 되어서 출입문 닫는 시각까지 1시간밖에 남지 않았다. 나는 큰길에서 벗어나자마자 자전거에서 내려 길게 줄지어 선 무덤들을 통과해서 걸어갔다. 아빠의 무덤에 가까워질수록 걸음은 자꾸 느려졌다. 마침내 아빠 무덤 바로 앞에 이르렀다. 좌우를 둘러봤지만, 일요일 저녁 이 무렵의 묘지는 인적이 끊겨 있었다. 나는 쭈뼛거리며 묘석에 새겨진 이름과 출생 사망 연도를 쳐다보았다. 꽃과 나무를 살피다 보니 자동으로 프리츠쉬너 씨의 무덤에도 눈길이 갔다. 두 무덤의 꽃과 나무에 물을 주고 나서 나는 목소리를 낮춰 이야기하기 시작했다. "안녕, 아빠. 아빠에 대한 몇 가지 사실들을 알고 얼마나 큰 충격을 받았는지 몰라요. 아빠가 나와 엄마를 버리고 떠났는데 어째서 내가 자꾸 여기에 와서 귀찮게 하는지 아빠도 지금껏 의아했겠죠. 하지만 난 그 사실을 전혀 몰랐어요. 얼마 전에야 우연히 알게 됐죠."

나는 아빠 무덤 앞에 쪼그리고 앉아 머릿속에 떠오르는 대로 주절주절 이야기를 계속했다. "아빠 내게 늘 슈퍼영웅이었어요. 이 세상 누구도 아빠의 경쟁 상대가 되지 못했고, 나는 날마다 아빠를 애타게 그리워하며 지내왔어요. 하지만 이제 아빠가 슈퍼영웅이 아니라 내가 원하는 아빠의 모습으로 짜 맞춘 환영일 뿐이라는 사실을 깨달았어요. 아빠가 정말로 어떤 사람이었을지, 또 아빠가 죽지 않았더라면 내 삶이 어땠을지 궁금해하지 않을 거예요. 아빠가 살아있었으면 평소에 연락 한 번 없다가 크리스마스와 생일 때만 카드 한 장 '툭' 보내고 말았을지도 모르죠. 아니면 그럼에도 불구하고 나름의 방식대로 좋은 아빠가 되었을 수도 있고요. 하지만 아빤 돌아가셨으니까 다 소용없어요. 아빤 이 세상에 없다는 것 그리고 내가 늘 생각했던 아빠가 아니었다는 것. 이 두 가지 사실을 이제 순순히 받아들일 거예요."

'시간과 공간을 뚫고 추락하다 꿈에서 깬다. 뭐 그런 거니?' 아빠가 내게 불러줬다던 가수 네나의 노래 가사였다.

"맞아요. 난 정리해야 할 일이 아직 많이 남았어요. 그래서 앞으로는 이곳에 자주 안 올 거예요. 아빠하고 이렇게 대화하는 일도 더 이상 없을 거고요. 솔직히 말해 아빤 어차피 대답을 안 해 주잖아요. 기껏해야 네나의 노래 가사만 읊어 대는 게 전부인데, 그건 전혀 도움이 안 돼요." 나는 일어나서 묘석을 한참 내려다보았다. "다만 아빠가 한 가지 알았으면 하는 건 내가 아빠를 미워하지 않는다는 거예요. 나는 생후 6개월 때도 아빠를 미워하지 않았을 거라고 확신해요." 나는 자전거를 끌고 와서 작별인사를 했다. "잘 있어요, 아빠." 그리고 이웃 무덤을 향해 말했다. "안녕히 계세요, 프리츠쉬너 씨."

묘지를 나와 엄마 집으로 향했다.

나는 들르겠다고 미리 연락을 안 해서 엄마가 집에 있는지 없는지도 몰랐다. 그런데 벨을 누르자마자 엄마가 문을 열어 주었다. 나를 바라보는 엄마의 얼굴에 안도, 걱정, 두려움 등 다양한 감정들이 스쳐 지나갔다. 엄마는 문손잡이를 잡고 문지방에 우두커니 서 있다가 말했다. "안녕, 이자."

"안녕, 엄마."

"네가 와 줘서 정말 기쁘구나." 엄마는 거실 방향을 가리켰다. "가서 좀 앉을까?"

"네, 좋아요." 일부러 격식을 차리듯 서로를 대하는 게 어색했다. 둘 다 이 대화가 쉽지 않으리라는 것을 잘 알고 있어서 격식 뒤에 숨으려고 하는 것처럼 보였다.

엄마는 소파에 앉고 나는 안락의자에 앉았다. 잠시 불편한 정적이 흐르고 나서 엄마가 입을 열었다. "내가 왜 너를 속였는지 네게 설명을 해주고 싶어."

나는 고개를 저었다. "그럴 필요 없어요, 엄마. 나한테 어떻게 사실대로 설명할 수 있었겠어요? '이자, 네 아빠가 죽었단다. 그래서 넌 아빠 없이 살아야 돼. 하지만 아빠가 죽기 직전에 우리를 버리고 떠났기 때문에 어차피 그래야 하는 건 마찬가지였을 거야.' 이렇게요?" 나는 잠깐 쉬었다가 다시 말을 이었다. "아직 얼마 전 일이고 충격이 너무 커서 받아들일 시간이 필요해요. 엄마가 왜 내게 진실을 말해 주지 않았는지 충분히 이해한다고 할 순 없지만 공감할 수는 있어요."

엄마가 뭐라고 말을 하려는 순간, 나는 한 손을 들어 올리며 엄마의 말을 막았다. "하지만 절대로 공감할 수 없는 건 엄마가 왜 아빠를 그런 영웅으로 미화시켰는가 하는 거예요. 엄마는 무엇 때문에 아빠와 두 사람의 결혼생활에 대해 동화 같은 이야기를 내게 들려줬어요? 엄마가 아빠하고 전혀 체험해 보지 못한 일생일대의 진정한 사랑이니 뭐니 하면서요."

엄마는 그 긴 세월 동안 한 번도 뺀 적 없는 결혼반지를 만지작거렸다. "난 네 아빠를 너무너무 사랑했단다, 이자. 그래서 그가 떠난 것을 인정할 수가 없었어. 이별을 받아들일 준비조차 안 되어 있는데, 네 아빠가 죽었어. 난 그가 다시 돌아올 것만 같은 생각에 사로잡혀 있었지. 그리고……." 엄마는 갑자기 말을 끊고 눈 위를 문질렀다. "네게 아빠를 미화해서 이야기해 줄 때마다 우리 결혼생활이 내가 소망했던 그대로인 것 같은 느낌이었어." 더 이상 눈물을 참을 수 없었던 엄마는 큰 소리로 흐느껴 울기 시작했다.

내가 엄마에게 아직 한 번도 느껴보지 못했을 만큼 깊은 애정이 내 마음속에 서서히 싹텄다. 나는 엄마 옆에 앉아서 엄마를 껴안고 같이 울었다. 우리는 한참을 서로 꼭 껴안고 이 세상에 단 한 번도 존재하지 않은 사람을 애도했다. "내가 더 화가 나는 게 뭔지 알아요?" 둘 다 어느 정도 진정이 되고 나서 내가 물었다. "지금껏 엄마가 아빠를 영웅으로 만들었고 난 거기에 열심히 장단을 맞췄다는 거예요. 사실 내 인생에서 영웅은 언제나 엄마였는데 말이에요."

"아, 이자." 엄마는 다시 나를 안으면서 말했다. "내가 제대로 해준 것도 없는데, 넌 정말 잘 자라 줬어. 고마워."

"우린 이제 그만 꿈에서 깨어나야 해요, 엄마!"

엄마는 숨이 막힐 정도로 나를 꼭 끌어안았다. "그래. 그래야지. 이제 깨어날 시간이 됐으니까."

우리는 아침이 밝아올 때까지 같이 앉아서 이야기를 나누었다. 진실이 일단 밝혀지고 나니 더 이상 못할 말이 없는 듯 엄마는 임신하고 나서부터 시작된 불화와 아빠에 대한 이야기를 내게 털어놓았다. 내가 아빠에 대해 새로 알게 된 사실들은 정말 실망스러웠다. 하지만 한편으로는 덕분에 이제라도 엄마를 더 잘 알게 되었으므로 진실이 밝혀진 게 오히려 다행스럽기도 했다.

아침 6시 반쯤에야 나는 피곤한 몸을 이끌고 침대에 누웠다. 잠이 턱없이 부족하긴 하겠지만, 자명종을 오전 10시에 맞춰 놓았다. 수요 일에 여행을 떠나기 전에 처리해야 할 일이 아직 많았기 때문이다.

잠을 설치고 겨우 일어나서 꽃가게로 브리기테를 찾아갔다. 그녀 는 마리오 쿤첸도르프의 작품에 관심이 있어 보이는 손님을 응대하 는 중이었다. 나는 방해가 되고 싶지 않아서 그녀에게 손만 흔들어 보인 다음 실내용 화분 주위를 맴돌며 두 사람의 대화에 귀를 기울였 다. 브리기테는 150 유로에 그 조각품을 파는 데 성공을 했다. 내가 옌스에게 야비한 술책을 써서 조각품을 억지로 떠넘긴 이후로 마리 오 쿤첸도르프의 작품을 판매한 것은 이번이 처음이었다.

손님이 가고 나자, 브리기테가 내게로 왔다. "내가 마리오의 작품 을 팔다니 별일을 다 겪네."

"그런 별일을 더 못 겪어 보고 가게 문을 닫아야 한다니 왠지 슬프 네요."

그녀는 유감스러운 듯 고개를 옆으로 기울였다. "이자, 정말 미 안……."

"아니요, 괜찮아요." 나는 그녀의 말을 가로막았다. "브리기테한테 안 좋은 소리를 하려고 여기 온 게 아니에요."

"커피 마실까?"

우리는 가게 뒤편으로 갔다. 브리기테가 필터 안에 커피를 넣는 동안 나는 테이블로 가서 앉았다. "가게를 살 사람은 찾았어요?"

"관심 있는 사람은 몇 명 있는데, 아직 확실한 건 없어."

커피가 내려지는 동안 그녀는 내 옆으로 와서 앉았다. "이자벨레 때문에 얼마나 걱정을 했는지 몰라. 가게를 판다고 하면 이자벨레가 상심할 줄은 알았지만, 그 정도로 충격을 받을 줄은 몰랐거든."

"그 때문만은 아니었어요. 다른 사건들하고 겹쳐서 그랬던 거예요. 지난 며칠 동안 나는 정말 파란만장한 나날을 보냈어요."

그녀는 나를 유심히 살피다가 말했다. "난 순전히 이자벨레 때문에 가게 문을 닫지 않고 이렇게 오래 버텨온 거야. 그것만은 꼭 이야기 해 주고 싶었어. 사실 난 오래전부터 가게를 팔고 싶었거든. 하지만 이자벨레가 너무 열심히 일하고 너무 이 가게를 좋아하니까 차마 팔 겠다는 말을 못 하겠더라고."

커피가 다 내려지자 나는 일어서서 커피를 가지러 갔다. "가게를 팔아서 잘 됐다고 반긴다면 거짓말이에요." 나는 커피를 우리 앞에 내려놓고 다시 앉았다. "난 너무너무 화가 나지만, 내가 어떻게 할 방법이 없어요. 무엇보다 그게 가장 화나는 일이죠. 하지만 여긴 브리기테 가게예요. 그리고 가게를 팔고 디터와 세계 여행을 떠나는 것이 옳다고 브리기테가 확신한다면, 당연히 그렇게 해야죠."

"그래. 디터한테나 나한테나 그게 맞는 일인 것 같아. 하지만 나한 테도 결코 쉽지 않은 일이야. 어쨌든 내 인생에서 30년을 이 가게에 바쳤으니까."

나는 두 손으로 커피잔을 감싸 쥐었다. "그건 그렇고 나도 세계 여행을 떠날 거예요. 뭐, 그렇게 거창한 여행은 아니지만, 비행기 예매를 해놨어요. 모레 출발이고요."

그녀의 눈이 휘둥그레졌다. "뭐? 그렇게 즉흥적으로?"

나는 고개를 끄덕였다. "네. 2주 더 휴가를 내도 괜찮을까요?"

"그럼, 괜찮고말고."

잠시 동안 둘 다 말없이 가만히 앉아 있다가 내가 용기를 내서 말했다. "여행을 다녀온 후에 다시 가게에 나와도 될까요? 우리 둘이 같이 마무리를 할 수 있게요. 마지막 몇 개월 동안 브리기테 혼자 가게를 지키게 하고 싶진 않아요."

"그렇게 해주면 나야 너무 좋지, 이자!" 그녀의 얼굴에 미소가 번졌다.

내 마음을 짓누르고 있던 돌덩이 한 개가 떨어져 나간 것 같았다. 그녀가 내게 화나 있을까 봐 은근히 걱정되었던 것이다. "그렇게 말도 없이 갑자기 사라져 버려서 미안해요. 사실 브리기테가 유예기간 없이 나를 해고해 버렸어도 할 말은 없었을 거예요."

"아, 말도 안 되는 소리 하지 마."

우리는 서로 얼굴을 보고 미소 지었다. 생각이나 감정을 숨기지 않고 그렇게 솔직한 미소를 지은 건 참 오랜만이었다. "브리기테가 많이 보고 싶을 거예요. 이곳에 있는 모든 게 너무나 그리울 거 같아요."

그녀가 한숨을 내쉬었다. "나도 그럴 거야."

나는 목걸이를 만지작거리며 말했다. "저기, 물어볼 게 한 가지 더 있는데요. 가게 문을 닫을 때 남아 있는 데코용품과 꽃꽂이 도구들을 내게 넘길 수 있어요?"

브리기테의 얼굴에 물음표가 떠올랐다. "그럼, 당연하지. 그런데…… 왜?"

"새로 거래하게 된 장례사와 웨딩플래너, 출장외식업체 등을 놓쳐 버리는 게 너무 아깝다는 생각이 들었어요. 그래서 프리랜서로 화훼 장식 일을 하려고요."

브리기테는 큰 소리로 두 손을 마주쳤다. "멋진 생각이야, 이자! 아, 정말 잘 됐다!"

"솔직히 말해 내가 할 수 있을까 많이 두려워요. 알렉스도 위험부 담이 너무 크다면서 하지 말라고 극구 말렸거든요."

"근데 알렉스랑은 어떻게 됐어?" 브리기테가 조심스럽게 물었다. "둘이 사귀고 있는 거야?"

나는 고개를 저었다. "아니요. 우린 서로 사랑하지 않는다는 걸 확 인했어요. 어쩌다 일이 그렇게 되었는지는 묻지 말아요."

"흠, 왜 그렇게 되었는지 짐작 가는 바가 있긴 해. 저기 건너편 레 스토랑 주인 때문일걸?"

나는 선뜻 대답하지 못하고 망설이다가 이렇게 말했다. "네, 맞아 요. 하지만 요 며칠 사이에 너무나 많은 일이 일어나서 우선 내 문제 부터 처리해야 해요."

"그래, 그럴 수밖에 없다는 거 충분히 이해해."

"휴가를 다녀오고 나서 그에게 말할 생각이에요."

브리기테는 진지한 표정으로 나를 쳐다보았다. "알겠어. 그렇게 해, 이자. 이제 이자가 구상하고 있는 사업 이야기 좀 해봐. 알렉스가 하지 말라고 말렸다고?"

"네, 하지만 시도조차 안 하고 포기할 생각은 없어요. 지금까지 모 은 돈으로 몇 개월은 충분히 버틸 수 있어요. 단 한 가지 아쉬운 게 있다면, 내가 작업할 수 있는 공간이 없다는 거예요. 아주 싸게 얻을 수 있는 곳이 있는지 알아봐야죠."

브리기테가 자세를 똑바로 고쳐 앉았다. "마리오가 꽤 넓고 아늑한 지하실을 작업실로 쓰고 있는데 말이야!" 그녀는 흥분해서 말했다. "마리오는 그곳을 자신의 '아틀리에'라고 부르지만, 솔직히 그냥 지하실이야. 그렇다고 어둠침침한 구덩이가 아니라 반지하니까 걱정 마. 여름에는 시원한 대신 겨울엔 엄청 춥지. 하지만 난방, 전기, 수도 등등 다 갖춰져 있어서 괜찮을 거야. 그 지하실에 빈방이 있다는 걸 얼마 전에 우연히 알게 됐지."

나는 숨을 헐떡였다. "너무 좋아요! 거기가 어디예요? 그의 아틀리에는 가 본 적이 없어서. 지금 당장 전화를 걸어 볼까요? 오늘 안으로 가서 구경을 좀 해보게요."

그녀가 웃었다. "일 분 일 초도 못 기다리겠지? 바로 저기 길모퉁이에 있어. 여기서 걸어가면 10분도 안 걸려."

나는 벌떡 일어났다. "완벽해! 어서 전화해 봐요."

그 날 당장 나는 마리오를 만나 그 공간을 구경했다. 그곳은 내가 쓰기에 완벽하게 알맞은 장소였고, 집세도 내가 감당할 수 있는 수준이었다.

"맨날 나 혼자 여기 틀어박혀 있는 것도 지겨웠는데, 잘됐네요." 그가 말했다. "중간에 같이 간식도 먹고 커피도 마실 수 있는 누군가가 있으면 좋을 거 같아요."

"저도요. 그럼 거래가 성사된 건가요?"

집으로 돌아와 나는 너무 지쳐서 소파에 털썩 주저앉았다. 하지만 옳은 방향으로 크게 한 걸음 내디딘 것 같은 뿌듯한 느낌이 들었다.

'하늘이 무너져도 솟아날 구멍이 있다'는 말이 괜히 있는 건 아닌가 보았다.

내 여행과 관련해서 새로운 소식이 없나 보려고 이메일을 확인했다. 여행사 여직원이 내게 말하기를, 탑승시각이 바뀔 수도 있으므로 그럴 경우에는 이메일로 연락을 주겠다고 했었다. 그래서 비행기 티켓을 예매하고 나서부터 나는 한 시간에 두 번 이상 새로운 소식이 없는지 이메일을 들여다보았다. 그러니까 내 나쁜 버릇이 아직 완전히 고쳐진 것은 아니었다. 여행사나 항공사가 보내온 이메일은 없었다. 그런데 그 대신에 마하엘 슐츠의 메일이 들어와 있었다. 나는 믿기지 않아서 그 이름을 보고 또 봤다.

친애하는 바그너 씨에게

〈러브! 러브! 러브!〉에 관한 이메일을 수도 없이 보내 주셔서 감사드립니다. 3주 동안 휴가를 다녀오고 또 바로 2주 동안 병가를 내느라 오늘에야 귀하의 24번째 이메일이 제 편지함에 들어와 있는 것을 보고 더 이상 안 되겠다 싶어 메일을 보냅니다. 저는 FunTV의 사장이 절대 아니며, 귀하가 저를 사장으로 착각하고 계속 이메일을 보내는 것을 가만두고 보자니 양심이 찔렸습니다. 제 이름도 미하엘 슐츠이긴 하지만, 유감스럽게도 저는 FunTV의 임원진과 전혀 거리가 먼 IT 관리자입니다.

귀하가 수도 없이 보내 주신 이메일과 〈러브! 러브! 러브!〉를 다시 프로그램 편성에 넣어달라는 귀하의 열성적인 요청은 저와 IT 부서의 전 직원들에게 큰 즐거움을 선사했습니다. 하지만 안타깝게도 그 드라마가 다시 방영되는 일은 절대 없으리라는 말씀을 드려야겠네요. 귀하가 그 드라마의 유일한 시청자였다고 해도 과언이 아닐 정도로 시청률이 바닥이었으니까요.

귀하가 곧 그 드라마를 대신할 만한 프로그램을 찾게 되기를 기원합니다. 제가 제안을 한 가지 하자면, 좋은 책을 한 권 읽거나 친구들을 만나라는 것입니다.

FunTV IT 관리자 미하엘 슐츠 드림

PS : 미리 말씀드리는데, 미하엘 슐츠 사장님의 이메일 주소는
알려 드릴 수 없습니다.

나는 몇 초쯤 멍하니 모니터 화면을 응시하고 있었다. 그리고는 눈물이 뺨을 타고 흘러내릴 정도로 격렬한 웃음이 터져 멈출 수가 없었다. 겨우 진정을 하고 미하엘 슐츠라는 IT 관리자에게 이제부터 그의 조언을 따라 친구들을 만나겠노라는 내용의 마지막 이메일을 썼다. 메일을 보내면서 나는 〈러브! 러브! 러브!〉와 영원히 작별했다. 그 드라마 주인공 라라와 파스칼이 어떻게 되든 이제 내게는 상관이 없었다.

구름 위를 날다

화요일에 나는 보그단 집에 가서 대형 트레킹배낭을 빌려 왔다. 일주여행을 하려면 트렁크보다 배낭이 훨씬 편할 것 같았다. 처음엔 비행기 탑승 시 허용되는 수화물의 무게가 20킬로그램 이하로 제한되어 있어서 골치가 아팠다. 하지만 막상 짐을 싸보니 생각만큼 무게가 많이 나가지 않아서 나 자신도 놀랐다. 저녁 6시경 나는 출발 준비가 끝난 배낭을 앞에 놓고 앉았다. 비행기 티켓과 여권 그리고 여행안내 책자도 따로 챙겨서 배낭 위에 올려놓았다.

내일이면 드디어 비행기를 탄다니 믿어지지 않았다. 내 생각은 다시 옌스에게로 향했다. 그가 너무 보고 싶어서 당장 그에게 달려가고 싶은 마음이 간절했다. 하지만 문제는…… 그럴 용기가 나지 않는다는 것이었다! 이 문제가 가장 어려운 것이었기 때문에 가장 나중으로 미루었음을 점차 깨닫게 되었다. 옌스가 나를 사랑한다고 말한 것이 오래전 일은 아니지만, 내가 그런 반응을 보였으니 그가 더 이상 나를 사랑하지 않는다고 해도 충분히 이해할 수 있을 것 같았다. 지금까지 너무 오래 망설인 건 사실이지만, 여행을 떠나기 전날 저녁 그를 찾아가서 사랑한다고 말하는 건 영 아닌 것 같았다. 옌스가 내게 한 것처럼 그렇게 기습적으로 그런 말을 하는 것도 싫었다. '그래, 여행을 다녀올 때까지 기다리는 게 낫겠어. 그러면 어떤 식으로 말을 하면 좋을지 생각할 시간이 2주나 있는 셈이니까.'

그렇게 상념에 잠겨 있던 나는 출입문 벨이 울리는 소리에 화들짝 놀랐다. 벌떡 일어나서 버튼을 누르고 잠시 후 계단을 올라오는 메를레의 모습을 지켜보았다. 첫눈에 그녀에게 무슨 일이 있음을 눈치챌 수 있었다. 눈물에 검정 아이라이너가 눈 주위로 다 번져서 이번에도 영락없이 판다 가면을 쓴 가수 크로(Cro)의 모습이었다.

"무슨 일 있어?" 그녀가 내 앞에 섰을 때 내가 물었다.

"옌스하고 심하게 다퉜어." 그녀는 거실로 가서 소파에 앉았다. "오빠 정말 재수 없어!"

"무슨 일로 싸운 건데?" 나는 그녀 옆에 앉아 걱정스럽게 물었다.

메를레는 내가 건네준 티슈에 시원하게 코를 풀었다. "요리사가 내 장래 희망이라는 걸 이미 알고 있는데 학교에 다니는 게 무슨 의미가 있느냐면서 목요일에 개학을 해도 등교하지 않겠다고 했지. 난 학교 가는 게 조금도 즐겁지 않고 그 어떤 것에도 흥미가 없단 말이야!"

나는 신음소리를 냈다. "둘이서 이미 결론을 내린 일이잖아. 학교에 가기로 둘이서 합의를……."

"오빠 자기 혼자 합의하고 우리 엄마 아빠를 이용해서 나를 협박한 거라고!" 그녀가 외쳤다. "근데 아무리 생각해 봐도 학교에는 더 이상 흥미가 없어. 난 학교 안 가! 오빠가 나를 내쫓으면 마티스 집으로 갈 거야."

"아, 그만 진정해! 네가 진심으로 하는 말이 아니란 거 알아. 그리고 옌스도 내쫓을 리 없고." 그는 가끔 욱해서 성질을 부릴 때도 있지만, 내가 보기엔 좀 과장된 감이 없지 않다.

"언니가 오빠랑 얘기 좀 해보면 안 돼?" 그녀는 어린 강아지처럼 애절한 눈빛으로 나를 바라보았다. "내 말은 들으려고 하질 않아."

"하지만 그래 봤자 도움이 안 될 거야. 이 문제만큼은 나도 옌스와 생각이 같으니까."

"언니는 그냥 중재만 해줘. 언니가 같이 있으면 왠지 오빠 기분이 풀리거든."

"메를레, 옌스는 나한테 잔뜩 화가 나 있어. 내가 같이 있다고 기분이 풀리진 않을 거야."

메를레의 눈에 눈물이 그렁그렁 맺히고 그녀의 턱이 떨렸다. "천만에, 틀림없이 풀릴 거야."

그런 모습을 보니 같이 목 놓아 울고 싶은 심정이었지만, 억지로 마음을 다잡고 말했다. "게다가 엄밀히 말하자면 나와 상관없는 일이잖아."

메를레는 코를 훌쩍이며 손으로 눈물을 훔쳤다. "제발 부탁이야, 이자. 난 지금 언니가 필요해. 정말이야!"

그녀가 너무나 불행하고 가련해 보여서 나는 차마 거절을 할 수가 없었다. 나는 한숨을 깊게 내쉬며 말했다. "알겠어. 같이 가보자."

어느새 날이 꽤 쌀쌀해졌기 때문에 나는 카디건을 걸쳤다. 우리는 아무 말 없이 옌스 집까지 5분 정도 걸었다. 한 걸음씩 내디딜 때마다 조금씩 더 불안해졌다. '옌스가 나를 보자마자 내쫓아 버리면 어쩌지?'

메를레가 현관문을 열자, 이미 현관 앞까지 나와 있는 옌스가 눈에 들어왔다. "너 돌았어? 그렇게⋯⋯." 그는 나를 보자 말을 멈췄다. "이자!"

그를 보자 내 몸이 먼저 반응을 했다. 심장이 미친 듯 두근거렸고, 뱃속의 간질간질한 느낌은 마치 수천 마리의 개미들이 기어 다니는 것만 같았다. 그는 마지막으로 보았을 때 그 모습 그대로였다. 깜짝 놀란 듯 나를 바라보고 있는 녹갈색 눈과 갈색 머리, 부드러운 입술. 하지만 여전한 모습인데도 나는 처음 보는 것처럼 새롭게 느껴졌다. 내가 그를 사랑한다는 사실을 확실히 알고 나서 그를 처음 보는 것이기 때문이리라.

"지원군 데려왔지." 메를레가 말했다. "이자 언니도 내가 계속 학교에 다니는 게 무의미하다고 생각하거든."

나는 옌스를 보고 있던 시선을 뗐다. "뭐? 그렇게 말한 적 없는데!"

"어쨌든 그렇다니까." 메를레는 우기면서 주방으로 갔다.

옌스와 나는 짧게 미심쩍은 시선을 주고받은 후 메를레를 따라갔다. 어찌 됐든 그가 나를 당장 내쫓지는 않아서 다행이었다.

밝은 주방조명 아래서 보니 옌스의 얼굴이 유난히 창백한 것 같았다. 그는 냉장고에 기대서 피곤한 듯 물었다. "갑자기 또 웬 변덕이야, 메를레? 2년만 더 다니면 졸업인데."

"2년이 얼마나 긴데! 오빠와 언니 나이엔 짧을지 몰라도 난 아직 어리잖아! 어쨌든 학교에 다니느라 내 소중한 시간을 낭비할 마음이 조금도 없어."

"그럼 학교를 그만두면 뭘 할 건데?" 옌스가 물었다. "네가 내미는 직업교육신청서에 아무도 서명을 안 해줄 거야. 그건 분명히 알아 두

길 바라."

메를레는 고집스럽게 턱을 내밀었다. "그럼 나 혼자 결정할 수 있는 나이가 될 때까지 아무것도 안 하면 되지 뭐."

"그래." 내가 끼어들었다. "아니면 일단 고등학교를 졸업한 다음 네가 선택하면 되잖아. 그때가 되면 요리사가 되고픈 마음이 더 이상 없을 수도 있어."

"천만에! 어째서 언니 오빠는 내 말을 안 믿는 거야?"

옌스는 내 의도를 파악한 듯 이렇게 말했다. "우린 네 말을 믿어. 하지만 그때 가서 네가 그린피스에서 활동하는 해양생물학자나 사회복지사가 되고 싶어질 가능성도 있잖아."

"아니면 의사가 돼서 국경 없는 의사회의 일원으로 활동하고 싶어질 수도 있고." 내가 거들었다.

메를레는 잠시 허공을 응시하더니 이렇게 말했다. "음, 다 그럴싸하게 들리네. 하지만 난 요리사가 천직이라고 느끼는걸."

나는 웃음이 터지려는 걸 참으려고 입술을 깨물고 옌스의 시선을 피해야 했다. 그도 마찬가지인 듯 얼른 몸을 돌려 냉장고에서 물을 한 병 꺼냈다.

메를레의 시선이 내게서 옌스한테로 옮겨지더니 갑자기 그녀는 아주 흡족한 표정을 지었다. "좋아. 그럼 목요일에 빌어먹을 학교에 갈게. 하지만 내가 열여덟 살이 되면 뭐든지 내가 하고 싶은 대로 할 거야. 그땐 둘이서 아무리 뜯어말려도 소용없을 테니 두고 봐. 둘이서 그래 봐야 어림없어!" 그녀가 드라마틱하게 결론을 내렸다. "자, 난 이제 마티스한테 가야 해. 안녕!" 메를레가 고개를 치켜들고 주방에서 나가더니 잠시 후 현관문 닫히는 소리가 들렸다.

엔스와 나는 멍하니 메를레가 나간 쪽만 쳐다보고 있었다. "와우!" 마침내 그가 말했다. "생각이 참 급작스럽게도 변하네."

"음, 좀 너무 급작스러운 감이 있네요."

"상당히 의심스럽죠?"

나는 천천히 고개를 끄덕였다. "아주 의심스러워요. 하지만 결론적으로 말해서 멋진 연출이었어요."

"여배우도 메를레가 되고 싶을지도 모르는 직업으로 갖다 댈 걸 그랬나 봐요."

우리는 진지하고 황당한 표정으로 서로를 바라보고 있다가 결국 싱긋 웃고 말았다. 이때부터 모든 일이 훨씬 수월해졌다.

"다시 만나서 반가워요, 이자."

그의 말에 내 가슴을 짓누르던 거대한 바윗덩어리가 떨어져 나가는 것 같았다. 그는 나를 만나서 반갑다고 했다. 더 이상 내게 화가 나 있지 않다는 뜻이었다. "네, 나도 반가워요."

"잘 지내고 있어요?"

"다시 좋아졌어요. 난…… 그러니까 엔스한테 내내 하고 싶은 말이 있었는데요. 얼마 전에 그냥 그렇게 가 버리고 나서 연락도 끊고 잠적해 버려 정말 미안해요. 그건 내가 백번 잘못한 일이에요."

엔스는 나를 유심히 살폈다. "도대체 무슨 일이 있었던 거예요? 여러 번 전화했는데 받지도 않고, 당신 집에 가서 벨을 눌러도 문을 열어 주지 않았어요. 그러더니 뜬금없이 이자가 보낸 단체문자 메시지만 한 개 오고 말아서 나는 이자가 더 이상 나하고 연락하기 싫어하는 줄 알았어요."

"아니에요, 난 그냥 좀 힘든 일이 있어서 혼자 있을 시간이 필요했어요."

"가게 문을 닫는 것 때문에요? 브리기테한테 들었어요."

"네, 그것 때문이기도 했죠."

"그럼 또 무엇 때문에 그랬는데요?"

"얘기하려면 길어요."

옌스는 의자에 앉아 편하게 몸을 뒤로 기댔다. "시간 많으니까 해 봐요."

잠시 망설이다가 나는 그와 마주 보고 앉아서 아빠에 대한 이야기를 그에게 다 털어놓았다. 처음에는 말이 자꾸 막히더니 곧 봇물 터지듯 쏟아져 나왔다. 모든 생각과 감정, 충격과 고통 그리고 어찌할 바를 모르는 곤혹스러움 등 내 얘기를 그에게 다 털어놓자 나는 어깨에 진 무거운 짐을 내려놓은 기분이었다. 아빠의 일이 잊히려면 한참 멀었고 또 그 상처의 흉터가 영원히 남겠지만, 이제부터 마음이 가벼워지리라는 것을 나는 알았다.

옌스는 크게 숨을 내뱉고 나서 말했다. "맙소사! 그런 일을 혼자 견뎠다고요? 왜 나한테 오지 않았어요?"

"몇 번 그러려고 했지만, 차마 용기가 나지 않았어요. 그리고……." 나는 잠깐 멈칫했다가 다시 말을 이었다. "우리 둘이 싸웠잖아요…… 싸운 것도 그렇고 우리 사이에 있었던 일도 그렇고 모든 게 나로서는 쉽지 않았어요. 당신이 얼마나 보고 싶었는지 몰라요."

그는 나를 가만히 쳐다보았다. "나도 당신이 보고 싶었어요." 그러더니 그가 벌떡 일어나며 말했다. "우리 레스토랑으로 가요. 퐁당 쇼콜라 만들어 줄게요. 당신은 충분히 먹을 자격이 있어요."

오 마이 갓! 퐁당 쇼콜라야말로 지금 내게 가장 절실한 것이었는데. 그 마약 케이크 없이 지난 며칠간 얼마나 버티기 힘들었는지 모른다. 내가 자리에서 일어나는 순간, 옌스가 나를 당겨 꽉 끌어안았다. 완전히 기습을 당했음에도 불구하고 내 몸은 본능적으로 반응했다. 나는 팔을 옌스의 몸에 두르고 얼굴을 그의 가슴에 파묻었다. 참으로 오랜만에 편안하고 위로받는 느낌이 들었다.

잠시 후 포옹을 풀자, 내가 말했다. "당신은 포옹을 정말 잘하는 거 알고 있어요?"

"고마워요." 그가 웃으며 말했다. "하지만 퐁당 쇼콜라 만드는 걸 더 잘하죠."

얼마 후 나는 옌스 레스토랑에서 퐁당 쇼콜라를 앞에 놓고 앉았다 (이번에는 그가 웬일로 내가 싫어하는 과일을 빼고 주었다). 드디어 이 맛있는 케이크를 다시 먹게 되어서 나는 이루 말할 수 없이 행복했다. 마침내 다시 그의 레스토랑에서 바디감이 어떻든 부케 향이 어떻든 전혀 상관없는 레드와인을 앞에 놓고 그와 함께 이야기를 나누고 그를 바라볼 수 있다니 정말 꿈만 같았다. 내 접시를 깨끗이 비우고 나서 나는 느긋하게 몸을 뒤로 기댔다. "환상적으로 맛있었어요. 하지만 이 마약 같은 음식에 중독된 건 좀 마음에 들지 않아요."

"그래요? 난 아주 마음에 드는데." 그는 와인 잔을 손에 쥐고 돌리다가 시선을 내게 고정시키고 물었다. "알렉스하곤 어떻게 됐어요? 이제 그 남자와 사귀게 된 거예요?"

나는 잠시 머뭇거리다가 말했다. "아니요, 웬지 잘 안 됐어요. 그는 내 짝이 아니었거든요."

옌스가 나를 너무 뚫어지게 쳐다봐서 내 등줄기에 소름이 돋고 맥박이 빨라졌다. '당신이 내 짝이에요. 사랑해요.'라고 말하고 싶었으나, 내 입에서는 다른 말이 튀어나왔다. "내일 비행기를 타고 호찌민에 가요. 사이공이라고도 불리는 도시죠."

몇 초쯤 옌스는 말없이 앉아 있다가 아연실색하며 물었다. "뭐라고요?"

"베트남에 있는 도시예요."

"그건 알아요. 하지만…… 왜 내일이죠? 왜 하필 그곳인데요? 그리고 도대체 얼마나 있을 건데요?"

나는 손가락으로 접시 위에 꽃을 그리며 대답했다. "여행사에 가서 이렇게 말했죠. 최대한 빨리, 최대한 멀리 그리고 최대한 적은 비용으로 탈 수 있는 항공편을 예매하고 싶다고요. 호찌민은 정말 싼 값에 갈 수 있어요. 일단 호찌민에 도착하면 2주 동안 베트남을 일주할 거예요. 혼자 배낭여행을 하는 거죠."

"그러니까 정말 비행기를 타네요." 그는 기가 막힌다는 표정을 짓더니 싱긋 웃음을 지었다. "한 가지는 확실하네요. 누들 수프를 원 없이 먹을 수 있다는 거요."

나는 웃었다. "그러네요! 그 생각은 미처 못 했어요. 그리고 새로운 소식이 더 있어요. 난 프리랜서로 플로리스트 일을 할 생각이에요. 가게를 내는 게 아니라 결혼식장이나 장례식장에 출장 가서 화훼장식을 해주는 거예요. 내가 그렇게 해서 성공을 할 수 있을지는 모르겠지만, 그게 바로 내가 하고 싶은 일이에요. 그러니까 일단 시도를 해봐야죠."

그 말에 그는 더욱더 할 말을 잃은 것 같았다. 이윽고 그가 입을 열었다. "당신 누구예요? 이자벨레 바그너한테 무슨 짓을 한 거죠?"

"참 이상하지 않아요? 내 인생에서 처음으로 나는 무슨 일이 일어날지 또는 2년, 5년, 아니 10년 후에 내가 어디에 있을지 전혀 몰라요. 그래서 미치도록 무서우면서 또 한편으로는 좋거든요."

그는 내게 다정한 미소를 지으며 말했다. "나도 좋은데요. 이자, 내가 도울 일이 있으면 언제든지 나를 찾아요."

'세상에! 이 눈빛 좀 봐!' 당장 그에게 달려들고 싶은 마음이 굴뚝같았다. 나는 헛기침을 했다. "더러는 모험을 해봐야 할 때가 있어요. 누군가 내게 걱정은 이제 그만하라고 좋은 충고를 해줬죠."

"그래요? 누가 그런 뻔한 말을 했지?"

"바로 당신이요!"

"내가요?" 옌스가 웃었다. "아마 요기차 포장지에 적혀 있던 말이었을 거예요."

거의 3시간 동안 같이 와인을 마시면서 이야기를 나누고 나서 그가 집까지 바래다주었다. 출입문 앞에 둘이 마주 보고 서자, 나도 모르게 키츠하펜에서 격정적으로 나눈 키스가 생각났다. 내가 얼마나 옌스를 사랑하는지 생각했다. 베트남으로 훌쩍 여행을 떠나고 프리랜서로 일할 용기는 잘도 내면서 그에게 사랑한다고 왜 말을 못 하는 걸까?

옌스는 나를 안으면서 말했다. "조심해서 잘 다녀와요, 이자. 2주 후에 돌아오면 바로 우리 가게에 들르기예요. 알겠죠?"

나는 목이 메서 말을 할 수가 없었기에 고개만 끄덕였다. 겨우 숨을 삼키고 나는 말했다. "네, 그럴게요. 그리고 다녀와서 당신에게 꼭……." 바보같이 또 말문이 막혔다. "다녀오면 꼭 퐁당 쇼콜라를 먹고 싶어요." '빌어먹을! 세상에 나 같은 비겁쟁이가 또 있을까.'

"다녀오면 꼭 퐁당 쇼콜라를 만들어 줄게요." 그는 내게 미소 지으며 내 뺨에 입맞춤을 하고 발길을 돌렸다.

나는 그의 뒷모습을 바라보면서 이 출입문 앞이 내게는 볼키스 그이상을 기대하기란 불가능한 장소라는 생각이 들었다.

택시로 나를 공항까지 데려다준 크누트는 나와 함께 전광판을 살피며 내가 탈 비행기를 찾았다. "비행기 출발 시각이 언제야?"

"12시 5분이요. 일단 프랑크푸르트까지 간 다음 거기서 갈아타야 해요."

"12시 5분?" 그가 소스라치게 놀랐다. "지금 9시밖에 안 됐는데 그때까지 여기서 뭘 하려고?"

"탑승수속 창구를 찾아서 배낭을 부쳐야 하고, 그런 다음 검색대를 통과해서 게이트로 가야 하잖아요. 그래서 스트레스를 안 받으려면 일찌감치 서둘러 오는 게 나을 것 같았어요."

"오, 이런!" 그가 신음소리를 냈다. "이자, 아직은 시간이 너무 일러서 짐도 못 부칠 텐데."

뜻밖에도 탑승수속 창구는 이미 열려 있었다. 창구 앞이 비어 있어서 나는 몇 분 만에 배낭을 부치고 탑승권을 받아들었다. 그러는 동안 나는 너무 흥분한 나머지 속이 불편했다. 기내 반입용 짐 안에 비행기 안에서 필요한 물건들이 빠짐없이 들어 있는지 세 번이나 체크한 다음, 나는 크누트와 함께 검색대로 향했다. "시간이 너무 많이 남는데 커피 한잔할까?" 그가 물었다.

"아니요, 난…… 그냥 지금 들어갈게요."

"할 수 없군. 자, 그럼 몸조심하고. 도착하면 연락해." 그는 나를 끌어안고 내 등을 토닥여주었다. "이리나가 여행 잘 다녀오라고 인사

전해 달랬어. 돌아오면 키츠하펜에 꼭 한번 들르라고 하던데. 옌스하고 같이."

크누트가 나를 놓아주자, 이제 검색대를 통과해서 안으로 들어가야 한다는 것을 알고 있었음에도 불구하고 나는 한 발자국도 움직일 수가 없었다.

"왜 그래?" 크누트가 물었다.

내 심장이 터질 듯 두근거렸고, 손바닥은 땀에 젖어 축축했다. 게다가 속이 너무 안 좋아서 그 자리에서 토해 버릴 것만 같았다. "일단 안으로 들어가면 다시 못 나오죠?"

"모르겠는데. 한 번도 그래 본 적이 없어서 말이야."

"비행기는 안전하겠죠?"

"그럼, 물론이지. 아무 일 없을 테니까 겁먹지 마."

"하지만…… 혹시 비행기가 추락하기라도 하면 옌스는 내게서 사랑한다는 말을 영원히 못 들을 거예요!" 나는 초조해졌다. "어째서 어제 그 생각을 못 했을까요? 그에게 그 말을 안 하고 떠날 수는 없어요!"

크누트는 턱을 문질렀다. "뭐, 할 수 없지. 2주 후에도 시간은 많잖아?"

나는 갑자기 숨도 못 쉴 정도로 패닉 상태에 빠졌다. "네, 하지만 내가 못 돌아오면 어떡해요? 나한테 무슨 일이 일어날지 누가 알아요? 지금 옌스한테 가서 말해야 해요!"

크누트는 잠시 나를 살펴보더니 손목시계를 들여다보았다. "탑승 시각까지 2시간 가까이 남긴 했는데."

"그럼 어서 가요!" 나는 그의 팔을 잡아끌고 출구 쪽으로 내달렸다. 크누트의 택시에 올라타자 내가 소리쳤다. "서둘러요, 크누트!"

그 말을 두 번 할 필요는 없었다. 원래부터 그는 차를 급하게 몰기 때문에 굳이 부탁하지 않아도 멧돼지처럼 도로를 전속력으로 질주했다. 핸들을 급하게 홱 꺾고 아슬아슬하게 추월하는가 하면 신호등이 빨간 불이거나 너무 느리게 주행하는 앞차가 길을 가로막을 때면 급브레이크를 밟아서 어느 순간부턴가 나는 눈을 꽉 감고 속으로 기도하기 시작했다. '제발 여기서 무사히 빠져나갈 수 있게 해 주세요.' 어디 비닐봉지가 없는지 찾아보거나 머리라도 창밖으로 내밀고 싶었으나, 나는 두 손으로 안전벨트를 움켜쥔 채 꼼짝도 할 수 없었다.

크누트가 타이어 마찰음과 함께 옌스 레스토랑 앞에 차를 세울 때까지 다행히 13분밖에 안 걸렸다. "난 여기서 기다릴게. 행운을 빌어!"

광란의 질주에서 살아남은 것에 안도하면서 나는 택시에서 내려 레스토랑 문을 쾅 소리 나게 열어젖히고 안으로 우당탕 뛰어들어 갔다.

주방으로 들어가는 흔들문이 열렸다. "도대체 웬 소란……." 옌스는 밖으로 나오다가 나를 발견하고 우뚝 멈춰 섰다. "이자? 여기서 뭐 하는 거예요? 공항에 가 있을 줄 알았는데."

"네, 벌써 공항에 가서 짐을 부치고 검색대 앞에 서 있었는데, 비행기를 타기 전에 당신에게 꼭 해야 할 말이 있다는 걸 깨달았어요. 그래서 크누트가 잠깐 다시 데려다줬어요."

어이가 없는 듯 그가 고개를 절레절레 흔들었다. "2주 후에 하면 안 되는 말인가요?"

"안 돼요!" 내 심장이 두근두근 방망이질을 했다. 뭐라고 말할지 한마디도 준비하지 못했다는 생각이 뒤늦게야 들었다.

엔스는 내게로 다가와 기대에 찬 눈빛으로 나를 바라보았다. "이토록 급하게 나한테 꼭 해야 할 말이 뭔데요?" 내가 잠시 후에도 여전히 말을 하지 못하고 머뭇거리자 그가 물었다.

나는 숨을 깊이 들이마셨다. "만약 당신이 다음번에 사랑을 하게 된다면, 당신이 사랑하는 그 사람에게 당신이 전혀 끌리지 않는다는 말은 하지 않는 게 나아요. 그러면 그 사람은 헷갈릴 수 있거든요."

그가 눈썹을 치켜 올렸다. "알겠어요. 좋은 충고 고마워요. 그런데 변명을 좀 하자면, 내가 그 말을 한 순간에는 그렇게 확신을 하고 있었지만, 나중에야 그 말이 헛소리였다는 것을 깨달았어요."

"언제 깨달았는데요?" 내가 캐물었다.

"언제였는지는 정확히 모르겠어요. 아주 서서히 진행되는 과정이었으니까."

서서히 진행되는 과정. 나는 그 말이 무슨 뜻인지 너무나 잘 알고 있었다. 나도 똑같이 그랬기 때문이다.

"그밖에 또 할 말이 있나요?"

"네. 아직 유효해요?"

"뭐가요?" 그가 그렇게 반문했지만, 나는 그가 일부러 시치미를 떼고 있음을 확신했다.

"당신이 나를 사랑하는 거요!"

엔스는 믿기지 않는다는 듯 웃었다. "글쎄요, 내가 그 말을 한 게 벌써 3주 전 일이라. 난 그런 일을 오래 끌지 못하는 성미라서요."

나는 뒤로 한 걸음 물러나 불안하게 그의 표정을 살폈다. "정말이에요?"

"맙소사, 이자! 나는 여전히 당신을 사랑해요. 당연한 걸 왜 물어요?"

긴장이 풀린 탓인지 무릎이 후들거렸다. 마음 같아서는 당장 그를 껴안고 싶었지만, 진지하게 마무리할 말이 남아 있었다. "언젠가 내게 말했었죠. 알렉스가 아무리 완벽하다고 해도 곧 수프 속에 든 머리카락을 발견하게 될 거라고. 기억나요?"

그가 고개를 끄덕였다.

"그 말이 옳아요. 머리카락을 발견했거든요. 그 머리카락은 바로 당신이에요."

옌스는 그 말이 무슨 뜻인지 이해하는 데 시간이 좀 걸렸다. 몇 초쯤 지나 그의 얼굴에 미소가 번지고 그의 두 눈이 빛나기 시작했다. "내가 머리카락이라고요?"

자기가 머리카락이라는 말에 기뻐하는 그의 모습을 보니 웃음이 터질 것 같았지만, 간신히 참았다. "네, 당신이에요. 나도 당신을 사랑해요, 옌스! 당신은 내가 늘 상상해오던 꿈의 남자와 전혀 거리가 멀지만 나는 미치도록 당신을 사랑해요. 꿈의 남자 같은 건 이제 나랑 상관없어요. 난 깨어 있을 거니까요. 당신과 함께. 돼지우리와 데스메탈 같다고 해도."

옌스의 미소가 더 환해졌다. 그는 내 앞에 바싹 다가서며 말했다. "나도 당신에게 할 말이 있어요, 이자. 사실은 2주 후에 하려고 했던 말이지만, 지금 당신이 이렇게 앞에 있으니까……."

"무슨 말을 하려고 했는데요?"

"내가 당신에게 다가가는 방식이 완전 꽝이었다는 말을 하고 싶었어요. 내가 당신을 사랑한다는 걸 한참 후에야 깨닫고는 느닷없이 당신에게 들이댔죠. 그리고 내가 당신에게 말하는 태도도 너무 거칠었어요." 그가 두 손으로 내 얼굴을 감싸고 너무나 다정한 시선으로 나를 바라보아서 내 심장이 밖으로 튀어나올 것만 같았다. "당신은 지금까지 내가 만난 여자 중에 가장 경이롭고 특이하며 소심하지만 가장 사랑스럽고 아름다워요. 마음이 따뜻하고 용감하며 귀여운 동시에 섹시한 당신에게 난 완전히 반했어요. 그리고 이제는 당신과 사귀는 게 힘든 일이 아니라 세상에서 가장 행복한 일이라고 생각해요. 얼마 전에 내게 그랬죠. 내가 당신을 세뇌시켰다고. 하지만 당신도 나를 세뇌시켰어요. 며칠 전에 별똥별이 떨어지는 것을 보고 소원을 빌었으니까요!"

"무슨 소원이요?" 나는 숨을 멈추고 물었다.

"다른 사람에게 말하면 소원이 이루어지지 않는다던데…… 뭐, 할 수 없네. 이자가 별똥별을 볼 수 있게 해 달라고 빌었어요. 이 정도로 내가 세뇌를 당했다니까요."

내 얼굴에 환한 미소가 번지는 것이 느껴졌다. "와우! 당신이 그런 말을 할 수 있을 줄은 몰랐네요. 진짜 로맨틱했어요."

옌스가 웃었다. "내가 얼마나 로맨틱해질 수 있는지 알면 놀랄걸요. 나는 장미꽃을 한 아름 안고서 백마를 타고 당신에게 달려갈 거예요. 현악단이 록발라드로 배경 음악을 연주해 주고 헤아릴 수 없이 많은 향초가 타오르는가 하면, 하늘에는 하트가 잔뜩 그려진 띠를 매단 비행기 한 대가 날고……."

"아, 그만 해요." 나는 손가락을 그의 입술에 갖다 댔다. "그런 건 다 필요 없어요. 난 당신만 있으면 돼요."

그러자 옌스가 나를 끌어안고 격정적인 키스를 퍼부었다. 아무리 많이 해도 질리지 않을 만큼 근사한 키스였다. 나는 내 입술에 포개진 그의 입술과 내 등을 어루만지는 그의 손길을 느끼면서 옌스가 내 몸 안에 불러일으킨 대혼란에 압도되어 있었다.

잠시 후 사랑에 빠진 10대들처럼 감격 어린 눈빛으로 서로를 바라보면서 내가 말했다. "지금 내 집에 같이 가서 양파를 어떻게 자르는지 내게 다시 한 번 보여 주지 않겠느냐고 묻고 싶은 마음이 굴뚝같아요."

그가 웃었다. "난 지금 공항 활주로에서 내가 여자를 얼마나 잘 꼬드기는지 보여 주고 싶은데."

"당신이 어떤 여자를 꼬드길지 궁금한데요?" 나는 그의 머리를 내 쪽으로 끌어당겨 다시 한번 진하게 키스를 했다.

갑자기 옌스가 부드럽게 나를 밀어냈다. "이자…… 비행기가 당신을 기다리고 있잖아요."

나는 시무룩한 얼굴을 했다. "난 여기 이대로 있고 싶어요. 지금 가야 한다니 도대체 말이 돼요?"

그는 이마로 내려온 내 머리카락을 손가락으로 쓸어 넘겨주었다. "2주밖에 안 되잖아요. 그리고 비행기를 타는 건 당신이 평생 꿈꾸어온 일이에요. 크누트하고 같이 지금 공항까지 바래다줄 테니 빨리 가서 그놈의 비행기를 타라고요!"

"알겠어요, 그럴게요. 난 그냥 투정을 좀 부려본 것뿐이에요. 당신의 그 명령조에 대해서는 내가 다녀와서 얘기 좀 해봐야겠어요."

우리는 다시 한번 진한 키스를 나누고 아쉬운 마음으로 서로에게서 떨어졌다. 크누트와 옌스의 배웅을 받으며 공항으로 가는 길이 내겐 너무나 행복해서 크누트가 차를 어떻게 모는지 조금도 신경 쓰이지 않았다.

12시 정각에 내가 탄 비행기가 서서히 활주로로 진입했다. 나는 창가 자리에 앉아 최면에 걸린 듯 밖을 내다보며 점점 커지는 엔진 소리에 귀를 기울였다. 활주로에 들어선 비행기가 점점 속력을 높이더니 어느 순간 앞코를 들어 올리며 공중으로 붕 떴다. '내가 하늘을 날다니! 세상에 이런 일이!'

내 옆자리에 앉은 여자는 지루한 듯 잡지를 뒤적거리고 있었다. 나는 그녀를 살짝 밀면서 외쳤다. "정말 끝내주지 않아요? 우리가 하늘을 날고 있어요!"

그녀는 처음에 어이없는 표정으로 나를 쳐다보더니 이내 상냥한 미소를 지었다. "맞아요, 가만 생각해 보면 정말 끝내주는 일이죠."

나는 다시 창밖을 내다보며 펜스 너머의 우리 자리에 크누트와 옌스가 있는지 찾아보려고 했지만 허사였다. 두 사람은 그 자리에 서서 내가 탄 비행기를 올려다보며 이렇게 소리치겠다고 내게 약속했다. "12시 5분 출발 프랑크푸르트행 비행기다!"

그 비행기 안에 내가 앉아 있었다. 비행기는 점점 더 높이 올라가더니 가까이서 보면 안개에 불과한 구름 속으로 들어갔다. 내 뱃속이 간질거리기 시작하고 귀가 멍해졌다. 비행기에서 내리면 어떤 일이 나를 기다리고 있을지 짐작도 할 수 없지만, 나는 하늘을 날고 있다는 것만으로도 너무나 행복했다!

이 소설을 읽고 나서 퐁당 쇼콜라를 먹고 싶은 마음을 주체할 수 없는 누군가를 위해 여기 레시피를 실어 놓았다.

퐁당 쇼콜라 (4인분)

재료 : 다크 초콜릿(카카오 함유량 70% 이상) 100g

　　　　버터 100g

　　　　설탕 2 TS

　　　　계란 2개

　　　　계란노른자 2개

　　　　밀가루 2ts(티스푼으로 듬뿍 2스푼)

만드는 법:

- 수플레컵(없으면 머핀틀) 4개에 꼼꼼히 기름칠을 하고(중요!) 밀가루를 뿌린다.
- 초콜릿과 버터를 낮은 온도로 중탕해서 녹인다.
- 계란, 계란노른자, 설탕을 넓은 그릇에 넣고 거품기로(그러니까 손으로, 그만큼 정성이 들어가야 한다) 빽빽해지고 밝은색이 될 때까지 휘젓는다.
- 이것을 계속 저으면서 초콜릿과 버터 녹인 것을 조금씩 넣어 준다.
- 여기에 체에 내린 밀가루를 넣어 살살 섞어 준다.

- 반죽을 수플레컵에 담아 30분 이상 냉장고에 넣어 둔다.
- 200도에서 230도로 예열한 오븐에 퐁당 쇼콜라를 넣고 겉면이 단단해질 때까지 4분 30초 내지 6분가량 구워 준다.
- 다 구워진 퐁당 쇼콜라를 1분쯤 식힌 다음 조심스럽게 컵에서 빼낸다.
- 접시에 담고 슈가파우더를 뿌리면 먹을 준비 끝!

나는 개인적으로 새콤한 과일(궁합이 가장 잘 맞는 건 레드커런트)을 곁들여 먹는 것을 좋아하지만, 이자벨레처럼 아무것도 곁들이지 않고 퐁당 쇼콜라만 먹어도 맛있게 즐길 수 있다.

퐁당 쇼콜라를 만들 때 가장 좋은 점은 모양이 망가져도 상관없다는 것이다. 퐁당 쇼콜라는 이름처럼 원래 모양이 그렇다고 하면 그만이니까.

뜬금없이 사랑이 시작되었다

초판 1쇄 인쇄 | 2017년 5월 2일
초판 1쇄 발행 | 2017년 5월 9일

지은이 | 페트라 휠스만
옮긴이 | 박정미
펴낸곳 | 레드스톤(주식회사 인터파크씨엔이)

출판등록 | 2015년 3월 19일 제 2015-000080호
주소 | 경기도 고양시 일산동구 호수로 672 대우메종리브르 611호
전화 | 070-7569-1490
팩스 | 02-6455-0285
이메일 | redstonekorea@gmail.com

ISBN 979-11-88077-01-4 23850

- 값은 뒤표지에 있습니다.
- 파본은 구입하신 서점에서 교환해드립니다.